史詩三首箋證

雷家驥　著

蘭臺出版社

自序

初中受黃超海老師啟發，喜好詩詞歌賦、書法國畫，以至油畫琴笛，陶然醉焉，夢想他日能成為文學藝術家。家父見流連不已，誡以是世家子弟不急之務，丈夫應習實學，以俟日後能養妻活兒，故於上學之時，集余所有書畫工具一併焚之，琴笛亦去向不明。吾父教子嚴急，遂不敢違，自傷而已！然而詩詞歌賦為所不能燒，以故仍保持興趣，習作不輟，於今已四十餘年矣。我讀詩以兩漢迄全唐為主，尤好樂府，所讀之多應不下於研習中國文學者，暇興之來亦頗有偶作；然港、臺之間遷徙數次，舊稿百不存一，喟然可為歎息！

由於興趣在此，故讀新亞研究所時，承錢賓四師治史應兼習文哲，以待會通之國學教風，又蒙嚴歸田師首肯，遂以〈曹植贈白馬王彪詩並序箋證〉為題，兼以陳寅恪先生元、白詩箋證為法，作為論文研究。其後執教於中正大學歷史研究所，亦以此教旨方法與諸生講習，開設「中古史詩專題研究」課程多次。其間，曾有兩詩—〈悲憤詩〉與〈孔雀東南飛〉—箋證之作獲得國科會獎助，另一篇—〈木蘭詩箋證〉—則是為首次赴大陸參加唐史學術研討會而撰。〈白馬詩箋證〉、〈悲憤詩箋證〉及〈木蘭詩箋證〉均已先後發表，但〈孔雀東南飛箋證〉則因篇幅逾十萬字，刊登不易，故迄未發表，似有失信於國科會之嫌，是用耿耿於懷。近因休假一年，整理舊文，蒙蘭臺出版社同意將四詩箋證結為專集。蘭臺以為四箋篇幅均甚長，故將〈孔雀東南飛箋證〉連同余曾做主題演講的〈論《孔雀東南飛》之所謂自由—為世變與蘭芝家變關係及本事之所由起進一解〉一文，合併為冊，仍名曰《孔雀東南飛箋證》；餘下三箋則另成一冊，名曰《史詩三首箋證》。茲以出版在即，故序其概略，用志其意。

詩者何？《尚書・舜典》云：「詩言志。歌永言。聲依永。律和聲。」而《毛詩・關雎》云：「詩者，志之所之也。在心為志，發言為詩。情動於中而形於言，言之不足故嗟歎之，嗟歎之不足故永歌之，永歌之不足，不知手之舞之足之蹈之也。……故正得失，動天地，感鬼神，莫近於詩。先王以是經夫婦，成孝敬，厚人倫，美教化，移風俗。」是則詩為言志之作，原非為述事也。此所謂志，其實就是心意及心意之所趨，因而說「詩者，志之所之也。在心為志，發言為詩」，並無道德儼然的意謂。

今所箋四詩，三首作於漢末，僅〈木蘭詩〉作於北朝。本人以為四詩皆是「史詩」。〈悲憤〉與〈白馬〉是自傳式史詩，作者蔡琰與曹植於詩中均自述其苦難遭遇，大有面對苦難命運而痛苦、無奈、承受之意。〈孔雀〉與〈木蘭〉則是他傳式史詩，前者表達主角面對苦難命運之痛苦、反抗、不接受，以致最後悲劇收場。然究其實，〈悲憤〉、〈白馬〉與〈孔雀〉三詩均是詠嘆命運之苦難、痛苦與無奈，以故感人甚深；只是〈悲憤〉與〈白馬〉詠嘆其本人之面對苦難、承受苦難，而自我消解，而〈孔雀〉的作者則試圖以「悲劇之圓滿」作為結局罷了。至於〈木蘭詩〉，卻是雄健雅正、激勵人心之作，與此三詩風旨大相逕庭。四詩之中，除了〈白馬〉較少之外，其餘皆論者甚多，主觀者有之，偶感者有之，隨筆者有之，僅為欣賞者亦有之，不勝枚舉，頗多不符學術研究之旨，因此本人於箋證中，非必要均不贅引。要之，四詩的確皆為「情動於中而形於言，言之不足故嗟歎之，嗟歎之不足故永歌之」之作，有「正得失，動天地，感鬼神」之化，寓「經夫婦，成孝敬，厚人倫，美教化，移風俗」之教，只是〈孔雀〉之作者於詩末更直接挑明「行人駐足聽，寡婦起傍徨。多謝後世人，戒之慎勿忘」的說教旨意而已。

余之所謂「史詩」，固與對史起興抒懷的「詠史詩」不同，亦與歐美之「Epic」定義頗異。本人認為所謂「歷史」也者，是人類在過去特定時空曾經發生過之情感思想行為事件，而又可印證覆按者，此即所謂「史事」，亦即司馬遷所謂「述故事，整齊其世傳，非所謂作」者是也。據此而論，「Epic」僅是「敘事詩」，所述雖有故事的完整過程，但是不免滲有大量的誇張、傳說以及神話成份，甚至可以是「虛」構的，此即「作」也。至於余所謂之「史詩」則不盡然，它是詠述過去「史事」之詩，是可印證覆按的，是「實」的，屬於「述」的性質。據此淺見，四詩不論內部構造以及外部構造，均可承受歷史論考覆按之考驗，尤其〈悲憤〉與〈白馬〉二篇，不僅與作者之時代可以相考論，抑且也可以與其個人之人生相印證；至於〈孔雀〉與〈木蘭〉則因是他傳性質，以故「史詩」之中不免兼有「敘事詩」的性質，而對主角之人生印證不易。「史事」經他傳作者之渲染則變成「詩事」—即詩文所述之事實。然而，印證不易的主角人生，仍可分由兩途以資探索，一是透過歷史時代由外部構造進入內部構造以作解釋，二是透過詩文所述之完整「詩事」以作分析，內、外考證兼用，以史證詩、以詩證史與及以詩證詩交辯，「史事」與「詩事」互證，然後析而解之、詮而釋之，庶幾猶可有得。

我讀論者對諸詩之分析與詮釋，常覺得他們大都在對「史事」乃至「詩事」未求甚解之前，即對事情及其意義逕予論斷或詮釋，以故對諸詩不僅迄無定解，而且爭議叢生。此詮詩方法上的缺憾，縱使前人深於文史者如王安石與司馬光等大家亦然。我在新亞研究所之所以選曹詩為題撰寫論文，正由王、馬二人酬唱〈明妃曲〉所啟發。按王安石作〈明妃曲〉二首，大意勸王昭君不要再年年思念漢朝與家人了，因為「漢恩自淺胡自深，人生樂在相知心」，所以應該珍惜當下；但是昭君之去國，在胡真的快樂嗎？司馬光讀後，作〈和王介甫明妃曲〉，持論大唱反調，大意謂漢主要昭君「和番」是出於傷心無奈，因此她即使不能適應胡俗，在胡中不樂，欲有「終期寤人主」之心，然而還是要勸她效法「被讒仰藥更無疑」的太傅蕭望之，對人君應該忠心與服從。不過，昭君在胡中的孤寂以及不適應，溫公能體會嗎？夜靜一再誦詠，復覆按兩《漢書》，覺得二子不免忽視史實以及昭君的自主感受，未必得到昭君無辜入宮而負氣去國之意，遂代昭君草作〈答明妃曲〉以奉和，於今猶記得其辭略云：

明妃初出漢宮時，淚濕春衫鬢腳垂；縱然惹得帝驚看，落得清談飯後餘！

誰憐弱女氈城泣，此去空然無所得；夫子非愛兒非類，日夜思親徒焦急！

不意荊公開金口，作曲勸妾休回首；君在上邦奈妾何，為君再撥春風手：

身屬荊州南郡城，長在民間已娉婷；孰料天子春念動，虛度清秋掖宮庭。

入得禁內已無言，盼望君王垂眼憐；不意畫像看來醜，當時恨無十萬錢。

桓桓單于覲元首，馬躍龍騰京師走；漢家君臣齊失措，贈與侍女結長久。

去國心知難有為，嗟歎天漢世運低；遂教泱泱大國女，嫁了單于嫁若鞮。

此事焉能向誰語，君教妾身如何處？失意果然無北南，付與梨花春帶雨！

野闊天高兩茫茫，風吹草偃見牛羊；年年目送鴻雁歸，唯託琵琶訴衷腸。

幽咽難得留至今，後人不識前人心；出塞逸調唱千古，冷寂那堪告知音。

滄桑彈遍世人知，豐容靚飾不可恃。若能締結真緣份，天大幸福莫遲疑！

君不見乎：

玉環飛燕皆塵土，西施與妾已荒槁；縱然嬌豔動天地，到頭仍然難討好！

或許我也未得昭君之心，然而漢女不易適應胡人生活文化，卻可從蔡琰〈悲憤詩〉中體會。要之昭君的入宮去國、赴胡和番、夫死嫁子，以至親生子因非純種而遭排斥，最後被殺，在在束縛而無自由可言，其事尚可按諸史傳。不先究明其情其事即予論斷詮釋，則所言之志、所述之事終將有誤，可以無疑。此所以我對〈孔雀〉、〈木蘭〉兩篇，仍必須贅證其詩文所述之「詩事」也。

《禮記・經解》述孔子之言，說：「入其國，其教可知也。其為人也，溫柔敦厚，詩教也。」余素性急切，雖遍讀眾詩，但猶無得於詩教之化；只是若非好詩，則恐怕急切尤甚於今！余為二兒取名為中行、中和，典出《論語》與《中庸》，蓋盼吾兒毋效其父，而亦以自誡也。是為之序。

Commentaries on Three Historical Poems

The book, *Commentaries on Three Historical Poems*, tries to make commentaries on Cai Yan's 'Bei Fen Poem', Cao Zhi's 'A Poem to Biao, the Prince of White Horse', and 'Mu Lan Poem' by an anonymous author.

To interpret 'Bei Fen Poem' (a poem about sorrow and anger), I analyze some factors of Cai Yan's captivity in order to understand the sorrow and the feeling of Cai Yan which could compensate the defect of historical writing on little people in late Han turmoil period.

Cao Zhi's 'Poem to Biao with preface', from my point of view, should be discussed not only on their brotherhood and political persecution, but also on the change of Cao Zhi's philosophy of life and his feeling. Then, the study reveals deep and broad understanding about Cao Zhi's life and feudalism of his time.

'Mu Lan Poem' is very popular, but also full of controversies. Therefore, we need to discuss lots of details, such as the nature of the poem, the history of Mu Lan's family, her attendance to military service, the military battles she involved, and the institutional system and the costume of her time, in order to show the facts and solve the controversies..

This book is related to another book, commentaries on *Kong Que Dong Nan Fei*. If we consult these two books together, we can have better understandings on the history and the culture of turmoil period from late Han to Wei and Chin dynasties.

目　次

蔡琰〈悲憤詩〉箋證 1
一、前言 1
二、詩題證釋 3
三、本詩證釋 7
附錄 85
曹植〈贈白馬王彪詩〉并序箋證 87
一、前言 87
二、證序 88
三、證詩 108
證詩第一章 108
證詩第二章 122
證詩第三章 128
證詩第四章 137
證詩第五章 138
證詩第六章 157
證詩第七章 161

四、結語 170
五、參考書目 172
〈木蘭詩〉箋證 176
一、前言 176
二、詩題與淵源性質證釋 179
三、本詩證釋 204
四、結論 290

蔡琰〈悲憤詩〉箋證

一、前言

五十年代末，大陸郭沫若等學者多人，對東漢蔡文姬及其作品進行了討論，其中涉及文姬的兩首〈悲憤詩〉。[1]蓋自北宋蘇軾以降，對二詩之是否為文姬所作，二詩所述與史文是否相合，疑論叢起；而為之反駁辯論者亦有之。郭氏承此遺緒再論，正反意見各有其是，亦各有其非，蓋未定論。及至六十年代，勞榦在臺亦發表相同論題，全面否定文姬五言詩形式的〈悲憤詩〉，判為

[1] 郭氏為文姬編寫劇本，初於《光明日報》1959 年 1 月 25 日發表〈談蔡文姬的胡笳十八拍〉一文，尋引起劉大杰、劉開揚、李鼎文、王達津等人先後撰文於同報辯論，而郭氏亦撰再談、二談、三談、四談以辯之（見 3 月 20 日、6 月 8 日、6 月 14 日、6 月 21 日版），並撰就《蔡文姬》一書；嗣後復引起史地學者以論文形式廣泛討論，甚至有以直論〈悲憤詩〉為主者。

出於偽託，[2]遂引起在臺學者之討論；乃至有如李鍌、李曰剛等，對勞說作了凌厲的反駁。[3]兩岸有關蔡琰與〈悲憤詩〉的論文，從不同角度如文學、歷史、訓詁、聲韻，進行討論或論戰，歷年來凡數十篇，未有一篇能作令人信服的定論，其原因一者出於論者對兩詩本身的主觀詮釋上，再者出於論者或對當時歷史理解未能深廣，甚或文獻分析不足或不當之上。

按文姬兩詩見載於《後漢書・列女・董祀妻列傳》（以下簡稱〈文姬傳〉），董祀妻即蔡琰（以下稱文姬），故二詩收入其傳中。二詩之第一首為五言詩體（以下簡稱本詩），第二首為騷賦體（以下簡稱〈悲憤詩二〉），為何同一詩人對同一主題作二首詩，此為疑點之一。文姬是否有能力作此二體裁不同的詩，此為疑點之二。文姬何時作此兩詩，而令范曄得以據之收入本傳，此為疑點之三。然而，這不過只是外部構造的問題，事實上不難解決。較難解決，不易獲定論者，厥為內部構造的問題。此即：二詩所述是否符合文姬身世遭遇與當時史實情境—兩首皆符合，或兩首皆不符合，抑或其中一首符合之問題。這裏不僅涉及對漢魏歷史的瞭解深度與廣度，抑且涉及對二詩的體會與詮釋，而方法上的外考證與內考證也就更不用說了。

筆者既對上述問題有所領會，因此試採證、釋並行之途徑，以所知漢魏文史知識及文獻為基礎，用以史證詩，以詩證詩（包

[2] 勞氏殆承大陸討論之風，以秦漢史專家的角度，以為論者立證未充，故專就〈悲憤詩〉進行討論，詳其〈蔡琰悲憤詩出於偽託考〉，《大陸雜誌》26-5，1963.3。

[3] 李曰剛，〈蔡琰悲憤詩之考實辨惑與評價〉，《師大學報》12，1967。李鍌〈蔡琰悲憤詩釋疑〉，《中華文化復興月刊》13-11，1980.11。

括〈悲憤〉二詩互證），乃至以詩證史的方式，進行交叉舉證分析、推論詮釋，冀能對諸學者所論有所折衷，對將來定論獻一愚見。

筆者忝為歸田師之弟子，昔日曾在其指導之下完成〈曹植贈白馬王彪詩並序箋證〉的碩士論文，[4]本文為同類型論述的第二篇，一者為紀念先師逝世週年而重拾當年舊業，二者亦因先師與陳寅恪先生皆為擅長詩、史互證之大師，典型尚在，學步其後而已。

本文從歷史角度，分由政治、軍事、民族、文化、歷史地理、婦女與婚姻等面向，對本詩所詠隨句證釋，希望能還原文姬的身世與遭遇，兼論其與當時時代環境之關係及互動。至於論者所提諸多疑點與意見，筆者將在本詩逐句證釋時，視必要逐一扼要提出，以示問題所在。其所以未能詳引論者的各種論點，是因各種論點多而雜，或患其分析未深，或患其觀察未廣，或患其非學術性之論述，所以略過。此舉或有掠美之嫌，但筆者為遷就論證行文之便，而且旨在整齊其世傳而已，故不得已如此，尚盼讀者諒之。

二、詩題證釋

文姬之父蔡邕，字伯喈，是兗州陳留郡圉縣人，學兼經史文藝，為當時的大學者，所著詩賦等凡百四篇，傳於世。文姬承其家學，也是當時才女，《後漢書》兩人本傳已敘述之，不必多贅。

---

[4] 本文是《嚴耕望先生紀念論文集》（臺北：稻香出版社，1998）論文之一，嚴先生字歸田。〈曹植贈白馬王彪詩並序箋證〉發表於《新亞學報》12，1977，今已收入本書。

二詩原本題目不詳，范曄說是文姬「後感傷亂離，追懷悲憤，作詩兩章」云云，即是歸漢後追懷其身歷諸苦難，而抒發其沉痛悲傷之作，後人遂逕以范曄所謂「悲憤」而名其詩。

詩人分以詩、賦兩種不同文體追懷同一主題，蓋一者可以盡其悲憤，另者又可以顯其才情，實無不可以之理由。與文姬同時的建安諸子，兼擅二美者大有人在，文姬能之又有何疑？況且，已有論者提出二詩雖追懷同一主題，但內容偏重有異，而皆為文姬真作之說，可供參考。[5]

就以筆者最關心的本詩（即第一首五言詩體之〈悲憤詩〉）而言，若從樂府詩與五言詩的發展而論，樂府詩自西漢以來就有長期的發展史，東漢以降，文人或離樂為詩，此即五言詩發展的開始。漢樂府常以時事入樂，至三祖陳王而極擅此長；而五言詩自班固以來即有詠史的傳統，則世多知之。文姬自傳式的史詩，只是仰承時代風氣，不意創為鴻篇而已，原不足為奇。敘述事情的詩，漢魏間頗多見，只是多為敘述片段事實，而闕略事件之完整性而已。長篇而完整地詠述一個事件歷程之自傳式史詩（筆者史詩之定義詳本詩末句），當以本詩為首，步武其後而作者可知者，有曹植的〈贈白馬王彪詩〉；而他傳式的史詩，則有佚名的〈古詩為焦仲卿妻作〉（或稱〈孔雀東南飛〉），俱為不朽的史詩，不僅是所謂的敘事詩而已。至於曹丕與丁廙均曾以賦體分別作〈蔡伯喈女賦〉，[6]恐怕是在文姬歸漢而作本詩賦以後，諸子讀之

---

[5] 詳葉慶炳，〈蔡琰悲憤詩兩首析論〉（《中外文學》1-2，民國 61..7），頁 6-15。

[6] 分見嚴可均校輯，《全上古三代秦漢三國六朝文》（京都：中文出版社，1979.7）之《全三國文》（以下簡稱《全某文》），4：1074 下，及 94：980

而亦傷感應和之作。蓋建安之間，不論自傳、他傳式之史詩，均有詩、賦二體創作之例，可證筆者時風之說非妄言也。這是文姬創作本詩與〈悲憤詩二〉的外部因素所在。

文姬既承家學，而「博學有才辯，又妙於音律」，是則她對樂府與五言必有素習。她生長於此時代之中，承此風氣與家學之餘，將本身既繫歷史、又是時事的苦難遭遇，發而為詩，正合心之所之、詩以言志之旨，文姬殆有能力勝任之。這是文姬創作的內部因素所繫。

綜此諸因素，文姬於此時代，於此風氣，於此遭遇，於此情懷，於此學養能力，皆有創作本詩賦的理由與可能。漢代以賦為文學主流，其父擅長之，其女亦應兼能之，以故文姬以賦體敘述此一主題，而曹丕、丁廙則應而和之，殆為正常而可能之事。至於建安文壇以詩為盛，本詩用字樸素，語句真切，情感深摯，有樂府餘韻，也符合當時詩風，固為妙於音律的文姬所熟習而能善為之，亦應無庸置疑。是則，要解決此二詩賦或其中之一是否為偽託之作，只能從二詩內部構造的史實證釋入手，這也是筆者對〈悲憤詩〉意圖作歷史證釋的主因。

文姬傳世作品不多，僅有的《蔡文姬集》一卷亦於唐初亡佚，[7]今僅見一詩（即五言之〈悲憤詩〉本詩）、一賦（即賦體之〈悲憤詩二〉）、一樂府（即〈胡笳十八拍〉）。研究文姬的直接史料堪稱稀少，除了〈文姬傳〉及分散於類書之《蔡琰別傳》外，此三

下。

[7] 參《五代史志・經籍四・集部》〈後漢黃門丁廙集〉注。《五代史志》已收為《隋書》（以下引用正史皆為鼎文書局新校標點本）諸志，見《隋書・經籍志》35：1059。

首作品皆為自傳式詩篇，原應為最佳的第一手史料；但〈胡笳十八拍〉為偽託，學界已成定論，故史料價值有如其他隋唐以後有關文姬的傳說、詩文、圖畫與戲劇一般，皆經不起辯證的考驗，用以作文姬故事的發展史材料可，視之為直接的第一手史料則不可。

儘管此一詩一賦之真偽尚未有定論，但是論其為偽者皆未見有確證，以故不宜率爾懷疑范曄之史學與史筆。其理由之一，蓋范曄之時，《蔡文姬集》殆未亡佚，故范曄判斷二詩為真，而將之收入〈文姬傳〉內，當有所本，未可輕疑。理由之二，文姬歸漢為建安文壇盛事，故曹丕與丁廙各有〈蔡伯喈女賦〉以詠歎之，可以概見文姬與諸子的交往。曹、丁二賦頗詠述文姬婚嫁、被虜、生子、回歸諸事，顯見文姬身世遭遇亦必廣為諸子乃至世人所知。理由之三，漢晉間諸正式史書，以至其他雜傳等，如《列女傳》、圈稱《陳留耆舊傳》、蘇林《陳留耆舊傳》、江敞《陳留志》等，恐亦間有敘述廣為人知的文姬事蹟。上述《蔡文姬集》與諸人書文，可能皆曾為范曄所參閱，成為其史料的來源，以故范曄不必然以《蔡琰別傳》為惟一的史料來源。因此，范曄所撰〈文姬傳〉各事，若未經逐條分析論證，決不能遽爾便說成是「經不明事實真象的人（指范曄）刪削」，遂成為「會出差錯」的歷史記載。[8]

范曄的《後漢書》是「四史」名著之一，文姬之事蹟與文章，

[8] 譚其驤比較過《藝文類聚》、《北堂書鈔》、《太平御覽》所引的《蔡琰別傳》，認為文字基本相同，只有少數幾個字有出入，故肯定為范曄所本而稍刪削之，因而提出此嚴厲批評。詳其〈蔡文姬的生平及其作品〉，《長水集》頁 427，北京：學峰書屋，1987.7。

他理當有過考據，本詩賦更不可能是其妄作附入，以欺當世無人。因此，筆者以下證釋本詩，若在無確證之下，仍以〈文姬傳〉所述為主。按：范曄對文姬本事其實記載頗為簡扼，傳文反不如所附二詩之多，此正是其師承《史》、《漢》史學方法之處；蓋因本詩、賦均為文姬的自傳史詩，正可收詳此略彼之效也。因此，以下證釋本詩時，筆者也會在合理的情況下，採取本詩、賦互證的方法，以求其真。

詩、賦二篇既為後來「追懷」之作，殆是作於建安十一年（206）以後（筆者推定她在此年歸漢，詳下文）；尤其就第一首的本詩內容來看，是文姬作於三嫁董祀，而董祀犯罪之後，應可無疑。

三、本詩證釋

漢季失權柄，董卓亂天常。

漢人對漢季失柄亂常有一「服妖」之說。《續漢書・五行一》記載云：「靈帝好胡服、胡帳、胡牀、胡坐，胡飯、胡空侯、胡笛、胡舞，京都貴戚皆競為之。此服妖也。其後董卓多擁胡兵，填塞街衢，虜掠宮掖，發掘園陵。」[9]服妖固是附會之談，不過董卓縱兵擄掠宮掖，發掘園陵，則確有其事。《後漢書・董卓列傳》（以下簡稱〈卓傳〉）敘述董卓控制洛陽後說：「是時洛中貴戚室第相望，金帛財產，家家殷積。卓縱放兵士，突其廬舍，淫略婦女，剽虜物資，謂之『搜牢』。人情崩恐，不保朝夕。及何后葬，開文陵，卓悉取藏中珍物。又姦亂公主，妻略宮人，虐刑濫罰，睚眥必死，群僚內外莫能自固。」此為社會法紀喪亂之情

[9] 《續漢書》諸志已收為《後漢書》諸志，引文見志 13：3272。

狀，是「漢季失權柄」後，「董卓亂天常」的結果，而非原因。

「漢季失權柄」的原因，與董卓率兵進入京城洛陽，實行宮廷兵變，以致操持統治權之事有直接關係。按：董卓入洛前，官為前將軍、并州牧，駐兵河東，從漢朝中央高層權力而論，在體制上決無參預宮廷兵變的機會。然而漢室此時竟失權柄，由董卓得之，僅是數年間（中平六年-初平三年，西元 189-192）的轉變，可以說是一件必然性之偶然事件。

說它必然，是因為東漢王室君權，長期依靠母后、外戚、宦官之間運作，而外戚與宦官又常因權力競爭以至發展為權力鬥爭；二者鬥爭之中，復常因宦官在宮中挾持天子，是以外戚經常落敗。及至新帝即位，有了新的母后、外戚，此種歷史復又重演。只是歷史雖然一再重演，但是事後漢朝卻仍然屹立，未致喪失統治權，以故其性質僅是宮廷兵變。這種宮廷權力鬥爭的惡性循環，是東漢王朝的政治宿命，治漢史者固多知悉。是則中平六年四月靈帝崩，外戚大將軍何進欲誅宦官，是可以理解的必然發展。不過，中央宮廷的高層權力鬥爭，並不一定要引入方牧外兵的地方武力，何進將董卓兵團引入，而董卓又是在洛陽大亂之下最先進入京城，因而得以挾持帝后，則是一偶然因素。

然而論此偶然因素，卻發現其中也有相當的必然性，與何進、董卓二人性格及當時制度環境頗有相關，亦即主、客觀條件俱有。於此先論何氏。

根據《後漢書・靈思何皇后紀》記載，何氏為「南陽宛人，家本屠者」，以當時社會觀點看，蓋出身甚低，與東漢此前諸外戚出身名門世族不同。何氏出身社會低層，故其行事也無世族之虛矯高姿。如漢廷選女之時，他家即「以金帛賂遺主者以求入」；

[10]既為貴人，即現出彊忌的個性。其後隨王美人（獻帝生母）胎不果，進而鴆殺之；復因董太后（靈帝生母）留養獻帝而恨之，阻止其干政，最後由何進以武力收殺驃騎將軍董重（董太后兄子），使董太后憂怖暴崩。何進為何后異母兄，因妹而累遷至大將軍，亦助妹行此忌刻殘忍之事，素為宦官所嫉；而何進亦嫉宦官，陰欲誅之，有不惜血洗之意。是則兄妹之行事，可說忌刻偏激。

根據《後漢書・何進列傳》，有兩個因素使他不能順利誅鋤宦官：一是何后因感激宦官當年的救助（指因墮胎鴆姬事件而靈帝欲廢之，以諸宦固請而得止之事），雅無盡誅宦官之意，故遷延不決。另一是何進雖為大將軍，「率左右羽林、五營士屯都亭，修理器械，以鎮京師」，但是僅為首都衛軍之統帥；而當時新建的西園八校尉，纔為真正的禁軍，卻掌握在小黃門蹇碩手中。蹇碩親領上軍校尉而兼統其他七校尉，形勢實力皆是何進的勁敵。兼且，靈帝對蹇碩「特親任之，以為元帥，督司隸校尉以下，雖大將軍亦領屬焉」，是則蹇碩實兼為中央禁、衛軍及司州治安部隊之最高統帥。在此軍事體制之軍令系統下，何進極難在中央發動兵變，雖勉強發動亦不見得會在軍事上得利；若必欲實行兵變而又只能成功，則借助外兵乃是必然之勢。於是中軍校尉袁「紹等又為畫策，多召四方猛將及諸豪傑，使並引兵向京城，以脅太后。進然之」。

值得注意的是，當時少帝（何后子）新即位，何太后以母后領政，何進、袁紹等欲召四方兵入京之目標，實是為了要「脅太后」。此舉不但偏激極端，不是大臣持重謀國的決策，而且應是

[10] 參該紀注引《風俗通》，《後漢書》10下：449。

兵變犯上的行為，以故何進幕僚陳琳入諫，不僅對此策提出批評，甚至警告此舉是「反委釋利器，更徵外助，大兵聚會，彊者為雄，所謂倒持干戈，授人以柄，功必不成，秖為亂階！」惜何進不聽。因此，漢朝太阿倒持，喪「失權柄」，實始於此。文姬這裏所謂「失權柄」，以至讓董卓有機會「亂天常」，其端殆不始於卓。

至於董卓，是隴西武人，少習羌俗，健俠自雄。他因戰爭竄起，軍隊即其政治資本。觀靈帝崩逝前後，他一再拒絕中央政府官僚系統的遷調，交出兵權，即顯示已有挾兵自重之心。所部雖是漢朝之正規軍，但似以羌、胡兵為多，與卓相狎，故董卓乃能挾之。如〈卓傳〉云：「（中平）六年，徵卓為少府，不肯就，上書言：『所將湟中義從及秦胡兵皆詣臣曰：牢直不畢，稟賜斷絕，妻子饑凍。牽挽臣車，使不得行。羌胡敝腸狗態，臣不能禁止。……』朝廷不能制，頗以為慮。及靈帝寢疾，璽書拜卓為并州牧，令以兵屬皇甫嵩。卓復上書言：『臣……掌戎十年，士卒大小相狎彌久，戀臣畜養之恩，為臣奮一旦之命。乞將之北州，效力邊陲！』於是駐兵河東，以觀時變。」按董卓為前將軍，統羌胡兵團在隴西作戰，此時不就少府之徵，又不交出兵權給皇甫嵩，河東非并州屬郡，卓反將兵東駐於此，則其已有異圖是可證的。根據《三國志．董卓傳》注引《典略》，說董卓入洛，在新安途中曾上表云：「臣伏惟天下所以有逆不止者，各由黃門常侍張讓等侮慢天常，操擅王命，……至使怨氣上蒸，妖賊蜂起。臣前奉詔討（南匈奴單于）於夫羅，將士飢乏，不肯渡河，皆言欲詣京師先誅閹豎以除民害，從臺閣求乞資直。臣隨慰撫，以至新安。臣聞揚湯止沸，不如滅火去薪，潰癰雖痛，勝于養肉，及溺呼船，悔之無及！」表示董卓入京之初，表面上是扮演正義角色的，欲以暴力手段誅除宦官；又反映其軍隊對中央早就不滿，有入京求乞資直之意。後來入京之後，卓軍大事搶掠，是有原因的。「臣不能禁止」可能不完全是藉口，只是與士卒「相狎彌久」的董卓，知此軍情而縱兵，則不能推卸其責。

據此，可見董卓與所屬羌胡部隊早已融為一體，如同是其私人部曲，開魏晉將軍隊視同私人部曲之先河，故能挾之以為政治資本，宰割地方，抗拒朝廷。何進急於遂行私念而徵四方兵，竟召如此軍紀態度的兵團入京，以脅太后，真是權令智昏，太阿倒持也。

何進原來的軍事目標是以四方兵「脅太后」，卓部則是被其選擇以執行此軍事行動的兵團，故進催令卓部馳驛進駐長樂觀。按長樂宮是太后的寢宮，故卓部的軍事行動實有大將軍命令的依據。軍人奉令行事，因此董卓挾持太后及少帝，在軍令執行上不能說此時的董卓實為亂首；蓋此時為亂的責任應歸何進，何進始為應被譴責的禍首。總之，何進的兵變計畫原本即有犯上作亂的性質，是則其死於宦官的反兵變應是自作孽之事。兵變與反兵變會造成京城大亂應是意料中事，但是事態的發展，竟脫離了上述宮廷兵變的權力鬥爭惡性循環模式，而導致漢室喪失權柄，則屬意料之外。文姬本身日後的苦難直因於卓，以故作本詩而迴溯時，遂以進死卓起而令漢失權柄之事為敘事的起點，並立即切入董卓在京縱兵搶略、弒害太后、廢立天子、陵殺公卿等「亂天常」諸事，直以罪疚歸魁於卓。

志欲圖篡弒，先害諸賢良。

按〈卓傳〉說董卓原駐兵河東，奉大將軍召令後，親率步騎約三千人馬「即時就道」，當是其兵團的精銳，而本軍則應仍留駐河東以防南匈奴。董卓入得長安時何進已死，情勢丕變，故自覺兵力不足；及至兼領其他重要部隊後，已掌握首都部隊的統一指揮權，乃敢行廢立。〈卓傳〉記述當時情況說：「初，卓之入也，步騎不過三千，自嫌兵少，恐不為遠近所服，率四五日輒夜潛出軍近營，明旦乃大陳旌鼓而還，以為西兵復至，洛中無知者。尋而何進及弟苗先所領部曲皆歸於卓，卓又使呂布殺執金吾丁原而并其眾，卓兵士大盛。乃諷朝廷策免司空劉弘而自代之，因集議廢立。」可以為證。

所謂「圖篡弒」之事指何？

按中平六年（189）四月靈帝崩後三日，十七歲的少帝即位，何太后臨朝。翌月董重下獄死，董太后崩，「民間歸咎何氏。」[11] 八月，何進被殺，帝、后落入董卓手中，董卓自為司空。九月，董卓引伊尹、霍光故事廢帝為弘農王，立九歲的獻帝，遷何太后於永安宮；同月，尋以何太后「蹙迫永樂太后（即董太后），至令憂死，逆婦姑之禮，無孝順之節」為理由而弒之。[12]翌年初平元年（190）正月，山東義師起兵討卓，卓乃弒弘農王。翌月掃洛陽而遷都長安。此即「圖篡弒」的整個事件。

據〈卓傳〉，謂董卓於京城混亂中將兵迎還少帝兄弟時，「帝見卓兵至，恐怖涕泣，卓與言，不能辭對，與陳留王（即獻帝）語，遂及禍亂之事。卓以王為賢，且為董太后所養，卓自以與太后同族，有廢立意」云云。是則少帝兄弟不同的表現，是造成董卓廢立之意的萌始，真正的原因仍在董太后與東漢外戚專權慣例的宿命。董太后是冀州河間人，與隴西臨洮的董卓，除了姓董氏

[11] 歸咎之說見《後漢書‧孝仁董皇后紀》，10 下：447。
[12] 詳〈卓傳〉，72：2324。

外沾不上親戚關係。董卓利用「與太后同族」的關係，也就是欲扮演外戚的角色，并巧妙地利用了董、何二外戚的矛盾衝突，除去了何太后及其家屬，兼及何太后所生的少帝。東漢外戚專權廢弒是常見之事，故董卓也欲竊取此身份，以如法炮製也。

文姬指控董卓「廢弒」雖是事實，然而指控其「圖篡」則可否成立？或者，文姬是否另有所指？

按董太后姑侄之死與何氏有關，民間早已歸咎之。當時臣民習見此類政治事件已久，故最初大概僅能意想到董卓實行奪權，是王室、外戚間之鬥爭，卻未必能意會他是「志欲圖篡弒」的。兩漢外戚志欲專權者多，志欲篡位者則極少，而志欲篡位且又成功者，更僅得王莽一例。若說日後的曹丕，於漢也是外戚，則是第二例。

論者或謂董卓後來拜相國，晉太師，僭擬車服，甚至築塢曰「萬歲塢」，豈非圖篡之舉？筆者以為，此類行為僅是僭越之亂，人格屬於威權型的專權者，當其掌控大權後，大抵多如是。這是人格使然，與其是否篡位或者意圖篡位，并無必然關係。後來曹操所為也大抵如此，但他卻自認為「若天命在吾，吾為周文王矣」，[13]而終身未成篡位之舉，可以為例。

董卓早有覬時之志，但以其當時的位望實力，殆不至於敢率爾篡代漢室，恐怕是欲伺機高遷掌權而已，是故區區少府之官，且不放在眼內。何進召他入京以脅太后，對有此蓄志的他是一個大好機會，故急率三千步騎馳驛而入。及至，主事者何進已死，帝、后在其手中，乃思利用董姓冒稱外戚身份，復利用民間歸咎何氏之機，取代何進原有的權位；尋而進行廢弒何太后及其所生

[13] 參《三國志・武帝紀》建安二十四年十月注引《魏氏春秋》，1：53。

之少帝，盡鋤何氏勢力，以徹底消除其最大之潛敵。因此，董卓入京初期是頗欲扮演正義英雄之角色的，故恩威並施，〈卓傳〉說他「猶忍性矯情，擢用群士，……幽滯之士，多所顯拔，……卓所親愛，並不處顯職，但將校而已」，其目的即為建立個人之正面形象。他壓抑親愛，如其重將女婿牛輔，始終只是中郎將，即可為例；禮用士人，如文姬父親蔡邕之被敬信，則是其例。及至山東名士世族所謂「義師」起，在洛公卿名士又反對遷都，或有暗通義師者，如此始是董卓大起殺戒，立即掃地西遷的原因。因形象破滅，環境丕變，故有「先害諸賢良」之舉，蓋指誅殺伍瓊、周毖等人之事也。[14]董卓連帝后皆敢廢弒，以故殺害不順意的賢良即不足為怪，但卻始終未行篡漢之實，是否曾有過此志圖則未可證知。

論者或謂董卓突然在長安被兵變所誅，故時不與我，如果假以時日，以其專權僭越，安知不篡漢？筆者以為，歷史沒有「如果」，專權僭越之人也未必會篡位，前論曹操即可為例證。蓋董卓奉令入京脅太后之初，未必即有圖弒之舉；及至情勢丕變，已行廢弒，亦未必有篡漢之圖。因此，文姬指控董卓廢弒，確為事實；若謂其有「圖篡」之志，則應是其悲憤之餘，所發的激越之言了。或謂詩人遷就五言詩而命詞遣句，不宜深究；但是歷史研究在知人論世、追求真相，若僅為遷就詩句，本句寫成「志欲圖廢弒」即可，蓋兩漢外戚廢弒天子之例常有，其罪不重於篡代。文姬於此訴陳董卓「圖篡」，殆有坐以更大罪名之意。文姬此下

---

[14] 伍、周二人為董卓所重，入京之初勸卓用善士，但後來董卓認為諸士到官，卻舉兵相圖，故怪罪二人辜負及出賣，收斬之。《通鑑》繫其事於初平元年二月乙亥，同月丁亥乃西遷，故文姬稱為「先害」。

的悲參遭遇實因董卓之亂而起，故重責於董卓，此情蓋可同情與體諒，卻不得引以坐實董卓「圖篡」的動機與罪名，否則不免為個人偏誣之詞，因個人之悲憤而欲加之罪矣。

逼迫遷舊邦，擁主以自彊。

王者邦畿千里，此舊邦實指關中長安，蓋指初平元年（190）二月丁亥，董卓挾帝西遷之事。

按董卓入京，最初似無弒帝遷都的政變構想或計畫。篡弒之事上面已討論，今討論其遷都之事，因為文姬命運的改變，直接因素即由此始。

一般論者多認為，董卓是因聞東方兵起而欲遷都；然而根據〈卓傳〉所載，此原因尚可稍作檢討。該傳云：「初，靈帝末，黃巾餘黨郭太等復起西河白波谷，轉寇太原，遂破河東，百姓流離三輔，號為『白波賊』，眾十餘萬。卓遣中郎將牛輔擊之，不能卻。及聞東方兵起，懼，乃鴆殺弘農王，欲徙都長安。」按董卓雖掌握洛陽地區部隊的統一指揮權，但能否切實掌握則有可疑，如稍後河南尹朱儁於中牟舉兵反對他，即是其未能切實掌握之例。洛陽為四戰之地，易攻難守，董卓鑒於內有離異，外有討伐，所以始懼，而尤懼號稱有數十萬眾的關東義師也，故《三國志．卓傳》直謂他「以山東豪傑並起，恐懼不寧」。然而從戰場戰略立場研判，董卓此時尚未與東線的山東義師會戰，更未主力決戰，即圖遷都撤退，其實最大的關鍵因素之一殆在西線的河東戰場。

河東原為董卓主力的留駐地，任務是對付叛亂的南匈奴。靈帝中平六年（189）十月，也有十餘萬眾的白波兵由西河郡攻入河東郡，並與南單于於扶羅部合兵，以致百姓流離，是即其本軍主力已大受威脅。[15]今牛輔形勢不穩，洛陽遂呈腹背受敵、兩面作戰之態勢。當此之時，董卓必須考慮內則百官心理動搖（詳下句證「長驅西入關」所舉司馬朗、蔡邕之例），外則恐懼不敵山東義師，而太晚撤退則有在西線被切斷之虞，因此與其困守洛陽坐待被殲滅，不如迅速西撤關中以保存實力。按：山東之所謂義師此時各懷利害而號令不一，又畏卓部強大而莫敢先進，假若董卓情報靈通，知悉此情，則是否必須如此迅速匆忙西撤，事屬可疑；是則董卓此次撤退，實是基於政治、心理與軍事情勢之考慮而作的戰略性決定，目的是為了保全實力，繼續挾持天子，可以無疑。

西遷分兩梯次進行，第一梯次在初平元年（190）二月，〈卓傳〉記述此次西撤的情況云：「於是盡徙洛陽人數百萬口於長安，步騎驅蹙，更相蹈藉，飢餓寇掠，積尸盈路。卓自留屯畢圭苑中，悉燒宮廟百官居家，二百里內無復孑遺。又使呂布發諸帝陵，及公卿已下冢墓，收其珍寶。」是則誠為東都毀滅性的大撤退也。此時董卓主力仍留屯洛陽，親自善後。第二梯次在一年之後，即初平二年二月卓軍胡軫部先被孫堅敗於陽人，董卓主力復敗於太谷附近，乃率軍退至弘農郡之陝縣，部署防禦完畢然後西行，四月至長安。

依此情形看，第一梯隊以王室、百官、人民為主，而第二梯隊則是卓軍之軍事撤退。〈邕傳〉載邕於中平六年（189）靈帝崩後被董卓辟至洛陽任官，翌年初平元年，以左中郎將「從獻帝遷都長安」，是則實於第一梯隊西遷。如果文姬此時歸寧於蔡邕之

---

[15] 白波、匈奴聯軍寇河東之時間，《通鑑》有考異，詳該年月條並注，59：1905。

洛陽官邸，則亦應在此梯隊之中隨父西遷。但是揆諸本詩，文姬自述在途中蒙受慘遇，假如她在此梯隊隨父西行的話，以當時蔡邕被董卓所親重的情況看，則她應不致於蒙此慘虐。論者據此而疑文姬不在此梯隊之中，因而進疑文姬不是歸寧於洛陽父邸，而是歸寧於陳留家中，應是合理的懷疑與推論。蓋〈邕傳〉載蔡邕早喪父母，在家鄉「與叔父從弟同居，三世不分財」，是陳留當郡之士族；而文姬則不知何時歸寧，但由於其父僅在西遷前一年始被辟至洛陽任官，依其家族三世同居共財的生活習慣，她即使父在洛陽任官，然而仍應依家族習慣歸寧於陳留家中，以故上述之合理推論理應成立。

海內興義師，欲共討不祥

此句指初平元年正月，以袁紹為首，包括曹操、劉備、孫堅等部的山東討卓聯軍，起兵勤王之事。

袁、曹、孫等人，後來歷史證實均為一代梟雄，各事割據以速漢亡之禍；而論者謂文姬因曹操之贖而得以歸漢，故從曹操之立場，而稱聯軍為「義師」。

按：曹操父子詩文的確常稱此事為義師，但與文姬是否附會其立場殆無必然關係。據董卓上述行廢弒、亂天常、肆威虐的情況而論，可說是「不祥」之至；而諸人起兵勤王，就當時而言固可視為討殘賊，是以諸侯之兵可得而號為「義師」。以後義師的領袖各因利害而質變，則是另外一回事，固不能以彼度此也。事實上，當時人或後來撰就的史書，如《三國志》、《後漢書》等，亦視此時起兵的山東諸軍為義師，不僅文姬為然。文姬被西掠的種種遭遇，固因董卓西撤而起；而董卓西撤，則因山東起兵而成。若論其慘遇，就個人而言，固亦可歸咎於義師之壓逼董卓；但是從大局而論，則不能將個人悲慘歸咎於討伐不祥之義師。文姬蓋從時人大局的觀點思考也。

或謂曹操、曹丕父子後來的行事類同董卓，何以文姬不批評曹氏？按文姬此詩原為自述其被掠慘遇的自傳式史詩，並無詠述建安中期以後世局之意，故文姬對中期以後曹操的行事，不當在此詩中苛求其表態。

卓眾來東下，金甲耀日光。

卓眾東下，殆是文姬被掠的關鍵，故文姬特述此句。前面已證文姬不是歸寧於洛陽父邸，而是歸寧於陳留本家，則卓眾曾否及何時東至陳留，便是解決其何時、何地、被何人所掠的關鍵所在。

按：第一梯隊西撤時，據〈卓傳〉所述，「卓先遣將徐榮、李蒙四出虜掠」，與義師的南線孫堅部遭遇戰，堅失敗。則此卓部應是虜掠洛陽南方，而非虜掠東方陳留郡一帶，「來東下」一事決不指此而言。

及至孫堅重整所部，進軍大谷，距洛九十里，卓軍一再戰敗，乃實行第二梯隊的西撤，分派諸部駐防西撤沿途要地，以確保西撤的順利及防禦義師的追擊。當時命重越屯黽池，段煨屯華陰，牛輔屯安邑，其餘分布諸縣。此部署在初平二年二月間進行。

〈卓傳〉尋又云：「初，卓以牛輔子婿，素所親信，使以兵屯陝。輔分遣其校尉李傕、郭汜、張濟將步騎數萬，擊破河南尹朱儁於中牟。因掠陳留、潁川諸縣，殺略男女，所過無復遺類。」《三國志．卓傳》則僅略記牛輔屯陝，[16]分遣李傕等略陳留、潁

[16] 按牛輔原屯河東郡治安邑，是統董卓本軍防禦南匈奴的大將。大概董卓

川諸縣而已；但於〈荀彧傳〉則記之頗詳，謂彧時任守宮令，「董卓之亂，求出補吏。除亢父令，遂棄官歸，謂父老曰：『潁川，四戰之地也，天下有變，常為兵衝，宜亟去之，無久留。』鄉人多懷土猶豫，……初平二年，彧去（袁）紹從太祖（曹操）。是時，董卓威陵天下，……遣李傕等出關東，所過虜略，至潁川、陳留而還，鄉人留者多見殺略。明年，太祖領兗州牧」云。按：曹操於初平三年四月領兗州牧，是則虜略之事應發生於初平二年末至三年初，可以無疑。中牟之役及徇掠陳留，《後漢紀》及《通鑑》均繫之於初平三年（192）正月，卓軍主力西撤之後。是則牛輔部署屯陝之後，曾分遣所部東出，摧毀東線最接近的朱儁兵團，而又虜掠至河南郡東方的陳留、潁川諸地，以徹底摧毀義師戰略補充的腹地。此是真實發生過之事，也是卓部唯一曾東出至陳留的紀錄。

論者對文姬在何時何地被虜掠大抵有多說，是討論本詩焦點問題之一，但可歸納為三種不同的意見：[17]

第一說，謂文姬夫死後歸寧於陳留郡圉縣家中，於初平三年正月中牟之役時為卓部所掠，即是上述此役。

第二說，謂文姬歸寧於其父之洛陽官邸，亦隨父西撤至長安，後被掠。

第三說，謂文姬歸寧於其父西撤後的長安官邸，其父被殺

敗於孫堅，率主力西撤至弘農郡治陝縣後，不久於初平二年四月西行入長安，而將牛輔移防至陝，以為防禦義師的主將。故有初平三年正月，牛輔於陝遣軍東下之舉。

[17] 蔡寬夫另有被袁紹等人所掠之說，戴君仁〈蔡琰悲憤詩考證〉(《大陸雜誌》4-12，頁 385，1952）已駁其非，不贅。

後，於興平中為胡騎所掠。

按：《後漢書．朱儁傳》載儁時任城門校尉・河南尹，反對董卓遷都，當卓軍第二梯隊西行後，委他以留守洛陽之任。他尋與山東諸將通謀為內應，懼為卓所襲，乃棄官出走，東屯河南郡最東之中牟縣，移書州郡請師討卓。「卓聞之，使其將李傕、郭汜等數萬人屯河南拒儁。儁逆擊，為傕、汜所破。儁自知不敵，因關下不敢復前」。[18]是則傕、汜之東攻朱儁，而向旁徇及其東之陳留與其南之潁川，的確是在第二梯隊西撤之後。前面已證文姬應是歸寧於陳留圉縣的本家，若是在此地被掠，則當為此役之事。此次被掠西遷的隊伍，殆為卓部的戰利物資梯隊，也可說是第三梯隊了，時在初平三年正月或稍後。

按：〈文姬傳〉謂文姬「夫亡無子，歸寧于家。興平中，天下喪亂，文姬為胡騎所獲，沒於南匈奴左賢王」，故論者據此而疑文姬非在初平三年正月或稍後被俘掠。然而細析本傳之意，范曄說文姬在興平中為胡騎所獲是一回事，但卻無意謂在此之前未曾先被卓部所掠。

文姬在本詩明確陳述其被掠與「東下」的「卓眾」有關，是

---

[18] 按孫堅進入洛陽後，不久即引軍退還其大本營魯陽，尋參與袁術與袁紹之爭，奉袁術命進攻袁紹之同盟荊州的劉表而戰死。諸書記載其戰死的時間不同，《通鑑考異》考定在初平二年。（參《通鑑》漢獻帝初平二年十月條，60:1928），是則中牟之役時，洛陽附近僅有朱儁一支軍隊，故卓部將之擊敗後，遂得以越過中牟而徇掠陳留，第三梯隊西遷時亦得以不被截擊。袁宏《後漢紀》獻帝初平三年春正月丁丑條，謂李傕等「先向孫堅，……戰於陽人，大破傕軍。傕遂掠至陳留、潁川」，殆誤。據《三國志・孫破虜討逆傳》及《通鑑》，孫堅陽人之捷是攻入洛陽前之勝仗，不發生於初平三年正月。

以當非第一次被掠時即被南匈奴所掠，應可無疑；而〈悲憤〉二詩皆訴述被西掠入關，若文姬在西撤目的地之長安被掠西行，則西入關及沿途地理環境即告無解，以故上述的第二及第三兩種說法自不能成立。二詩又訴述西行途中之慘遇，若文姬與當時仍為董卓所敬重的父親同行，則焉會遭受如此待遇，此則第二說固亦不可解。因此，第二、第三兩種意見，疑竇甚多，與二詩訴述內容不合，為引起辯論的焦點問題之一。筆者以為，在不能證實〈悲憤〉二詩是偽託之前，仍當以析證此兩詩為主。據此，筆者暫時假定文姬被掠於中牟之役，被掠時間在初平三年正月或稍後，地點則在陳留郡圉縣本家。

又根據《後漢書・唐姬紀》所述，唐姬為潁川人，是少帝之妻。少帝為卓所酖，死前與姬行酒歌舞泣別，囑其「勢不復為吏民妻」，即是囑她以後不要改嫁。同紀復謂「王（卓廢少帝為弘農王）薨，歸鄉里。父會稽太守瑁欲嫁之，姬誓不許。及李傕破長安，遣兵鈔關東，略得姬。傕因欲妻之，固不聽，而終不自名。」按：李傕自中牟之役回至弘農駐地後，未見復有東攻的紀錄。其後因董卓死，傕率部西「破長安」為亂，其間亦無「破長安，遣兵鈔關東」，以及東鈔至潁川的紀錄；只有在獻帝後來東歸至河東時，傕因後悔放帝歸洛，而東追至河東，不果而還長安。是則李傕「破長安，遣兵鈔關東，略得姬」之說，誠屬可疑，蓋亂離之世文獻殘闕歟。又按：唐姬既是少帝之妻，董卓如何可能弒少帝後仍會放其「歸鄉里」？而傕部在董卓死後又如何能越過弘農郡勢力範圍而「鈔關東」，並且竟鈔至潁川而掠得唐姬？因此，筆者懷疑，唐姬被李傕所略恐有兩種可能：其一是唐姬並未被董卓放歸鄉里，而是從洛陽隨隊西撤至長安，卓死後李傕「破長安」而略獲唐姬；其二是唐姬被董卓放歸潁川，但尋於中牟之役被略，殆與文姬被略同時發生。二者孰是？筆者認為宜以後者為是，蓋因唐姬曾被其父會稽太守瑁迫使改嫁，是則唐姬歸鄉里的情況應約與文姬之歸寧相同，即是守寡後歸回潁川本家而未至父親之任所，所不同者只是其父仍欲嫁之耳。要之，唐姬雖是先帝故妻，亦不免被略西行，是則其遭遇仍頗與文姬相同。

總而言之，史書明確記載，卓軍第二次西撤後，李傕等部曾由弘農東鈔函谷關以東，而且「掠陳留、潁川諸縣，殺略男女，所過無復遺類」。此為卓部唯一曾東出至陳留、潁川的紀錄，[19]亦即是初平三年（192）正月的中牟之役。此時，文姬與唐姬假如均因夫死而先後歸寧於其陳留、潁川之鄉家，則最可能皆被虜掠於此役。〈文姬傳〉所謂文姬「歸寧于家。興平（194-195）中，天下喪亂，文姬為胡騎所獲，沒於南匈奴左賢王」也者，恐怕是范曄因已附載她第一次被「卓眾來東下」所虜掠以及「身執略兮入西關」的自述史詩，以故用史家筆法略去敘述此事；而將重點陳述她於興平中「為胡騎所獲，沒於南匈奴左賢王」一事，以補充二詩對此自述之不足。所推若是，則文姬其實應曾有兩次被掠獲，第一次為「卓眾」所掠，事在初平三年正月或稍後；而第二次則是「為胡騎所獲」，事在興平中。蓋經中牟之役後，賦體之〈悲痛詩二〉即已自述「嗟薄祜兮遭世患，宗族殄兮門戶單。身執略兮入西關」；而本詩則描述其被迎歸後家鄉之喪亡荒涼，亦有「既至家人盡，又復無中外。城郭為山林，庭宇生荊艾。白骨不知誰，從橫莫覆蓋。出門無人聲，豺狼號且吠」等句。可證文姬殆不會在此役以後之興平中，始歸寧於已喪亡荒涼、宗族殄而

---

[19] 《後漢書・唐姬紀》雖謂「李傕破長安，遣兵鈔關東」，但卻未明載其「掠陳留、潁川諸縣，殺略男女」；且此記載應為董卓死後之事。

家人盡的陳留；而其歸寧時間自應在家鄉未遭摧殘的初平三年以前。蓋文姬在初平三年正月中牟之役或稍後，已被東下之卓眾「身執略兮入西關」，更如何能在其後之興平中纔「為胡騎所獲，沒於南匈奴左賢王」？

至於「歸寧」一詞，一般指婦人短暫歸家寧問父母安否，所謂「父母在有歸寧，沒則使卿寧」是也。[20]然而漢人用法，不論男女歸本家寧問皆曰歸寧，[21]而諸侯回本國亦曰歸寧，[22]甚至寡婦歸寧則似有歸家長期居住之意，如《後漢書．列女．劉長卿妻傳》載：「沛劉長卿妻者，同郡桓鸞之女也。……生一男五歲而長卿卒，妻防遠嫌疑，不肯歸寧。兒年十五，晚又夭歿。妻慮不免，乃豫刑其耳以自誓。宗婦相與愍之，共謂曰：『若家（按：即你家）殊無它意；假令有之，猶可因姑姊妹以表其誠，何貴義輕身之甚哉！』對曰：『昔我先君五更（指桓榮），學為儒宗，尊為帝師。五更已來，歷代不替，男以忠孝顯，女以貞順稱。……是以豫自刑翦，以明我情！』」[23]蓋長卿妻於夫亡後堅欲留在夫

---

[20] 《通鑑》梁武帝天監十五年八月壬辰條載北「魏胡太后數幸宗戚勳貴之家，侍中崔光表諫曰：「禮，……夫人，父母在有歸寧，沒則使卿寧。」胡注：「左傳莊二十七年冬，杞伯姬來，歸寧也。杜預註曰：寧，問父母安否。襄十二年，楚司馬子庚聘于秦，為夫人寧，禮也。註曰：諸侯夫人，父母既沒，歸寧使卿，故曰禮。」參 148: 4626。

[21] 如《漢書．馮奉世傳》注引如淳曰：「律，吏二千石以上告歸歸寧。」蓋指告假以歸寧。（參 79: 3304）《後漢書．桓榮傳．桓曄附傳》載曄「姑為司空楊賜夫人。初鸞（曄父）卒，姑歸寧赴哀」。（參 37: 1259）

[22] 如《後漢書．東平憲王蒼傳》載蒼來朝，帝下詔曰「禮云，伯父歸寧乃國，詩云叔父建爾元子，敬之至也」云云，參 42:1439。

[23] 桓鸞為桓榮玄孫。榮為帝王之師，拜為五更，世為名儒，故劉長卿妻桓氏亦重儒學禮教而堅不改嫁。桓榮及其子孫事詳前注之《後漢書．桓榮

家守寡，恐怕歸寧本家則會引起改嫁的嫌疑，以故不肯歸寧。是則她在夫亡後之不肯歸寧，殆有不肯回本家長住之意。然則文姬之「夫亡無子，歸寧于家」，是否也有回本家長住之意？按：賦體的〈悲憤詩二〉文姬自詠其由匈奴被迎歸時，謂「家既迎兮當歸寧，臨長路兮捐所生。兒呼母兮號失聲，我掩耳兮不忍聽」，表示此次歸寧實為回本家長住而非短暫回家省親。因此，她當日之「夫亡無子，歸寧于家」，恐怕亦指回本家長期居住而言。蓋文姬夫家雖是河東大族之衛氏，但是此時河東因有白波賊與南匈奴的戰爭威脅，以故欲離開夫家而回陳留本家長期投靠父母也。

假如「父母在有歸寧」，則文姬之母氏不詳，而父親蔡邕則被殺於西撤長安後不久之初平三年四月，[24]顯示文姬的確在初平三年以前父尚健在時歸寧，而於是年正月或稍後被卓眾所掠，「身執略兮入西關」；斷非遲至興平中始「為胡騎所獲，沒於南匈奴左賢王」。就史料學而言，「卓眾來東下」以及「身執略兮入西關」均出於文姬本人之自述，屬於第一手史料，其可信度不容懷疑。由於范曄已引述〈悲憤〉二詩於〈文姬傳〉之正文，而二詩對其第一次被掠已有較明確的交代，所以范曄遂不著墨於文姬之第一次被掠；但是，二詩對文姬本人何時及如何「為胡騎所獲，沒於南匈奴左賢王」尚無明確交代，因此范曄纔著重陳述其第二次之被獲，此史學方法應該可被理解。

傳》，長卿妻則見同書 84:2797。

[24] 蔡邕為董卓所敬重，卓挾之西撤，初平三年四月董卓為司徒王允兵變所殺，蔡邕為之色動，以故亦為王允所殺，事詳〈邕傳〉。

平土人脆弱，來兵皆胡羌。

此處之「平土」、「胡羌」究竟何所指？卓部的「胡羌」是否即為掠獲文姬的「胡騎」？此是文姬在何地、為何人所掠的解答關鍵。

按：「平土」蓋泛指文姬鄉邑所在之黃河中下游平原諸州郡，亦即當時司、豫、冀、兗諸州號稱山東之地。此地區在漢朝是農業文化的精華區，大體農業文化精華區的人民，生活較富裕優悠，故相對於涼州隴西高原的人民，在體格體力上較為脆弱，更比不上胡羌的雄健武猛。《太平寰宇記》所載之河南諸郡，常以「安舒」一詞介述此地的民風，可以概見其情。蓋隴西高原一帶，素為漢、羌爭戰之地，以故民風驍勇，即使婦女亦然，因此《通鑑》漢獻帝初平元年正月條引述尚書鄭泰（太）勸阻董卓欲大發兵以攻義師之言云：「山東承平日久，民不習戰，關西頃遭羌寇，婦女皆能挾弓而鬥，天下所畏者無若并、涼之人與羌、胡義從；而明公擁之以為爪牙，譬猶驅虎兕以赴犬羊，鼓烈風以掃枯葉，誰敢禦之！」按：《通鑑》所錄蓋據《後漢書．鄭太傳》。鄭太反對董卓出兵與義師交戰，恐獲罪於卓，故「詭詞」誇大東、西的比較，甚至謂卓軍有匈奴、屠各。於此姑從《通鑑》平實之辭，由此可證當時關西、山東之人民，風氣體力的確有甚大差異；而董卓兵團則確實由并、涼邊人及義從羌、胡所組成。是則本句之「胡羌」，應該就是指此義從胡與義從羌而言。

董卓兵團由并涼邊人及義從胡羌所組成，所以前引《續漢書．五行一》復云：「董卓陵虜王室，多援邊人，以充本朝，胡夷異種，跨蹈中國。」按：涼隴地多胡羌，東漢尤將征戰百年之羌族視為西夷，以故《後漢書》特立〈西羌傳〉，是則此處之胡夷也就是胡羌。漢朝徵募胡、羌為兵已有長久歷史，不過董卓兵團究竟有哪些胡羌？仍然值得一探。

按：《後漢書》及《三國志》之〈董卓傳〉，皆說董卓為涼州之隴西臨洮人，以六郡良家子從軍，後隸屬張奐以征討叛羌而立功興起，經歷與胡、羌百餘戰，遂擢遷至前將軍，所部曾統有三萬人的紀錄，并轄有胡、羌兵。前引〈卓傳〉謂董卓入洛前，以所部「湟中義從及秦胡兵」遮留為藉口，拒絕被徵以及交出兵權，是即此類的胡羌兵。

湟中有義從羌，也有義從胡，後者常指湟中月氏胡而言，原為大月氏西遷後留在河西走廊，退入祁連山與羌族融合的一支。所謂「義從」，當指順義從軍而言，二者自東漢以來皆有從漢軍征伐的紀錄。[25]這些義從胡羌，可能是各因其族群部落而組織，以配屬於漢軍者。至於「秦胡兵」，殆泛指關中秦地之諸胡應募為漢兵者，似又不限於湟中義從月氏胡而已。蓋漢晉之間，關中居民複雜，除了匈奴諸舊部胡與諸羌之外，亦有西域胡以及其他雜胡，以故晉世江統乃有〈徙戎〉之論。按：董卓入長安，牛輔移防於弘農郡陝縣，以防禦義師，後來亂長安的卓將李傕、郭汜、張濟，當時皆隸其部下為校尉，所屬即多羌胡兵，因此最為董卓所倚重。牛輔在董卓死後，亦為其帳下支胡赤兒等諸胡所殺。所謂「支胡」即是月氏胡，「諸胡」可能指包括月氏以外之諸種胡，要之牛輔所部有胡人，是可以肯定之事。兩〈卓傳〉皆謂牛輔分遣李傕等三校尉進擊中牟，因略陳留、潁川諸地；卓死後，三部

[25] 湟中月氏胡詳《後漢書・西羌傳》，87：2899。義從羌與義從胡又可參拙著〈氐羌種姓文化及其與秦漢魏晉的關係〉，《國立中正大學學報》6-1，1995.12。

率兵西破長安以內戰，所部仍見載胡、羌兵，可證牛輔所屬因多有胡羌兵，以故成為卓軍之主力。因此，文姬謂李傕等部「來兵皆胡羌」，顯然不是隨意之言。

然則文姬曾為「胡騎」所獲，此胡騎是否會是南匈奴之胡騎，抑或就是卓軍胡羌兵的胡騎？

按「胡」之一名原是匈奴自豪之稱謂，[26]漢朝人亦以此稱之。若是他種胡，漢人則習慣在胡字前加上其種落或地方名稱，如屠各胡、盧水胡、湟中胡、北地胡等是也；至於東胡系之烏桓、鮮卑，有時也簡稱為胡。卓軍有秦胡兵，即可能包含有關隴一帶的匈奴諸舊部胡以及雜胡，有否匈奴本部胡則除〈鄭太傳〉外並無旁證，然而卻未見有東胡騎的記載，而烏桓、鮮卑亦無與卓軍合流或同盟的紀錄，以故虜獲文姬之胡騎應可排除東胡騎。不過，南匈奴於扶羅單于當初雖是卓軍駐防河東之軍事目標，但卻於初平二年七月至三年正月間，似一度短暫地與董卓發生某種不詳之關係；只是在此段期間，於扶羅所部的活動地區主要為河內，而未曾涉足河南及陳留。而且，於扶羅在初平三年正月被曹操大破於冀州魏郡的內黃，同月則正是李傕等部進攻中牟，旁掠豫州陳留、潁川二郡地之時。[27]內黃與陳留相隔以黃河，因此，若文姬

[26] 《漢書．匈奴傳》載漢武帝時，匈奴單于遣使遺漢書云：「南有大漢，北有強胡。胡者，天之驕子也！」可以為證。見 94 上:3780。

[27] 據《後漢書．南匈奴列傳》，南匈奴於靈帝中平五年分裂（分裂立國之事情詳正文下文），新立單于於扶羅「詣闕自訟。會靈帝崩，天下大亂，單于將數千騎與白波賊合兵寇河內諸郡」，因一再受挫而止於河東。（89：2965），據《三國志．張楊傳》，袁紹討卓至河內，於夫羅與張楊隸屬於袁紹，屯於漳水。後單于叛紹，楊不從，單于乃執楊與俱去，為紹軍追破於鄴南，單于遂執楊至黎陽。董卓乃以張楊為建義將軍．河東太守，（8：

的確在初平三年正月或稍後被掠獲，而掠獲她的人又確實是「胡騎」的話，則此「胡騎」是於扶羅所屬之南匈奴胡騎的可能性極少，而指卓軍李傕等部原有的湟中月氏胡或其他秦地胡的可能性則甚大。即使史載文姬「沒於南匈奴左賢王」屬實，然而據此推論，其沒於南匈奴胡騎也應是中牟之役以後的「興平中」之事了，與文姬在中牟之役落入卓軍「羌胡」兵的胡騎殆無關係。

根據上文論證，李傕等部攻擊中牟，因略二郡，其事發生在初平三年（192）正月間。〈文姬傳〉所謂於「興平中」被獲，實與此時間不合。是本傳記述的錯誤，亦或後世傳抄的筆誤，抑或正史另有闕如轉折之事未詳交代？依據校讎學的原則，在無確證之下，筆者於此暫不遽謂「興平」乃是「初平」之誤記或誤抄，只能往其他可能方向考慮。

按〈文姬傳〉述其被獲後的情況甚簡，全文僅為如此：「歸寧於家。興平中，天下喪亂，文姬為胡騎所獲，沒於南匈奴左賢王，在胡中十二年，生二子。」根據〈邕傳〉記載，董卓入長安後不久，即於初平三年（192）四月為兵變所殺，邕亦因卓死而被殺於長安，長安尋陷於戰亂。從邕死至興平（194-195）中已隔兩三年，故文姬當初若未於洛陽隨父西遷長安，則於此戰亂屠殺之中，殆無可能歸寧於邕之長安官邸，然後於邕死兩三年之後始被胡騎所獲。〈悲憤詩二〉云：「宗族殄兮門戶單，身執略兮入西關。」此語決不能解作蔡邕死於長安後，文姬始被執略西遷，因

250-251）《通鑑》繫此於獻帝初平二年七月。《通鑑》又謂初平三年正月，曹操大破單于於魏郡之內黃，單于乃投附於袁術。（60：1932）是則南匈奴於扶羅單于可能因張楊受董卓官職的關係，一度短暫地與董卓有些關係，因而被曹軍攻擊，但其關係不詳。

為被卓部俘掠西遷應為蔡邕死前之事，而文姬若被南匈奴胡騎所獲則更不可能西遷，蓋時地均不符於史實也。

筆者以為，史傳並無興平中南匈奴虜掠陳留、[28]長安或洛陽的記錄，故文姬不可能於此時在上述任何一地被南匈奴胡騎所俘掠。因此，文姬於興平中被胡騎所獲，實另有所指。極為可能的情況是：文姬第一次被羌胡兵的卓眾掠至某地，興平中又第二次在某地被胡騎所獲，而輾轉落入左賢王之手（詳下）。有些論者採取此兩次掠獲說，是較為合理的。筆者以為，離亂之世，人民輾轉多次被俘掠，實為常有之事；且史有闕文，詩常略述，乃是文、史常事，故待論者為之詳考耳。

獵野圍城邑，所向悉破亡。
斬截無孑遺，尸骸相撐拒。

董卓兵團殘殺屠毒，史傳斑斑可考，前謂卓軍徇「掠陳留、潁川諸縣，殺略男女，所過無復遺類」，可以互證。卓軍如此，實則討卓之所謂義師，對戰地人民社會的摧殘，似乎也不遜於卓

---

[28] 〈三國志・武帝紀〉初平四年春，曹操與袁術戰，「術引軍入陳留，屯封丘，黑山餘賊及於夫羅等佐之」，操大破之。(1：10)《三國志・袁術傳》不載於夫羅事。按：袁術駐軍陳留而於夫羅佐之，未必就是說於夫羅所部也駐入陳留，要之此載確為於夫羅與陳留有關之唯一紀錄。〈術傳〉謂當時袁術割有淮南，與袁紹不協，引軍入陳留。曹操與袁紹合擊而大破之，術以餘眾奔九江，因佔揚州。(6：207) 是則一者南單于即使入陳留，也是在初平四年，而非興平中之事；再者袁術率餘眾敗走九江，南單于不知敗向何方，殆是逃回河東；三者南單于兵敗逃命之時，若猶挾帶所獲婦孺，以至逃死緩慢，應是不可思議之事。綜此三者，皆與文姬在陳留被掠西遷，不論時間及情況皆不合，故筆者不認為文姬是在此年此役為南匈奴所獲。

軍，如《三國志・司馬朗傳》云：「關東諸州郡兵起，眾數十萬，皆集滎陽及河內。諸將不能相一，縱兵鈔掠，民人死者且半。」是則經卓軍與義師在黃河兩岸之先後殺掠，此關東諸郡的確殘破已極，因此十餘年後文姬回歸，纔會有「宗族殄兮門戶單」之痛，以及「既至家人盡，又復無中外。城郭為山林，庭宇生荊艾。白骨不知誰，從橫莫覆蓋。出門無人聲，豺狼號且吠」之悲，其殘破情狀請詳下文此數句之證釋。

馬邊縣男頭，馬後載婦女

根據〈卓傳〉記載，董卓在第一梯隊西遷前夕，「嘗遣軍至陽城，時人會於社下，悉令就斬之，駕其車重，載其婦女，以頭繫車轅，歌呼而還。」[29]按：陽城縣在今河南省登封縣東南，當時屬於豫州潁川郡，位界河南郡處，甚近洛陽。此縣人并非與卓軍會戰，只是集會結社而已，而竟然遭此屠戮，是則卓部軍人之目無法紀及殘忍嗜殺可知。稍後第一梯隊西遷，如上面所引，其情況是「盡徙洛陽人數百萬口於長安，步騎驅蹙，更相蹈藉，飢餓寇掠，積尸盈路」。此所謂「洛陽人數百萬口」，當不僅只是洛陽一城的人口，而應包括附近如陽城等地被掠之人口，可見卓軍先後於各地斬虜驅掠的行逕，實在同出一轍。

相對來說，文姬被掠於陳留，而史傳僅謂李傕等部「殺略男女，所過無復遺類」，則應只是史家簡略闕如之辭而已。文姬本詩，敘述其由被虜掠以至西遷的途中慘況，恰好提供了活生生的歷史見證，填補了史之闕文。當時《三國志》等書未出，若非文

---

[29] 〈卓傳〉未記此事發生確實的時日，《通鑑》繫之於初平元年二月丁亥西遷之前夕，見 59：1912。

姬親身經歷其事而為之詠述，則當時慘況實不易為人詳知；如謂後人偽託本詩，則此慘況實亦不易想像而得。由此可推，所謂本詩出於後人偽託，自是難以成立。蓋本詩對被掠以及西遷之慘況描述，苟非親歷其事而又博學才辯如文姬者，當不易為此史筆實錄之故也。

長驅西入關，迥路險且阻。

蔡邕父女當時是否同住於洛陽，是否在同一梯隊西遷，是亦論者對本詩的辯論重點之一。

按：根據筆者上面之證釋，文姬殆未歸寧於洛陽，以故不可能與父同住於洛陽，並在同一梯隊西遷。實際上，第一梯隊出發前，在京官員及其家屬對董卓已經心理動搖，但卻被監控。官員因目標明顯而不易逃出，但也有見機得早，運用賄賂手段，乘亂逃出洛陽之例。如《三國志・司馬朗傳》記述司馬懿家屬逃出東都的情況云：「朗父防為治書御史，當西遷，以四方雲擾，乃遣朗將家屬還本縣（河內郡溫縣）。或有告朗欲逃亡者，執以謂卓。……朗知卓必亡，恐見殘，即散財物以賄遺卓用事者，求歸鄉里。……後數月，關東諸州郡起兵。」蔡邕雖獲董卓信重，但西遷後也曾想逃離長安而東奔兗州。〈邕傳〉載此事云：「卓重董邕才學，厚相遇待，每集讌，輒令邕鼓琴贊事，邕亦每存匡益。然卓多自很用，邕恨其言少從，謂從弟谷曰：『董公性剛而遂非，終難濟也。吾欲東奔兗州，若道遠難達，且遯逃山東以待之，何如？』谷曰：『君狀異恆人，每行觀者盈集。以此自匿，不亦難乎？』邕乃止。」[30]是則文姬此時若與父親同住於洛陽，並同隊

[30] 〈邕傳〉載邕曾因得罪權貴而亡命江海，往依泰山羊氏十二年。泰山郡

西遷，則蔡邕自己雖不便逃奔，恐怕亦會安排其家屬逃離；不過，揆諸文獻，蔡邕家屬并無逃出東都，返回陳留或其他地方的紀錄，而文姬二詩又未述及父女同行西遷，是則前論文姬於初平三年正月或稍後因中牟之役被掠，隨第三梯隊西遷，幾乎已可斷論。

這是文姬第一次被掠，至於被掠「西入關」究竟所指何處？於此值得討論。

按：本詩下句僅云「邊荒與華異」，卻未明交代被掠往何地，而〈悲憤詩二〉亦僅云：「身執略兮入西關，歷險阻兮之羌蠻。山谷眇兮路曼曼，眷東顧兮但悲歎。」二詩之所謂「西入關」或「入西關」殆指同一事，而明顯表示向西行；然則此入關之關及入西關之西關，當時究指何關？

按〈卓傳〉載獻帝西遷，「初，帝入關，三輔戶尚數十萬」；其後又謂「初，卓之入關，要韓遂、馬騰共謀山東」。是則此所謂入關，亦當與文姬之「西入關」或「入西關」為同一事。筆者以為，當時洛陽之「西關」即是函谷關，其關此時已從弘農郡弘農縣之秦關故址東遷至同郡新安縣，在河南、弘農二郡之交界處，是二郡的界關。《後漢書・孝靈帝紀》載中平元年（184）因黃巾大起，置八關都尉官，注謂「八關謂函谷、廣城、伊闕、太谷、轘轅、旋門、小平津、孟津」是也。函谷關素為西入關中險要之關，亦為漢末八關之首。

董卓第二梯隊西撤時，原命董越屯駐於新安西鄰之弘農郡黽

屬兗州，羊氏為當地士族，邕曾將一女即文姬之姊妹嫁給羊氏，其外孫女就是司馬懿之子司馬師的繼室，後為晉朝之景獻皇后，外孫也就是晉之名臣羊祜，詳參證「既至家人盡」句。可見蔡邕一度想逃出洛陽，逃回兗州陳留家鄉，或奔至泰山投靠其姻戚。

池縣（河南省今縣），為函谷關以西之第一道防線；尋又命牛輔由河東郡之安邑（今山西夏縣）移防弘農郡之陝縣（今河南省三門峽市），是第二道防線；復命段煨駐屯於弘農郡之華陰縣（陝西省今縣），構成第三道防線。即從弘農郡與河南郡交界的函谷關以西，分在弘農郡東部之黽池、中部之陝縣、西部之華陰，部署三道防線，以防備山東義師之西進。因此，獻帝、董卓、文姬三梯隊之入關，殆皆指由洛陽西入函谷關而言也。

不過，揆諸文姬二詩，并未明述她入函谷關之後尋即通過弘農郡而進入長安。因為她所之的「羌蠻」，或是「邊荒與華異」之地，當時很難解說為漢之西京長安；而山谷曼曼、路途險阻之地形，蓋亦極難用以描述長安所在的渭水平原之故也。雖說〈卓傳〉載卓死後諸部將西破長安而殘亂之，以致當「時長安中盜賊不禁，白日虜掠，傕、汜、稠乃參分城內，各備其界，猶不能制，而其子弟縱橫，侵暴百姓。是時穀一斛五十萬，豆麥二十萬，人相食啖，白骨委積，臭穢滿路」。而其後至獻帝東還之初，長安尚處於短期的凶荒，所謂「初，帝入關，三輔戶口尚數十萬，自傕、汜相攻，天子東歸後，長安城空四十餘日，強者四散，羸者相食，二三年閒，關中無復人跡」。但是，當政局恢復穩定後，長安的社會經濟亦漸漸有了復興，以故百年之後的晉惠帝元康二年（292），潘岳於西赴長安任縣令之時，所作的〈西征賦〉即描述出華山之後，見到的仍是「蹈秦郊而始闢，豁爽塏以宏壯，華夷士女，駢田逼側」之情狀。[31]因此，由於文姬二詩的地形描述

[31] 關中雖在東漢已陸續有東羌移入，但長安此時應未至於為羌蠻聚居，（詳同註 25 拙文），故不能符合文姬之描述。又歸田師對洛陽長安道沿途地貌有詳引，如引《元和志二》述潼關「自此西望，川途曠然」正是潘岳

不符關中之自然環境，而其第一次被掠又是在「三輔戶口尚數十萬」的人文環境未被摧殘之時，所以此地區決非可以描述為「邊荒與華異」的「羌蠻」之地。是則文姬第一次被掠往之地，據史傳、二詩諸文句，皆不易證實她已到達了渭水平原，甚至長安。

李傕、郭汜、張濟三校尉部虜掠陳留與潁川，撤遷的人口依本詩下句僅是「所略有萬計，不得令屯聚」而已，數目規模遠遠不能與第一梯隊相比。是則此萬計之人口，極可能依胡法分配給虜獲之將士，以為戰利品。[32]此三部既隸屬於駐陝第二道防線的牛輔兵團，則這些戰利品各隨所屬胡、羌將士回至其駐防區，應是極為可能之事。所推若是，則文姬描述的山谷曼曼、路途險阻地形，以及「羌蠻」之地，殆應在以陝縣為中心的弘農郡中部。

潘岳〈西征賦〉述其西入關後之路途，是由函谷入新安，經澠池，登崤阪，徂安陽，陟陝郛（即陝城），憩曹陽，發閿鄉，愬黃巷，濟潼水，眺華岳，蹈秦郊而至長安。他描述崤函地形云：「登崤阪之威夷（注：險也），仰崇嶺之嵯峨。……躡函谷之重阻，看天險之衿帶。」嚴歸田師考證潘岳所行正是漢朝舊道，并引西晉名臣杜預之《左傳注》所謂「此道在二殽之間南谷中，谷深委曲，兩山相嶔，……古道由此」，以證實之。[33]是則其地勢

所描述的地勢，詳其《唐代交通圖考》第一卷《京畿關內區》之〈長安洛陽驛道〉，臺北：中研院史語所，1985.5。〈西征賦〉則見《昭明文選》卷十，臺北：文化圖公司，1979.4 再版。

[32] 「戰鬥—掠奪—分配」原為北方遊牧民族的習慣，論者已多，正文下句引《史記》亦可為證。

[33] 歸田師指出函谷之稱，東起崤山，西至潼津，號為天險。引〈西征記〉形容關路「深險如函……絕岸壁立，谷中殆不見天日」云；又引《河水注》描述舊函谷關「邃岸天高，空谷深幽」云云，參同註 31 所引文。

地形，正合二詩「迴路險且阻」、「山谷眇兮路曼曼」之描述。

因此，文姬是否有進一步被西掠入長安，抑或淹留於弘農、河東之間，實為可疑之事。蓋本傳與二詩皆未敘述她被虜至長安，本詩亦僅詠及其在崤函路途諸事而已，假若她的確曾被虜至長安，則為何不稍提及？然而，或問弘農郡之地為何是「羌蠻」之地？

按：漢末弘農郡居有宜陽諸胡，北越黃河之河東郡則有南匈奴單于庭以及羌族東徙之聚落，殆可視此為羌胡之地。前謂卓軍主力原駐河東，卓入洛時命牛輔留防南匈奴，西撤後則改令由安邑南移陝縣佈防，是則黃河南北岸之間的弘農、河東，應該皆部署有卓軍的胡羌部隊；並且，胡羌攜眷行軍作戰是其部落習慣，所以漢軍常有俘獲其妃主婦孺的記載。根據董卓入洛前的上書，謂所部胡羌哭訴「廩賜斷絕，妻子饑凍」，顯示他們應募從軍後，家屬的確也隨營安置，自成聚落營部，或許即因此而致使此地之風俗習慣如同「邊荒與華異」也。

以上分析若是，則此時卓部之胡羌兵，押帶其戰利品如蔡文姬等，回到其弘農、河東防地，將之安置於生活習慣「與華異」的胡羌軍事聚落，應為合理的解釋。因此，文姬用「迴路險且阻」以及「山谷眇兮路曼曼」之詩句，以描述其西入關所經的崤函天險，也就不足為奇了。

又者，曾有論者大膽推斷，認為卓軍所屬的胡羌部隊中的一支胡騎虜獲文姬，接著驅之而北，送向他們的老根據地南庭（其所指是河套）一帶。[34]

---

[34] 如譚其驤之〈蔡文姬的生平及其作品〉（見《長水集》頁 430~431）即持此說。

筆者以為此說不甚合理，因為：第一，此說先假定此支胡騎是南匈奴人，但卻提不出證據。退一步論，即使是南匈奴胡騎，但是南匈奴於東漢初入塞時，漢廷將其單于安置於五原西部塞附近，但同年尋即徙置於并州之雲中郡（約今內蒙呼和浩特市一帶，黃河東流轉南之北岸），稍後遷置於并州西河郡之美稷（今內蒙准格爾旗，黃河東流轉南之南岸），中期又將之遷至西河郡之離石（今山西離石）。南匈奴於漢末靈帝朝分裂為二庭，原單于於扶羅率殘眾逃駐司隸河東郡之平陽（今山西臨汾市附近），是漢魏朝廷所承認的王庭；而其叛亂胡部則似仍留在原地。是則南匈奴的老根據地，始終不以河套一帶為主。[35]第二，前考掠獲文姬者應非南匈奴所部；卓部雖有義從胡，卻無從證實卓部之胡人是南匈奴人，而應是湟中月氏胡及秦地胡。文姬若是被卓部的月氏胡或秦地胡所獲，則斷不會以河套一帶為老根據地而將之驅回去。第三，卓軍牛輔部駐防河東郡之安邑，就是為了北禦逃至平陽的於扶羅南匈奴殘部，因此於扶羅僅能率領實力甚弱之殘部，向東騷擾黃河以北的司隸河東郡北部以及此郡東鄰的河內郡之間，既不能南渡黃河而徇略河南、陳留二郡，則勢不能掠獲文姬，更不易挾持以萬計的俘虜越過西河、太原一帶的叛亂舊部落以回河套。據此，若謂文姬被扶羅南匈奴胡騎所掠亦不可能成立。第四，文姬假如被掠北行，則二詩不會有入關及入西關之說，而二詩及史傳亦未見直接北行的記事，因此，所謂卓軍胡騎將文姬驅送老根據地南庭之說甚不可靠，不易成立。

---

[35] 南匈奴史事《後漢書》有專傳記載，不贅。其於漢魏間的情勢發展，則請詳拙著〈從漢匈關係的演變略論劉淵屠各集團復國的問題〉（《東吳文史學報》8，1990.3）之分析。

還顧俠冥冥，肝脾為爛腐。
所略有萬計，不得令屯聚。

前注謂「戰鬥—掠奪—分配」原為北方遊牧民族的部落習慣，也是其生產方式之一，《史記‧匈奴列傳》所載可以為例：「其攻戰，斬首虜，賜一酒，而所得鹵獲，因以予之；得人，以為奴婢。其戰，人人自為趣利。」匈奴曾是百蠻大國，早期也曾一度統治過河隴羌部，後來因漢朝打通西域，右臂始被切斷，以此可以概見在其統治下之百蠻風習。卓部有義從胡羌及秦胡兵，而且入洛前即有因妻子飢乏而不肯赴戰，欲從臺閣求乞資直的心理狀態，故其虜略戰利以為己有是可以想知的。恐怕卓軍的漢族部曲，亦不免染有此胡風。

文姬所屬第三梯隊被驅掠西遷者，主要皆為陳留、潁川二郡的刀下餘魂，故僅「所略有萬計」而已。此萬計的人口，是卓部奉令東掠之戰利品，決不能與第一梯隊的「盡徙洛陽人數百萬口於長安」之規模相比較。相反的，據此人數，正可反證文姬不隨第一梯隊西遷，故也不可能與其父同行。由此益可斷論她是在夫死後，的確已歸寧於陳留家鄉，并於此地為卓部所虜掠而驅逼西遷的，時在初平三年正月或稍後，可以無疑。因此，文姬於西遷途中還顧家鄉，肝腸為之寸斷也。

或有骨肉俱，欲言不敢語。

陳留、潁川二郡以萬計的刀下餘魂，前論是被李傕等部徇掠而獲，當作將士之戰利品，分配給各胡羌將士，並隨所部西遷入函谷關，至此已不可謂全無證據。

俘獲既已分配給各部胡羌將士，則其隊伍西行中，縱使有骨肉同在，即亦不可能越部屯聚在一起，見到面也不敢交談，此正是俘虜行隊中常見之情事。他們是下句所謂的「降虜」，言行若稍微失意，當即會受到軍人—也就是其新主人—的詈罵或毒打，甚至被殺害，下面數句正是描述這種狀況。

這些平土脆弱之人，尤其如文姬般出身官宦家庭、生活優雅之子女，焉能不受此屈辱而感生不如死？

失意機微閒，輒言斃降虜。
要當以亭刃，我曹不活汝。
豈復惜性命，不堪其詈罵。
或便加棰杖，毒痛參并下。
旦則號泣行，夜則悲吟坐。
欲死不能得，欲生無一可。
彼蒼者何辜，乃遭此厄禍！

第一梯隊數百萬口性質類似朝廷遷都大隊，猶且被「步騎驅蹙，更相蹈藉，飢餓寇掠，積尸盈路」；如此，文姬所屬的第三梯隊，其性質既是卓部之戰利西運大隊，則所蒙受的慘遇將會更甚，應該亦可被相信。

本詩此處所述途中遭遇，具有臨場感，是活生生的歷史見證，非親歷其境不易寫出如此慘虐，也不能在十餘年後仍感受到如此悲憤，終至必須發言為詩，以抒發此心理上長期的夢魘陰影，並存以為見證。

論者或謂文姬之父蔡邕，此時正被董卓所敬信，卓部何敢對其女如此的待遇？或問，如果文姬當時自報名號，是否可以改善其待遇？

按：據上述文獻分析，蔡邕既在第一梯隊西遷，而未與文姬同隊，是則蔡邕何能照顧她？再退一步言，父女既不同隊，若文姬此時向擄掠她的官兵表示身份，亦未必就能因其父的關係而獲得待遇之改善。蓋前證卓軍入洛後，「是時洛中貴戚室第相望，金帛財產，家家殷積。卓縱放兵士，突其廬舍，淫略婦女，剽虜物資，謂之『搜牢』。人情崩恐，不保朝夕。及何后葬，開文陵，卓悉取藏中珍物。又姦亂公主，妻略宮人，虐刑濫罰，睚眥必死，群僚內外莫能自固」，是則帝后公主、貴戚百官猶且自顧不暇，尚安能庇護其家屬？而卓兵既敢在京公然「姦亂公主，妻略宮人，虐刑濫罰，睚眥必報」，則此區區蔡邕之女，若敢自報其名，恐怕只會適得其反，招致更大的姦辱。唐姬為先帝之妻，為李傕略得而「欲妻之，固不聽，而終不自名」，應是聰明之舉，以免自報其名而招致更大的侮辱也！假如有身份之婦女此時覺得自報其名即可免受侮虐，則誰不為之？聰慧如文姬者，焉得無此自覺。

另外，擄掠文姬的應是卓部之關隴胡羌兵，中原漢人言語能否與之溝通，亦是一個問題；即使能溝通，以他們的敗壞軍紀，是否會在意、上報或改善又是另一個問題。筆者以為，蔡邕雖然獲得董卓的信重，但是在其西行後的卓部相關軍事行動，他應不可能知之，以故其女於陳留被掠也應不會知道。要之，遷都既是戰略性的大撤退，也是毀滅性的大撤退，雖天子百官亦須傾家西行，顛沛流離，是則蔡邕縱知其女被掠在第三梯隊，兵荒馬亂之際，他其實也難以庇護之，而文姬亦終不能免於此厄難。

因此，論者若援文姬如果被卓部所掠，卓部當不至於如此對待文姬為由，以證明文姬不是在中牟之役被卓部所掠，而是為南匈奴胡騎所掠獲；或者以此為由證明本詩為偽託。根據以上之析論，其實均不易成立。

邊荒與華異，人俗少義理。
處所多霜雪，胡風春夏起。
翩翩吹我衣，肅肅入我耳。

文姬自述被掠西遷之悲慘，至此突然轉折陳述，謂己身已在與華異俗而多霜雪的邊荒。中間可能發生的情事已被闕略，可想而知。

按：前面證釋已謂初平三年文姬第一次被卓部胡羌兵虜掠時，應是被他們押帶回其弘農、河東之駐防地，安置於生活習慣羌蠻化的胡羌軍事聚落。然而縱使弘農、河東的胡羌聚落可以稱得上是「與華異」之所謂「邊荒」，而文姬即一直在二至四年間滯留於此地嗎？而且，此二郡在東漢屬於司隸部核心地區，是否能以「邊荒」稱之？及是否能以「處所多霜雪，胡風春夏起」形容其氣候？皆是值得置疑的問題。此疑若是，則她是否曾於興平中被胡騎所獲，被帶至另一處與華異俗而多霜雪的邊荒？要解答此問題，須先考慮她是否的確發生第二次被獲，以及被誰所獲。

首先論文姬是否發生過第二次被獲？

要解答此問題，則須先解答：第一，文姬從初平三年（192）被卓部所掠而西入關，被帶至所謂「邊荒」或「羌蠻」之地，此二地是否為同一地？第二，她在初平三年（192）被卓部虜掠，有否在西入關後尋即被「胡騎所獲」，或被羌胡兵轉賣給匈奴？

按：本詩自述被卓部羌胡兵所掠而西入關，但未明述被掠至何地。此處所謂「邊荒與華異」之地，似非前面推論為卓部駐防於弘農、河東一帶的羌胡兵聚落；揆諸本詩下文，恐怕此「邊荒與華異」之地應解釋是文姬後來生活育子的胡地更為妥當—也就應是〈文姬傳〉所載「興平中，天下喪亂，文姬為胡騎所獲，沒於南匈奴左賢王，在胡中十二年，生二子」的「胡中」之地。又揆諸〈悲憤詩二〉，文姬自謂「身執略兮入西關，歷險阻兮之羌蠻。山谷眇兮路曼曼，眷東顧兮但悲歎」，前面亦已解釋卓部羌胡兵聚落何以也得稱為「羌蠻」；不過，同詩稍後又詠述她忍辱偷生於一個地方，此地方的地形氣候為：「惟彼方兮遠陽精，陰氣凝兮雪夏零。沙漠壅兮塵冥冥，有草木兮春不榮。……北風厲兮肅泠泠，胡笳動兮邊馬鳴。」是則此所謂「彼方」，其地形氣候恐怕難以與先前所謂的險阻、眇曼相呼應，更難以與東漢時弘農、河東之地形氣候相吻合，難怪歷史地理名家譚其驤認為卓軍所屬的胡羌部隊虜獲文姬，將之送向他們的河套老根據地南庭一帶了。由此觀之，文姬於初平三年或稍後被卓部羌胡兵掠至弘農、河東之地，縱得稱為「羌蠻」，但也應與她後來生活育子的「胡中」是不同的兩地，蓋後者恐怕是在更加北寒而又有沙漠、邊馬之胡人另一居地也。所釋若是，則文姬應曾被掠獲過兩次，第一次於初平三年或稍後，在陳留家鄉為卓部羌胡兵所掠，帶至弘農一帶；第二次於興平中，為胡騎所獲，沒於南匈奴左賢王所部的胡中。前一居地或即賦中所謂的「羌蠻」，後一居地則是本句所稱的「邊荒」—亦即位於更北寒而又有沙漠、邊馬的「胡中」也。

至於文姬在初平三年第一次被卓部羌胡所掠，於二至四年之間曾否被羌胡兵轉賣給匈奴？或逕直至興平中纔又「為胡騎所獲，沒於南匈奴左賢王」？據〈文姬傳〉所謂「興平中，……文姬為胡騎所獲，沒於南匈奴左賢王」之記載，似應以後者為是。蓋文姬在此二至四年之間生活乏善可陳，以故不述歟？

是則，此處宜再論文姬第二次為何及被誰所獲，此「胡騎」與「南匈奴左賢王」有何關聯？

按：前謂文姬第二次被「胡騎」獲於興平中，而沒於南匈奴左賢王所部的「胡中」—亦即應位於較弘農郡更北寒而又有沙漠、邊馬的「邊荒」之地。據《藝文類聚》與《太平御覽》所引《蔡琰別傳》，亦謂文姬「在左賢王部伍中」，可為旁證。但是，〈文姬傳〉及《蔡琰別傳》均未述及為何被胡騎所獲，更未明確指說是哪個南匈奴的左賢王，此皆可待再商榷。不過，由於與文姬有通家之好，復與她贖還有關的曹丕，曾作〈蔡伯喈女賦〉，其序有云：「家公（曹操）與蔡伯喈（蔡邕）有管鮑之好，乃命使者周近持玄璧，於匈奴贖其女還。」[36]按曹丕之文可為當時的第一手史料，與〈文姬傳〉「沒於南匈奴左賢王，在胡中十二年，生二子。曹操素與邕善，痛其無嗣，乃遣使者以金璧贖之」的記載相合，故可確定文姬歸漢之前，的確是沒於「匈奴」中，而非仍在卓部羌胡兵中。

上述疑問可細分為數點：

第一點，此「匈奴」是否即「南匈奴」？

第二點，論者或疑弘農、河東二郡屬於司隸部，不能說是「邊荒」；又因「沒於南匈奴左賢王」一語，認為南匈奴當時在河東郡之平陽，不僅不是邊荒之地，抑且氣候地形之描述也與此郡環境不合，因而懷疑文姬是先為胡騎所獲，然後輾轉沒於南匈奴左賢王之說。又，此時南匈奴分裂為二，一部在平陽，一部仍在河套附近，因此懷疑文姬所沒者為後者的左賢王，如此則詩句描述始合於後者的氣候地形。[37]無論如何，順此疑議，可以懷疑文姬

[36] 見嚴可均校輯，《全上古三代秦漢三國六朝文》之《全三國文》，4：1074下。

[37] 因譚其驤是歷史地理名家，其從氣候地形角度提出此說甚有說服力，可

若是沒於「南匈奴」，則究竟是指哪一個南匈奴政權，或哪一個南匈奴政權的左賢王？而此左賢王所部之「邊荒」或「胡中」，則又是南匈奴之何地？

第三點，論者又懷疑究竟如〈文姬傳〉所言，是沒於「左賢王」，抑或如《蔡琰別傳》所言，是「在左賢王部伍中」？

第四點，上文已證釋文姬初於陳留為卓軍李傕等部胡羌兵所獲，一行萬計隨部撤回弘農防地的羌胡聚落。若是，則文姬為何再被胡騎所獲，此胡騎與匈奴左賢王有何關聯？

上述疑點，筆者試證釋如下，以就教高明。

筆者以為，文姬先被卓部撤至弘農郡陝縣一帶殆已可斷論，以故二詩敘述此前諸事曾無一句提及「匈奴」；不過此後二至四年間，文姬如何流落則未詳，而二詩與本傳亦皆無所交待，詩句更未描述長安的景色、氣候與地形。因此，筆者判斷文姬未被卓部先虜至長安，然後再從長安輾轉沒於匈奴。至於曹丕未實指文姬沒於「南匈奴」。「匈奴」與「南匈奴」一字之差，是否別有所指，誠值追究。

根據《後漢書・南匈奴列傳》（以下簡稱〈南匈奴傳〉），東漢初入塞臣屬的南匈奴，是漢朝所承認的匈奴政權。南匈奴最初被漢分置於并州北部諸郡縣，單于庭則被立於五原（今內蒙包頭市之西）西部塞八十里。尋准其入居雲中，並令中郎將率兵監護之，使成被漢保護之屬國流亡政權。旋因南匈奴一再受到北匈奴的追擊，復詔南單于徙居并州西河郡之美稷，而諸部則分屯北地、朔方、五原、雲中、定襄、雁門、代郡等郡。稍後北匈奴被漢驅逼西遷，因此東漢承認的匈奴政權只此一個，即建庭在美稷

詳其前引文，頁 421~422。

的南匈奴，以故也直以匈奴、單于稱之，而不加南字於其前。

南匈奴於順帝以後南徙庭於西河郡之離石，此後常被護匈奴中郎將欺陵，如同一大酋而已。降至靈帝中平四年（187），靈帝徵發南匈奴兵討伐反叛的張純，羌渠單于遂遣左賢王將騎詣幽州。國人恐單于發兵無已，五年，右部與休著各胡等十餘萬人反，攻殺單于。繼位的南匈奴單于是羌渠之子右賢王於扶羅（或作於夫羅），此時仍得不到國人的擁護。〈南匈奴傳〉稱「國人殺其父者遂畔，共立須卜骨都侯為單于，而於扶羅詣闕自訟。會靈帝崩，天下大亂，單于將數千騎與白波賊合兵寇河內諸郡，……兵遂挫傷。復欲歸國，國人不受，乃止河東。須卜骨都侯單于一年而死，南庭遂虛其位，以老王行國事。」是則靈帝死後，南匈奴確曾分裂為兩政權，一為正統的第十九任單于於扶羅，當時流亡徙庭於河東郡之平陽；一為以老王代行的政權，擁有國人大多數支持，其庭當仍留在西河郡之離石，王庭組織則不詳，要之建庭應非在河套（當時屬朔方郡）一帶。至於奉令將騎詣幽州的左賢王，史佚其名，並於南匈奴此次政變之後再未見載。

於扶羅單于立七年死，弟呼廚泉於興平二年（195）立，正約是〈文姬傳〉載文姬被「胡騎」所獲之時。〈南匈奴傳〉又稱呼廚泉「以兄被逐，不得歸國」，是則正統的南單于雖降至建安（196-219）中，始終仍是被國人放逐的政權，而滯留於河東。[38]

筆者按，根據《後漢書》及《三國志》，興平之後漢史即進入建安時期，而此時期的南匈奴呼廚泉河東放逐政權，除了見到右賢王去卑一名號之外，從未見有左賢王其人其事之記載。今據

[38] 南匈奴政治問題，本人曾有詳論，請參前揭拙著〈從漢匈關係的演變略論劉淵屠各集團復國的問題〉。

《晉書・劉元海載記》:「於扶羅死，弟呼廚泉立，以於扶羅子豹為左賢王，即元海之父也。」是則劉豹殆為建安時期呼廚泉單于的左賢王，是「五胡亂華」之首劉淵（元海）之父。假若文姬沒於此左賢王劉豹，則劉淵論輩份應是文姬之子輩。此事大有可疑。最可疑的是：第一，劉豹若是河東放逐政權的左賢王，依文姬二詩所述地形氣候風習而言，殆與河東地區不大相符，而與西河地區則較接近，故疑文姬不沒於河東庭的左賢王，而似沒於西河庭的左賢王（詳下）。第二，《三國志・鄧艾傳》稱劉豹為「并州右賢王劉豹」，是則劉豹應為并州西河離石庭的賢王，而不屬於司隸河東平陽庭的正統單于系統。其子劉淵為了冒充匈奴單于的正統地位以反晉，將其父偽攀是河東正統政權的左賢王而已，是則文姬所嫁者是否即是劉豹此人誠屬可疑。第三，〈鄧艾傳〉之史料價值高於《晉書・劉元海載記》，既稱劉豹為「并州右賢王」，則劉豹即使屬於平陽庭正統單于的系統，但也不是左賢王，而實為右賢王，是則文姬所嫁者即不是此人。有關此事真相的史料稀少，因此事雖可疑，於此卻不易詳考。

要之，西河離石叛亂政權反叛正統的南單于，但並未反叛漢朝，故漢朝并無討伐之紀錄。相反的，根據〈南匈奴傳〉記載，放逐政權的正統單于於扶羅，先有與白波兵寇侵河內諸郡的紀錄，故前論董卓入洛前，曾奉詔討伐匈奴而屯兵於河東，當即指討伐於扶羅而言；稍後於扶羅又依違於袁術、袁紹與董卓之間，時值獻帝顛沛流離，以故終於扶羅死前東漢對他並無策拜承認的紀錄。其後呼廚泉繼立，曾派右賢王去卑統兵侍衛由長安顛沛東還的獻帝，則顯然此後已得到漢廷的承認，後來亦援例為魏、晉新朝廷所承認；然而漢、魏對呼廚泉並不放心，以故因其在建安中來朝時，被曹操長期羈留於鄴，而改遣右賢王去卑「歸監其國」。所謂「歸監其國」，以當時情勢論，恐怕僅能指歸監河東殘部而已，未必已恢復統領并州諸舊部。是則陳壽於《三國志．鄧艾傳》稱劉豹為「并州右賢王」，當指并州西河叛亂政權的右賢王而言，與司隸河東正統之右賢王去卑無涉。而且，此二人既非左賢王，則亦皆與文姬在胡中的婚姻無涉，她所嫁者是哪一個南匈奴政權或哪一個南匈奴政權的左賢王仍應待考。

上述第一點略明，接著應綜合證釋第二、第三及第四點。

首先，關於文姬既已被卓部羌胡所掠，為何在興平中再被「胡騎」所獲，此「胡騎」是否為匈奴騎？按：論者或疑文姬曾在董卓死後，隨李傕等部攻入長安；及至興平中獻帝東還洛陽，傕部悔而進邀之，文姬或在獻帝或傕等部伍中，並於戰亂中被胡騎所獲。筆者以為，就時間上，獻帝被東追雖與文姬被獲之時間相符，而河東放逐的南匈奴亦的確曾參與會戰；但是傕部邀擊帝軍於弘農郡，發生數次慘役，文姬二詩卻隻字未提，與前面詠述卓部東下陳留而大肆屠毒的態度不同。此事值得分析。

按初平二年（191）四月，董卓撤入長安，翌年四月為王允、呂布兵變所殺。王允尋即遣兵東攻駐陝的牛輔部，雖然兵敗；但是牛輔卻因營中兵變，而為帳下支胡赤兒等所殺。〈卓傳〉謂：「牛輔既敗，眾無所依，欲各散去。（李）傕等恐，乃先遣使詣長安，求乞赦免。王允以為一歲不可再赦，不許之。傕等……共結盟，率軍數千，晨夜西行。……隨道收兵，比至長安，已十餘萬。」筆者引證此段文字，是因為有論者懷疑文姬為三校尉部所掠，在此時隨兵西入長安。但是依此文獻所述，當是李傕等因新失主帥，正軍心恐慌，西行哀軍僅有數千人，圖孤注一擲，尚何暇攜帶婦女財物西進？所以文姬隨哀軍西行依情是不可能之事，而殆應仍留在弘農郡陝縣一帶。

相對的，後來李傕等部在長安戰亂，以迄獻帝東還被追擊諸慘役，文姬二詩仍皆隻字未及，顯示她當時理應不在東還之部伍中。此諸慘役，據〈董卓傳〉所載大略如下述：

李傕等部反攻長安事在初平三年（192）五月，六月城破，於是放兵虜掠殺戳，以張濟還屯弘農，李傕、郭汜、樊稠則留在長安共秉朝政。秉政三部尋相疑內戰，使長安穀貴，至「人相啖食，白骨委積」，尋而又「掠宮人什物，……燒宮殿官府居人悉盡」。當此之時，文姬二詩未見蒙受此難的描述。

降至興平二年（195）七月，傕等允許獻帝啟程東還，隨即悔而追之，與帝軍大戰於弘農郡之東澗，帝軍敗，「百官士卒死者不可勝數，皆棄其婦女輜重，御物符策典籍，略無所遺」。文姬若在此東歸行列，遭此棄略慘禍，理應述及；然竟未述及。

天子倉惶東逃至弘農縣東之曹陽（在弘農縣與陝縣間之黃河邊），於是「招故白波帥李樂、韓暹、胡才及南匈奴右賢王去卑，並率其眾數千騎來，與（董）承、（楊）奉共擊傕等，大破之，……乃得進。董承、李樂擁衛左右，胡才、楊奉、韓暹、去卑為後距。傕等復來戰，奉等大敗，死者甚於東澗。……至陝，……殘破之餘，虎賁羽林不滿百人，皆有離心」。此段重創倉惶，二詩亦未提及。

至此，獻帝潛議過河，乘舟同得渡者僅數十人，「其宮女皆為傕兵所掠奪，凍溺死者甚眾」，得渡者乃至黃河對岸的河東郡大陽縣（今山西平陸縣），轉往郡治安邑縣。然後遣使「至弘農，與傕、汜等連和。傕乃放還公卿百官，頗歸宮人婦女，及乘輿器物」。文姬若在被掠奪之中，則此悽涼慘況，二詩也隻句不提。

蓋東歸隊伍中被殺掠釋放諸婦女宮人，應屬當年由洛陽西撤的百萬行伍內之妃嬪宮人及百官婦女，也就是以第一梯隊的婦女為主，文姬殆不在此隊伍之中，故二詩隻字未及也。想第一梯隊西撤時雖有踐踏驅逼之禍，但決比不上東歸諸役戰亂殺掠之慘，文姬若身在行伍之中，理應有所訴述才是。依此而論，文姬實未經歷此東歸諸慘役，以故二詩纔隻字不提。

雖然如此，筆者仍認為〈文姬傳〉之「興平中，……文姬為胡騎所獲，沒於南匈奴左賢王」的明確記載不宜輕疑。其理由是因獻帝東歸諸役，追擊者固是李傕、郭汜所部，但是護駕的也有其他董卓舊部，以及白波兵與南匈奴右賢王去卑所率的騎兵。前釋文姬被第三梯隊帶到以陝縣為中心之羌胡聚落中，是則當此諸役戰亂掠奪一團混亂之時，傕、汜所部羌胡兵固然乘勝掠奪東還隊伍中的婦女輜重，而南匈奴騎又何嘗不會乘曹陽之勝而掠奪傕、汜等部的羌胡聚落？畢竟攻戰「所得鹵獲，因以予之；得人，以為奴婢」，固是匈奴之習慣也。他們即使在敗亡之餘仍是如此，例如靈帝中平五年（188）羌渠單于被反叛國人部落所殺，其子於扶羅繼立而率數千騎流亡時，〈南匈奴傳〉載云：「單于將數千騎與白波賊合兵寇河內諸郡。時民皆保聚，鈔掠無利，而兵遂挫傷。復欲歸國，國人不受，乃止河東。」是則匈奴此虜掠習慣，不論勝敗否泰，的確始終如一。由於南匈奴騎在興平中，的確曾於陝縣一帶有參戰的紀錄，因此依此民族習慣在此時此地掠獲文姬，實不足為奇。若是，則俘獲她的「胡騎」就是匈奴騎，明確言即是河東平陽庭的南匈奴騎。

然而，縱使〈文姬傳〉所謂「興平中，……文姬為胡騎所獲，沒於南匈奴左賢王」為真，但是筆者卻無意認定文姬於此時此地，被河東平陽庭的南匈奴左賢王所略，其理由為：率騎來弘農勤王的是河東平陽庭的南匈奴右賢王去卑所部，諸役均應與左賢王無關，[39]是則表示文姬於興平中決不會直接沒於左賢王。

論者或引《蔡琰別傳》所載「在左賢王部伍中」之句，而確定文姬是沒於左賢王而非右賢王；[40]不過筆者仍難苟同此說，因為文姬既非在此時此地被南匈奴左賢王所略，以故她若果真的沒「在左賢王部伍中」，則亦已應是興平以後之事了。其證據是〈卓傳〉載興平二年十二月獻帝過河至河東郡之大陽縣，轉往郡治安邑縣，而後於翌年正月改元建安，並於六月經河東聞喜（山西今縣）輾轉回至洛陽；此期間，〈南匈奴傳〉謂去卑皆全程侍衛天子，以至「又徙遷許，然後歸國」。安邑北經聞喜、臨汾兩縣即至平陽，是則去卑所部滯留於安邑的半年間，應該擁有充份的時間以處理其俘獲，以故俘獲文姬的胡騎就應有將之送回平陽一帶的可能。只是俘獲文姬的胡騎既隸屬於河東平陽庭的南匈奴右賢王部，則文姬被北送後，為何竟輾轉「在左賢王部伍中」，或「沒於南匈奴左賢王」；甚至此南匈奴左賢王，是否當真是河東平陽庭的南匈奴左賢王？則仍需有進一步的解釋。

筆者以為，「在左賢王部伍中」之記載出自雜傳性質的《蔡

[39] 《後漢書‧獻帝紀》稱去卑是「匈奴左賢王」(興平二年七月條，9：378)，而同書〈南匈奴傳〉(89：2965)及〈卓傳〉卻稱去卑是右賢王(72：2340)，一書二說實自矛盾。至於〈文姬傳〉所謂「沒於南匈奴左賢王」之左賢王又不知是誰，也不知曾否參與此諸戰役，暫可不論。按：《三國志‧武帝紀》建安二十一年七月條，載「匈奴南單于呼廚泉將其名王來朝，待以客禮，遂留魏，使右賢王去卑監其國」(1:47)。此與同書〈烏丸傳〉所載之「建安中，呼廚泉南單于入朝，遂留內侍，使右賢王撫其國」(30:831)為同一人，可證去卑至建安二十一年仍為河東南匈奴政權的右賢王。《三國志》成書在前，時代接近，故以右賢王之說為是。

[40] 譚其驤前引文，頁 427~428。

琰別傳》，其權威性按理比不上正史性質的《後漢書‧南匈奴傳》。若是，則〈南匈奴傳〉所載之「沒於南匈奴左賢王」，恐怕較為得實。理由是〈悲憤詩二〉曾自詠於胡中曾有「夜悠長兮禁門扃，不能寐兮起屏營。登胡殿兮臨廣庭，玄雲合兮翳月星」的生活經驗，若非左賢王等名王，則焉能有如此居所以處文姬？因此文姬當非沒「在左賢王部伍中」，可以無疑。

至此，筆者認為文姬曾有兩次被掠獲，第一次是在初平三年被卓軍李傕等部「羌胡」兵掠獲於陳留，從第三梯隊西遷至弘農陝縣駐地一帶；及至興平中，復因獻帝東歸之弘農諸役，在戰亂中又為隸屬於河東平陽庭的南匈奴右賢王去卑之「胡騎」所獲，最後卻輾轉「沒於南匈奴左賢王」。只是這裏要再追問：此南匈奴之左賢王，究竟隸屬於河東平陽新庭抑或西河離石舊庭？是則需與南匈奴此時之政局發展以及左賢王遊駐地之地理形貌氣候相較，始能稍窺真相。

按：文姬第一次在初平三年被卓部「羌胡」所掠，西遷至弘農陝縣一帶，途中所述的地形地貌與後來生活育子之環境不符，前已言之。是則本句所稱之「處所多霜雪，胡風春夏起。翩翩吹我衣，肅肅入我耳」的邊荒，以及〈悲憤詩二〉所詠之「惟彼方兮遠陽精，陰氣凝兮雪夏零。沙漠壅兮塵冥冥，有草木兮春不榮。……玄雲合兮翳月星，北風厲兮肅泠泠。胡笳動兮邊馬鳴，孤雁歸兮聲嚶嚶」的彼方，究竟在何處？竊意以為，遠陽氣陰、胡笳邊馬、北風孤雁，正是邊地的描述，漢之東北、正北、西北所謂三邊之地，大抵皆可以此形容；然而沙漠壅塵冥、草木春不榮之景象，則僅能往正北、西北有沙漠處尋找。此情景若非出於詩人因淒涼而作的誇張之辭，則當為文姬所親歷確見之地。

按南匈奴自東漢初入塞，所分布之朔方郡、五原郡、雲中郡諸地，皆位於北緯 40 至 41 度之間，後來徙庭之西河郡北部亦踰北緯 40，而均地接沙漠，故論者或疑文姬非沒於河東平陽新庭之左賢王，而是沒於西河離石舊庭之左賢王，以故文姬被安置於河朔一帶（今河套及其以南之沙漠東漢屬朔方郡），乃能親履此沙漠之地。但據〈南匈奴傳〉，南匈奴左賢王分部自附漢以來始終不詳，羌渠單于被推翻時，左賢王奉令率騎配屬幽州，是使其國人因恐慌而反叛的原因，此下左賢王遂亦無所記聞。左賢王為匈奴的首席王長，是單于的儲貳，例由單于之子弟任之，〈南匈奴傳〉曾述右賢王分部之郡，而不述左賢王分部之郡，恐怕是因左賢王之位望，入漢後依漢人儲貳慣例，不被派出分部於郡，而留在單于庭或附近，與單于同被中郎將所監護。所言若是，則左賢王之駐地亦略可推知。

按漢末羌渠單于之左賢王不知名，關係也不詳，當單于被國人反叛攻殺時，其子右賢王於扶羅繼立，詣闕自訟而止於河東，於扶羅之弟呼廚泉亦隨之，是則當時派至幽州的左賢王未見追隨，也未必是羌渠之子，而可能是其弟。翌年，反叛國人所立的須卜骨都侯單于死，「南庭遂虛其位，以老王行國事」。按須卜骨都侯向為單于虛連題氏的姻族貴官，是留庭輔政之大員，暫為單于可，長任單于則恐怕不會被素重國統的漢朝所承認，[41]故國人因其死，而改以老王行國事，可能即待漢朝之裁決。「老王」當指年高德劭之名王而言，奉令統兵至幽州的原左賢王，若是新任單于於扶羅之叔父，則是此南匈奴的老王亦未可知，若是，則他應在西河舊庭行國事。要之滯留河東的於扶羅放逐政權，〈南匈

[41] 漢朝天子之繼承重視嫡系正統，視為國統之正，其說請參拙著《中國史學觀念史》（臺北：臺灣學生書局，1990.10），頁 147~164。

奴傳〉只見有右賢王去卑（於扶羅子）之記載，而未見有左賢王的記載；不過於扶羅死後單于由其弟呼廚泉繼立，是則呼廚泉或即就是於扶羅單于新庭的左賢王歟？無論如何，從羌渠被殺至於扶羅死、呼廚泉立僅隔七年（中平五年-興平二年，188-195），不論扶羅死—呼廚泉新庭曾否任用新的左賢王，要之皆不能證明羌渠單于之原左賢王已不在世。因此，假如文姬所沒之左賢王是指新庭左賢王，則此左賢王應在河東郡，但此郡的地形氣候卻與二詩所述不符；假如指舊庭之原左賢王，則此人當時應在并州西河郡，而此郡的地形氣候則與二詩所述較為相符。

事實上，於扶羅—呼廚泉新庭既是放逐政權，客寓河東，則他們決不能領有舊庭所屬的十餘萬反叛國人部落，所以〈卓傳〉注去卑由許昌歸監其國，謂是「歸河東平陽也」，應為正確的解釋，與〈南匈奴傳〉所載之匈奴政局發展也合。於是，曹丕所說「于匈奴贖其女還」，未如范曄般說是從「南匈奴左賢王」處贖還，的確是值得注意之事。蓋贖還之時，許都漢廷應已承認河東平陽庭，而曹操亦已破滅袁紹，控有并州離石舊庭諸匈奴部落，是則漢人有可能仍將二庭諸部視為一個匈奴整體。因此，曹丕所說的「匈奴」，有可能泛指西河及河東兩庭原屬的匈奴，而范曄所說的「南匈奴左賢王」，則應僅指被政治承認的河東平陽庭之左賢王。當然，另有一種更為可能的情況，即是曹操於建安九年至十一年間平定袁紹之勢力，挾其實力整合匈奴（詳後），最後又於建安二十一年七月「匈奴南單于呼廚泉將其名王來朝，待以客禮，遂留魏，使右賢王去卑監其國」。[42]當此整合期間，曹操所把持的漢廷，承認河東平陽庭之單于呼廚泉及其右賢王去卑，

[42] 見《三國志・武帝紀》是年月條，1:47。

但也同時承認并州離石庭之左賢王，並遣使向左賢王贖還文姬。是則曹丕所說的「匈奴」，固是整合初期的分裂匈奴而以整體視之；而范曄所說的「南匈奴左賢王」，當即也就是分裂時期的原左賢王。[43]所推若是，則文姬所沒之左賢王，應即是并州舊庭的原左賢王，而范曄的記載也就大致沒錯。由於二詩所述之地理形貌及氣候較與西河離石庭的環境相符，因此文姬沒於原左賢王的可能性極大。

南匈奴是漢朝的監護國，其王庭及諸部分駐地皆由漢廷規劃，以故分裂前原左賢王若留在西河離石舊庭與單于同被中郎將所監護，則其駐地當仍在并州之西河郡。西河郡當時可以視為邊郡，如〈南匈奴傳‧論曰〉云：「還南虜於陰山，歸西河於內地。」意即當時西河為邊郡而非內地也。西河在東漢盛時即戶口少，密度低，其郡戶數不過六千，保守估計約有三萬人，戶口遠不及擁有十餘萬眾之匈奴，以故對漢人來說則其地不免荒涼，[44]以「邊荒」描述之也不為過；是則〈悲憤詩二〉所描述的食肉言異、風俗不同的世界，實可用以概指此郡。

再者，東漢西河郡地跨黃河東、西兩岸，緊鄰西河郡西岸為

[43] 關於南匈奴，尤其并州諸部，後來在魏晉被整合為五部，可詳前揭拙作〈從漢匈關係的演變略論劉淵屠各集團復國的問題〉以及〈「五胡」及其立國情勢與漢化思考考論〉（國立中正大學臺灣人文中心出版之《胡人漢化與漢人胡化》，民國95.12）兩文。

[44] 永和五年弘農有戶 46,815，每平方公里的戶密度為 2.01，河東有戶 38,400，密度為 2.43，遠較并州西河郡之 5,698 戶、密度 0.12 為優。并州除了雁門郡密度為 1.07 外，其他諸郡皆在 1 以下。詳楊遠《兩漢至北宋中國經濟文化之向南發展》（臺北：臺灣商務印書館，民國 80.3），頁 236~241。

并州之上郡，與稍北的朔方郡及五原郡，殆皆地包沙漠與草原，固可見有沙漠壅塵冥、草木春不榮之景象。匈奴為游牧民族，十餘萬南匈奴部人政變以後，老王或左賢王之王庭不確知遊駐何處，在西河郡之美稷抑離石？或在兩者之間？皆未詳。要之其遊駐地必較侷限於南鄰而兵力僅有數千人的河東平陽新庭為廣，可以無疑。匈奴素有略人或轉買的風氣，如〈南匈奴傳〉稱安帝永初三年，（109）南單于反叛，漢討之，乞降，「乃還所鈔漢民男女，及羌所略轉賣入匈奴中者，合萬餘人」，匈奴中（即胡中）蓋有此兩類漢民男女也。表示一方面他們自行鈔略，另一方面則轉買他人所略。至於漢人也常亡叛入其部落，如《三國志・梁習傳》所載「并土新附，習以別部司馬領并州刺史。時承高幹（袁紹之甥，建安十一年被平）荒亂之餘，胡狄在界，張雄跋扈，吏民亡叛，入其部落」是也。前引於扶羅率殘部寇掠河內挫敗而無利，乃止河東，是則其殘部固甚窮也，以故右賢王去卑率騎勤王時，仍寇略弘農以圖利。假如文姬「興平中……為胡騎所獲」之所謂「所獲」是指戰爭中俘獲，而非轉買獲得，則由於掠獲「得人以為奴婢」是匈奴之固有習慣，所以掠獲文姬的新庭右賢王去卑所部之胡騎，應是將她當作奴婢來買賣，向北賣給西河舊庭，以致使之「沒於南匈奴左賢王」，而在此地目睹遠陽氣陰、胡笳邊馬、北風孤雁，以至沙漠壅塵冥、草木春不榮諸景象，應是極為可能之事。

假如文姬的確沒於南匈奴舊庭的左賢王，則并州西河一帶應分布有眾多的匈奴部落，上引〈梁習傳〉已足以證知，可謂是胡人世界。然則文姬稱此世界為「邊荒與華異，人俗少義理」，將作何解？

按：匈奴「與華異」的文化風俗，《史記》、《漢書》之〈匈奴傳〉記載甚詳，於此不贅述。要之，相當比例的漢人，也的確是從漢族文化的角度，視匈奴為夷狄禽獸，故班固於《漢書．匈奴傳．贊曰》末云：「夷狄之人貪而好利，被髮左衽，人面獸心。其與中國殊章服，異習俗，飲食不同，言語不通，辟居北垂寒露之野，逐草隨畜，射獵為生，隔以山谷，雍以沙幕，天地所以絕外內也。」應可作為此類認知的代表。[45]

至於所謂「人俗少義理」，則應從匈奴政治社會的制度習慣論之。蓋匈奴雖曾是北亞遊牧帝國，與漢對峙為兩個世界，[46] 但是種族部落複雜，「各以權力優劣、部眾多少為高下次第」，[47] 以故其性質始終是一個部落聯合體，政治習慣唯實力是尚。在此政治體制習慣之下，《史記．匈奴列傳》謂匈奴「逐水草遷徙，……然亦各有分地。……其俗，寬則隨畜，因射獵禽獸為生業，急則人習戰攻以侵伐，其天性也。……利則進，不利則退，不羞遁走。苟利所在，不知禮義。……壯者食肥美，老者食其餘。貴壯健，賤老弱。父死，妻其後母；兄弟死，皆取其妻妻之」（《漢書．匈奴傳》同），是則戰鬥侵伐之天性，利進不利退之不羞，貴壯賤老與收繼婚之無禮，以及前面所述略賣人口使之為奴婢的不仁，對漢人而言皆是「不知禮義」，與華相異的文化行為。文

[45] 漢晉人對匈奴有幾種認知，此為相當有勢力的一種，請詳王明蓀《中國民族與北疆史論》（臺北：丹青圖書公司，1987.4），頁 187~202。

[46] 漢初即已承認以長城為界之兩個並立而不同的世界，故《史記．匈奴列傳》載「孝文帝後二年，使使遺匈奴書曰：『皇帝敬問匈奴大單于無恙。……先帝制：長城以北，引弓之國，受命單于；長城以內，冠帶之室，朕亦制之。使萬民耕織射獵衣食，父子無離，臣主相安，俱無暴逆。……』」（110:2902），《漢書．匈奴傳》同。

[47] 見《後漢書．南匈奴傳》，89:2944。

姬具有儒學修養，沒於此地，身處此文化行為相異的族群，對胡俗之認知評價或與班固等相類似，是則安能沒有本句之悲淒！〈悲憤詩二〉描述此地「人似禽兮食臭腥，言兜離兮狀窈停」，顯見這裏的指控較本句更為嚴重，也顯示她難以適應此種生活。

感時念父母，哀歎無窮已。

按：此句亦為論者討論焦點之一。論者謂文姬在關中被虜入匈奴，應在董卓、蔡邕死後長安大亂之時，故不可能不知其父已死；既然仍念父母，顯示文姬不知父親已被殺，可證此詩出於偽託云云。

筆者以為，前面已證釋文姬不在關中被虜入匈奴，亦非被獲於在董卓、蔡邕死後長安大亂之時，故不太可能知道其父已死。而且，即使文姬被虜前已知悉父死，事實上也不影響她日後的感時念父母。因此，單從本句決難推斷文姬此時是否已知悉其父的死訊，據此再作進一步推論則更是不宜，茲略釋之。

根據上面證釋，文姬在蔡邕第一梯隊西撤長安後一年多，始為李傕等部在陳留虜掠，隨第三梯隊西撤，安置於弘農陜縣一帶傕部之原駐防地。此說若確，則父女二人不可能同在長安，是故其女當時殆應不知其父被殺之事。尚有一旁證可供補充參考，即前引〈邕傳〉謂蔡邕欲從長安東逃，告訴從弟蔡谷說「欲東奔兗州，若道遠難達，且遯逃山東以待之，何如？」根據此證，顯示蔡邕東逃之第一目的地應是家鄉兗州陳留。蓋此時他仍然不知道於其西遷後，家鄉已遭李傕等部屠毒，以至宗族殄、家人盡，因而也應不知文姬已被虜掠，所以才想到逃出長安東奔兗州。由此可反證文姬未隨父宦居洛陽，故也未隨父從第一梯隊西遷。由於她歸鄉守寡，被第三梯隊虜至弘農，因而也始終沒有父親的訊息。

若說文姬被虜至弘農前後缺乏其父訊息，為可信之事，則一年後董卓被殺，震撼弘農卓部軍心，文姬不應不知。不過，縱使文姬知悉董卓死於長安政變，但是筆者仍然認為有兩種可能狀況，致使文姬不知其父訊息：第一，文姬歷險阻而所之的弘農一帶「羌蠻」之地，混亂中當時的資訊傳播可能不易。第二，依羌胡對俘虜打罵屠毒，致使骨肉俱也不敢語的嚴格管制情況看，董卓死訊對弘農前線卓軍之心理影響極為重要，以故消息也可能遭到封鎖，像文姬等奴婢性質的人應更不易得知其詳。因此，文姬當時殆未必能知道其父此時亦已被殺。

以後關中有卓部內戰，而山東義師亦各自內戰，文姬由內地輾轉流落至邊荒，消息也就宜乎更不靈通了，所謂「烽火連三月，家書抵萬金」，此之謂也。被掠的文姬能不「感時念父母，哀歎無窮已」耶！

有客從外來，聞之常歡喜。
迎問其消息，輒復非鄉里。

按文姬在陳留被掠時 已知卓部屠戮之慘況，故在胡中多年，有來客則當然歡喜，並迎問其家鄉消息。論者或疑匈奴是外國，何以常有客來？事實上已有論者解釋，北匈奴已向中亞遠遁，南匈奴入塞亦已二百年，文姬所羈旅的「胡中」是南匈奴地，不在長城以外，既屬漢朝邊郡，因此常有漢客來是可能的事。筆者於此願意進一步說明，以加深讀者對當時歷史情況的瞭解。

按：南單于於扶羅被國人放逐後詣闕自訟，乘靈帝死後天下大亂，遂率數千騎寇侵河內諸郡，且曾助袁術攻打曹操，是當時兗州牧曹操之對頭，所以在初平末先後被曹軍大敗。挫傷之餘，又不能歸國，以故止於河東，而所領之殘部當甚弱少；至於幷州西河舊庭之十餘萬反叛部落國人，此時則未見有捲入中國內戰的任何紀錄。

後來并州落入袁紹手中，袁紹以高幹為并州刺史，依當時體制則并州諸胡部即應受并州刺史之管束。建安五年（200）官渡之戰後，曹操逐漸徇略河北袁紹地盤，至九年取鄴，親領冀州牧；翌年十月高幹投降，河北大體定。但是高幹尋乘曹操征烏丸而復反，扼守并州上黨郡之壺關。建安十一年曹操征之，幹「走入匈奴，求救於單于。單于不受，」[48]乃走荊州投劉表，中途被捕斬，至此河北始完全大定。史書並未表明此單于是誰？要之於扶羅此時應是被漢廷承認的南匈奴單于，曾與袁氏有過關係，且壺關西走河東平陽較近，西北走西河離石則較遠，加上高幹後來是南走荊州投劉表的，以故此單于應當就是平陽庭的於扶羅。

反之，隸屬於并州西河舊庭諸匈奴部落，當時的政情如《三國志．梁習傳》所云：「并土新附，習以別部司馬領并州刺史。時承高幹荒亂之餘，胡狄在界，張雄跋扈，吏民亡叛，入其部落；兵家擁眾，作為寇害，更相扇動。往往棊跱。」是則建安十一年以前文姬在胡中時，并州胡部各雄踞一隅，漢族吏民多有反叛入其部落者。他們各擁眾寇害，更相扇動，即使降至曹魏中末期，《三國志．鄧艾傳》猶載艾上言建議，說并州「羌胡與民同處者，宜以漸出之，使居民表崇廉恥之教，塞姦宄之路」。可證如此複雜的地方情況，加上前述匈奴的民族性與習慣，是則文姬有「邊荒與華異，人俗少義理」之歎也就的確不出奇。至於吏民亡叛既能入其部落，則「有客從外來」，而又「輒復非鄉里」，當是平常之事了，因而問不到家鄉的消息也極為正常。

[48] 引文見《三國志．武帝紀》建安十一年正月條，1：28。

論者懷疑〈悲憤詩二〉所述胡中環境，就自然言是陰雪沙漠，玄雲北風，就人文言是食腥言異，胡笳邊馬，安可能有「樂人興兮彈琴箏，音相和兮悲且清」，與本詩「馬為立踟躕，車為不轉轍」的漢地情況？因而斷定本詩為偽託。然而筆者以為，依上述并州之情況看，此州乃是胡、漢雜糅交錯之地。因此胡、漢人民互有往來，正合邊州邊郡之情狀，而絕非身處於外國，如匈奴在塞北之時也；所以其地有漢人、漢樂、馬車，乃是極為自然之事。文姬此二詩，恰為實錄之描述，可以補史之闕文。

邂逅徼時願，骨肉來迎己。

按徼通僥，指僥倖而言。蓋文姬下句說「己得自解免」，又說「兼有同時輩，……慕我獨得歸」，表示曹操之使節的確僅迎文姬一人而歸。文姬因回鄉之心願立即可成，而自感僥倖也。文姬在胡中十二年，不斷向來客打聽家鄉親人消息，此時骨肉來迎，自己獨得解免於難而歸，當然是僥天之幸！

論者懷疑蔡邕已死，陳留家族已殄，而曹操又非其骨肉，故文姬尚焉能說「骨肉來迎己」，可證此詩為偽託。

按〈悲憤詩二〉云：「家既迎兮當歸寧。」家當指家屬，其意當與本句之骨肉同，表示當時文姬所得的訊息，確實是家屬骨肉來迎，以回鄉歸寧的。上引曹丕之言，曹操既與蔡邕「有管鮑之好」，也就不是一般交情；曹丕決不會隨意而言，待贖的漢人尚多，曹操也不會隨意而贖，若二家交情深厚若此，可否以「骨肉」形容，乃是見仁見智之事，或許需從東漢社會風氣思考之，如劉備結交與托孤於孔明之類情誼是也。

即使曹操不算文姬的骨肉，事實上陳留蔡氏為世族，會否宗族盡殄而絕，是值得懷疑的。起碼文姬可確定尚有一親姊妹，即是西晉景獻羊皇后與名臣羊祜的生母，而且也有一些從兄弟尚在，此則當是「骨肉」猶存，可以無疑〈詳下〉；因此縱使陳留宗族已被卓部所殄，但是仍不得謂文姬無家屬骨肉。曹操贖她的藉口為何？其使者周近之當面說辭為何？今皆不詳，若由曹操出面遣使，以文姬家屬骨肉贖還其身為理由，使左賢王不得不賣帳，殆為可能之事。

論者或又謂文姬之首任丈夫河東衛仲道，疑是曹魏名臣衛覬（字伯儒）之弟。當曹操與袁紹交爭時，奉命出使益州，以道路滯留關中，此時「四方大有還民」，覬得以知文姬下落，後來促成文姬贖歸之事。[49]此說極富歷史想像力，雖乏直接證據，也可備參考。若衛仲道果為衛伯儒之弟，於文姬而言，則衛伯儒殆也算得上是文姬的家屬骨肉吧。

己得自解免，當復棄兒子

按文姬何年別子，所別何子，事涉其入胡年代與種族等觀念，於此稍證釋之。

據丁廙〈蔡伯喈女賦〉所述，文姬是「在華年之二八」首次結婚的，也就是十六歲。[50]根據〈文姬傳〉僅略載文姬初嫁與河東衛仲道，其後「夫死無子，歸寧于家」。及至興平中「為胡騎所獲，沒於南匈奴左賢王，在胡中十二年，生二子」。筆者以為，文姬初嫁之年與歸寧之年，乃至歸寧多久纔被卓部虜掠，事實上

[49] 此說見前引譚其驤文。引文參《三國志・衛覬傳》，21：610-612。

[50] 參《全三國文》，94：980 下。註 1 所揭劉開揚，據此推論文姬生于熹平三年（174），初嫁於中平六年（189），初平三年被掠時為十九歲云，可備參考。

已不能確考，要之自興平以後在胡中十二年，應可確定。[51]也就是從初平三年（192）正月以後被李傕等部所掠，以至興平（194-195）中，這段為卓部虜獲的時間，應是不算入十二年之內的。按史家書法，某某年初常指元年，某某年中常指元年以後，常不包括最後一年，但興平只有兩年，故興平中當指興平二年（195）而言，此時距文姬初為卓部羌胡所掠，前後已四年矣。這四年時間中，文姬生活際遇如何？被羌胡掠為奴婢抑或為成為妻妾？有否生子？皆不可知。本詩僅述及俘獲於西撤途中之虐辱，使其「欲死不能得，欲生無一可」而已。〈悲憤詩二〉雖有「薄志節兮念死難，雖苟活兮無形顏」之句，文意似有遭到姦辱之意，但是文姬既然略去如何受辱而不提，於此也就不便妄加猜測。

尋本傳文意，文姬在胡中十二年所生之二子，當為匈奴左賢王之子，而非卓部羌胡兵之子。此左賢王據上證釋，應是西河舊庭之左賢王，甚至可能是代行舊庭國事的「老王」，以故纔有〈悲憤詩二〉所詠禁門、胡殿、廣庭等居所。推論若是，則文姬所生二子，就的確應是與西河舊庭左賢王所生。自興平二年（195）下數十二年，依中國算法，當即就是建安十一年（206），也就是高幹走入匈奴，單于不受而敗亡之年，這年文姬別子歸漢，故下詩借其子之口，有「我尚未成人」之句。

[51] 《御覽》卷四四八引《蔡琰別傳》謂文姬「在胡十三年」。譚其驤前引文據〈文姬傳〉及丁廙此賦，確定文姬在胡為十二年，並生有二子而非一子一女。然而譚氏仍認《別傳》為〈文姬傳〉所本，十三年當係傳抄傳刻之誤（頁432），同一文中尚未正視范曄史料來源可能別有所本，而輕率厲評范曄，殊為可惜。

按：文姬此時雖已脫離卓部羌胡令其「薄志節兮念死難，雖苟活兮無形顏」之虐辱，但前論謂她對胡中環境生活實在始終不適應，對匈奴「人俗少義理」實在始終不滿意，竟至以「人似禽兮食臭腥」形容之。如此不適應不滿意，以故益增父母之思，而又聞樂思漢也。前者是親情孝思，後者則屬文化、民族之認同，在此強烈情結之下，其若有機會則必離開，應可想見。〈悲憤詩二〉又自述云：「心吐思兮匈憤盈，欲舒氣兮恐彼驚，含哀咽兮涕沾頸！」表示文姬在胡中平日應不敢公開表露此強烈情緒，反而對之壓抑，因而更會增強其待機離開的意念。

另外，丁廙〈蔡伯喈女賦〉尚又透露了文姬所懷的另一意識情感。賦云：「我羈虜其如昨，經春秋之十二；忍胡顏之重恥，恐終風之我萃。……入穹廬之祕館，亟踰時而經節；歎殊類之非匹，傷我躬之無說！」雖說是丁廙假文姬第一人稱之詞，但是文姬歸漢後曾被曹操引見於賓客，又被旁人所安慰，是則丁廙、曹丕等人恐怕就是此諸賓客旁人之一。他們既得知文姬之遭遇情實，以故作詩賦詠歎勸慰，代抒其遭遇與感受之情。因此，丁廙之詞殆應得自文姬的口述，所以其賦與文姬二詩大體可以呼應，只是丁廙寫得更露骨直接罷了。是則根據丁廙之詞，表示文姬之遽然拋夫棄子而歸，除了上述情結因素之外，尚有殊類非匹、胡顏可恥之強烈種族意識與道德認知。按：〈文姬傳〉曾載述一事，即「操因問曰：『聞夫人（指文姬）家先多墳籍，猶能憶識之不？』文姬曰：『昔亡父賜書四千許卷，流離塗炭，罔有存者。今所誦憶，裁四百餘篇耳。』操曰：『今當使十吏就夫人寫之。』文姬曰：『妾聞男女之別，禮不親授。乞給紙筆，真草唯命。』於是繕書送之，文無遺誤。」此事反映了文姬系出文儒世家，懷有強烈的男女受授不親之儒家禮教，以至夷夏之辨的種族觀念，因此西撤受辱則有「薄志節兮念死難，雖苟活兮無形顏」之悲感，羈胡中則有「忍胡顏之重恥，……歎殊類之非匹」的傷痛。雖已淪落多年，且已為胡人生子，但對此仍始終不能釋懷。這也是她遽然決定拋夫棄子，獨自離胡歸漢的重要原因，蓋離開就能「解免」也。

天屬綴人心，念別無會期。
存亡永乖隔，不忍與之辭。
兒前抱我頸，問母欲何之？
「人言母當去，豈復有還時！
阿母常仁惻，今何更不慈？
我尚未成人，奈何不顧思！」
見此崩五內，恍惚生狂癡。
號泣手撫摩，當發復回疑。

文姬兩子，最長應不過十一歲，天屬乃是天倫，母子血脈相連，故文姬自述母子皆悲痛不捨。不過，文姬母子天屬之情，終究不敵上述包括文姬對自已父母之思的諸般情結因素，所以纔遽然選擇了棄子歸漢。父母、子女皆是天屬，此時文姬是欲「申父母之孝思」則不能兼顧「撫子女之恩慈」，蓋周近可能只奉命迎回文姬，而左賢王亦不易允其攜子歸鄉也。在此兩種情感與價值之間作取捨本就極難，只是文姬長年忍恥苟活，其生存的勇氣主要來自思親念國，期待有回國歸鄉與骨肉重聚的一日，故而選擇了棄子。由此而論，似乎不宜對其棄子之事，過份大加指責；事實上，文姬已借其子之口，預先自責以「不慈」，因此應對其選擇予以同情為宜。

天屬的父母之孝、子女之慈表見既如上述，然而作為文姬二子生父的左賢王，在此事件中未見表露過相互之間的夫婦愛，也未見對其拋夫棄子有任何反應，他們之間的關係究竟為何？頗值一探。

筆者以為，匈奴風俗與華異，他們的社會流行人口掠奪及買賣，視之為財利。文姬既是「為胡騎所獲，沒於南匈奴左賢王」，則是先獲於胡兵，然後纔沒於左賢王，其間應有某些買賣或強取的行為。按：匈奴王長之后妃稱為閼氏，文姬雖為左賢王生子，但是否為其閼氏則不確，蓋帝主王侯逼幸宮人婢妾而生子是常有之事。文姬既自述於胡中能入禁門、登胡殿以及臨廣庭，丁廙〈蔡伯喈女賦〉又述她「入穹廬之秘館」，雖皆可證明她二子之生父的確甚有身份地位，應如范曄記載是「沒於南匈奴左賢王」，而不是如《蔡琰別傳》之所載「在左賢王部伍中」；但是，卻仍不足以證明她與左賢王的正式關係。不過，丁廙借文姬口吻謂「歎殊類之非匹」，語意雖感歎不同種族之匹配而言，但仍不免指涉她與左賢王有「匹配」的關係。因此，文姬儘管不是左賢王的大閼氏（指正妻），但也不易證明可入禁門、登胡殿的她不是左賢王的其他閼氏（指嬪妾）。曹丕〈蔡伯喈女賦序〉謂「家公（曹操）……命使者周近持玄璧，於匈奴贖其（蔡邕）女還」，〈文姬傳〉亦作「遣使者以金璧贖之」，顯示頗有尊重左賢王以及隆重其事之意涵，是則論者將此釋謂用敵國之禮，而據此論斷文姬的確沒於左賢王之手，[52]則不能說其無理。所推若是，則文姬應可

[52] 一般論者據〈文姬傳〉認為文姬為左賢王妃，譚其驤前引文亦先從此說，認為以金璧贖之是用敵國禮，且認為左賢王當時遊牧於河朔一帶，而文姬即沒于此。其後譚氏復發表〈讀郭著《蔡文姬》後〉一文，（收入其《長水集》，頁 437~442），卻看法相反，認為不可能貴為王姬，否則不可能

能是左賢王閼氏之一，與他起碼有夫妾匹配的關係。

然而，曹操此年剛新定并州，以其當時的聲勢實力，左賢王應是不敢絕然與之交惡決裂的，是則曹操為何尚以此尊重而隆重的方式將文姬贖還？

按：從曹操之角度言，則他僅是新平并州而已，很難想像深謀遠慮的他會在并州新平、天下未定之時，會憑其聲威武力強行要回文姬。是則曹操以贖買形式迎還文姬，實是恩威並施的手段，兼顧了贖身與國交的形式，確屬明智之舉。

相對的，從左賢王之角度而論，儘管文姬已為自己生子，但卻只是嬪妾之一，曹操以此禮節求贖，不僅表示尊重了自己的身份，兼且也表示了尊重其民俗與傳統。漢時婢妾是可以買賣的，左賢王若不見好就收，遣文姬歸漢，否則一旦曹軍兵臨（誰也不敢保證是否有此可能），或等到梁習在并州的新政徹底推行後，誠如〈梁習傳〉所言，至「單于恭順，名王稽首，部曲服事供職，同於編戶」時，則曹操一通命令即足以召回文姬，尚何需玄（金）璧贖身之有？是則左賢王收贖而遣文姬，亦應是明智的選擇。自古婚姻即與錢財有關，左賢王此婚姻既涉政治，則更為現實，是則他在此事件中是否曾表露過夫婦之愛、割捨之情，其實已不那麼重要；此對深「歎殊類之非匹」，而心切離胡歸漢與骨肉重聚的文姬而言，其夫之表露與否也就更不重要了，何必發言為詩。

用金璧贖得回，文姬只是左賢王部伍中許多擄來的侍妾之一而已。前後相異如此。

兼有同時輩，相送告離別。
慕我獨得歸，哀叫聲摧裂。
馬為立踟躕，車為不轉轍。
觀者皆歔欷，行路亦嗚咽。

所謂「同時輩」者，或指與文姬同時被掠賣者而言，表示匈奴部落中尚多虜掠沒入之漢人，不得如文姬般僥倖而歸，以故為文姬哀慕悲送。又按：男人騎馬、婦人乘車是漢晉間之行止常事，當時婦人所乘車皆有屏蔽，謂之軿車，《釋名‧釋車》所謂「軿，屏也；四面屏蔽，婦人所乘牛車」者是也。車所駕牛多為黃牛，是以樂府常以黃牛車為詠。降至南朝，士大夫也漸興乘車，至梁尤甚，故顏之推謂「梁朝全盛之時，貴遊子弟……無不燻衣剃面，敷粉施朱，駕長簷車，跟高齒屐，……從容出入，望若神仙」；又謂「梁世士大夫皆尚褒衣博帶，大冠高履，出則車輿，入則扶侍，郊郭之內無乘馬者」云云，[53]可以概見風氣之變。後世描述西漢昭君出塞，常刻劃馬上琵琶之形象，誠為想像之作而已，與當時不合。亦由本句可以窺知，文姬沒於騎馬王國之胡中十二年，猶且尚未習慣乘馬以行，表示她確實未能適應匈奴的生活。至於「馬為立踟躕」之馬，應指駕車之馬，用以送文姬遠行，此則與內地用牛頗有不同。

---

[53] 詳《顏氏家訓》（收入《新編諸子集成》二，臺北：世界書局，民國63.7新二版）之〈勉學〉、〈涉務〉兩篇，8:13及11:25。

去去割情戀，遄征日遐邁。
悠悠三千里，何時復交會？
念我出腹子，匈臆為摧敗

論者或引此三千里之數，懷疑里程不合，以至疑本詩為偽託；亦有論者以為是漢晉詩人常用大較之數，不必確實計之。

按：文姬初被西掠，路程中山谷曼曼，歷盡險阻，此時未言其里程；而回途既說遄征遐邁，歸心如箭，又何必三千里實計？故以後說為是。

退一步言，若必須計較里數，則「悠悠三千里」也可得而解之。根據《續漢書‧郡國志》記載，陳留郡在洛陽東五百三十里，西河郡在洛陽北一千二百里，二者相加，單程為一千七百三十里，是則文姬若想日後回來交會其子，即需旅行三千四百六十里之遙。以其大數計之，真是「悠悠三千里，何時復交會」也。

文姬入胡十二年，其子長者殆為十一歲，以故本詩上句謂「我尚未成人，奈何不顧思」！而〈悲憤詩二〉描述離別之時，「兒呼母兮號失聲，我掩耳兮不忍聽。追持我兮走煢煢，頓復起兮毀顏形。還顧之兮破人情，心怛絕兮死復生」！蓋「天屬綴人心」之故也，所以上句有「不忍與之辭……恍惚生狂癡。號泣手撫摩，當發復回疑」之言。兩詩所詠情景相合，可以互證。

既至家人盡，又復無中外。

中外應即中表，蓋外即表也，父親的姊妹之子曰外親，母親的兄弟姊妹之子曰內親，然則文姬此時尚有中外親否？

前論卓部徇掠陳留，「殺略男女，所過無復遺類」；而〈悲憤詩二〉亦訴述「宗族殄兮門戶單」，是則蔡邕「與叔父從弟同居，三世不分財，鄉黨高其義」之陳留蔡氏世族，除了隨第一梯隊撤入長安的蔡邕與其從弟或及少許家屬，或者散居在外地的親屬外，起碼留居圉縣的家族，恐怕已難逃族滅之劫，否則文姬不會出此言。

論者因陳留蔡氏在晉仍有後人，謂恐怕是文姬歸鄉初期，敘述鄉里之中，一時家人散失，親戚殄離之況而已。其詳究竟如何？

按：文姬之母氏不詳，以故不能考定文姬是否有內親。不過，《全後漢文》引《御覽》錄蔡邕殘書云：「邕薄祜，早喪二親，年踰二十，髩髮二色，叔父親之，猶若幼童，居則侍坐，食則比豆。」[54]是則蔡邕殆應從小為叔父所撫養，於此三世同居共財的大家庭中長大，宜乎文姬歸寧於此。據文意，蔡邕因早喪二親，以故可能無親手足。又據〈文姬傳〉所載，謂「曹操素與邕善，痛其無嗣」，故贖其女文姬而還，則此嗣應指男嗣而言。另據〈邕傳〉所載，謂蔡邕因禍上書自陳，聲言「臣年四十有六，孤持一身」；而《全後漢文》卷七二亦載此書，但於一身之後多了「前無立男」一句，是知蔡邕也無親子男嗣。因此，文姬應無三等親的叔伯姑姑以及四等親的從兄弟；既無姑姑，因而也就的確無外親，但卻與是否曾遭軍隊屠殺無關。

前釋文姬知悉「骨肉來迎已」，而謂她「骨肉」猶存，此處自言「既至家人盡，又復無中外」，是則應作何解？

按：蔡邕除文姬之外，起碼尚另有一女，即司馬師的後妻，晉景獻皇后羊徽瑜與名臣羊祜的生母，晉朝封為濟陽縣君者是也。[55]《晉書・景獻羊皇后傳》云：「皇后諱徽瑜，泰山南城人。

[54] 見《全後漢文》73：872 上。

[55] 《晉書・景獻羊皇后傳》謂羊衜之妻蔡氏，因其女為司馬師繼室，晉朝既創，武帝尊此伯母為弘訓太后，並追贈太后母蔡氏為濟陽縣君。

父衜，上黨太守；后母陳留蔡氏，漢左中郎將邕之女也」，《晉書・羊祜列傳》則云：「祜，蔡邕外孫，景獻皇后同產。」是則羊祜之父上黨太守羊衜，即是蔡邕的女婿。文姬從未嫁給姓羊氏的夫婿，可證羊祜之母蔡氏，應是蔡邕的另一女兒，是文姬的同父親姊妹。

羊氏是泰山南城人，世吏二千石，為士族。因羊「祜前母，孔融女，生兄發」。是則羊祜生母應為羊衜之後妻，可以無疑。〈邕傳〉曾記其因得罪宦官而亡命，「往來依太（泰）山羊氏，積十二年」，既有此親密關係，故邕將一女嫁與羊氏子弟歟。泰山郡位於兗州最東部，未曾被卓軍殺略過，以故文姬此姊妹因此時不在陳留而躲過一劫耶？建安間文姬既有此親姊妹在，當然也就可能是「骨肉來迎己」的骨肉之一。

此外，蔡邕叔父蔡質一系仍在，質為漢衛尉，應即是撫養蔡邕長大者，是文姬四等親的叔祖；其子睦任曹魏尚書，為五等親的從父；睦子宏任陰平太守，於文姬為六等親之從兄弟；而宏子豹則是她七等親的從子。另有蔡襲其人，是羊祜之舅子，也就是與蔡豹同輩。[56]他們於漢晉間均位居要職，應是當時不在圉縣同居而逃過卓部一劫者，當然更是文姬的骨肉。蔡睦一系及蔡襲等既為蔡邕之同宗從親，依家族關係之慣例從子猶子、從孫若孫，[57]是則文姬歸來時既有此從父兄弟子姪，又有親姊妹與姨甥在，

---

[56] 《晉書・蔡豹傳》謂「豹字士宣，陳留圉城人。高祖質，漢衛尉，左中郎將邕之叔父也。祖睦，魏尚書。父宏，陰平太守。豹……避亂南渡，元帝以為振武將軍、臨淮太守，遷建威將軍、徐州刺史」。（81:2111）另有蔡襲其人，史謂是羊祜之舅子（見《晉書・羊祜傳》，34: 1020），是則應為文姬從子，與蔡豹同輩份。

[57] 易大軍〈蔡琰「悲憤詩」考〉，對文姬是否有親兄弟頗有考見。他認為蔡

縱使「又復無中外」，而安得謂「既至家人盡」？此應當是她追述回到陳留家鄉，尚未與散居諸親會見初時，一時之興歎罷了。

退一步言之，漢末以來世經喪亂，人民尚存者或輾轉流離，或聚族自保，以故北方漸有重同姓而稱骨肉之風俗，此即降至南朝，《宋書・王懿傳》所載，謂「北土重同姓，謂之骨肉。有遠來投者，莫不竭力營贍；若不至者，以為不義，不為鄉里所容」者是也。[58]因此，即使蔡睦等人不是文姬之同宗五服親，然而依此風俗則仍得稱為骨肉，所以前句「骨肉來迎已」當非虛假之言。或許蔡家親屬獲悉文姬沒入胡中之後，乃透過曹操之力而將之迎歸；其事縱非出於蔡家親屬的主動，但陳留蔡氏與司馬家、泰山羊氏及河東衛氏等顯赫世族皆有姻親關係，而蔡邕復與曹操關係極密切，且建安諸子之王粲亦是其門生，是則他們向曹操建言迎還文姬也是可能的。要之，曹操痛其「管鮑之好」的摯友無男嗣，因而推愛及其女，接贖文姬以還，此亦一時傳頌之盛事也。

至於文姬「既至家人盡」的悽愴，當時恐非曾受卓部屠毒之

邕無嗣之說與本詩相符；另據《晉書・蔡豹傳》證明蔡睦是蔡邕叔父蔡質之孫，而非邕孫（按：故蔡睦應是文姬從兄弟）；又據侯康《後漢書補注續》說明從孫亦得稱孫之習慣，以證明羊祜之舅子蔡襲可能是邕之從孫。也就是證明蔡邕並無男嗣，應是可信的。參頁 43。

[58] 《顏氏家訓二・風操》亦有類似記載，謂「凡宗親世數，有從父、從祖、族祖。江南風俗，自茲以往通呼為尊。同昭穆者，雖百世猶稱兄弟；對他人稱之，皆云族人。河北士人，雖二三十世，猶呼為從伯從叔。梁武帝嘗問一中土士人曰：『卿北人，何故不知有族？』答云：『骨肉易疏，不忍言族耳！』當時雖為敏對，於理未通。」蓋北方經歷五胡、拓跋之鐵騎，人民建塢壁聚族自保益甚，顏之推出身南方，環境不同，以故訝此風俗之不同，認為於理未通罷了。

陳留一地如此而已，蓋附近未經卓部屠毒而另遭其他戰禍的地區亦然。如建安七年（202）—文姬歸漢前四、五年—曹操的家鄉豫州沛國譙縣（今河南亳縣），位於陳留東南的渦水上游，渦水上游連接浪蕩渠即靠近文姬的陳留圉縣，幾乎可說同飲一水。據《三國志・武帝紀》此年正月曹操軍譙，曾下令曰：「舊土人民，死喪略盡，國中終日行，不見所識，使吾悽愴傷懷！」可見曹操之悽愴與文姬正同，皆是兗、豫諸州先後被卓部以及山東義師屠毒蹂躪的實況。

城郭為山林，庭宇生荊艾。
白骨不知誰，從橫莫覆蓋。
出門無人聲，豺狼號且吠。
煢煢對孤景，怛吒糜肝肺。
登高遠眺望，魂神忽飛逝。
奄若壽命盡，旁人相寬大。
為復彊視息，雖生何聊賴！

前論文姬從之羌蠻以至沒胡中蒙受到慘辱，而深具儒家禮教思想的她，卻選擇了薄志節以忍胡辱，是則為可死之時而選擇了偷生。觀其二詩，知其所以做此選擇，是寄望於有朝一日可以還漢歸鄉，與家人團聚。不過，「既至家人盡，又復無中外」，對她而言已是不可承受之痛。在此沉重打擊之餘，又目睹鄉邑荒涼悽慘之死亡氣氛與景象，遂焉能不糜肝肺而魂神飛，興起「奄若壽命盡」之幻滅！是則文姬面對兩次死亡感覺，先是選擇了忍辱偷生，再次則是選擇了無聊苟活，人生如此，能無悲憤耶！雖然「旁人相寬大」，也不過僅能獲得短暫的慰藉罷了。

文姬還漢目睹荒涼悽慘之地，或疑並非其曾歸寧的陳留故鄉。蓋論者頗質疑她歸漢初時是否曾先至鄴城會見曹操也。

筆者以為，二詩及本傳對此均未提及，即使初還時她曾先至鄴縣謁操，但若無要事其實也不必於詩中贅及。何況鄴縣所屬之冀州當時猶為大州，而鄴縣戶口亦頗殷實，絕不至於如此之荒涼悽慘，因此可以斷言此地決非鄴縣（詳下）。要之，曹操平袁紹以後即常在鄴，本傳亦記載文姬後來為救夫而至鄴見操，以故兩人確曾相會於鄴，不過其事已是文姬改嫁後之事了，與她初歸時有否先赴鄴見曹操無關。本句述及寬慰她的旁人，不能確定是誰，但是建安文壇諸子如曹丕、丁廙等人，皆曾作〈蔡伯喈女賦〉以詠其事，此訊息正透露了文姬與他們極可能有過鄴下之會，只是時間不詳而已。

又，論者以文姬本句所描述的荒涼悽慘作為理由，提出「豈有陳留重地，任其荒蕪而未曾置意者，可見此詩之作者純出臆斷並無實據也」的懷疑與論斷。[59]筆者以為，論者恐怕因未能充分掌握此諸地區當時之情況，以致此說可能有誤，故欲略予解釋。

按：東漢之政治核心區為司隸校尉部，司隸部轄屬有河南（洛陽所在）、河內、河東、弘農、京兆（長安所在）、馮翊、扶風七郡。靈帝死後，南匈奴單于於扶羅與白波兵攻劫河內，然後止於河東；稍後董卓西撤，兩京殘破，屠毒且及於豫州之潁川與兗州之陳留，前已論述。至於山東義師繼起內戰，戰烽延及黃河兩岸之河南、河內以東，包括豫、兗、青、徐以至揚州諸地，也就是東漢農業文化菁華區於建安初期均普遍遭到蹂躪。東漢盛時，依戶數計，豫、揚、冀、兗、司五州是前五名的大州，戶數皆在百

[59] 參勞榦前揭〈蔡琰悲憤詩出於偽託考〉。

萬左右，[60]而此時則均告殘破蕭條。

茲先以獻帝從長安東還洛陽作觀察。

司隸所屬之京兆長安，於獻帝東還前，已因卓部內戰而開始衰敗，〈卓傳〉載謂「是時穀一斛五十萬，豆麥二十萬，人相食啖，白骨委積，臭穢滿地」是也。及至獻帝離開後，同傳比較其戶口說：「初，帝入關，三輔戶口尚數十萬，自傕、汜相攻，天子東歸後，長安城空四十餘日，餘者四散，羸者相食，二、三年間，關中無復人跡。」是則長安戶口絕滅、社會崩毀可知。後來曹操將大量氐、羌移民於關中，雖說出於對蜀漢的戰略考量，但也與徙民充實此地的考慮有關。百年之後，潘岳於晉惠帝元康二年任長安令時，其〈西征賦〉雖然敘述長安此時稍已「都中雜遝，戶千人億，華夷士女，駢田逼側」；但是都市建設卻仍「街里蕭條，邑居散逸，營宇寺署，肆廛管庫，蕞芮於城隅者，百不處一」云云。[61]更有甚者，曹操此戰略構畫及移民政策，不意於此期間造成關中居民族屬結構的改變，埋下了日後江統〈徙戎論〉的提出。[62]

及至建安元年（196）獻帝還抵洛陽，《後漢書・獻帝紀》稱謂：「是時，宮室燒盡，百官披荊棘，依牆壁間。州郡各擁強兵，而委輸不至，群僚飢乏，尚書郎以下自出採梠，或飢死牆壁間，或為兵士所殺。」是則東都荒毀不下於西京。曹植後來作〈送應氏詩〉描述洛陽的蕭條云：「步登北邙阪，遙望洛陽山。洛陽何

[60] 參楊遠前揭《兩漢至北宋中國經濟文化之向南發展》，頁 234~247。

[61] 該賦見《昭明文選》10：135。

[62] 曹操遷徙氐羌及其後患，請詳前揭拙著〈氐羌種姓文化及其與秦漢魏晉的關係〉。

寂寞，宮室盡燒焚。垣牆皆頓擗，荊棘上參天。不見舊耆老，但睹新少年。側足無行徑，荒疇不復田。遊子久不歸，不識陌與阡。中野何蕭條，千里無人煙。念我平常居，氣結不能言！」[63]顯示首都重地的洛陽，即使降至建安中，其荒蕪蕭條仍不下於文姬之家鄉。曹操有鑒於此，因而決策將獻帝遷都於許昌，并從許下屯田開始，逐步推廣此復興建設計畫。不過，由於戰亂屠殺過甚而造成人口的嚴重不足，[64]其間縱有司隸校尉鍾繇「徙關中民，又招納亡叛以充之（洛陽），數年間民戶稍實」的改善，[65]但是降至建安二十五年（亦即延康元年，220），舊日京畿的河南郡也仍未完全復興，以故同年曹丕即帝位後，遂欲實施「徙冀州士家十萬戶實河南。……時連蝗民飢，郡司以為不可，……帝遂徙其半」的移民措施。[66]可見魏文帝曹丕亦深感欲要將洛陽重新建為首都，則河南戶口人力不足之情況必須要大加改善。然而，此次為重建首都之移民，即使連同原有居民計算，與東漢盛時—永和五年（140）—所轄之 208,486 戶相比，也恐怕仍有一大段距離也。復興不易，首都尚且如此，則所謂「豈有陳留重地，任其荒蕪而未曾置意者」云乎哉！

兩京毀敗已如上述，不過或問：獻帝既已還都洛陽，為何山東州郡不救其饑乏，援其建設？

按：實則山東經義師內戰已普遍蕭條衰敗，自飽不足，強敵

---

[63] 此詩有二首，今引其第一首，參丁福保《全漢三國晉南北朝詩》（臺北：藝文印書館，民國 72.6 四版。）之《全三國詩》，2：232。

[64] 劉昭注《續漢書・郡國志》估計三國時戶數，不踰東漢永和五年南陽與汝南二郡之戶數，即約百萬戶左右，詳《後漢書》志 19：3388。

[65] 見《三國志・鍾繇傳》，13：393。

[66] 見《三國志・辛毗傳》，25：695。

環伺，誰尚有餘力敢救援中央。如《三國志・武帝紀》建安元年十月條注引《魏書》云：「自遭荒亂，率乏糧穀，諸軍並起，無終歲之計，饑則寇略，飽則棄餘，瓦解流離，無敵自破者，不可勝數。袁紹之在河北，軍人仰食桑椹。袁術在江淮，取給蒲蠃。民人相食，州里蕭條。」可見其狀。此距初平元年獻帝西遷，不過僅隔六、七年罷了，昔日菁華區竟至喪亂蕭條如此。

袁紹此時於群雄中割據最大、實力最強，然史謂曹操在文姬歸漢前三年—建安八年（203）—破袁紹，定鄴城，自領冀州牧後，「校計甲兵」，「時案戶籍，可得三十萬眾，故為大州也」。[67]按：前謂建安二十五年曹丕即位後「欲徙冀州士家十萬戶實河南」，若以每戶有五口而出一甲兵計，則十萬戶可出十萬兵，三十萬兵則應有三十萬戶，因此曹丕是欲遷徙冀州三或四分之一戶口至河南也。又，冀州在永和五年戶數原有 908,005 戶之譜，為東漢戶數第五多之大州，[68]假如六十年後，冀州戶籍僅有三十萬戶而仍得為大州，則此大州其實已比東漢盛時減少了約三分之二的戶口，其被摧殘由此可知。冀州在曹魏經營下復興迅速，成為經濟重地，誠如太和（227-232）以後杜恕之言：「其所恃內充府庫、外制四夷者，惟兗、豫、司、冀而已。……冀州戶口最多，田多墾闢，又有桑棗之饒，國家徵求之府，誠不當復任以兵事也。」[69]此時去獻帝東還已四十餘年，去曹丕遷徙五萬戶以充實河南亦已相隔十年以上，而冀州既為「戶口最多，田多墾闢」之州，則其他農業文化菁華區的兗、豫、司等州，復興情況應不能與之相

[67] 見《三國志・崔琰傳》，12：368。

[68] 參同註 60。

[69] 參《三國志・杜畿附傳》，16：498-499。

比，正反映了諸州當年被戰亂摧殘之甚，以及復興之慢矣。

豫州是曹操之鄉州，屬郡有潁川、沛國等六郡。潁川遭卓部屠毒之慘酷前已證釋，建安七年曹操〈軍譙令〉所傷之「舊土人民，死喪略盡，（沛）國中終日行，不見所識」亦已引證。是則文姬於建安十一年歸來前不久，曹操鄉邑之蕭條慘況，仍決不下於她的鄉邑，亦決不可能完全復興。

再以司隸部之河東郡觀察。此郡是文姬首任丈夫衛仲道的鄉郡，是南匈奴放逐王庭所在，也是董卓進兵洛陽前的駐地，在東漢永和五年時有 93,543 戶之多；然而降至建安十一年，亦僅剩三萬戶而已，較永和五年減少了三分之二。《三國志・杜畿傳》頗記當年情況，說：「太祖既定河北，而高幹舉并州反。……太祖謂荀彧曰：『河東被山帶河，四鄰多變，當今天下之要地也。……』追拜畿為河東太守。……畿曰：『河東有三萬戶，非皆欲為亂也。……會大兵至，（高）幹、（張）晟敗……。是時天下郡縣皆殘破，河東最先定，少耗減。畿治之，……家家豐實，……郡中化之。』[70]河東郡是司隸戰略重地，是最先定而最少耗減之郡，而竟在文姬歸漢之年猶且殘破如此，可見「是時天下郡縣皆殘破」也者，當較此郡必然更甚。

雖然文姬之鄉州為兗州，建安八年以前由曹操親領州牧，也是其爭天下的早期地盤，但是也未見其從事復興建設。陳留郡圉縣固不用說了，即使同郡之雍丘（今河南開封附近），降至曹魏中期仍甚荒涼，以故曹植〈社頌〉云：「余前封鄄城（屬兗州濟

---

[70] 按建安十年高幹以州降操，同年復叛，翌年敗走而被殺。由於河東為戰略要地，曹操以故派杜畿為太守，是則〈畿傳〉之言應為當時的實錄。詳《三國志》16：493。

陰郡，山東今縣北）侯，轉雍丘，皆遇荒土」。曹植後於魏明帝太和三年（229）改封東阿王，作〈遷都賦〉又說：「余初封平原，轉出臨淄，中命鄄城，遂徙雍丘，改邑浚儀，而末將適于東阿，號則六易，居實三遷。連遇瘠土，衣食不繼！」[71]所謂「居實三遷」之地應指鄄城、雍丘、東阿（屬兗州東郡，山東今縣南）三縣，其地皆在黃河南岸今河南、山東二省之間。[72]據此頌、賦所述，三地至魏明帝世竟仍是瘠土。筆者以為，陳留圉縣及其西北的雍丘之所以荒瘠，應與當年卓部的屠毒有關；而鄄城、東阿之荒瘠則應與山東義師之內戰有關，雖不中不遠矣。

即使文姬歸漢之初曾赴鄴見曹操，但是本句所描述之荒涼地區決非指冀州之鄴城。蓋前已證明冀州雖遭戰禍而仍為「大州」，而此州之名都鄴城則為曹操所駐，當時也仍有上萬戶，[73]怎樣說也不可能荒涼到「城郭為山林，庭宇生荊艾。白骨不知誰，從横莫覆蓋。出門無人聲，豺狼號且吠」；何況文姬深情款款地「煢煢對孤景，怛吒糜肝肺。登高遠眺望，魂神忽飛逝」，是則此景此情表達的對象，非其陳留圉縣家鄉莫屬。大概文姬被掠離家鄉十餘年，羌蠻胡中消息不靈通，當年雖知家族被卓部殄戮，但卻不知後來的情況為何，如今親睹家鄉之荒殘，以故有此孤寒魂飛之嗟歎也。這樣看來，文姬用如此詩句來描述她當時的鄉邑，自

---

[71] 賦見《全三國文》，13：1123 下；頌見 17：1144 下。

[72] 曹魏封建是改封但不一定徙地，曹植一生改封十次，主要居此三地，請詳拙著〈曹植贈白馬王彪詩並序箋證〉。此文已收入本書。

[73] 冀州的最大縣為鄴，曹操曾有「今鄴縣甚大，一鄉萬數千戶」之說；降至曹丕即王位時（建安二十五年，220），其戶數也仍有萬戶。曹操之說可能有誤字之嫌，詳參《全三國文》引《書鈔》七十七，2：1061 上。至於曹丕時戶數，請參《三國志‧賈逵傳》，15：482。

是親見親歷所知，證之史文亦相符，應為當時實錄。若據陳留重地不應如此荒蕪為由，而斷論本詩出於臆斷偽託，應是不知當時戰禍對社會人文摧殘實況之故，其說顯然有問題。

託命於新人，竭心自勖厲。

東漢士族家風對女教甚為講究，丁廙〈蔡伯喈女賦〉稱文姬十六歲初嫁，「時將歸于所天」云云，即指出嫁從夫，以夫為天。《後漢書．曹世叔妻列傳》載班昭作《女誡》，提出「禮，夫有再娶之義，婦無二適之女，故曰夫者天也」。而力倡專心正色，即「禮義居絜，耳無塗聽，目無邪視，出無冶容，入無廢飾，無聚會群輩，無看視門戶，此則謂專心正色矣」。蔡邕為世之大儒，曾撰《女訓》，可能即是效法班昭以教育其女。由文姬守寡歸寧，又熟誦父著之事來看，她應是甚守禮教之人，以故上述婦女之訓誡，殆即是其「竭心自勖厲」之事，只是此時自勖厲的對象為「新人」—她的第三任丈夫董祀而已。

或問：文姬既然甚守禮教而於第一任丈夫衛仲道死後守寡歸寧，是則為何卻違背「婦無二適之女，故曰夫者天也」之禮教而再嫁？筆者以為，對文姬來說，此是無可奈何之宿命，應也是其悲憤為詩的原因之一。茲亦略論之。

按：文姬十六歲嫁與河東衛仲道，夫死無子，以故不能夫死從子，然後始守寡而歸寧于陳留本家，此時文姬當仍青春鼎盛。假如世道太平，其父是否會逼她再嫁，或者她是否有意再嫁，事不可知。要之承值漢室世變，而她於初平末為卓部羌胡所掠辱，此時已有「欲死不能得，欲生無一可」之感；其後復於興平中為胡騎所獲，而沒於左賢王並為之生育二子，此對極可能講究禮教「婦無二適之女，故曰夫者天也」的她來說，誠以忍辱偷生來描述不為過，所以丁廙纔會說她「忍胡顏之重恥，……歎殊類之非匹，傷我躬之無說」，而文姬也悲憤自己「薄志節兮念死難，雖苟活兮無形顏」！假如文姬有婚姻自主權，殆不會如此再嫁，可以無疑。

被掠嫁過胡王之文姬，歸漢後「既至家人盡，又復無中外」，是則陳留本家已不能依靠，而河東前夫之家當然也無理由回去，是則日後生活何所安托？此又是她的一悲也。根據〈文姬傳〉記載，曹操「遣使者以金璧贖之，而重嫁於祀，」此說與曹丕〈蔡伯喈女賦〉所謂「贖其女還，以妻屯田都尉使者」之說略同；但是，本傳未表示此次婚姻是否出於文姬自主，而據曹丕之文意則似是由曹操作主「以妻」董祀的。曹丕為曹操嗣子，熟知文姬家世人事，以故其意可信。

按：董祀為屯田都尉，是執行曹操屯田政策之幹部，又與文姬同郡，此所以曹操以文姬妻之耶？是則文姬之第三嫁恐怕也是不得已也，蓋與當時曹魏的配婚措施亦可能有關。否則，以文姬之詩禮傳家，是否會自主選擇重嫁，或是否會以帶有軍職性質的區區屯田都尉為對象，實難想知。假如文姬身不由主，則如此重嫁對文姬來說，應該也是可悲之事。

既嫁從夫，則上面專心正色之「六無」要求，依禮亦需持以待此新人，而文姬似亦有此意思，所以說「託命於新人，竭心自勗厲」也。

流離成鄙賤，常恐復捐廢。

顛沛流離本即是鄙賤人生，若逢戰亂流離之中，又加人身不自由以及婚姻不自主，則更是鄙賤之尤，此所以俗語謂「寧為太平犬，不為亂世人」也。文姬之人身不自由實因於羌胡匈奴的掠奪控制，而其婚姻不自主則除了此原因外，尚與曹操的政策作為有關。蓋魏晉因戰亂饑乏而造成社會上男多女少，所以政府實行配婚政策，並優先配給將士為妻。

史載青龍三年（235）魏明帝大治洛陽宮殿，並「又錄奪士女前已嫁為吏民妻者，還以配將士」，張茂遂上書諫之，說：「臣伏見詔書，諸士女嫁非士者，一切錄奪，以配戰士，斯誠權時之宜，然非大化之善者也。」[74]按：此處之「士女」，殆指士家之女而言，蓋魏晉所謂「士家」者，實指兵士之家亦即兵戶也。魏晉士家兵戶備受人身約束而世襲為兵，中、日學者對此已多有論述，於此不贅。根據明帝之詔以及張茂之言，顯示當時士家之女必須嫁給士，否則「嫁非士者，一切錄奪，以配戰士」，而張茂聲言此不過僅是權宜的婚姻政策罷了。然而，此婚姻政策其實早已實行了一段時間，恐怕已非權宜的性質。

前引《三國志・杜畿傳》謂曹操平定并州後以杜畿為河東太守，當時戶數僅有三萬。畿修戎講武，整頓內政，郡中化之，「在河東十六年，（治績）常為天下最」，至建安二十五年曹丕即位然後入為尚書。該傳注引《魏略》曾提及杜畿一事，謂「初，畿在郡，被書錄寡婦。是時他郡或有已自相配嫁，依書皆錄奪，啼哭道路。畿但取寡者，故所送少；及趙儼代畿而所送者多。文帝問畿：『前君所送何少，今何多也？』畿對曰：『臣前所錄皆亡者妻，今儼送生人婦也。』帝及左右顧而失色。」[75]是則曹魏在建安間即已實行錄寡婦以配嫁之措施。[76]杜畿嚴格遵守命令，只錄送真

[74] 詳《三國志・明帝紀》青龍三年三月條並注引《魏略》，3：104-105。

[75] 詳該書 16：497。

[76] 《三國志・趙儼傳》稱儼在曹丕即王位時為侍中，頃之領河東太守，蓋

寡婦以供政府配嫁，而他郡竟連已再婚的寡婦，甚至可能包含其他身份的「生人婦」也錄送之，可見其時政府推行此措施之泛濫，而寡婦之缺乏人身自由權與婚姻自主權。然則，配嫁之對象為何？按：曹操名幕陳琳曾作〈飲馬長城窟行〉，詠及因長城征役造成「邊城多健少，內舍多寡婦」，而勸寡婦再嫁。蓋戰亂饑乏之世，男女人口失衡，而男多女少，以故勸寡婦再嫁也。因此，配嫁之對象應即為支持政權的軍人，所以《三國志・文德郭皇后傳》曾記云：「后姊子孟武還鄉里，求小妻，后止之，遂敕諸家曰：『今世婦女少，當配將士，不得因緣取以為妾也。宜各自慎，無為罰首。』」可證建安間實行錄寡婦以配嫁軍人的權宜措施，至魏文帝曹丕時，已經變為婦女優先配婚將士的政策；至於明帝之詔令，不過僅是在此政策下嚴格規定士家之女必須與戰士配婚，否則政府以公權力實行強奪強配罷了。由此可知，曹魏之配婚政策，從文帝朝的婦女優先配嫁將士，至明帝朝的士女必須配嫁將士，應是繼承建安時錄寡婦配嫁將士之權宜措施發展而來。及至西晉，《晉書・武帝紀》記泰始九年（273）十月辛巳制云：「女年十七父母不嫁者，使長吏配之。」是則晉制女子逾婚齡而未嫁，即將其婚姻決定權從父母手中強制轉移至官府，蓋仍承襲魏政而為之更甚罷了。

揆諸歷史發展，此配婚政策不僅漢魏晉一脈相承，抑且連孫吳也有「已嫁者皆見錄奪」之情事，[77]可見施行的普遍。因此之故，漢魏之間社會風氣男不諱娶寡，如魏文帝、劉先主皆娶寡婦為后即其顯例；而女也不諱再嫁，二主之妻及文姬本人即可為

代杜畿也，可證曹魏在建安間即已實行錄寡婦以配嫁之事，23：671。

[77] 詳《三國志・張溫傳》注引《文士傳》，57：1334。

例。至於〈孔雀東南飛〉詠及之縣令、郡守，競相為其子爭娶已下堂的小吏妻劉蘭芝，則更是建安間著名的事件矣。

雖然，文姬之再而三嫁在當時不見得不容於社會，只是婦女不由本家尊長媒婚，而由官方配嫁，總是不自由、不自主而可鄙之事。文姬素有家教，以故面對曹操將她重嫁給帶有軍職性質的新人，遂不免有「流離成鄙賤」之嗟。更不幸的是，此新人復因「犯法當死」，以故不得不詣見曹操，「蓬首徒行，叩頭請罪」，乞「濟垂死之命」。蓋配婚措施實行之下，夫死為寡則不免再被配嫁，命運弄人，不由得不興起「流離成鄙賤，常恐復捐廢」之感！

人生幾何時，懷憂終年歲！（代結論）

筆者同意論者的分析，本詩是中國第一首以女性苦難為主題之長篇而完整的敘事詩。[78]筆者以為，本詩也是文姬個人與其大時代關係互動的自傳式史詩，所以在此有提出一些理論說明，及重建文姬經歷，作為綜結的必要。

筆者之所謂「史詩」，與文學界沿歐美文學而拘執的「Epic」定義頗不同。筆者認為所謂「歷史」也者，是人類情感思行在過去特定時空曾經展現發生者。據此而論，「史詩」是較完整詠述史實過程之詩，可依據有關史料，運用有效方法，以考知或重驗此展現發生之「實」者；與「Epic」雖有故事的完整過程，但其故事可為傳說，可屬神話，可以「虛」構者不同。其差異之處，即在虛、實之辨。昔者司馬遷說：「余所謂述故事，思來者。」

[78] 詳柯慶明〈苦難與敘事詩的兩型—論蔡琰「悲憤詩」與「古詩為焦仲卿妻作」〉，《中外文學》10:4、5、6，1981.9-11。

中國傳統史學中之「故事」，亦即筆者上述「歷史」的定義，是人類過去在特定時空發生過之事，固與歐美的「Story」以及「Epic」不同也。

就文姬的苦難而言，她除了拋夫、棄子、歸漢是出於自選的苦難之外，其他從國亂、族亡、家破、被虜、西遷、被逼再嫁、被逼三嫁，以至幾乎又復捐廢，皆是外加的苦難。此其中有一個完整的事實歷程，文姬在此中身不由己，所能作為的就是面對命運，承受苦難，調和個人情感心理使與時代環境交相互動，以圖抒發消解。對此，後人是可以考知體驗的，故筆者以為本詩是一篇史詩，而且是一篇文姬自傳式的史詩，也就難怪范曄逕採此二詩入傳而略其傳文了。

根據上面推證，漢魏間頗流行此種詩風，有利於文姬對此二詩之創作；而文姬的家學與本身的才藝，亦足以培養其創作之能力。至於面對苦難遭遇，則是文姬創作動機與激力的泉源。因此，從文學史，文姬的學養與風格，而懷疑本詩為偽託，實無必要。

文姬在本詩中，自述了本身因時代環境之變化而發生的一段經歷，包含了其個人對此變局的真實互動與反應：

她訴述本身的苦難從國家的失政開始，而國家的失政則與董卓的弒亂暴虐有關，因此她在反思時，不免專責及過責於董卓，以至責以圖篡之罪。

在詩篇中，她明確指稱關西與山東人文風氣不同，平土人脆弱，不足以保家衛國；而她則是因此而被卓部東下所掠，強逼西遷的，至於鄉邑家人亦蒙受荼毒。刀下餘魂的陳留、潁川人，被掠西遷入函谷關的數有萬計，迴路險阻，沿途慘辱，其訴述皆足以補史之闕文。筆者考訂此年為獻帝初平三年正月或稍後。

根據筆者證釋，這只是文姬第一次被掠，且是被卓部羌、胡所掠，掠至所謂「羌蠻」之地的羌胡部隊駐防區，也就是弘農郡中部一帶，而未進入長安。因為是被殘暴的卓部羌胡兵所掠，其慘辱情狀，對深具禮教修養的文姬來說，恐怕不易回首，以故本詩急轉直下，立即敘述至風俗與華異的邊荒。這應是她第二次被獲，且是被匈奴騎所獲，時為興平中。此與獻帝東還，李傕等部悔而追擊，以至弘農之役有關。

第二次被獲後，根據本詩所描述的地形風貌、人文情況以及南匈奴的發展史，筆者判斷文姬應是輾轉沒於并州西河南匈奴舊庭的左賢王，而並非在其部伍之手中。左賢王雖然可能未虐待她，而她也為之生下二子，但是面對婚姻非匹、胡顏難忍的無奈命運，文姬仍對還漢歸鄉聚親一直寄以希望，所以當曹操遣使來贖時，不惜拋夫棄子，捨卻難友而還漢。

及至回到鄉縣，見親盡人散，地荒人孤，雖有旁人相寬慰，然卻終感生何聊賴，因而重嫁託命。重嫁極可能由曹操所主動，頗與曹操之配婚將士措施有關，故嫁與帶有軍職性質之屯田都尉、同郡鄉里的董祀。文姬此嫁，的確有再承受命運、面對現實之意，是以自謂「託命於新人，竭心自勗厲」。無奈董祀犯法當死，再次引起她流離損廢之心理恐懼，所以頓感人生幾何、懷憂終歲！思昔念今，不能自已，應為本詩創作的背景與主因。

民國八十七年春正月，完稿於嘉義歸田師原欲居屋之鄰舍

附錄：

悲憤詩二

嗟薄祜兮遭世患，宗族殄兮門戶單。
身執略兮入西關，歷險阻兮之羌蠻。
山谷眇兮路曼曼，眷東顧兮但悲歎。
冥當寢兮不能安，飢當食兮不能餐。
常流涕兮眥不乾，薄志節兮念死難。
雖苟活兮無形顏，惟彼方兮遠陽精。
陰氣凝兮雪夏零，沙漠壅兮塵冥冥。
有草木兮春不榮，人似禽兮食臭腥。
言兜離兮狀窈停，歲聿暮兮時邁征。
夜悠長兮禁門扃，不能寐兮起屏營。
登胡殿兮臨廣庭，玄雲合兮翳月星。
北風厲兮肅泠泠，胡笳動兮邊馬鳴。
孤雁歸兮聲嚶嚶，樂人興兮彈琴箏。
音相和兮悲且清，心吐思兮匈憤盈。
欲舒氣兮恐彼驚，含哀咽兮涕沾頸。
家既迎兮當歸寧，臨長路兮捐所生。
兒呼母兮號失聲，我掩耳兮不忍聽。
追持我兮走煢煢，頓復起兮毀顏形。
還顧之兮破人情，心怛絕兮死復生。

曹植〈贈白馬王彪詩〉并序箋證

一、前言

〈贈白馬王彪詩〉（以下簡稱本詩）為曹植名詩之一，先後曾為之註釋者不乏人，但全面而徹底者卻不多覯，余執教中學時，曾以文學方式解釋之餘，深意本詩不僅為曹植個人之文藝創作，抑且可以反映曹植個人及曹魏早期之歷史，為不可多得之史詩。因此不揣淺陋，欲以黃節、古直與余冠英三家所註釋為本，旁參史籍，試圖對本詩加以系統解釋，為讀者多存一說而已。

以下所述主要分為兩部分，即證序與證詩。證詩部分蓋依王世貞之言，分為七章以作探討。每章之首，先存錄原詩章，以免分散之弊，至於引用之版本，一依丁晏《曹集銓評》（以下簡稱《銓評》）所校訂者。

二、證序

序云：

> 黃初四年五月，白馬王、任城王與余，俱朝京師，會節氣。到洛陽，任城王薨。至七月，與白馬王還國。後有司以二王歸藩，道路宜異宿止，意每恨之。蓋以大別在數日，是用自剖，與王辭焉，憤而成篇。

此序即丁晏輯校《銓評》所採錄者，序文與詩并列，字體不異，其意顯然以此序為本詩原序。丁氏讎校《曹子建集》（以下或簡稱《曹集》），主要以明代萬曆休陽程氏刻本為藍本，再參證他書，「擇善而從」，蓋知其所據者未必是《曹集》之善本。

《銓評．自序》謂程氏本共十卷，另外所參證之書首五本即依次為《三國志．魏志》傳注、《文選注》、《初學記》、《藝文類聚》、《北堂書鈔》，大抵徵引以類書總集為多，以史傳為少，是則其所依據者文學價值重於史學價值。且主要依據為明版，去三國時代已遠，而其價值稍低，丁氏亦謂明本《曹集》等皆「掇拾類書，非其原本」，而又謂所依據諸書為「脫落舛訛，不可枚舉」，是則《銓評》本蓋亦未能盡信。

當時四庫著錄《曹子建集》已成，自序也曾提及，丁晏卻不依為主據。

本詩收入《昭明文選》，而裴松之注《三國志．曹植傳》（以下簡稱〈本傳〉）亦引孫盛所錄之本詩。隋唐之際，《藝文類聚》等書也曾徵引。是則《曹集》除原本外，當以魏晉六朝人所引錄者最可信，其次始為隋唐諸書，經晚唐五代戰亂，書籍散佚者眾，涉獵古籍者皆知之。宋代雖努力重理舊籍，已不復隋唐舊貌，然今日所見隋唐以前書籍多為宋版，宋以前之版本百不一覩，故輯校隋唐以前集著者不得不依宋版。四庫之《曹集》共十卷，即以宋嘉定翻刻本為主據，詩、賦篇數與明程氏本同，而程本較宋多雜文三篇。版本越後而文章越多，顯見其有問題存在。

既以明程氏本為主據，程本本無此序，而丁氏又另據《文選》李善注加之。然李善之注亦未明指此序為原序，只謂「集云」而已。

「集云」不一定是指《曹子建集》；即確為子建集，未必就是「序云」或是「集內其序云」等意思，蓋「集內注云」或「集內某人云」亦不無可能。李善注常有隨便之處，如其注本詩釋白馬王即是其例，事詳本段末。《三國志》注引孫盛所錄及昭明太子所收本詩皆無此序，此二書今可見者最早皆為宋版。《文選》雖在清宣統十年為羅振玉影印今藏日本之《文選集注殘本》行世，然此本剛巧缺佚第二十四卷之本詩，故唐代《文選集注》原貌已不可全知，本詩在唐之原貌亦不可知矣；但昭明所收本詩應無序文，據宋本《文選》可以推知，至於子建文集，據《隋書・經籍志》所載為三十卷。《唐書》則稱二十卷，唐本已久佚；宋本則為十卷而已。四庫《曹集》既據宋嘉定本而無序，則宋本《曹集》大多無此序，降及明代，程刻本亦無此序，而丁氏於《銓評》卷四本詩注云：「有序，七首。程（本）缺序。」則此序蓋據《文選》卷二十四本詩之李善注。

李善以小字偏注，字體不與本詩同列。其注文本來如此：「集云：『於圈城作』。又曰：『黃初四年五月……』」。所省略者即為序文，前面已引錄。案李善所引果真出自曹植親手，何以「於圈城作」四字與序文分寫？若此四字與「又曰」之序文原本接合，則是其所序已有刪節，非原貌矣。到底李善所徵引之《曹集》，究是何等本子？何以不用大字正寫此序，使與本詩同一體例？又「圈城」不悉何地，應是李善之誤（詳證詩第七章）。此皆李善注之可疑處。

明清以後輯校者以文獻缺乏故，對此問題未能詳考。《銓評》所據明萬曆程刻本所載本詩原無序。嚴可均據明郭萬程刻本校《曹集》雖正寫此序，卻於傍注內謂「文選曹植贈白馬王彪詩注引植集」，其意與丁晏同，均據李善之注。至於張溥編校《漢魏六朝百三家集》之陳思王，則乾脆將詩與序并列而不注明出處，儼然認為本詩原序矣。

其實子建文集似不止一種。李善注所引或有所據。

《銓評》卷八《前錄・自序》謂「余少而好賦，……所著繁多。……故刪訂別撰為《前錄》七十八篇」，此即子建生前整理之文集，錄有賦頌而未提及詩文。〈本傳〉謂子建死後，於景初中明帝詔有司收集其「撰錄前後所著賦頌詩銘雜論凡百餘篇，副藏內外」，此即其定本。定本既為「錄前後所著」，則應包括其《前錄》在內，然兩者之卷數不詳。余嘉錫辯證《曹集》，引梁元帝一人兩集并見之例，疑《隋書・經籍志》及《唐書・藝文志》所載三十卷本即景初敕編之全集，而《舊唐書・經籍志》所載二十卷本即子建自定之《前錄》，并謂「唐志於兩本並稱陳思王集」。又謂植自定之本既稱《前錄》，則似當更有《後錄》，景初即合《前、後錄》會萃成篇，都為一集云。其詳細可參《四庫提要辯證》卷二十《集部一・曹子建集》十一卷條。竊意《舊唐書》所載之兩本《曹集》，未必一為《前錄》、一為《全集》，蓋其三十卷本或仍隋舊，而二十卷本可能即為當時編行之曹植全集。要之余氏之假設若當真，則李善注所引似另有所據。然隋代有三十卷本，唐時並有二十卷本，至宋則《曹集》只有一種，合共十卷而已，卷數日少而篇數日增。若敕脩本當有此序，今諸本《曹集》皆無此序，則疑敕脩本本來亦無，故李善注所引仍屬可疑。

孫盛《魏氏春秋》全錄本詩而不錄此序，且另撰文字為本詩作題解，則其所見之《曹集》可能無序。蓋其所錄本詩不徒文字略異而又闕兩句，即其題解亦與序文頗有差別。

〈本傳〉裴注引孫盛之辭曰：

> 是時，待遇諸國法峻，任城王暴薨。諸王既懷友於之痛，植及白馬王彪還國，欲同路東歸，以叙隔闊之思，而監國使者不聽，植發憤告離而作詩，曰：「謁帝承明廬，……。」

孫盛為晉之名史家，於詩首用第三身份另撰文解釋，原序反而棄置不錄。且題解與原序文意大抵相同，而文辭卻未顯見承襲之處，此皆可堪懷疑。蓋孫盛題解既與原序數字相同，何不干脆引錄原序？且裴松之若以徵引本詩為目的，何以不逕引《曹集》，反而間接錄取孫盛所引？此外尚堪一提者，就是當時寫詩而附序之風氣并不甚流行。《銓評》所輯子建各詩、除遺句、失題及〈七步詩〉不足徵外，共有二十五首；其中附有序言者只有〈離友〉及本詩兩首而已，佔總數百分之八。至於三祖與建安諸子之詩，附序者亦屬罕見。題詩而附序或請人代序，唐代甚流行，李善乃盛唐學者，或有代序之嫌，事既可疑，乃為之證。

東漢至魏晉諸詩人，一以明張溥《百三家》所錄諸集為據，如魏文帝、明帝、蔡中郎（邕）、王叔師（逸）、孔少府（融）、陳記室（琳）、王侍中（粲）、阮元（瑀）、劉公幹（楨）、應德璉（瑒）、應休連（璩）、阮步兵（籍）與稽中散（康）等集，大都有詩，而偶有一二首冠以序文；諸集中或有全集無一詩有序者。至於唐人題序之風，可詳陳寅恪先生《元白詩箋證稿》之箋證〈長恨歌〉一文。

首欲證者，厥為詩題。詩題或作「贈白馬王彪詩」或作「贈弟白馬王彪詩」，雖一字之差，卻足以反映題目有可疑處。

詩目者究竟是否曹植本人所題？此目題於何時？原目到底如何？此皆可作深疑。案諸本《文選》皆作「贈白馬王彪詩」；而孫盛不錄詩題。《藝文類聚》卷二十一〈人部五〉則作「贈弟白馬王彪詩」，《文選旁證》卷二十三及盧弼《三國志集解》卷十九《植傳》皆引為據，意詩題當如《藝文類聚》。

今細讀本詩，其詠述內容當發生於黃初四年無異。

從是年迄曹植去世，應詔入京師者只有兩次，分在黃初四年五月及太和六年正月入覲。詩內提及同生（指曹彰）在京去世及霖雨泥途諸事，皆與黃初四年所發生諸事相合，而與太和五年相異。《三國志》曹植〈本傳〉及卷三〈明帝紀〉（以下簡稱〈明帝紀〉）、卷二〈文帝紀〉（以下簡稱〈文帝紀〉）與卷二十〈武文世王公列傳〉（以下簡稱〈王公列傳〉）皆可按索之。

所異者厥為「白馬王」之封號問題。竊意曹彪於此年未封白馬而應為吳王，陳壽在〈楚王彪傳〉（以下簡稱〈曹彪傳〉）所記無誤。

肯定曹彪是年封為白馬王者可以杭世駿及黃節二氏為代表，杭氏所據即李善注此詩之序文；黃氏所據則有二：一者蓋就白馬地望及詩內提到「東路」之關係而發揮，一是根據《初學記》所引曹彪〈答東阿王詩〉而發揮。李善注之序既有可疑，故暫不論杭氏之議。黃氏注釋《曹集》多為研究子建文章者閱讀，所釋本詩則有失實處，可詳末章，此不贅。

要之，持此議者大都指責陳壽漏載曹彪於是年封白馬王一事。竊意不然。〈曹彪傳〉云：「（黃初）三年……其年，徙封吳王，五年改封壽春縣。七年徙封白馬。太和……六年改封楚。」是則所記述甚清楚，責之者論據嫌未充分，余亦已於下文證詩第七章有所論證。

曹彪在黃初四年入朝時身份既為吳王，至七年始徙封白馬，史傳與此說不合者僅一見，《魏志》卷十三〈王肅傳〉注引魚豢《魏略》曰：

> 延康中，（賈洪）轉為白馬王相，善能談戲，王彪亦雅好文學，當師宗之。

案延康為建安二十五年正月以後，十一月以前，漢獻帝最後所用之年號。當時漢獻帝尚未禪位，曹丕亦僅嗣魏王爵，子弟仍承襲建安以來所封爵位，未曾有封王者，曹彪是時封壽春侯，如何能稱白馬王？曹丕受禪踐祚，在翌年（黃初二年）七月始封皇弟鄢陵侯彰等十侯為公。同年八月始有受封王爵者，然非曹氏子弟，而是盤據江東之孫權。曹氏子弟封王，其事在黃初三年三、四月間。而〈曹彪傳〉云：「三年，封弋陽王。其年，徙封吳王。」其始封弋陽，徙封吳國皆在同年甚明，且其徙封與是年十月吳王權之復叛有關。案孫權以吳王復叛，曹丕南征，尋准三公之奏，削其封號，免其官職，可詳〈文帝紀〉及《三國志》卷四十七〈吳主權傳〉注引《魏略》。既削孫權爵土以征伐之，則徙置弋陽王彪為吳王實乃對敵報復之反應。若曹彪徙封為吳王之原因的確如此，則其徙封時間應在十月至十二月間甚明。有關此問題，余於證詩第七章亦已論及。至於胡三省於《資治通鑑》（以下簡稱《通鑑》）卷七十五〈魏紀七〉邵厲公嘉平元年夏四月注謂曹彪「黃初三年徙王白馬」，不知何據？或即據孫盛、魚豢及李善之言，以訛傳訛。

曹彪既在黃初七年才徙封白馬，此詩題若在詩成當時所題，則應題為「贈吳王彪」，或「贈弟吳王彪」等類似題目。據此可知詩題非詩成當時所題也甚明矣。然則詩題究竟為何人何時所題？竊意其可能有二：第一，詩題既非當時所加，則應為後補之作；後補之時間，則當從「白馬王」封爵推測。曹彪封白馬王始自黃初七年，至明帝太和六年才改封楚王，是即詩題果真題為「白馬王」，則應在此段時間內補題，題者即為曹植本人。

曹植生前整理文章，所謂《前錄》者，不知正確時間果在何時，或許即在此時間之內。此時曹彪封為白馬王，曹植補題其詩，故逕稱白馬，其事甚有可能。何況太和五年明帝以十二年來未見諸王，而詔諸王入朝，曹植與曹彪皆於此時赴闕，入京相遇，植為東阿王，彪仍為白馬王，皆未改封。子建於此時補題前作以贈白馬王彪，非無可能。

第二，可能為六朝士人代題。此事牽涉詩題究竟有無「白馬王」三字之問題。案詩題今見者既有「贈弟白馬王彪」與「贈白馬王彪」兩目，兩者究竟孰是真？或兩者皆不真？誠難詳考。竊意子建作詩於黃初四年，若當時不題一目以誌之，至拖延數年以後整理文章或赴朝會見才補題詩目，事雖非不可能，然甚罕見，有作詩經驗者皆能體驗。是則此二詩目之外，甚可能另有原目。此原目可能即為「贈王彪詩」，或「贈弟彪詩」諸類。

「王彪」亦即某王曹彪，如前引魚豢《魏略》稱曹彪為白馬王，簡稱為「王彪」。子建諸詩賦題目稱其某官某名或某弟某名者皆有例，故疑原目本亦如此。

若此二目之一果真是原目，則黃初七年至太和五年間子建若真有補題詩目事，則為詩目之改題；若子建并無補題之事，則今見兩目當為兩晉六朝士人之補改。

若原目果為「贈王彪詩」，而子建未嘗另加改補，則其身死後，景初間官輯之集當沿其題目。且太和六年十一月子建去世時，曹彪仍為楚王，官方輯集若代為補充，則此時當題為「楚王彪」。今詩題不以贈楚王彪為名，是以疑為兩晉六朝時所改補。

兩晉六朝尚清談人物，對人物之封爵稱謂又不甚注意，常以其最著之官爵稱之。

此類例子於《世說新語》常可見。《世說》為小說家者流固無論矣，即當時史家常亦如此，如前引之魚豢《魏略》稱延康時本為壽春侯之曹彪為白馬王即可為其例。史家且如此，其他可知。唐初六臣注《文選》，尚見此風遺跡。如《文選》卷二十四李善注本詩曰：「《魏志》曰：『楚王彪字朱虎，武帝子也，初封白馬，後徙封楚。』」案：李注此言大誤。其所謂《魏志》，即是前引之《三國志・魏志・曹彪傳》。此傳載曹彪生前曾改徙封爵七次，今李善只簡記其兩次，甚至謂其「初封白馬」，即見錯誤甚大。蓋曹彪在建安二十一年初封為壽春侯；即以王爵之初封，亦為黃初三年之弋陽王，皆與白馬王無關，是則李善之疏忽隨便可知。又如《文選》卷十九〈洛神賦〉李周翰注曹植曰：「初封東阿王，後改雍丘王，死謚曰陳思王。」案：子建生前改徙十次，初封在建安十六年，為平原候。即以王爵言，其初封即為黃初三年之鄄城王，東阿為其死前第二次改封，不是初封。且兩次封於雍丘皆在封東阿之前。李周翰連次序也弄錯了，其錯誤尤大於李善之注白馬。

曹彪雖未封於楚，但確以白馬最著，蓋白馬事件涉政變，或為士人清談話題之一。

嘉平初，司馬懿專政而收殺曹爽，為司馬之晉奠基。當時魏朝大臣多有不滿者，或噤聲養晦，或挺身抗懿。太尉王淩假節鉞鎮壽春以防吳，其甥兗州刺史令狐愚與淩計度，欲另立曹氏長王以代魏主曹芳，而魏武諸子尚存者以楚王彪最長。曹彪封楚而實仍居白馬縣，白馬屬兗州東郡，故令狐愚遂密與彪往還；此時又有白馬之謠，《三國志》卷二十八〈王淩傳〉注引《魏略》曰：

（令狐）愚聞楚王彪有智勇。初，東郡有譌言云：「白馬河出妖馬，……行數里還入河中。」又有謠言：「白馬素羈西南馳，其誰騎者朱虎騎。」楚王小字朱虎，故愚與淩謀立楚王。

白馬之謠究竟是原先已有抑或密謀後始流行，難作詳考，要之兩漢以來常以符讖作為取天下之思想根據，而此亦可視作符讖也。政變雖出於王淩等主動，但事連曾封為白馬王之曹彪，曹彪此時仍居白馬縣，謠讖又提及白馬河及白馬，故可視作「白馬政變」。

又太和六年二月詔改諸王以郡為國。白馬本東郡屬縣，改封為東（郡）王或白馬（郡）王皆似不便，故明帝改曹彪為楚王。 楚國即淮南郡，魏制易號而不必易地，是常見之例，故《銓評》卷八曹植之〈遷都賦序〉自謂「號則六易，居實三遷」，即指是年從東阿王改封陳王，但仍居東阿。其後曹植死葬皆於此，而從未徙居於陳。曹彪雖號楚王，依史實發展則實未遷居，是以王淩在壽春，令狐愚屯平阿，皆需遣人至白馬縣密議，其事甚明。《三國志》卷二十八〈王淩傳〉盧弼集解誤會曹彪已遷居壽春，與王淩同城，遂謂「近在咫尺，何事不可協商，乃必遣將遠至東郡之白馬，事之離奇，無過於此！千古疑獄留此破綻以待後人之推求，承祚（陳壽字）之筆亦譎而婉矣！」是則盧氏實牽於「改封楚」之表面文意，而於當時制度未有瞭解，致生誤會。總之此事涉及司馬氏之崛起與魏朝之沒落，關係既大，成為清談話題甚為可能，而白馬王一號亦因此不脛而走。

若詩題原為「贈王彪詩」或「贈弟彪詩」，而子建本人未嘗更改，則兩晉六朝人為之增添「白馬王」三字，使成「贈白馬王彪詩」或「贈弟白馬王彪詩」二目，皆甚有可能。

孫盛、蕭統及魚豢等皆此時代人物，而皆稱曹彪為白馬王，可能即如此以訛傳訛。後人以《曹集》版本凋零散落，原貌不復知曉，遂奉以為正，不加懷疑，更失其真矣。

到底今見詩題成於曹植本人或後人之補改，若無新證則難以論定。要之非子建題於詩成當時，則可斷定。

詩題既以「白馬王」一詞啟疑，今序文亦謂「白馬王」，是則此序亦屬可疑。前謂當時作詩甚少題序，此序又稱曹彪為白馬王，則此序可引題目之例，從子建可能在黃初七年至太和五年整理文集時補序，或兩晉以後士人代序，二線索入手推想。今首欲質疑者，即本詩之體裁是否可能帶序。

案本詩體裁倣效大雅〈文王之什〉，此為王世貞《藝苑卮言》之言，而為注詩諸家所肯定。余曾比較〈文王之什〉與本詩，謂王世貞之說誠是，蓋兩詩之間，尚有痕跡可尋。

《藝苑卮言》云：「陳思王贈白馬王彪詩全法大雅文王之什

體，以故首二章不相承耳。」張溥在《百三家集・陳思王》卷二樂府項亦以注引之為證。事實上兩詩之首二章確無相承之迹，與兩詩其他各章承接之結構相異。〈文王之什〉，蓋取樂章句首「文王在上」而命名，《詩經》以至漢魏古詩之命名法率多如此，故白居易於《白氏長慶集》卷三〈新樂府序〉謂「首句標其目，卒章顯其志，詩三百首之義也」。此〈文王之什〉與本詩命名稍不同；而文王為四言，本詩為東漢以來日漸流行之五言，兩者亦稍異。至於結構，則兩者類同。

〈文王之什〉既為樂什，則其詩當無序。今其詩有序者，乃毛公之所謂詩小序。

《毛詩正義》卷十六〈文王之什〉載序云：「文王，文王受命作周也。」此即詩小序，其下即連詩首句「文王在上」。

文王樂詩雖為周代之廟祭大雅，但兩漢仍然因襲不替，大體仍能保持其舊貌。

漢樂本由魯儒叔孫通製定，魯本姬周文化在東部之基地，亦可演奏雅頌。故叔孫通在高祖時「奚定篇章，用祀宗廟。至武帝雖頗雜謳謠，非全雅什」，但並非意謂雅什已消失無遺。故下至明帝製定《大予》、《雅頌》、《黃門鼓吹》、《短簫鐃歌》四品樂什，其中《大予樂》用於「郊廟上陵」，《雅頌樂》用於「辟雍饗射」，似仍能保有舊日樂什。詳參《隋書》卷十三〈音樂志〉上。

漢末經董卓之亂，音樂散失。建安中曹操用杜夔復古樂，部分古雅復見於世，其中即有〈文王之什〉。

《隋書》卷十三〈音樂志〉上云：

董卓之亂，正聲咸蕩。漢雅樂郎杜夔能曉樂事，八音七始，靡不兼該。魏武平荊州得夔，使其刊定雅律。魏有先代古樂自夔始也。

《晉書》卷二十二〈樂志〉上云：

杜夔傳舊雅樂四曲：一曰鹿鳴，二曰騶虞，三曰伐檀，四曰文王，皆古聲辭。

聲指旋律音譜，辭即其行禮詩。若記載不假，則〈文王之什〉赫然未亡。且杜夔為雅樂郎專管雅樂，從中平元年董卓之亂至建安十三年曹操征荊，前後約二十年而已，漢之樂部人員與習悉雅樂之臣子當未盡亡，故杜夔所傳若假，當難逃其他人之質責，況三祖陳王亦皆音樂大家耶。《隋書》卷十五〈音樂志〉下云：

張華表曰：「按漢魏所用，雖詩章辭異，興廢隨時。至其韻逗曲折，並繫於舊，一皆因襲，不敢有所改也。」

張華乃西晉人，所言魏人創新辭之事，乃黃初以後之事，其事詳後。要之，古雅之聲因舊不改，則為情實。

〈文王之什〉等在漢魏之際既仍為古聲古辭，則當為雅好音樂而又自建安十六年即為漢之諸侯，其後又為魏之宗王之曹植所熟悉，其詩無序當亦知之。

子建熱愛音樂之事，從《銓評》卷八與〈吳季重（質）書〉可見。其書云：「夫君子而不知音樂，古之達論謂之通而蔽。」并請吳質在縣興樂，助其「張目」云。姑不論古文《詩經》在東漢之盛，即以子建之熱愛音樂，而〈文王之什〉又關係朝廷大禮儀，則熟悉此樂可以想知矣。

當時文藝潮流趨向創作，古詩之創作世皆知之；然而稍後於古詩創作之音樂創作則未詳悉。夫建安、黃初間之音樂創作有二途：一為沿著五言古詩創作之樂辭五言化；一為黃初中之棄古聲而創新聲。

樂辭五言詩化世多知悉，此即所以建安、黃初間五言樂府詩特多之緣故。至於創新聲之潮流則自建安中為曹氏父子所啟微，《晉書》卷二十二〈樂志〉上云：

> 及削平劉表，始獲杜夔，揚聲總干，式遵前記。三祖紛綸，咸工篇什；聲歌雖有損益，愛翫在乎雕章，是以王粲等各造新詩。

是則新樂詩之創作，尚與聲歌之損益有關。損益聲歌之風至黃初中始大盛，創新聲者常被人主之寵。同志又云：

> 黃初中，紫玉、左延年之徒，復以新聲被寵，改其聲韻。

至明帝太和中，更進而改革雅樂，其中即包括〈文王之什〉。

《晉書》卷二十二〈樂志〉上云：「及太和中，左延年改（杜）夔騶虞、伐檀、文王三曲，更自作聲節。其名雖存，而聲實異。唯因夔鹿鳴全不改易。……後又改三篇之行禮詩：第一曰於赫篇，詠武帝，聲節與古鹿鳴同。第二曰巍巍篇，詠文帝，用延年所改騶虞聲。第三曰：洋洋篇，詠明帝，用延年所作文王聲。第四曰：復用鹿鳴，鹿鳴之聲重用，而除古伐檀。」是則古雅四什，只〈鹿鳴〉一什沿用，其他廢一什而改兩什。〈文王之什〉，聲辭皆改，不復古貌。

此時曹植仍未去世，太和末入京朝覲，即能見到此聲辭已改為〈洋洋篇〉之大雅〈文王之什〉。正當音樂改革及創作展開時，子建也加入此潮流，或許即此潮流之主要人物。

> 子建有許多樂府創作，質量為當時之冠，其樂府詩有許多五言詩，甚可能為樂辭五言化之表率。至於創新聲則因兩晉以後樂聲已散亡，只能據其〈鞞舞歌序〉略窺一斑。《銓評》卷五載此序云：「有李堅者能鞞舞，遭亂，西隨段煨。先帝聞其舊有技，召之，堅既中廢，兼古曲多謬誤，……故依前曲改作新歌五篇。」

黃初四年入朝之時，正是音樂改創始盛之際，子建或以〈文王之什〉為朝廷禮樂而不敢罔改，但擷取其樂詩之體裁結構而作成五言詩，正為其創作樂府詩之作風。是即本詩雖非樂府，然源自雅什，雅什本不須作序，竊疑本詩原貌當亦無序，今序或由子建後補，或出於後人之題述。

序之外構既有此疑，其內容除「白馬王」一詞外，尚有可疑處，即為所顯示之時間。蓋序與詩各顯示者殆有不合之處。李善所引之序提及兩個時間：一為欲同路東歸而不被允許之時間；一為作詩之時間。此二時間詩亦提及，除前者皆隱約不明外，後者則殆有不合，而後者於本詩關係尤重大。據李善之言，本詩作於大別之前數日，至於二王已離京否則未明顯交代。

> 〈序〉云「與白馬王還國。後有司以二王歸藩，道路宜異宿止」另有所指，并未顯示二王已啟程同行與否，詳參證詩第三章。若據〈序〉末「蓋以大別在數日，是用自剖，與王辭焉，憤而成篇」，則本詩顯然作於尚未分離大別之前數日。李善蓋本此也。

然而本詩所顯示者，則是詩作於已離京在歸途中，并且很可能作於二王已分離之後。

本詩全篇採用倒敘法，子建在歸途中追敘離京時及未離京時之諸事。即敘述歸途事情，亦只提及沿途看見之景象及在末章提及寫詩時之心情與意願。於二王是否尚同行之事并無明顯交代。然而根據「鬱紆將何念？親愛在離居」句，懷疑二王已經分離而不在一起。至於詩中以「歸鳥」喻其歸，以「孤獸」喻其分，亦顯示二王此時已經分離，與「在離居」之言合，故「收涕即長塗，援筆從此辭」一句當非顯示本詩作於分離之時，其含意似在既離之後追述離情，描述途中詩成時之情況。

是則詩及序各表示作詩時間之差異，誠堪疑惑。思疑之際，當以序文之可疑性為大。蓋何時不許同行為一事，此時已分離為另一事，今詩內既表示已離京後，在歸途中，寫詩時二王已分離，則序所謂「蓋以大別在數日，是用自剖」即屬不當，故疑其序最低限度不作於詩成之時，事甚可信。

再者其語氣亦有差異。詩第三章內，子建雖用「鴟梟」、「豺狼」及「蒼蠅」等字諷斥有司，但採用者為比喻法，只作含沙射影之怨諷，而不敢敷陳直說。序文則不同。〈序〉謂「意毎恨之」（李善作意毒恨之），「憤而成篇」，所採用之方法為直敘法。雖二者怨諷之事情及表達之感情大體不異，但採用「賦」或「比」，實多少含有某種程度之不同。竊意黃初四年前後，子建似不敢或不會表達「恨」、「憤」之情如此真切明顯，從子建之遭遇及此時藩國之制度根溯，即可知之。

按曹丕未嗣王位之前，文才不如曹植，武勇不如曹彰，排行不如曹昂，獲寵不如曹沖，故幾經艱辛始獲繼嗣，心理不免積怨自卑，事詳第五章。是以即位踐祚之後，不懲漢室孤弱之鑑，反而對宗室諸王力加壓抑，大約即此種心理所引發成之過補償現象。[1]

曹丕本為通達之士，竊取漢鼎後而不愛惜宗王，反而大加蹂躪，其中必有原因，竊意即心理上有長久而強烈之自卑感，以致觸發成過補償作用之故。曹丕即位及踐祚後，制定對藩國禁抑之各項措施，根據《三國志》并注之史料，大約有如下幾大項：

（一）無特旨不許入京朝會。

（二）宗王不得輔政。

（三）無特旨不許諸王會聘。

（四）禁止交通京師及親友。

（五）未經有司同意不能擅自作為。

（六）諸侯王游獵不得超過居地三里。

此蓋就大要而言，而禁抑政策之實施則始於曹丕之始即王位以至魏亡。故陳壽在〈王公列傳〉末評其政策制度云：

> 魏氏王公既徒有國土之名，而無社稷之實。又禁防壅隔，同於囹圄。

裴注又引袁子之語，謂曹丕製定藩國諸禁抑措施，「又為設防輔監國之官以伺察之，王侯皆思為布衣而不能得」。余讀〈中山恭王袞傳〉，見曹袞竟因防輔監司奏上其善行而大驚失色，即知陳壽與袁子之言，確為實錄。曹植為曹丕競爭繼

[1] 過補償現象乃指心理上有某種強烈之缺憾，俟有機會即產生強烈反應，以轉移別人之視線及求取內心缺憾之平衡之表現。如歷代閹宦之專橫，其原因之一即生理上之巨大缺憾而引發心理上之強烈自卑，故控制帝王之後，即在政治上表現甚為強烈，至專橫無忌，不顧一切。

承權之第一假想敵，事詳第五章，故其遭遇可以想知。

嚴厲之禁制在曹操生前已啟微，事因曹植之擅開司馬門出入而起。曹丕踵步其父而益嚴，主要刺激因素皆出於曹彰及曹植，故二人一死一辱，不能免於迫害。

任城王彰之死，在於其擁掌重兵而又過問印綬等事，觸曹丕之忌。曹植為曹丕之競爭假想敵，幾亦不免於死，或以太后之袒護，或以文弱無實權，故能倖免。事詳證詩第五章。然曹植雖免於一死，卻不免於受辱。先是曹丕即王位後，即著令不許來朝；稍後又剪除子建之朋友如孔桂與丁儀、丁廙等，事詳〈明帝紀〉青龍元年冬十月注引《世語》及〈植傳〉；尋又發生監國謁者灌均「希指奏植醉酒悖慢，劫脅使者」，貶爵安鄉侯事。[2]〈本傳〉載黃初四年入朝時所上〈責躬詩〉

---

[2] 此事《資治通鑑》記載於卷六十九《魏紀》一世祖文皇帝上黃初元年二月丁卯。溫公之意，曹丕於是日葬曹操後，即發生此事，似疑此事與就國之令有關；而誅滅子建同黨，亦與此事同時。驥案：溫公謂丁氏為「植黨」一語與所記時間似皆有誤。蓋黨爭之事，唐宋皆有，而溫公修《通鑑》時，正新、舊黨議熱烈之時，以當時黨爭之觀念視子建之事，與史實未盡符合，可詳證詩第五章。曹操於建安二十五年春正月庚子薨，曹丕嗣位即改元延康。二月，葬曹操，詔諸侯各就其國，《通鑑》載灌均希指誣奏植罪而貶植爵誅植友皆在此月，是則曹丕壓逼兄弟已急不及待矣。今諸本〈植傳〉皆載子建於黃初二年因灌均誣奏而貶爵；子建十一世孫曹永洛等於北齊皇建二年「蒙敕報允，興復靈廟」，遂雕容作碑，謂所述子建之事為「比經窮討，皆存實錄」云，而此碑亦謂「黃初二年，奸臣謗奏，遂貶爵為安鄉侯」，很明顯即指灌均希指誣奏之事而言，是則貶爵之事確在黃初二年。此碑見於東阿縣魚山陳思王墓道，成於「大隋開皇十三年」，歐陽修與趙明誠似皆未及見，故《集古錄》及《金石錄》皆不及載，疑溫公亦未見此碑，故遽謂黃初元年二月貶爵。竊意曹丕即

云：

> 作蕃作屏，先軌是墮；傲我皇使，犯我朝儀。國有典刑，我削我絀；將寘于理，元兇是率。明明天子，時篤同類；……違彼執憲，……改封兗邑。……股肱弗置，有君無臣。

此段應即是自述黃初二年被灌均希指誣奏，幾至於死，同年稍後雖改封為鄄城侯，但仍孑然一身、形同囹圄之事。黃初二年至三年間，子建又為有司誣奏而逮入京師，後雖遣返鄄城而立為王，然被監視之情況猶未改善。[3]《銓評》卷八〈黃

王位後先剪除子建友好，翌年纔針對子建本人，事甚顯然。碑文可參《山左金石志》卷十〈隋石陳思王廟碑〉(《石刻史料叢書》第 38 函、甲編之 17、第 5 本，頁 31~33)，及《金石萃編》卷三十九隋二〈曹子建碑〉(《石刻史料叢書》第 7 函、甲編之 6，第 20 本，頁 1~7)。

[3] 〈責躬詩〉亦有提及此事，詩云：「煢煢僕夫，于彼冀方，嗟予小子，乃罹斯殃！赫赫天子，恩不遺物，冠我玄冕，要我朱紱，……剖符授玉，王爵是加。……威靈改加，足以沒齒，昊天罔極，性命不圖，常懼顛沛，抱罪黃壚。」見本傳頁 8~9。而〈曹子建碑〉更明言曰：「(黃初)三年，進立為鄄王，朝京師面陳濫謗之罪。詔令復國。」(參註 2 所揭《金石萃編》卷三十九隋二頁 2。) 是即黃初二、三年間子建確曾再被有司誣告而逮入京師問罪，其後遣返鄄城而立為王。〈洛神賦序〉謂此賦於黃初三年返回封邑途中所作，則應指此次逮入遣還之事而言。近人董眾曾撰〈曹子建責躬詩於彼冀方考〉一文，謂此賦應作於四年，即此次入朝東歸之途中。其據約有三：一為「黃初三年文帝全年未在洛陽，子建焉得朝於京師」；二為「植傳亦無三年朝京師語」；三為賦序謂三年乃「抑或係四年之誤」，變亖為三云云。驥案：詔入京師之事未知在二年或三年？若在二年，則應在十二月以前，是年文帝全年在洛京。據子建〈求出獵表〉謂「臣自招罪釁，徙居京師，待罪南宮」，不徒明言確曾詔入問罪，抑且被軟禁於南宮一段時間，則子建在二年十二月前入京似非不可能。若二

初六年令〉也曾追述此事云：

> 吾昔以信人之心，無忌於左右，深為東郡太守王機、防輔吏倉輯等任所誣白，獲罪聖朝。……賴蒙帝王……違百司之典議，舍三千之首戾，反我舊居，襲我初服。……反旋在國，犍門退掃，形景相守，出入二載。機等吹毛求瑕，千端萬緒，然終無可言者。及（黃初四年）至雍（丘），又為監官所舉，亦以紛若，於今復三年矣。

是即子建自黃初二年至四年，在兗州東郡鄄城韜光養晦之真實寫照。〈責躬詩〉謂「王爵是加，……足以沒齒，昊天罔極，性命不圖，常懼顛沛，抱罪黃壚」；而《銓評》卷八〈寫灌均上事令〉又謂：「孤前令寫灌均所上孤章，三臺九府所奏事，及詔書一通，置之坐隅。孤欲朝夕諷詠，以自警誡也。」此皆黃初間子建常持之慎獨戒懼之態度。子建若非遭受壓逼侮辱之甚，當不會如此戒懼。

年入京，則當然無「三年朝京師」語，況詔入京師問罪，〈文帝紀〉及〈本傳〉皆諱之，〈洛神賦序〉亦只言「黃初三年，余朝京師，言歸東藩」，未明言奉詔待罪之事，若非子建有文傳世，則此事當淹沒無聞。且此處之三年，似繫「言歸東藩」一事而言，未必指三年纔入京。又，若謂文帝不在京師則不會招罪王入京，此事似未得其實，蓋魏諸王公常遭罰，議其事者皆在於有司，參〈王公列傳〉曹楷、曹琮、曹幹等諸王被罰事即可知。是知文帝雖不在京師，亦未必不可在京議罰行懲。至於三字沕一橫而為三之說，並無實據，多存一說而已。故〈洛神賦〉所言時間實可採信，董眾之言未可遽信。董文可見《東北叢刊》6期，頁1~9，民國30年6月。

當此之時，曹植未必敢於本詩序中意氣發言，明訴「意每恨之」，「憤而成篇」。

子建在黃初年間之作品大都為頌贊之作，《銓評》卷五〈精微篇〉可以為例，此樂府詩云：

> 黃初發和氣，明堂德教化；治道致太平，禮樂風俗移。刑措民無枉，怨女復何為。聖皇長壽考，景福常來儀！

〈責躬詩〉自述其此時心情謂「遲奉聖顏，如渴如饑。心之云慕，愴矣其悲」;〈應詔詩〉亦謂「長懷永慕，憂心如酲」，是即其內心之警戒發於言論之具體表現。此態度終曹丕世大體如此。

是則本序不作於黃初四年之時，應可推知。謂不作於曹丕生前之時，亦甚可信。故疑其為後補之作。若以序文自稱為「余」之第一人稱，而疑此序可能是在黃初七年至太和六年曹彪改封白馬王時，曹植刪定其舊作，輯成《前錄》時所自補作，則孫盛與蕭統以至《藝文類聚》諸書何以俱不直錄本序，而僅僅出現於李善一家之注？事甚可疑，故亦不敢肯定確為子建之補作。由此言之，則後人代序蓋亦有可能也。

盧弼綜合黃節等諸家解釋而集解本傳本詩時加按語曰：

> 要之佳什軼事，輾轉傳鈔，白馬東阿，遂致岐異。詩題為後人所加，集序出注家之語，史文俱在，似不必信彼而疑此。宋本子建集即無此序言也。

其意蓋言不必盡信李善諸人謂曹彪於黃初四年曾封白馬王而疑彪傳有誤，以及疑本詩題目並序出於後人之手，皆甚是。然而，子建於事後補題以及補序，亦非全無可能。要之皆以今後是否能有新證出土，方能作最後定奪。

至於今見之題目與序文，皆非子建親撰於成詩之時，則可斷定無疑。

三、證詩

證詩第一章

詩云：

> 謁帝承明廬，逝將歸舊疆；清晨發皇邑，日夕過首陽。
> 伊洛廣且深，欲濟川無梁；泛舟越洪濤，怨彼東路長。
> 顧瞻戀城闕，引領情內傷。

本章為全詩結構之始基。開章即表明謁帝與歸藩之事實，與〈序〉所提之朝及歸相吻合；並以路長為怨，牽引出以後各章之情緒，是則詩之首章即已隱含高潮，而以朝謁啟其端。按魏國始建國於建安十七年，其制度主要由衛覬及王粲所典制，初無不許子弟入朝之禁，相反者曹操實有廣植勢力之心，以故封植諸子弟。後以曹植犯禁，始重諸侯科禁。

曹操心志可見〈武帝紀〉建安十五年春注引《魏武故事》所載十二月己亥令，所謂「將兵三十餘萬」，若「委捐所典兵眾以還執事，歸就武平侯國」，則「誠恐已離兵為人所禍也。既為子孫計，又已敗，則國家傾危」，是以「前朝恩封三子為侯固辭不受，今更欲受之，非欲復以為榮，欲以為外援，為萬安計」。其心志既如此，則若非建安二十二年子建私開司馬門，當不會重諸侯科禁。〈王公列傳・趙王幹傳〉錄青龍二年明帝詔，謂太祖「深覩治亂之源，鑒存亡之機」，即指曹操懲漢室孤弱，而廣植宗親之事；同詔又謂「重諸侯賓客交通之禁，乃使與犯妖惡同」，則指為子建私行而申著禁令之事。是則曹魏諸侯有賓客交通之禁始於此時也。

曹丕即王位後遂令諸侯各就其國，不許入朝，禁抑益烈，致使諸王公「同於囹圄」，「思為布衣而不能得」。此矯枉過正之政策，顯然與曹操「為萬安計」之志相左，其措置實因猜忌與報復所引發之過補償心理而起。

此為過補償心理之反應，前已言之。前引青龍二年之詔謂「高祖（曹丕）踐阼，祗慎萬機，申著諸侯不朝之令」，及〈明帝紀〉太和五年八月詔謂「先帝著令，不欲使諸王在京都者，謂幼主在位，母后攝政，防微以漸，關諸盛衰」等藉口，實皆表面之理由，似非盡情實。蓋文帝與明帝皆非幼主，而〈明帝紀〉載太和六年二月詔，謂「朕惟不見諸王十有二載，悠悠之懷，能不興思」！可見十二年內，非因政繁主幼而禁諸王入朝。

是則黃初四年此次特詔入朝，當有要事，第史傳未有明顯記載而已。

此事為〈文帝紀〉及〈王公列傳〉所闕載。〈本傳〉載子建之〈責躬應詔詩並表〉，皆提及特詔入朝事，而對入朝之目的並無交代。〈表〉謂「不圖聖詔猥垂齒召」，而〈應詔詩〉第一篇謂「天啟其衷，得會京畿，遲奉聖顏，如渴如饑」，第二篇謂「肅承明詔，應會皇都」，皆見子建於旨到時尚未知何以入朝；及匆匆抵京，僻處西館，而猶「嘉詔未至，朝覲莫從」，自以先前曾奉詔入京問罪，故瞻望反側，「憂心如酲」。是則至其已抵京師，似猶未知道入朝之原因與目的，因而懷憂也。蓋當時科禁已甚嚴，不得交通京師以事探詢，是則其情實與史籍所載實不相悖。而黃節於《曹子建詩注》（以下簡稱《詩注》）及余冠英於《曹操曹丕曹植詩選》（以下簡稱《詩選》）注釋本詩時，均意魏朝有四節之會，此次入京實為此，其所據者乃本詩之序、《禮記》鄭玄注及《後漢書・禮儀志》，殆有未當之處。蓋黃初、太和間不常舉行四節之禮，讀〈植傳〉所錄〈求通親親表〉即可知。

今探詢其入朝之原因，約有幾種可能。或可能為「會節氣」。

本詩並無「會節氣」之交代，而〈序〉則有之。然詩序本身既有可疑，則不敢遽引為定論。不過本詩諸家注釋，大多宗引此說。

若是，竊意所會之節氣乃大暑此中令。

據本詩所詠景象天候，實與史傳所載七月以前之情形相合。故釋者據詩序謂五月入京，七月歸藩，頗得其實，若謂所會者為立秋，是皆泥於漢世於立秋前十八日迎氣之說而未甚解。日人伊藤正文於《中國詩人選集》三《曹植》一書注本詩時亦採此說，卻又另外提出會五月之夏至一說。驥按：立秋前十八日之會應是，然其會不是會立秋，實為會大暑。蓋立秋自為一節令，而夏至則不屬漢以來所行之五令之一。《晉書》卷十九〈禮志〉上云：

> 漢儀：「太史每歲上其年歷，先立春、立夏、大暑、立秋、立冬，常讀五時令；皇帝所服各隨五時之色。……」魏氏常行其禮。

是則大暑為五令之中令甚明，而先立秋十八日疑即指此中令大暑而言，馬端臨《文獻通考》卷七十八《郊社考》十一〈祀五帝〉門曾綜合東漢之五郊迎氣禮云：

> 立春之日迎春於東郊。……立夏之日迎夏於南郊。……先立秋十八日迎黃靈於中兆。……立秋之日迎秋於西郊。……立冬之日迎冬於北郊。

立秋為七月節氣，節日常在六月下旬，其前十八日即六月上旬，恰為六月之中氣大暑之時間。漢魏受五行學說之影響，以五行分配，於德則為木、火、土、金、水，於位則為東、南、中、西、北，於色則為青、赤、黃、白、黑；於時令則為立春、立夏、大暑、立秋、立冬。曹丕藉五行及符讖受禪，自謂以土德代漢之火德，土屬五行之中，於色為黃，於時令為大暑，故當甚重視此中令。《續漢書・禮儀志》中云：

> 先立秋十八日，郊黃帝。是日，夜漏未盡五刻，京都百官皆衣黃至立秋，迎氣於黃郊。

同書〈祭祀志〉中又云：

> 先立秋十八日，迎黃靈於中兆，祭黃帝后土，車旗服飾皆黃。

而曹丕始元即號「黃初」，故謂此次入朝若為會節氣，則當會迎此中令大暑甚明。

蓋中令大暑與曹丕借五行學說受禪有重大關連，既受漢祚，當宜大會行禮以詔告諸侯。然自黃初初肇以來，未暇行此會迎之禮，疑即移於此年舉行。

據〈文帝紀〉延康(即黃初)元年記載，謂三月「黃龍見譙。……夏四月，饒安縣言白雉見。……八月，石邑縣言鳳凰集」，貞祥屢現。於是左中郎將李伏首先上言請稱帝，亟言「殿下即位初年，貞祥眾瑞，日月而至。有命自天，昭然著見」。一時間群臣洶湧，競上表推戴，〈文帝紀〉之注可詳見。其中尤以太史丞許芝之表最具影響力及代表性，其表略曰：

> 易傳曰：「聖人受命而王，黃龍以戊己日見。」七月四日戊寅黃龍見，此帝王受命之符瑞最著明者也。……春秋漢含孳曰：「漢以魏、魏以徵。」春秋玉版讖曰：「代赤者魏公子。」春秋佐助期曰：「漢以許昌失天下。」……今魏基昌於許，漢微絕於許，乃今效見，如李雲之言許昌相應也。……太微中黃帝坐常明，而赤帝坐常不見，以為黃家興而赤家衰，凶亡之漸。……（建安）二十三年，（彗星）復掃太微，新天子氣見。……殿下即位，初踐祚……是以黃龍數見，鳳凰仍翔，麒麟皆臻，白虎效仁，前後獻見於郊甸。……眾瑞並出，斯皆帝王受命易姓之符也。

是則採用符讖與五行相生說為魏受漢禪之理論基礎，亦王莽以來以至黃巾惑眾之故智。既有此黃帝代赤帝之理論基礎，而五令之中令大暑目的在郊黃帝迎黃靈，故疑魏必舉行此禮，以明承受之所自。然黃初元年十月受禪，中令已過。翌年正月雖行郊祀諸禮，但魏朝尚未廣封諸侯王，故所行諸禮並無中令郊迎之事，及黃初三年雖已廣封諸侯王，然文帝卻因洛陽宮正在興建而移宮許昌，不在京師。翌年三月駕還洛陽宮，疑即召諸侯王入朝舉行此禮。

或可能為洛陽新宮落成之慶會。

洛陽漢宮受董卓之嚴重破壞，建安中猶破敗不堪。《銓評》卷四〈送應氏詩〉詠謂：「步登北邙阪，遙望洛陽山。……宮室盡燒焚。垣牆皆頓擗，荊棘上參天。……側足無行逕，荒疇不復田。……中野何蕭條，千里無人煙。」曹操移漢帝於許昌宮，建安末始在洛陽起建始殿，事見〈武帝紀〉建安二十五年注引《世語》及《晉書》卷二十八〈五行志〉中。〈文帝紀〉載文帝踐祚，乃於黃初元年十二月經營洛陽宮。大約洛陽當時只有建始殿而已，故朝會廟祭皆於此，而文帝遂返回許昌宮；至黃初四年三月丙申，再「還洛陽宮」。自後稱駕返洛陽為「洛陽宮」，顯見此年洛陽新宮已落成，於是還宮，依漢例大會諸侯，俾能瞻仰京師新宮闕也。

或與魏國宗廟有關。

魏社稷宗廟始建於建安十八年秋七月，廟在鄴都，文帝踐祚至去世，皆未返鄴廟祭。京師營新宮，而未依禮法先造宗廟。若黃初四年三月還京，真為新宮落成而回，則隨後營造宗廟應即為文帝所注意。〈文帝紀〉黃初四年夏五月注引《魏書》曰：

> 辛酉，有司奏造二廟。立太皇帝廟。……特立武皇帝廟，四時享祀，為魏太祖，萬載不毀也。

此宗廟據〈明帝紀〉需降至太和三年十一月始完成，遂自鄴遷曹魏諸先帝之神主奉安於此。

假如三月有新宮落成，五月有宗廟之議，六月有中令之會，國家大事，在祀與戎，特旨召諸王入朝，容或與此三事或其中一事有關係。而此年夏四月，劉備病故，文帝是否會大會諸侯王以廟告武帝，亦宜考慮。要之若非大事，文帝當不會特詔諸侯王入京，而此諸事皆為朝廷大事，孰為此次入京之真正原因？非能一言而可論定，或可試從在承明廬謁帝一事再作推想。

本詩以「謁帝承明廬」開始，未悉是抵京之入謁抑或是離京之面辭，詠接下諸句，似以離京面辭之可能居多，但亦不能抹煞抵京入謁之可能。案注釋者多謂承明廬為借漢西京故事而非實指，竊意不盡然，蓋漢之東、西二京皆有承明殿或承明堂，魏或亦有之。

> 謂非實指者多引漢武帝時故事為據，可詳《詩注》與《詩選》。其實漢西京之承明殿在未央宮中，漢文帝時已存在，事見《漢書・翼奉傳》及《雍錄》卷二〈未央宮位置與未央宮著事迹〉項承明殿條。東京有南、北二宮，南宮內有承明堂與承明門，分見《後漢書・袁紹列傳》注引《山陽公載記》、《後漢書・陳蕃列傳》及《河南志》卷二〈後漢城闕宮殿古蹟〉條。曹魏在東京宮闕舊地營造新宮，大抵承沿漢宮舊規，而建始殿確亦有承明門，是則子建謁帝於承明廬，恐怕是實有其事。

漢西京之制，承明殿地甚重要，為議政出詔之處，而待詔者即居於附近「承明之庭」，亦即是承明廬。

> 《漢書・霍光傳》載光陳奏昌邑王不可以承宗廟之狀，「太后乃車駕幸未央承明殿……召昌邑王伏前聽詔」而廢之。《雍錄》承明殿條據之云：「太后車駕幸未央宮承明殿，盛服坐武帳，期門武士陛戟陳列殿下，罪狀昌邑王，則其地非燕閒常御之地矣。」由於承明殿之地位作用如此，故待詔之所即稱為「承明之庭」，至西漢晚期恐亦兼有著作之用，《漢書・揚雄傳》載成帝召雄「待詔承明之庭」，班固〈兩都賦〉述西京「有承明、金馬，著作之庭」者是也。《後漢書》注〈兩都賦〉此句云：「承明，殿前之廬也。……待詔者皆居之。」[4]是則「承明之庭」即是承明殿前之廬，而《漢書・嚴助傳》

---

[4] 〈兩都賦〉見《後漢書》卷四十上〈班彪列傳・子固附傳〉並注，頁 1340 及 1345。

注引張晏則謂「承明廬在石渠閣外，直宿所止曰廬」。

由此觀之，漢西京承明殿是天子議政要地，其前石渠閣外有一居待詔官員之廬即承明廬。此廬既為待詔著作之官員所居，以故東漢太傅・錄尚書事陳蕃，與大將軍竇武合謀誅宦官時，即「將官屬諸生八十餘人，並拔刃突入承明門」；其後袁紹助大將軍何進誅宦官，亦一度「將家兵百餘人，抽戈承明」堂，蓋爭奪此發號施令要地之控制權也。

魏洛陽宮規模既承漢東京之舊，而承明廬仍為待詔之所，是則「謁帝承明廬」此事恐不完全出於子建之借喻。

〈文帝紀〉黃初元年十二月裴松之案曰：「諸書記是時帝居北宮。以建始殿朝群臣，門曰承明。陳思王植詩曰：『謁帝承明廬』是也。」是則承明廬當在建始殿承明門附近，故應璩〈百一詩〉有「三入承明廬」，〈雜詩〉有「出入承明廬」之句，見丁仲祜之《全漢三國晉南北朝詩》。《銓評》卷五之〈聖皇篇〉，竊疑是子建在此次歸藩離京時作，或雖後來之作而其意在追述此次離京之事情者，其詩謂在京時「便時舍外殿，官宮寂無人」，殆表示子建入京後曾居於建始殿承明門之外以待詔，是則所謂「謁帝承明廬」者，應為作者之實錄。

承明待詔既與政事關係密切，而與參觀宴讌之事關係不大，則子建此次入朝謁帝之原因，若非為了會節氣則是為了議宗廟。揆之〈責躬應詔詩〉所謂「天啟其衷，得會京畿」，又謂「肅承明詔，應會皇都」，則此會應如〈序〉之所言，蓋為會氣節也；而所會之節氣則應為中令大暑。而且，〈責躬應詔表〉自述至京後遲遲未獲接見，故謂「至止之日，馳心輦轂。僻處西館，未奉闕廷，踊躍之懷，瞻望反仄」！而其詩亦謂「遲奉聖顏，如渴如饑」！

是則此處所謂「謁帝承明廬」，而接下即「逝將歸舊疆」，殆表示是離京面辭歟。

所謂「逝將歸舊疆」，實與句首之「謁帝承明廬」結合成全篇之基礎，以下各章各句，大抵均與謁帝及歸藩二事有關。至於「舊疆」，本意是京師之相對，此時應指雍丘而言。

> 例如〈黃初六年令〉追述黃初二年以鄄城侯待罪京師，後放歸而立為鄄城王，故其令曰:「反我舊居，襲我初服」。舊居意即舊疆，此時謂鄄城，而與居於京師相對。

蓋因子建於黃初四年徙封雍丘王，故此次歸藩之「舊疆」殆指歸雍丘。案從洛陽東出沿黃河南岸東北行，即先至兗州東郡之白馬縣，再東行則至同郡之鄄城縣。注釋本詩諸家，或格於詩句之「東路」，或格於詩題之「贈白馬王彪」，以故多釋此「舊疆」為鄄城，殆誤也。

> 鄄城在漢屬兗州濟陰郡，魏時撥入同州之東郡；雍丘則在漢魏皆隸屬兗州之陳留郡（國）。諸家注釋大都謂是年之「舊疆」仍指鄄城，而李善更謂「時植雖封雍丘，仍居鄄城」，《詩注》引朱緒曾之言，亦謂子建歸藩後始徙封云，皆不知何據？案〈植傳〉載黃初「四年，徙封雍丘王。其年朝京都」，而未明載徙封在入朝之前或後，且東歸時是否已遷至雍丘？竊意既云「舊疆」，即仍得與京師相對，但亦得與「新疆」之雍丘相對，是則子建藩邸或許可能仍歸於鄄城；但揆諸本詩所述路途，《詮評》卷八〈遷都賦序〉所謂「余初封平原，轉出臨淄，中命鄄城，遂徙雍丘，改邑浚儀，而末將適於東阿。號則六易，居實三遷」，以及〈植傳〉續謂「（黃初）六年，（文）帝東征，還過雍丘，幸植宮」，則子建三遷之中的確曾遷到過雍丘。〈植傳〉既先載徙封雍丘王，然後載其年

朝京都，以故此次歸藩應以歸雍丘為是。

蓋是年曹彪為吳王，其藩邸殆在揚州淮南郡之壽春縣，而不在兗州東郡之白馬縣。鄄城、雍丘、壽春、白馬皆在洛陽之東，因此不得僅據「東路」之句，遂謂二王必歸白馬與鄄城，然後方能請求同路東歸。竊意曹植大抵欲先與弟彪往東同行一段路，然後始讓彪折往東南歸藩也。

〈曹彪傳〉云：「楚王彪字朱虎，建安二十一年，封壽春侯。黃初二年，進爵，徙封汝陽公。三年，封弋陽王，其年徙封吳王。五年，改封壽春縣。七年，徙封白馬。」是則黃初七年曹彪封白馬以前，其藩邸殆在揚州淮南郡之壽春縣，其詳見證詩第七章。自徙封白馬以後至明帝太和六年改封楚王，下至事涉兵變自殺，其藩邸則似皆在白馬，故同書卷二八〈王淩傳〉載淩等欲迎立楚王彪，「遣將張式至白馬，與彪相問往來」云云。是知黃初四年時，吳王彪實建藩於壽春，七年始徙封白馬，其後揚州都督王淩在壽春「專淮南之重」，密謀擁立政變，其因除了「楚王彪長而才」之外，當亦與曹彪曾王此地之地緣因素有關。至於曹彪名號累改而封邑鮮遷，則不過也如子建之「號則六易，居實三遷」耳。

觀子建述其路途，謂「清晨發皇邑，日夕過首陽。伊洛廣且深，欲濟川無梁」也者，正指由皇都出發之一日行程。首陽因《史記・伯夷列傳》載「伯夷、叔齊……義不食周粟，隱於首陽山，采薇而食之。……遂餓死於首陽山」一事，而為世所熟知。其地蓋在隴西郡，而後來附會者凡五所。[5]案子建既然一日之間即至首陽，

[5] 該傳注引《集解》馬融曰：「首陽山在河東蒲阪華山之北，河曲之中。」《正義》曹大家注〈幽通賦〉云：「夷齊餓於首陽山，在隴西首。」又載

則此首陽當近洛陽。

《後漢書・順帝紀》陽嘉元年二月載「京師旱。……遣大夫、謁者詣嵩高、首陽山，并祠河、洛，請雨」。注謂「首陽山在洛陽東北」，漢晉時人所述亦多同，而同書〈桓榮傳〉注則謂「在今偃師縣西北」。《三國志・文帝紀》黃初三年十月條，載文帝表首陽山東為壽陵，作〈終制〉曰：「壽陵因山為體，無為封樹，無立寢殿，造園邑，通神道。……故吾營此丘墟不食之地，欲使易代之後不知其處。」是為魏晉之首陽陵。《晉書・杜預傳》則載其〈遺令〉曰：「吾……自表營洛陽城東首陽之南為將來兆域。而所得地中有小山，……其高顯雖未足比邢山，然東奉二陵，西瞻宮闕，南觀伊洛，北望夷叔，曠然遠覽，情之所安也。」由此可知，此首陽山應在洛陽東北迆至偃師西北一帶，是丘墟不食之地，地勢不高，然可西瞻宮闕，南觀伊洛。子建蓋於一日之內東行至此，並於此渡伊洛也。曹大家（班昭）〈東征賦〉自述其由洛陽東行，謂「乃舉趾而升輿兮，夕予宿乎偃師」，首日行程也與本詩相合。

今宜注意者，殆為「歸」字前面之「逝將」二字。此二字仔細品嚐，隱然含有一股微妙之情感，即欲不去而不得不去之依戀怨恨

延之〈西征記〉云：「洛陽東北首陽山有夷齊祠。」今在偃師縣西北。又孟子云：「夷、齊避紂，居北海之濱。」首陽山，《說文》云首陽山在遼西。史傳及諸書，夷、齊餓於首陽凡五所，各有案據，先後不詳。莊子云：「伯夷、叔齊西至岐陽，見周武王伐殷，曰：『吾聞古之士，遭治世不避其任，遇亂世不為苟存。今天下闇，周德衰，其並乎周以塗吾身也，不若避之以絜吾行。』二子北至于首陽之山，遂飢餓而死。」是則今岐陽西北，明即夷、齊餓死處也。

情緒。此情緒即為全詩後來自我抒發之怨、慕、恨、憤數種情感之所集，而於此先以「怨彼東路長」、「顧瞻戀城闕，引領情內傷」諸句點出。

《說文》第二篇下謂「逝，往也」；又可訓為「行」，如〈垓下歌〉之「騅不逝」猶騅不行。同篇段注引《方言》謂「逝」為秦晉語，故《詩注》引王引之謂逝字為發聲字，亦可。要之「行將」或單一「將」字，皆含有依戀不去之情。〈洛神賦〉有類似之句法云：「命僕夫而就駕，吾將歸乎東路，攬騑轡以抗策，悵盤桓而不能去！」子建於此用「將」字刻劃攬轡惆悵而不能去之情緒，可謂神來之筆。本章「怨彼東路長」、「顧瞻戀城闕，引領情內傷」諸句所表達之情感，蓋亦與此相類。

然則何以子建離京一日，即有此怨、戀、傷之情？竊意子建素尚孝友，除了戀慕身在宮闕之生母外，離京之時，必有令其傷懷之情景，可能與親友送行有關。

漢魏制度，諸侯王入朝皆由大鴻臚導引安排。《續漢書・百官二》大鴻臚條本注云：「掌諸侯及四方歸義蠻夷。其郊廟行禮，贊導，請行事，既可，以命群司。諸王入朝，當郊迎，典其禮儀。」茲以東平王劉蒼為例，《後漢書》卷七十二〈東平憲王蒼傳〉云：

> 三月，大鴻臚奏遣諸王歸國，帝特留蒼。……至八月……有司復奏遣蒼，乃許之。……欲署大鴻臚奏，不忍下筆。

是則諸王來朝、歸藩以及在京行事，皆由大鴻臚安排奏請，天子署奏，始克成行，諸王不得自由決定。是則此次子建歸藩，應亦例由大鴻臚奏行，而有一官方祖送儀式，戚友皆可參加。《銓評》卷五之〈聖皇篇〉，應為詠述子建此次與諸王之離京而作，[6]其詩云：

> 聖皇應曆數，正康帝道休。……三公奏諸公，不得久淹留，藩位任至重，舊章咸率由。侍臣省文奏，陛下體仁慈，沉吟有愛戀，不忍聽可之。迫有官典憲，不得顧恩私，諸王當就國，璽綬何累縗。……鴻臚擁節衛，副使隨經營。貴戚并出送，夾道交輜軿，車服齊整設，韡曄耀天精，武騎衛前後，鼓吹簫笳聲，祖道魏東門，淚下霑冠纓。扳蓋因內顧，俛仰慕同生。

是則子建當為祖送之盛況及離愁所感動。

若是真為此次諸王離京之作，則此諸王之中必然包括吳王曹彪在內。案此篇未明言諸王是否同時或先後離京，據詩意則以同時較為可能。若諸王離京，貴戚并送，則最低限度曹植當在出京時之祖送儀式中能與曹彪相見。

劉蒼歸藩故事為有司事先安排奏請，漢帝「不忍下筆」，後經署奏始得啟行，與〈聖皇篇〉謂有司引舊章請諸王歸國，而文帝體仁慈而「不忍聽可之」之情況相合。雖說文帝不忍若此，但其實此時禁防已嚴，故司馬光於《通鑑》七十《魏

---

[6] 案子建生前入朝可知有三次：一在黃初二、三年間詔入待罪；一在明帝太和五年；另一即為此次。本篇謂「三公奏諸公」，諸公即諸君，諸君入朝則應指此年或太和五年事。「舊章咸率由」即黃初元年詔令諸侯王各歸其國之事。是則此篇所述既非黃初元年之歸國，亦非指逮入待罪而放歸，事甚明顯。而詩內又有「皇母懷苦辛」一句，皇母指卞太后。太后在明帝太和四年六月崩，秋七月附葬高陵，若子建在太和五年入朝，太后已不在。故斷此詩為詠述黃初四年之作。

紀》四明帝太和五年秋七月評述自黃初迄此時之禁防，謂「黃初以來，諸侯法禁嚴切。至於親姻，皆不敢相通問」，是則二王在京時當無由從容相見。竊疑有司奏准諸王歸藩時，子建或在此前請求與曹彪同路東歸，而文帝與有司「迫有官典憲，不得顧恩私」，不可其請；否則即應在同時離京時提出同路請求，而有司依法禁遝行不許。

有司不一定指監國使者，孫盛謂「是時待遇諸國法峻，……而監國使者不聽」，揆之前年監國謁者灌均希指誣奏以使子建貶爵之事，則孫盛或有所據歟。要之，不論是子建先行而曹彪祖送，或二王同時離京而分道，似皆可於官式祖送時見面，蓋本詩除「本圖相與偕，中更不克俱」之句外，餘皆未顯示二王曾經同道；而此句亦不一定指出京中途始分離，事詳第三章。反之，〈聖皇篇〉描述離京時之傷懷是因「同生」分別，並尋謂：

> 祖道魏東門，淚下霑冠纓。扳蓋因內顧，俛仰慕同生！行行日將暮，何時還闕廷。車輪為徘徊，四馬躊躇鳴。路人尚酸鼻，何況骨肉情！

案闕廷或泛指京師，且洛陽甫重建，諸王未必有京邸，故子建入朝即居於「宮省」，疑他王亦如是，蓋亦可就近監控也。至於祖送時，未見文帝有親臨之記載，以故疑能令子建「酸鼻」之「骨肉情」，應指出行之諸王或送行之貴戚中有可戀慕之「同生」而言，而曹彪即為其中之一人，或即專指曹彪而言。若是，則詩中自謂「孤獸」及謂「親愛在離居」者，乃豁然可得而解。

細審〈聖皇篇〉末段所述，以及本章之「顧瞻戀城闕，引領情內傷」，乃至後章之自謂「孤獸」及「親愛在離居」等，則其情實除了表示對兄皇與母后戀慕不捨之外，尚應含有諸王離京，而子建隊伍先發，以故顧而瞻之也。

案子建此次來朝所上之〈應詔詩〉末云：「爰暨帝室，稅此西墉；嘉詔未賜，朝覲莫從。仰瞻城闕，俯惟闕廷；長懷永慕，憂心如酲！」蓋謂仰慕文帝以表示忠忱。其意正與本章末句之「顧瞻戀城闕，引領情內傷」相近。

從清晨啟行，日夕而至首陽，渡伊洛，所述途經頗有與〈洛神賦〉相同者，第感情除〈洛神賦〉所謂之「悵盤桓」之外，抑且另外增加「情內傷」耳。

〈洛神賦〉提及各城塞較本詩稍多，而通谷（太谷）、洛川諸處二者皆提及，其詳請見下章。作〈洛神賦〉時，子建充滿被誣告之冤情，欲還訴以獻忠誠；此時則充滿骨肉生離死別之憤怨，欲一吐心中之積恨。案子建對朋友本就友愛，讀其〈離友〉與〈送應氏〉兩詩即可揣知，而曹丕亦因此而疑其結黨奪嫡，事詳第五章。至於對手足之情，則尤情篤，從本詩、〈聖皇篇〉與〈釋思賦〉等，皆可窺知。此時實因手足相逼，生離死別，而生怨憤之情也。

故用「逝將」一詞句引出「顧瞻」與「引領」，由此兩動作代表離情之怨、戀、傷心情，以牽引出以下各章之事情與感受。

證詩第二章

詩云：

太谷何寥廓，山樹鬱蒼蒼。霖雨泥我塗，

流潦浩縱橫。中逵絕無軌，改轍登高岡。

修阪造雲日，我馬玄以黃。

前章因歸途以興起懷，本章承之，賦路況以寓困頓。描述道路情景與險阻，以埋下章被禁止之伏筆，意義顯然。或謂本章託言批評有司，別有政治道德上之含意，則似過於牽強。

本章之白描途景，用以牽引下章之心情，乃六義中「賦」之寫法甚明，而梁章鉅於《文選旁證》卷十四引何焯言，謂「不直言有司之禁止而託之淫潦改轍，恐傷國家親親之恩」，是則未脫以道德政治釋詩之故技，不足取信。

案霖雨非小雨，短者三數日，久者百餘日。

《初學記》卷二〈天部・下雨〉第二引《爾雅》曰：「雨三日已上曰霖。」是則三日已上雨稱霖雨。而《晉書》卷二十七〈五行志〉上云：「太和四年八月，大雨霖三十餘日。」《魏志》卷五〈文德郭皇后傳〉云：「（黃初）五年……霖雨百餘日。」是則三數月之雨亦稱霖雨。

而伊洛一帶往往霖雨成災。子建此次遭遇亦甚嚴重，六月降霖，使伊洛氾濫，波浪高達四丈餘，毀家殺人不少。

〈文帝紀〉謂黃初四年六月「大雨，伊洛溢流，殺人民，壞廬宅」。《晉書》卷二十七〈五行志〉上記述更詳，謂「伊洛溢至津陽城門，漂數千家，殺人」。案《後漢書・東海恭王彊傳》注，謂「津門，洛陽南面西頭門也，一名津陽門」，或魏京洛陽仍沿漢京舊名，而其地約當伊洛二水合流處。黃節《詩注》更引《水經注》謂「伊闕左壁有石銘云：『黃初四年六月二十四日辛已大出水，高舉四丈五尺』」云云。是則此次雨災程度大而範圍廣，洛京西南第一城門亦已波及，故子建之描述實未可等閒視之。李善謂七月霖雨實誤，黃節等皆以《水經注》駁之。

故子建之描述，實為雨刧之實錄，其馬因而力疲患病，必須改大道而登阪陂，事皆實況，不宜謂之另有含意。且自洛陽至首陽，其間農田縱横而林木甚少。

案洛陽經董卓之亂，至建安元年獻帝東還時，其景況至為悽慘，《晉書》卷二十六〈食貨志〉云：

> 至洛陽，宮為蕩滌，百官披荊棘而居焉。……委輸不至，尚書郎官自出採梠，或不能自反，死於墟巷。

此即曹操遷帝都許以便控制之藉口。此下建安間洛陽環境之蕭條荒涼仍然如此，前引子建〈送應氏詩〉已可概見之矣，以故曹操從許下屯田逐漸推廣，於晚期遂施及洛陽之復興重建。蓋建安二十四年冬曹操始經營建始殿，及至曹丕踐祚，乃於城內興造新宮，並於城外設官督導開墾。《三國志》卷二十七〈王昶傳〉云：

> 文帝踐祚，……（昶）為洛陽典農。時都畿樹木成林，昶斫開荒萊，勤勸百姓，墾田特多。

王昶以墾功遷為兖州刺史，其開發情形可以想知。農畝開墾既多，則樹林相對必減少。黃初三年十月文帝以首陽山東為壽陵，〈終制〉形容此地為「丘墟不食之地」，略可概見其況。洛陽附近因開發而致植被破壞，宜乎水土保持不利，霖雨動輒成災。

及至太谷，始見鬱茂之樹林，是以子建頓有心胸一廣之感。

李善引陸機〈洛陽記〉謂「首陽山在洛陽東北去洛二十里」，又引薛綜〈東京賦注〉謂華延儁「〈洛陽記〉曰：『太谷，洛城南五十里，舊名通谷。』」，而《詩注》引〈洛神賦〉、〈洛陽記〉、〈東都賦〉與《讀史方輿紀要》諸文證其非。案《後漢書・董卓傳》注謂「大谷口在故嵩陽西北三十五里，北出對洛陽故城。張衡〈東京賦〉云『盟津達其後，大谷（案《文選》錄該賦作「太谷」）通其前』是也」。蓋東漢之大谷，與函谷、廣城、伊闕、轘轅、旋門、孟津（盟津）、小平津並為洛陽八關，正與盟津分踞洛陽之一南一北，而《三國志・武帝紀》則作太谷。據《後漢書・董卓傳》與《三國志・孫堅傳》，明謂孫堅攻卓，進軍大谷，距洛九十里，是則大谷應在洛陽南九十里處，又名太谷，也稱通谷。案中逵指四道交出之道路，蓋出太谷即有道路可四通他處，是以孫堅從東南進攻太谷，而子建出太谷亦有途徑可以歸藩也。

只是子建東歸，應由洛陽東門出發，行至洛陽東北之首陽，渡伊洛後，卻何以忽至洛陽南面之太谷，而目睹此地山樹鬱蒼之景象，寧無敘述錯亂耶？案東漢時由洛陽東出，沿黃河南岸東北行，本有通衢大道可至兗州之陳留郡，由陳留郡北行則至兗州東郡之白馬，由陳留郡東北行則至兗州濟陰郡之鄄城，若此道未毀於漢末戰亂，或有其他因素，則子建似不需要如此轉折東歸。

曹大家〈東征賦〉自述其旅途，謂由洛陽東出，是夕宿於偃師；明曙「遵通衢之大道」再發，途經鞏縣「望河洛之交流兮，看成皋之旋門」，然後再經滎陽、原武、陽武，而進入封丘、平丘、匡郭、長垣、蒲城。案自洛陽至陽武，東漢屬司隸河南郡地；自封丘至蒲城，則屬兗州陳留郡地。是則東出洛陽後沿河南郡之黃河南岸通衢大道東北行，即可進入兗州陳留郡之諸縣地也。由陳留郡之封丘東南越二縣即至雍丘，由陳留郡之長垣北行即進入鄰接之東郡白馬，而白馬越濮陽一縣則至同郡之鄄城（三國時鄄城移屬東郡）。因此，不論子建之封邑在鄄城或雍丘，皆可由此道東歸，不需如此轉折。假如曹彪之藩邸時在白馬，則二王的確可以同行此道，起碼至陳留始分離。

然本詩自述此轉折途徑並無錯亂。蓋子建從東門離京而東行至首陽，然後渡河折南，由京南之太谷關轉出，以東歸兗州，應是可信之自述。

子建〈聖皇篇〉自述離京時是「祖道魏東門」，表示確曾由東門離京。《後漢書・張湛傳》注引《漢官儀》謂「洛陽十二門，東面三門，最北門名上東門，次南曰中東門」，是則最南之門殆稱下東門。漢京如此，魏京不知是否亦然，而《晉書・地理上》司州洛陽條則謂晉京「東有建春、東陽、清明三門」，名稱與漢不同。要之，子建殆從東門離京而東行至首陽，然後渡河折南，由京南之太谷轉出，以東歸兗州，應是可信之自述。蓋黃初三年所作之〈洛神賦〉，雖未自述從東門或南門離京，但卻謂「余從京師，言歸東藩。背伊闕，越轘轅，經通谷，陵景山」，然後始東行歸鄄城。是則離京後由京南諸關轉出，然後折東歸藩，確曾是子建在黃初三年及四年行過兩次之途徑。甚者，〈應詔詩〉自述此次來京之途徑云：「肅承明詔，應會皇都，星陳夙駕，秣馬脂車。命彼掌徒，肅我征旅；朝發鸞臺，夕宿蘭渚。芒芒原隰，祁祁士女；經彼公田，樂我稷黍。……望城不過，面邑匪游；僕夫警策，平路是由。玄駟藹藹，……涉澗之濱，緣山之隈；遵彼河滸，黃阪是階。西濟關谷，或降或升；騑驂倦路，再寢再興。……前驅舉燧，後乘抗旌；輪不輟運，鸞無廢聲。爰暨帝室，稅此西墉；嘉詔未賜，朝覲莫從。」雖未明確提及所經之縣邑，但恐怕也是由雍丘西行，自京南之關谷進入京都。

如此選擇旅途，蓋或與京城南門雨水成災，而必須改途有關。

案洛陽城南地當伊洛二水合流處，六月降霖，致伊洛氾濫成災，且已波及京南第一城門，而漂數千家殺人，上已論之。是則子建之出東門至首陽而渡河南折，應是為了迴避南門之災途。至於本詩所述途中之景況，謂「伊洛廣且深，欲濟川無梁」，而需「泛舟越洪濤」云云，則應是首陽、伊洛附近因大水漂斷橋樑，故需泛舟過渡之實況；而「霖雨泥我塗，流潦浩縱橫」，以致「中逵絕無軌，改轍登高岡」，則應是因太谷谷地積水而需改轍登高之實況，是皆因此次霖雨成災所造成。因而所述應是當時雨災之實錄，可以無疑。

無論如何，子建兩次來回藩邸與洛京，均由京南關谷一線往返，此實為其來回之固定路線。假如吳王曹彪藩邸時在白馬，則應走上述黃河南岸之通衢大道，而不應走此京南出關谷之東折路線；假如其藩邸時在壽春，則二王似可同行此關谷東折之路線，或至陳留始再分離。揆諸前面分析，子建此次歸途之所以有恨，應是因有司安排諸王離京而子建先發，以確保二王於此道路異宿止之緣故。俟至首陽因無樑而汎舟越河南折，至太谷則因流潦而改行山路，使其馬玄黃疲病，睹物生情，以致發憤為詩。

漢世貴人出行多以車，而以輜軿為常，史傳詩文多載之。〈聖皇篇〉所謂「貴戚并出送。夾道交輜軿，車服齊整設。……扳蓋因內顧，……車輪為徘徊，四馬躊躇鳴」，皆是形容輜軿之設施制度也。案子建於〈洛神賦〉自謂歸藩至洛川，當「車殆馬煩」時遇河洛之神，經宿始再「命僕夫而就駕，吾將歸乎東路。攬騑轡以抗策，悵盤桓而不能去」云云，亦是駕車東歸。此次來朝，〈責躬詩〉第二篇已自述「秣馬脂車……玄駟藹藹」；此次歸藩，又自謂「中逵絕無軌，改轍登高岡」，是知子建入朝來回皆乘車。其馬駕車登高，行走山路，以致力疲玄黃也。

證詩第三章

詩云：

玄黃猶能進，我思鬱以紆。鬱紆將何念，
親愛在離居。本圖相與偕，中更不克俱。
鴟梟鳴衡軛，豺狼當路衢。蒼蠅間白黑，
讒巧令親疏。欲還絕無蹊，攬轡止踟躕。

子建承接上章，用馬病猶能奮進，反喻自己卻思鬱難以紆解，目的在強調其思鬱之嚴重。下二句隨即點出思鬱之根源為「親愛在離居」，此為本章乃至全詩之核心所在。案「親愛」一詞當指曹彪而言，全句明示二王此時已分離。蓋親愛分離本為人生一愁，及為他人強迫分離，則愁思當更「鬱以紆」，此所以曹植借鴟梟等詞諷罵有司也。

子建與曹彪二人雖異母，但依子建所作詩文看，悉其與眾兄弟之關係，包括文帝曹丕在內，均甚良好。子建薨於明帝太和六年，年四十一歲，是則此年為三十一歲。曹彪在嘉平二年六月被殺，年五十七，事見《魏志》卷二十九〈朱建平傳〉，是則此時年齡為二十八歲，與子建相若。二人年齡相當而篤於親愛，更易增子建之思鬱。

然而釋者大都本於序文所謂「蓋以大別在數日」，遂誤解「與白馬王還國，後有司以二王歸藩，道路宜異宿止」為已在同行途中，中途始被迫分離，甚者頗意作詩時二王猶未分離。竊意並不盡然。中途命下或中途為有司所迫而分離之說，皆難以置信。

竊意孫盛為本詩所作之序，謂「監國使者不聽，植發憤告離而作詩」，以及本詩序文（亦即是李善之注序）謂「後有司以二王歸藩，道路宜異宿止，意每恨之。蓋以大別在數日，是用自剖，與王辭焉」之言，在時間上均模糊其辭，其相同者均指本詩作於子建同行請求被有司拒絕之後；然而「蓋以大別在數日，是用自剖，與王辭焉」，則指涉是否中途被拒，子建悉數日內將分離，以故作詩自剖，與曹彪告別之意。案子建歸藩曾請求二王同行而被拒絕，應為一事實；然而，「蓋以大別在數日」是否能解釋為二王數日內將大別——意指詩成時尚未別？而有司又在何時——在離京前，在祖送時，抑或在同行途中——拒絕其請？此皆是異說紛起之關鍵。

竊意文帝踐祚而申「諸侯不朝之令」，又實施「重諸侯賓客交通之禁，乃使與犯妖惡同」之政策，以致曹魏諸王公「同於囹圄」，而子建因爭嫡之故尤甚。以當時禁防之嚴，子建在京時殆已不可能與吳王彪相敘，因此纔如孫盛所言，謂子建「欲同路東歸，以敘隔闊之思」，是則焉可能會讓二王同路東歸，而於途中始將之分離？並且，證以本章「鬱紆將何念，親愛在離居」一句，則本詩作於子建同行請求被拒絕之後，亦在已被迫分離之後應為不爭之事實。

今者主中途命下分離之說者，大多本於吳淇之言。《詩注》引吳氏之言，謂首章詩「情不注白馬，而注城闕」，蓋子建猶與白馬王同行之故；又謂「二王初出都未有異宿之命。出都後群臣希旨，中途命下，始不許二王同路」云云，皆不知何所據？蓋以當時諸侯禁防之嚴，若不許同行，則不必待中途始命下；若許其同行，則有司應不會逼其離居。是則中途命下或中途迫離之說，皆不可盡信。

前析〈聖皇篇〉「諸王當就國……鴻臚擁節衛，副使隨經營。貴戚并出送，夾道交輜軿。……武騎衛前後，鼓吹簫笳聲，祖道魏東門」時，竊意二王當已在眾目睽睽、軍隊擁衛之下分離，況本章更明謂「親愛在離居」耶。是則出京時二王蓋已分離矣，而詩成時二王亦已「親愛在離居」矣；而非中途始被迫分離，致使子建知悉「大別在數日」而發憤作詩告別也。而且，據本詩最末之「收淚即長路，援筆從此辭」句，則本詩確應作於二王已離之歸途中，應可不辯而明，以故全詩用倒敘法進行詠述。又，據詩文前後品味與考證，竊意子建之請，事應發生於在京之時而祖送之前；本詩之作，殆在出太谷以後。

案〈聖皇篇〉既謂「三公奏諸公，不得久淹留，藩位任至重，舊章咸率由。侍臣省文奏，陛下體仁慈，沉吟有愛戀，不忍聽可之。迫有官典憲，不得顧恩私，諸王當就國……鴻臚擁節衛，副使隨經營。……武騎衛前後，鼓吹簫笳聲，祖道魏東門」云，表示有司安排諸王行止，均須率由舊章，理應包括當時之諸侯法禁在內。諸王歸藩既須經如此層層公文程序，並由大鴻臚等有司率兵監衛，執行相送，是知諸王之歸期與歸途，實於祖送前已作安排，而由不得諸王。因此，子建二王同行之請求當在離京祖送之前，而被拒絕亦當在離京祖送之前，殆可無疑。至於子建首日行程遇阻於伊洛，次日行程復困於太谷，身心交疲，此時應無從容作詩之可能；其可能者當在出太谷以後。

至於所謂「本圖相與偕，中更不克俱」者，蓋寓事情之因果相聯，未必為中途分離之意。其意應指離京前請求同行，而結果不獲允許之事。

《說文》云:「中,內也。」《段注》謂「中者……亦合宜之辭也。《周禮》:『中失,即得失。』」是則「中」之為義,可訓為得,猶結果之意。本圖如此,結果如彼,乃因果相聯之意,「本圖相與偕,中更不克俱」即其例也。若釋為「本欲圖謀相偕同路,而中途更不能結伴同行」,則失去相聯相反之意,故吳淇釋「中」為「中途命下」者實為大誤。今試以此義嵌入孫、李二序而驗之,若孫盛之代序曰:「植及白馬王彪,(本圖)欲同路東歸,……而(結果)監國使者不聽,植發憤告離而作詩。」李善之注序曰:「(本圖)與白馬王還國,後(本有初始之意,與後字相對)有司以二王歸藩,道路宜異宿止,意毒恨之。」前者謂本圖同行,結果不聽,故「發憤告離」;後者謂本圖同行,後來不許,故「意毒恨之」。是皆寓有相聯相反之因果先後意義,與當時情實相合,故謂「中」字不當釋為中途分離。其意蓋指子建先有同行之請求,而後來之結果是不許而言。法禁舊章如此,則子建尚何能「相與偕」哉?

又者,竊疑此「中」字既有因果先後之義,是則以子建之高才,卻為何不用更適合之「終」字入句?案「中」字有中間之義,亦有內裏之義,所謂「留中不發」是也。是則子建之「本圖相與偕,中更不克俱」,或另有所指耶?蓋子建之請求同行,不論是向文帝奏請,或是向有司提出,依上述之公文程序,中間均必須經過內面皇帝之批准不可,此即〈聖皇篇〉所謂「三公奏諸公,不得久淹留,……侍臣省文奏,陛下體仁慈,沉吟有愛戀,不忍聽可之。迫有官典憲,不得顧恩私,諸王當就國」者是也。據此,則子建於此用「中」字,蓋有指射其兄皇魏文帝曹丕之意歟？溫柔敦厚《詩》教也，婉而成章《春秋》教也，才學如子建，或許因果先後之義與內中天子之意兼而有之；只是不宜直責天子，遂以鴟梟、豺狼與蒼蠅叱有司，用以間接表示其所恨耳。

是則竊謂曹彪並未與子建同行東歸，不可遽謂無理據也。然而子建指桑罵槐，斥有司為鴟梟、豺狼與蒼蠅。其所指究竟為誰，令人尋味。案漢魏之間，大抵指君主親信之惡者為鴟梟，位高權重之惡者為豺狼，與子建之謂「鳴衡軛」與「當路衢」相合。

《後漢書》卷一百七〈陽球傳〉謂陽球上書，斥宦官曹節為豺狼鴟梟，而斥宦官王府與太尉段熲為狐狸而已。又如《東觀漢記》卷二十〈張綱傳〉謂張綱斥梁冀為「豺狼當道」。餘例尚多，不贅，要之其意義甚明顯。

至於蒼蠅一詞則大抵指言官或伺察之官。

《後漢書》卷四十六〈寇榮傳〉謂寇榮亡命上書，自謂「為專權之臣所見批抵，青蠅之人所共搆會」，並斥前者為豺狼，顯見兩者所指各不同。魏世常斥校事之官為青蠅，青蠅猶蒼蠅，如《魏志》卷十二〈毛玠傳〉謂毛玠答鍾繇曰：「青蠅橫生，為臣作謗。」孫盛評曹操徵用校事為不當，謂「未有徵青蠅之浮聲……可以允釐四海」，故視曹操為「失刑政矣」，事見該傳注引。蓋當時置校事以行猜忌之政，不特施於諸侯王，亦且遍及百司臣工，因此時人以蒼蠅視之。

案漢魏制度侍從君側而地位重要者莫過於門下侍中，或可當「鴟梟鳴衡軛」之言。魏世侍中之中，尤以邢顒、桓階、衛臻三人最堪注意。

侍中俗稱「執虎子」，曹操初建魏國即任杜襲、王粲與和洽為之。文帝踐祚至此年，先後為之而可考者有邢顒、鮑勛、劉廙、趙儼、辛毗、劉曄、溫恢、桓階、陳羣、董昭、衛臻、蘇則與傅巽等人。若以朋黨論之，此十餘人大都為昔日曹丕之太子黨。他們或為五官將官屬，或為太子宮官，且在曹操詢問繼嗣時，大都表示過擁護曹丕。其中力言子建不可為嗣子，而拒絕與子建交往者，即有邢顒等三人。邢顒曾歷任要職，個性「無所屈撓」，以「德行堂堂」被選為平原侯曹植之家丞，因與子建「不合」而改參丞相軍事，後為曹丕之太子少傅及太傅，反對立子建而擁護曹丕最力，此年恰為掌禮儀之太常卿，故最值注意。董昭本傳未載問嫡之事，但其人向有「佞人」之稱而最為投機，此年恰任掌諸王之大鴻臚。其餘不贅，各詳其本傳。要之鴟梟之諷，似與其中部份人士有關。

至於「豺狼當路衢」者，若非指中書監、令，則似指尚書八座。監令掌出旨，在魏號為「專任」，大部分時間由劉放、孫資出任，二人至晉猶被貶為「奸邪誤國」。

魏國初有秘書，文帝踐祚改為中書，劉放為中書監，孫資為中書令，一直至嘉平元年罷任，期間約三十餘年。裴松之評其二人「判斷機密，政事無不綜」，對其「依違其對，無有適莫」之態度甚有微詞。趙翼更明論陳壽曲護二人之非，以為二人「竊弄威福」，「乘明帝臨危，請以司馬懿輔政，遂至權移祚易，故當時無不病二人之奸邪誤國」。二人之事，可詳《三國志》卷十四〈劉放傳（孫資附）〉，卷二十五〈辛毗傳〉，及《廿二史箚記》卷六〈三國志多迴護〉條。

而「魏世事統臺閣，重內輕外，故八座尚書即古六卿之任也」，黃初四年以前先後任尚書者不贅，而先後為令、僕者計有桓階、邢顒等數人，階與顒最為反對子建，前已言之矣。

引語見《三國志》卷二十二陳壽評曰。案東漢以來事歸臺閣，魏世雖重中書，但尚書臺亦未失勢，蓋為最高之行政機關，故謂「事統臺閣」。《三國志》卷十〈賈詡傳〉謂「尚書僕射，官之師長，天下所望」，則尚書令可知矣。任令、僕者除階、顥二人外，尚有陳羣、毛玠、涼茂、陳矯、杜畿與司馬懿數人，亦率多表態支持曹丕者。

至於「蒼蠅間白黑」者，既多謂伺察之司，然魏制諸王國除監國謁者之外，師、友、文學諸防輔官以至地方長吏，皆可伺察告發諸王；在京則有校事。是以諸王公動輒得咎，屢被糾告。

諸國官署名為師友，實即監司，諸王善惡皆得奏聞，故中山恭王曹衮以其善行為文學防輔所奏稱，因而大懼，責讓文學，至謂「是適所以增其負累」。然而此等官屬監司若不盡力伺察，則往往受懲，曹彪被殺後，「彪之官屬以下及監國謁者坐知情無輔導之意皆伏誅」即其顯例，以故均對諸王公努力監防，〈王公列傳〉所載多見其例。禁防既嚴，故後來子建上表求為平民，語甚辛酸，至謂「若陛下聽臣悉還部曲，罷官屬，省監官，使解璽釋紱，追柏成、子仲之業，營顏淵、原憲之事。……身死之日猶松喬也！」如此看來，諸王「禁防壅隔同於囹圄」之說，蓋實錄也。

又校事一官為曹操創置，用以偵察臣民，黃初五年以其過分猖獗而一度中絕，尋又置之，直至廢帝芳嘉平中始復罷廢。程曉上表論其弊甚詳，謂其「上察宮廟，下攝眾司，官無局業，職無分限，隨意任情，唯心所適。法造於筆端，不依科詔；獄成於門下，不顧覆訊」[7]，難怪魏諸侯王常因「交通

[7] 校事之情形詳見《三國志》二十二〈衛臻傳〉、二十四〈高柔傳〉、十四

京師」之罪被告發受罰。然而王國師友文學防輔諸官既皆負有監防之責，則為此嚴酷之事者，即決非僅有校事一官而已，故〈植傳〉載太和五年上疏訴述被禁防之辛苦，請求准許存問親戚時，明帝答詔曰：「本無禁固諸國通問之詔也，矯枉過正，下吏懼譴，以至於此耳！」

上述魏國諸司及嫌疑人物皆可能為子建諷罵之對象，然而子建既未指實，竊亦未便妄加附會。蓋前引〈寫灌均上事令〉謂「灌均所上孤章，三臺九府所奏事」，顯見參與糾議評論子建之事者，往往並非一二官司而已。

末二句言「欲還」，《詩注》引何焯言，謂子建欲「還愬」於曹丕。竊意或有此可能，然不全如是。蓋魏制諸侯王「還愬」於天子，幾為不可能之事。

文帝申不朝之詔，其意即不欲再見諸王，故其在位之時，僅有此次特詔入朝而已。子建此前曾兩次入京，皆待罪南宮，難得一睹天顏。京師又復有交通之禁，雖親姻亦不得輕易會晤，〈本傳〉注引《魏略》載子建此次初到京，冒死見帝之事云：

初植未到關，自念有過，宜當謝帝。乃留其從官著關東，單將兩三人微行，入見清河長公主，欲因主謝。而關吏以聞，帝使人逆之，不得見。太后以為自殺也，對帝泣。會植科頭負鈇鑕，徒跣詣闕下，帝及太后乃喜。及見之，帝猶嚴顏色，不與語，又不使冠履。植伏地泣涕，太后為不

〈程曉傳〉，尤以曉所上疏討論此官職本末最詳。《大陸雜誌》六卷七期有官蔚藍氏〈三國時代之校事制度〉一文，頁 14~17。

樂。詔乃聽復王服。

案曹操當年「重諸侯科禁」即是因子建私自乘車行馳道出司馬門而起，是則此次撇開扈從先微行入關，至京又先私見清河長公主，當亦犯禁，以故「帝使人逆之，不得見」，使「太后以為自殺也，對帝泣」；其後雖能入見，而「帝猶嚴顏色，不與語，又不使冠履。植伏地泣涕，太后為不樂」，是則當時若無太后在則危矣。《樂府風箋》卷十五錄子建〈當牆欲高行〉詠云：

龍欲升天須浮雲，人之仕進待中人。眾口可以鑠金，讒言之至，慈母不親！憒憒俗間，不辨真偽，願欲披心自說陳；君門以九重，道遠河無津！

是則所謂「還媳」於天子，子建亦自知不可能，其事至為明顯。

知其不可能而仍欲之，竊意是子建悲憤之極，藉欲還之言，向曹彪訴媳鴟梟、豺狼、蒼蠅之惡，以抒其思鬱之紆，並申其被迫「親愛在離居」之心情也。

本詩為曹彪而作，孫盛亦謂子建欲二王同行以「敘隔濶之思」不果而「發憤告離」，且本章點出因「親愛在離居」而鬱思不解，則其訴說對象實皆為曹彪。故疑藉「欲還」一句，訴慕於此親愛，以寄「慕同生」與「骨肉情」，並申其對鴟梟、豺狼、蒼蠅之恨。此亦是子建一直積存至太和五年上〈求問親戚疏〉，所常懷之志願與心情。〈本傳〉詳載此疏，今略摘引之以見其一貫之真摯情志。疏云：

至於臣者，人道絕緒，禁錮明時，臣竊自傷也！不敢過望

> 交氣類，修人事，敘人倫。近且婚媾不通，兄弟乖絕，吉凶之問塞，慶弔之禮廢。恩紀之違，甚於路人；隔閡之異，殊於胡越。……願陛下沛然垂詔，使諸國慶問，四節得展；以敘骨肉之歡恩，全怡怡之篤義！

讀其疏，竊所推論殆可信。

是則本章初以思鬱難抒敘起，謂思鬱乃因與曹彪「在離居」，離居之因則為有司之讒阻，故不禁諷罵有司不已。但事實已造成，僅能作詩以訴慕於此時相隔尚未遠之曹彪，是以「攬轡止踟躕」。全章一氣呵成，對象皆在曹彪，蓋孫盛所謂「發憤告離」及李善所謂「憤而成篇」，蓋指此而言。

證詩第四章

詩云：

> 踟躕亦何留？相思無終極！秋風發微涼，
> 寒蟬鳴我側；原野何蕭條，白日忽西匿。
> 歸鳥赴喬林，翩翩厲羽翼；孤獸走索羣，
> 銜草不遑食。感物傷我懷，撫心長太息。

案七月氣候尚暑炎，雖秋風微發，本不該有此原林蕭條之景象。竊意當時河南一帶已經雨劫，是以劫後有此殘景。此殘景與子建此時之心情同一化，故子建描寫景物，倍添滄涼孤寂之感。是則被其捕捉入詩句之秋風、寒蟬、荒原、夕陽等外在景觀，皆可視為子建孤單悲涼內在心境之反映，是以「感物傷我懷」者實可視為「感我而傷物」。因此，「歸鳥」喻其「歸」，「孤獸」喻其「孤」，皆非徒寫景而已，實則亦兼寫自我，加上以「相思」承接前章之

「親愛在離居」，故竊意二王此時已然分離，亦甚明矣。本章寫景之目的，蓋兼為引伸下章敘述任城王之死，其技巧略如第二章之興起第三章。〈毛詩正義序〉謂「情緣物動，物感情遷」，用外在景觀之變動而寄寓內在情感之遷變，此所以子建領風騷於建安詩壇也。

證詩第五章

詩云：

> 太息將何為？天命與我違！奈何念同生，
> 一往形不歸。孤魂翔故域，靈柩寄京師；
> 存者忽復過，亡歿身自衰。人生寄一世，
> 去若朝露晞；年在桑榆間，景響不能追。
> 自顧非金石，咄唶令心悲！

前四句承前章之感物而興懷，並從太息東歸孤獨移轉為太息「一往形不歸」，即從曹彪之生離移情至曹彰之死別。任城王曹彰五月入朝，〈文帝紀〉記其死於六月甲戌，或因文獻缺乏，以故陳壽未記其死因。

陳壽《三國志》記某人之死，往往繫死時於本紀，而於其本傳另交待死因，如記文昭甄后及曹植即為其例。然於曹彰則只於〈文帝紀〉黃初四年六月謂「薨於京都」，〈彰傳〉則略謂「疾薨於邸」。想陳壽當不至於為此事隱諱，當與文獻不足徵有關。《古今逸史》十四《拾遺記》卷七任成（城）王條謂「國史撰《任成王舊事》三卷，晉初藏於祕閣」，則陳壽書成時此三卷不知已撰成否？或書雖已撰成，不知有詳記其死因否？曹彰之死當與政治有關，事可詳後，是則其死因

甚可能爲官方所隱沒。陳壽撰三國之《魏志》，大抵以王沈官修之《魏書》為藍本。《魏書》若為曹丕諱此事實，則陳壽記載之疏略，當亦出於不得已。

裴松之注《三國志》號為詳備，其〈上三國志注表〉自謂：「壽所不載事宜存錄者，則罔不畢取以補其闕。或同說一事而辭有乖離，或出事本異，疑不能判。並皆抄內以備異聞。」而於曹彰之死兩引孫盛之說以為注，其意當為「補其闕」及「備異聞」。是則裴氏對此事亦甚留心，必以為孫盛之說為「事宜存錄」或「疑不能判者」。史稱孫盛「有良史之才」，據其所載，一謂曹彰之死與繼承權問題有關，一謂與曹丕之猜防政策有關，實不容忽略。

〈彰傳〉注引孫盛《魏氏春秋》謂：「初，彰問璽綬，將有異志，故來朝不即得見，彰忿怒暴薨。」是指其死與繼承問題有關；而〈植傳〉注所引《魏氏春秋》則謂：「是時待遇諸國法峻，任城王暴薨。」是指與曹丕猜防政策之壓逼有關。孫盛史學素養甚高，常能注意歷史上隱晦之大事而發現其真相，而其所發現者亦往往爲《後漢書》及《資治通鑑》所採用。如陳壽撰〈荀彧傳〉，敘彧不贊成曹操進公爵及加九錫，曹操「由是心不能平」，故表請其勞軍，「太祖軍至濡須，彧疾留壽春，以憂薨。……明年，太祖遂為魏公矣」！語甚曖昧；然注引《魏氏春秋》則謂「太祖饋彧食。發之，乃空器也，於是飲藥而卒」。是則其死實與曹操有關，若無孫盛之文，則荀彧被曹操逼害之事殆無以大白於世。《後漢書》及《通鑑》亦全採此說，由此可見孫盛之識力備受肯定，[8]以

[8] 詳參《後漢書》卷一百〈荀彧傳〉及《通鑑・漢紀》五十八獻帝建安十七年冬十月條。《通鑑》同條胡注引《考異》謂《魏氏春秋》之記述同於

故趙翼於《廿二史箚記》卷六〈荀彧傳〉條詳論此事，謂彧不肯附和曹操，「卒之見忌于操而飲藥以殉，……公道自在人心」云云。又如，建安二十四年曹操欲遣曹植統軍南援曹仁，〈本傳〉載曹操「呼有所敕戒。植醉不能受命，於是悔而罷之」之事，亦為其例。蓋注引《魏氏春秋》曰：「植將行，太子（曹丕）飲焉，偪而醉之。王（魏王曹操）召植，植不能受王命，故王怒也。」是皆為孫盛常能注意並發現歷史上隱晦事件之實例，餘不多贅。要之，陳壽述荀彧「疾留壽春以憂薨」，語頗隱晦，寫法與曹彰之「朝京都疾薨於邸」頗同，似具深意。

孫盛於《魏氏春秋》兩謂曹彰「暴薨」，當指突然去世之意，與陳壽所述不悖，與子建親撰之〈任城王誄〉亦合。

案疾之為義本為小病，故《說文》云：「病，疾加也。」而段注引苞咸注《論語》曰：「疾甚曰病。」然疾亦可訓為急速之意，故段注曰：「按經傳多訓為急也，速也。」陳壽謂

《後漢書・荀彧傳》，其實孫盛先於范曄，故范氏之說實本孫氏之說，而非孫盛之說本於范曄。世稱左氏浮誇，而孫盛喜效左氏，裴松之曾為此嗟嗜，謂難取信，事見〈武帝紀〉建安五年注（頁 16）。竊意《左傳》喜馳歷史想像，然其想像卻並非毫無根據，且大史家之條件之一即需具有豐富之歷史想像力，《左傳》與《史記》所以成為不朽巨著，此因素或為成功條件之一。余讀該年陳壽記曹操之語，文辭與《魏氏春秋》略異，然《魏氏春秋》似更有得於曹操之內心。又如《魏志》卷二十八〈鄧艾傳〉僅用「檻車徵艾」四字敘述收拿鄧艾之事情；而注引《魏氏春秋》則謂：「艾仰天嘆曰：『艾，忠臣也！一至此乎？白起之酷，復見於今日矣！』」（頁 25）。其交代當時鄧艾心境，未必不可取信。蓋其寫法與左氏寫曹劌論戰，史遷寫鴻門之宴相同，此其所以被稱「良史之才」也。

曹彰「疾薨」，不一定謂因小病而薨，應謂突然死去，即指「暴薨」之意。《詮評》卷十錄子建親撰之〈任城王誄〉云：

於休我王，魏之元輔。將崇懿迹，等號齊魯。如何奄忽，命不是與？……乃作誄曰：「……宜究長年，永保皇家。何如奄忽，景命不遐！……」

據此，知子建不認為曹彰死於小病，而認為死於「奄忽」。所謂「奄忽」，即疾速暴然之意，與第七章之「變故在斯須」句正同，亦與陳壽、孫盛二人之說相合。是則子建以「奄忽」形容其兄之死，與陳壽謂荀彧「疾留壽春以憂薨」，以及曹彰「朝京都疾薨於邸」所用之「疾」字，含意正同，皆有引人疑竇之深意。

三人對曹彰如何死去皆存疑，而子建與陳壽對其死因更不一提，獨孫盛常留心於此類事件，故其提出之死因應非隨意之編說。是則繼承與猜防兩事，實宜用心留意。王船山對此二事甚為注意，其解釋曹魏之亡國，即著眼於此微妙之家庭關係與糾紛。

《讀通鑑論》卷十論三國云：「魏之亡，自曹丕遺詔命司馬懿輔政始。……其命（陳）群與（司馬）懿也，以防曹真而相禁制也。……合真與懿、群而防者，曹植兄弟也。故魏之亡，亡於孟德偏愛植。而植思奪適之日，兄弟相猜，拱手以授之他人，非一旦一夕之故矣。」其意謂曹丕不懲漢室之亡，寧用他人而不許宗王輔政，即由於「曹植兄弟」競爭繼承權之故。所謂「曹植兄弟」蓋謂植與彰而已。是則曹彰之死不徒因緣複雜，抑且影響深遠。

竊意船山謂「魏之亡，亡於孟德偏愛植」，以至「兄弟相猜，拱手以授之他人」，甚是；然謂「植思奪適之日」則不盡然。蓋曹操不是謹守禮法之人，又似無必須傳子以嫡之宗法觀念，或雖有之亦不濃，以故庶長子曹昂戰歿後，繼承權即曾屬意於另一庶子曹沖。沖為曹操最寵愛之子，而非曹植。及至曹沖亦去世，始屬意於曹丕。

案曹操有男二十五人，丕、彰、植、熊為嫡夫人卞后所生；昂為庶長子，是劉夫人所生，建安二年正月戰歿，無嗣子。昂若不死，繼承問題或不至起風波。曹沖字倉舒，環夫人所生，曹操愛之逾於自己，讀《三國志・沖傳》及卷二十九〈華佗傳〉即可知之。昂死之後，〈沖傳〉謂「太祖數對群臣稱述，有欲傳後意」，陳壽於〈沖傳〉亦詳記此事云：

> 建安十三年，（沖）疾病，太祖親為請命。及亡，哀甚。文帝寬喻太祖，太祖曰：「此我之不幸，而汝曹之幸也！」言則流涕。

此所謂幸與不幸，當因繼承權而言，故〈沖傳〉注引《魏略》謂「文帝常言：『家兄孝廉（曹昂）自其分也。若使倉舒在，我亦無天下！』」是則曹丕亦深知其父之為人，未必遵守傳子以嫡、立嫡以長之宗法也。

曹操雖屬意曹丕，但直至去世前數年，其繼承人仍猶豫未果決。此蓋與曹操向對諸子一視同仁，而視其表現始做最後決定，但卻尤寵於曹植之性格態度有關。曹丕因此產生強烈之妒忌及競爭心。

曹沖在建安十三年死，曹操尋自為丞相，尚未屬意於曹丕。至十五年底，曹操上還其武平侯所食之三縣。翌年正月，獻帝將此三縣分封操之三子植、據、豹為侯；獨不侯丕，而以之為五官中郎將，副於丞相，[9]其意殆已考慮曹丕為繼承人。《全三國文》卷二魏武帝二〈立太子令〉云：

> 告子文（曹彰字）：汝等悉為侯，而子桓（丕字）獨不封，只為五官中郎將，此是太子可知矣。

案曹彰於建安二十一年始封鄢陵侯，曹丕於二十二年立為魏太子，此令嚴可均摘自《御覽》二百四十一，若可信則必頒於二十二年。是則曹操自十六年不封曹丕為侯，而使之為副於丞相之五官中郎將時，其心意當已考慮以丕為儲貳，培養其為未來權位之繼承人，但太子之確定則須遲至二十二年。同書同卷復載曹操之〈諸兒令〉云：

> 兒雖小時見愛而長大能善，必用之。吾非有二言也，不但不私臣吏，兒子亦不欲有所私。

此令若非偽造，則曹操對諸子無嫡庶之見以及無偏私之心，殆為實情。既已公開頒令，則諸子與群臣亦當知悉。曹操本人此性格與態度，在太子人選遲遲未確定之下，則引起諸子群臣間之競爭紛擾，恐已勢所難免。〈植傳〉謂子建以才思而「特見寵愛」，其父曾「謂子建兒中最定大事」，此與其父「小時見愛而長大能善」之要求吻合，因此「必用之」與否遂易造成曹操選擇繼承人之猶豫不決，以故〈本傳〉所謂「太

---

[9] 曹操之武平侯兼食四縣，十五年十二月欲封三子為侯，故上還陽夏、柘、苦三縣，翌年正月遂以所讓三縣封植為平原侯、據為范陽侯、豹為饒陽侯，詳參〈武帝紀〉建安十五年及十六年春正月並注。饒陽侯豹之名本傳作林，見〈王公列傳・沛穆王林傳〉。

祖狐疑，（植）幾為太子者數矣」亦應為實情。不過，此情實似與「植思奪適」無關，而應與曹操上述之性格態度，曹丕之疑忌，乃至兄弟雙方之賓友鼓動有關。若確如陳壽所言，「太祖狐疑，幾為太子者數矣」，則子建因被父寵而威脅到曹丕之繼承地位，始的確是引起當時糾紛以及日後迫害之主因。此所以余謂其事出於微妙之家庭關係與糾紛也。

然曹植性雖孝友，但在父寵之餘，性灑脫而不節制，因此引起曹丕之疑忌。曹丕為鞏固其在父王心目中之地位，因此需要有所表現，以迎合父王上述之心理與態度。曹丕之首先反應，即是常在父王面前虛偽矯善，而設法使子建為不善，目的一者使父王對己有「慈孝不違吾令」以及「長大能善」之印象；另一者則在打擊子建在父王心目中之地位。

案「慈孝不違吾令」亦〈諸兒令〉中揭示任用諸兒之先決條件，「慈孝」與「善」即曹操對諸子之首要要求，故曹丕常本此而矯飾，如《三國志》卷二十一〈王粲傳〉注引《世語》曰：

> 魏王嘗出征，世子及臨菑侯植並送路側。植稱述功德，……王亦悅焉。世子悵然自失。吳質耳曰：「王當行，流涕可也。」及辭，世子泣而拜，王及左右咸歔欷，於是皆以植辭多華而誠心不及也。

至於上述曹丕偪醉子建，使其不能面受父王之機宜，以致王怒易將之例，亦是曹丕刻意製造二人之對比，以達到打擊子建之目的。此類事例尚多，餘不贅。

其次則是折節下士，與子建競交賓友，以博時譽。

二人賓友甚多，當時名士亦往往同時為兩人之賓友，子建也曾有詩詠及陪曹丕宴樂賓友之事。曹丕禮待賓友，大抵建安中已然，其故即為此。《三國志》卷十一〈邴原傳〉注引《原別傳》所述可視作代表：

魏太子為五官中郎將，天下向慕，賓客如雲。而原獨守道持常，自非公事不妄舉動。太祖微使人問之，原曰：「吾聞國危不事冢宰，君老不奉世子，此典制也。」

邴原以「名高德大，清規邈世」著稱，其於曹丕折節下士之動機蓋有識見，故標高中立，不涉足其間。然而多數名士並不如是，應德璉〈侍五官中郎將建章臺集詩〉所詠，實足以代表當時曹丕賓主間之表現，其詩云：

公子敬愛客，樂飲不知疲。和顏既以暢，乃肯顧細微。贈詩見存慰，小子非所宜。為且極歡情，不醉其無歸。凡百敬爾位，以副飢渴懷！

此詩亦收入《文選》卷二十，可視作描寫曹丕折節交友以博取時譽之代表作，亦可見曹丕之處心積慮於一斑。

甚至一面降紆屈事曹操之腹心，一面拉攏子建之官屬。其意均在造成公論以鞏固自己之地位；同時亦欲造成子建之孤立，達到打擊之效果。

當時丞相府以東、西二曹並典選舉，最為腹心之任。尤以東曹之毛玠、崔琰等，與後來之太子二傅涼茂、何夔「並選太子、諸侯官屬」，故曹丕對之皆執禮甚恭，《三國志》卷十二〈毛玠傳〉云：

文帝為五官將，親自詣玠，屬所親眷。

同書卷十〈何夔傳〉亦云：

每月朔，太傅（夔）入見太子，太子正法服而禮焉。

對曹操之謀主執禮更卑，如《三國志》卷十〈荀彧傳〉云：

初，文帝與平原侯並有擬論，文帝屈禮事彧。

又如卷十一〈張範傳〉云：

太祖謂文帝：「舉動必諮此二人。」世子執子孫禮。

二人指範與邴原，是皆可證曹丕對其父之親信刻意邀結。丞相府東曹僚屬及子建之侯府官屬，先後轉為曹丕之官屬者頗多，其中有名望及對曹丕取得與穩定繼承權發生作用者亦不少，如邢顒、司馬孚、司馬懿等即為其代表。從建安十八年至二十四年先後為尚書令及僕射之荀攸、涼茂、劉先、毛玠、何夔、徐奕、李義、桓階等，大都曾領東、西曹而為曹丕所禮遇，或成為其腹心，亦大都對曹丕之穩定繼承權有所貢獻，其事可各詳《三國志》及《晉書》諸本傳。

至於對曹操寵姬之邀結，以及對自己妻兒之運動，更不在話下。如此艱苦經營，始漸有成績。

趙王幹之母王昭儀有寵於曹操，〈趙王幹傳〉謂「文帝爲嗣，幹母有力。文帝臨崩，有遺詔，是以明帝常加恩惠」。是則曹丕之能嗣位，幹母必曾出大力。〈文德郭皇后傳〉謂「后有智數，時時有所獻納。文帝定為嗣，后有謀焉」。是則曹丕為求穩固地位而運動後宮為助甚明，第不明其如何進行而已。且曹丕之子明帝曹叡，素為曹操所疼愛，〈明帝紀〉注引《魏書》頗詳之，是亦對其繼承地位有穩定之作用。曹丕需用此種種關係與運作，始能穩定其地位，可無疑問。

曹丕雖如此苦心鞏固其地位，但也曾經兩次幾乎不能維持其繼承權，主因殆與曹操深愛子建之文思，屢欲立其為太子，復因狐疑而遍詢心腹親信，使群臣得以乘間鼓弄風潮有關。當此之時，曹丕向所折節下交以及矯飾復禮之作為，遂一時發生了效果，群臣大多主張以曹丕為嗣。

被詢群臣之意見，陳壽多記載之，大抵皆意曹丕長子仁孝，應為太子。如《三國志》卷十二〈崔琰傳〉載「琰露板答曰：『蓋聞春秋之義立子以長，加五官將仁孝聰明，宜承正統。琰以死守之！』」；同書卷二十二〈桓階傳〉注引《魏書》更謂桓階答以「太子位冠群子，名昭海內，仁聖達節，天下莫不聞」！此二例皆以宗法、道德、才能及輿論為根據而立言，餘多類此，茲不贅引。

其間稱讚曹植者相對較少，而且以名士居多；或有對曹操具影響力者，則多另有私心，遂至興起政治風潮。

楊俊與曹植善，曹操密訪時以才分稱美子建；邯鄲淳驚於曹植天人之才，亦屢稱之，事見《三國志》卷二十三〈楊俊傳〉與卷二十一〈邯鄲淳傳〉注引《魏略》。但此等文人名士，對曹操影響不大。〈植傳〉云：

> 植既以才見異，而丁儀、丁廙、楊修等為其羽翼。太祖狐疑，幾為太子者數矣。

是則擁護子建最力者厥為此三人。三人之中楊修因言語失曹操意而被殺；丁廙（翼）則以侍從子建遊宴居多，子建〈贈丁翼詩〉云：「嘉賓填城闕，豐膳出中廚；吾與二三子，曲宴此城隅。秦箏發西氣，齊瑟揚東謳；看來不虛歸，觴至反無餘。……滔蕩固大節，時俗多所拘；君子通大道，無願為世儒！」可見二三子日常飲宴之豁達熱情；至於丁儀最得曹操寵信，然曾因曹丕之言而未能娶得曹操之女，遂與曹丕結仇恨，轉而結交子建，故〈植傳〉注引《魏略》曰：

> 時，儀亦恨不得尚公主，而與臨菑侯善，數稱其奇才。太祖既有意欲立植，而儀又共贊之。

是則其力擁曹植之動機實是為了向曹丕報怨。儘管子建未必有奪嫡之思，但丁儀一者恃尚狐疑於繼承人之曹操信寵，一者藉贊翼君之愛子曹植之令名，以圖拉攏曹丕之賓友，分化及打擊其勢力，如《三國志》卷二十二〈衛臻傳〉云：

> 初，太祖久不立太子而方奇貴臨菑侯，丁儀等為之羽翼，勸臻自結。臻以大義拒之。

遂鼓弄起政治之風潮。

因此爆發丞相府東、西曹之衝突，使曹丕勢力幾被丁儀等人剷除，是為曹丕繼承權之首次不穩。

建安二十一年，曹操欲裁減機關，東、西二曹皆典選舉，操欲省其一。[10]西曹掾丁儀以西曹為上，欲求自保；且以曹丕之親信毛玠、崔琰等皆在東曹，故力言省去東曹以打擊曹丕勢力。然而終於省去西曹，丁儀益懷恨，持寵搆陷東曹諸人，崔琰之外，毛玠、徐奕、何夔、衛臻等幾亦不能免於死，其事可詳其各本傳。《通鑑》對崔琰、毛玠之獄有綜合記載，

---

[10] 《二十五史補》冊二〈三國職官表〉丞相府條（頁 5）謂二曹皆典選舉，以西曹為上。建安二十二年省西曹，尋復置。

見卷六十七建安二十一年夏五月條。

丁儀等人之所作所為，不論是否僅出於其人之夾怨或私心，抑或真為贊翼子建之奪嫡，要之適足以強化曹丕及其賓友之危機感，使丕更加折節砥礪，而對子建及其賓友也更加猜忌與仇恨，反而使自我陷於「有奪宗之議」之不利境地，促使曹操翌年正式確立曹丕為魏太子，收到了意外之反效果。

《三國志》卷十〈賈詡傳〉謂「文帝為五官將，而臨菑侯植才名方盛，各有黨羽，有奪宗之議。文帝使人問詡自固之術，……深自砥礪」，是則或許僅有曹植之賓友私下竊言所謂「奪宗之議」，但曹丕及其賓友則實已肯定曹植結交賓友之目的是為了「奪宗」。其勢必因「黨羽」之竊議而使競爭惡化，雙方從內部矛盾漸變為敵我矛盾。由於曹丕「黨羽」眾多，以故子建於有意無意之間樹立了許多敵人，此即前章所斥之鴟梟、豺狼與蒼蠅是也。案子建若與丕黨有敵對之意，則應接受競爭失敗後，所謂鴟梟、豺狼、蒼蠅侵逼與侮辱之事實，而無可遁辭；然據首章之「顧瞻戀城闕，引領情內傷」句，以及子建〈本傳〉與所作其他詩文，判斷子建應與其兄皇無敵我矛盾之意。顯示子建與其黨羽「有奪宗之議」，而〈植傳〉注引魚豢所謂子建有「窺望」之心，殆皆無確證可據，僅是因其「黨羽」之間有奪宗之議而訛傳耳。《通鑑》修於北宋濮議黨爭之時，以故溫公亦宗此說而採用之，後世遂益斷定子建曾結黨奪嫡。不過揆諸前引〈贈丁翼詩〉「滔蕩固大節，時俗多所拘；君子通大道，無願為世儒」，以及〈植傳〉與《植集》所載錄，知子建素行灑脫，「不治威儀」、「不自彫勵」，而以「戮力上國」為一貫之志，因此實無「奪宗」之心。「奪宗」之意或出於曹丕及其賓友之假想，或出於子建賓友之竊議，或出於社會之訛傳，要之史傳文集均無曹植「奪宗」意圖以及行為之確證，溫公蓋未細審也。後世史學如溫公猶且如此未審，何況深懷危機感之當事人曹丕？成見已深，難怪子建作〈當牆欲高行〉，嗟歎「眾口可以鑠金，讒言之至，慈母不親！憒憒俗間，不辨真偽；欲披心自說陳，君門以九重，道遠河無津」矣！至於丁儀等人之作為，實出於其人之私心，而非子建之授意；然其所言所為則的確令曹丕由疑懼而生憤恨，埋下了日後之大禍。

至於曹丕第二次繼承權之不穩，則與建安二十五年正月曹操死時之情勢有關。當時內外情勢險峻，尤以操死後，曹丕未嗣位，不能控制洛陽騷動之政軍局面為然。

案〈武帝紀〉及〈彰傳〉，自建安二十三年以後，曹魏內部發生多次反叛，而外則北有烏丸、西有劉備、南有關羽之交侵。曹操命曹彰北征，西與南線則往返親征，至二十四年冬情勢始稍穩，故還師洛陽，因以彰行越騎將軍留鎮長安。翌年正月操病死。死前驛召曹彰來見，然未至而薨。當此之時，曹丕以太子留守魏都鄴城，而洛陽軍中則騷動不穩，《三國志》卷十五〈賈逵傳〉注引《魏略》記述云：

> 時，太子在鄴，鄢陵侯未到，士民頗苦勞役，又有疾癘，於是軍中騷動。群寮恐天下有變，欲不發喪。逵建議為不可祕。乃發哀，令內外皆入臨。臨訖，各安敘不得動；而青州軍擅擊鼓相引去。眾人以為宜禁止之，不從者討之。逵以為「方大喪在殯，嗣王未立，宜因而撫之」。乃為作長檄，告所在給其廩食。

同書卷十八〈臧霸傳〉注亦引《魏略》，謂「霸遣別軍在洛，會太祖崩，霸所部及青州兵以為天下將亂，皆鳴鼓擅去」，可見曹彰未至之前，洛陽諸軍因無統帥而騷動，危機一觸即發；雖曹操死前對此已有料到，以故遺令「其將兵屯戍者皆不得離屯部」，但亦無可奈何也。當此危急之際，或有建議易換諸守將，幸賴徐宣反對而稍安。《三國志》卷二十二〈宣傳〉記云：

太祖崩洛陽，群臣入殿中發哀。或言可易諸城守，用譙、沛人。宣厲聲曰：「今者遠近一統，人懷效節，何必譙、沛，而沮宿衛者心！」文帝聞曰：「所謂社稷之臣也。」帝既踐阼，為御史中丞，賜爵關內侯，徙城門校尉。

是則曹操病危時驛召曹彰赴洛之意，昭然若揭。

竊思曹操驛召曹彰之意，很可能是欲命他統領洛中諸軍以防叛亂兵變。不論來赴時曹彰知悉此意與否，要之彰至即問璽綬，亦當針對此險峻情勢而發，其意殆為持之以控制此政軍變局耶？第洛中局面已為賈逵等人穩住，並迅速奉曹操梓宮還鄴；鄴中亦迅速擁曹丕即位，獻帝且使華歆即以丞相印綬及魏王璽紱授之。當此混亂無主之際而曹彰問及璽綬，自是極敏感之政治問題，固會引起群臣與曹丕之深刻疑忌及強烈反應。

關於曹彰問璽綬以及群臣之危機處理，《三國志》卷十五〈賈逵傳〉記云：

太祖崩洛陽，逵典喪事。時，鄢陵侯彰行越騎將軍，從長安來赴，問逵：「先王璽綬何在？」逵正色曰：「太子在鄴，國有儲副，先王璽綬，非君侯所宜問也。」遂奉梓宮還鄴。

同書卷二十二〈陳矯傳〉亦云：

> 太祖崩洛陽，群臣拘常，以為太子即位當須詔命。矯曰：「王薨於外，天下惶懼。……且又愛子在側，彼此生變，則社稷危矣。」即具官備禮，一日皆辦。明旦，以王后令策太子即位。

雖然，在此政局險峻之下，群臣有此反應是可想而知者；但是情勢之險惡似尚不僅止於此，陳矯之所謂「愛子在側，彼此生變，則社稷危矣」，當兼指曹彰與曹植而言，《通鑑》胡注謂獨指曹彰殆未盡是。蓋史言當此之際，曹彰除了璽綬之問外，尚與弟植談及政變之事，而且二者有極密切之關聯。

關於此事，〈彰傳〉注引《魏略》頗有記載：

> 彰至，謂臨淄侯植曰：「先王召我者，欲立汝也！」植曰：「不可，不見袁氏兄弟乎？」

曹操生前，子建殆無奪嫡之意圖與行為，上已論之；是則曹操死後，子建應無如袁紹諸子般分爭決裂之心，應亦可信。然而《魏略》述曹彰此言不知何據，若非傳聞失實，則表示曹彰之所以問璽綬，實是為了實踐父王死前召我立你之遺志，而為弟植所拒。茲事體大，或即陳矯所指之「愛子在側，彼此生變，則社稷危矣」歟？若是，則曹彰後來之所以暴薨，子建之所以能逃過死劫而仍不能免於禁錮，遂可得而解。然而，鄙意以為《魏略》此言殆不可信，原因是曹操已於建安二十二年立丕為太子，出行則以之為留守，故應無易儲之意，何況於政局動蕩、生命垂危之時竟想改嫡耶？以實錄見稱之陳壽，僅書曹彰曾問先王璽綬，又書陳矯有「王薨於外，天下惶懼。……且又愛子在側，彼此生變，則社稷危矣」之慮，然對此政變之重大事件卻竟無一辭，表示此言若非天下惶懼之際之流言，則應是後出不實之訛說。

不論曹彰之問璽綬是否為了實踐曹操死前「召我立汝」之遺志，要之其問先王璽綬即已逾越職權，事涉政治敏感，以故孫盛謂其死與「問璽綬，將有異志」之事有關，殆不可謂無根據。另外，曹丕即位後下令諸侯各就國，曹彰當時公開表示不悅，負氣而去；在國又表現剛嚴，為北州諸侯上下所畏，斯則益令曹丕對之更為疑懼與防範。

〈彰傳〉注引《魏略》，謂「太子嗣位，既葬，遣彰之國。始彰自以先王見任有功，冀因此遂見授用；而聞當隨例，意甚不悅，不待遣而去。時以鄢陵瘠薄，使治中牟。及帝受禪，因封為中牟王。是後大駕幸許昌，北州諸侯上下皆畏彰之剛嚴，每過中牟，不敢不速」。案《魏略》此段仍有不足徵信者，如謂曹彰「及帝受禪，因封中牟王」，然據〈彰傳〉，黃初二年彰始進爵為公，三年立為任城王，四年疾薨，生前從未封過中牟王；及至死後，其子始徙封中牟王。至於鄢陵縣，隸屬於豫州潁川郡，地接其北之司隸河南尹中牟縣，而潁川郡之許昌則更在鄢陵之南，以故曹彰若移治中牟，則「北州諸侯上下皆畏彰之剛嚴」，每過中牟朝許昌而不敢不速，事或可信。蓋〈彰傳〉描述彰之性格云：

> 少善射御，膂力過人，手格猛獸，不避險阻。數從征伐，志意慷慨。太祖嘗抑之曰：「汝不念讀書慕聖道，而好乘汗馬擊劍，此一夫之用，何足貴也！」課彰讀詩、書，彰謂左右曰：「丈夫一為衛、霍，將十萬騎馳沙漠，驅戎狄，立功建號耳，何能作博士邪？」太祖嘗問諸子所好，使各

> 言其志。彰曰:「好為將。」太祖曰:「為將奈何?」對曰:「被堅執銳,臨難不顧,為士卒先;賞必行,罰必信。」太祖大笑。

是則曹彰的確是剛嚴好勇之人,以故為北州諸侯上下所畏,如此則適足以增加曹丕之疑懼與防範也。

曹丕先前為維護其繼承權,鞏固其宗嫡地位,已極苦心矯情,由是不免會產生過補償心理,以故即位後遂推動一系列寓有心理補償之政策措施,此即令諸侯隨例就國,申著不朝之令,制定禁防之例;捕殺子建之賓友,貶降子建為安鄉侯。當此時,曹彰前有璽授之問、不悅之去,今則有剛嚴之威,因此必會益增曹丕之疑忌,可想而知。是則孫盛又謂曹彰之死與「是時待遇諸國法峻」有關,亦應不是信口之言。至於劉義慶於《世說新語・尤悔篇》謂彰之直接死因是中毒,詳載文帝忌彰驍壯,於圍棋時以毒棗毒殺之,卞太后在旁索水搶救不果云云,則殆不可盡信。[11]要之,曹丕對彰甚為疑忌,以故於權位穩固後優先逼殺之,其事則不能謂不可信。正因如此,故曹丕為曹彰舉行最隆重之葬禮,與曹操、曹丕父子素來之節儉作風迥異,亦適足以反映了其心虛之表現。

曹操本人甚節儉,讀《全三國文・武帝集》所載之〈內誡令〉及其〈遺令〉,即知其作風並非矯飾,故以毛玠、崔琰主典選舉,擢用節約之人,用以整飾政風;在此選舉政策之下,雖子建之妻崔氏亦因「衣繡」違制而處死,事見《三國志》

[11] 黃節《詩注》摘錄此條,謂朱緒曾等信之,而以孫盛之言為「殆不然也」。余意《世說新語》為清談雋語之書,且是後出史料,後出史料記載此事瀝瀝在目,如親臨現場所見,故甚不可信。劉義慶收此條入《世說新語・尤悔篇》第 33,頁 671。

卷十二〈崔琰傳〉注引《世語》。曹丕有乃父之風，讀其在黃初三年冬所作〈終制〉即可知，所謂有違此薄葬之制者，「吾為戮尸地下，戮而重戮，死而重死；臣子為蔑死君父，不忠不孝」云。是則曹丕之率身倡導節儉，亦非出於虛偽。然而其於曹彰之死，詔令葬禮「如漢東平王故事」。東平王劉蒼之於漢，位高勳重，為帝長輩，故葬禮空前隆重；而曹彰之於魏，竊謂未及劉蒼之於漢，然而葬禮相同，實與素來提倡節儉之旨相違，以故推斷此為曹丕對曹彰之死懷有心虛之意，應是合理之解釋。東平王之葬禮可詳《後漢書》卷四十二其本傳。

「存者」與「亡歿」兩句有二說，竊意皆未盡是。

二說一以范望為主，一以劉履為主。《詩注》引范氏說，謂「存者」指子建自己及曹彪，意謂「須臾亦與任城同一往」；又謂「亡歿」一句是倒文，意謂「身由衰而歿」。《詩選》則宗劉氏之說，謂「存者」與「亡歿」應互調，意謂「言死者已矣，存者也難久保」。竊意二說皆有理解上之誤會。

竊意「亡歿」與「存者」皆指曹彰而言。其意慟惜曹彰生存短促，死得奄忽，而亡歿則自衰朽，固無可挽回也！是以歎「人生寄一世，去若朝露晞」。

此種感情與體驗，子建在〈任城王誄〉即已流露，於其他詩文亦多所詠述，如《詮評》卷五〈箜篌引〉謂「生存華屋處，零落歸山丘」等即是此種體認。〈薤露〉為漢世極著名之挽歌，《漢魏樂府風箋》卷一載〈薤露〉云：「薤上露，何易晞！露晞明朝更復落，人死一去何時歸！」此悲涼之歌樂，尤因漢末戰亂、人口大量死亡，而影響魏晉詩壇之風格甚鉅，以故三祖陳王、建安諸子均大受影響，率多有此類挽歌或挽歌特色之作品。如曹操除了也作〈薤露〉、〈蒿里行〉等樂篇外，連其著名之〈短歌行〉，也於宴樂之餘，劈頭即詠「對酒當歌，人生幾何？譬如朝露，去日苦多」！充滿無常與悲涼之意。子建特精於詩樂，亦深受樂府之影響，本章即藉〈薤露〉之特色以悲傷曹彰之死。

章末更從嗟慟曹彰之死進而自傷，推人及己，不由「咄唶令心悲」。

景響指光速與聲速，子建於詩句常用之。黃節於《詩注》引聞人倓謂「景響句喻年將暮，如景響之不可追也」；余冠英於《詩選》則推衍其理，謂「言光和聲雖傳得快，還不如將逝的年光去得更快」，皆是。案大凡遭遇重大事故，若事不切身，多能瀟洒以處；反之，則不論平常表現如何洒脫豁達，皆率多不能冷靜自制。子建於詩文常謂死不足憂，意甚洒脫，如前引〈箜篌引〉詠歌曰：「置酒高殿上，親友從我遊；中廚辦豐膳，烹羊宰肥牛。秦箏何慷慨，齊瑟和且柔。……驚風飄白日，光景馳西流；盛時不可再，百年忽我遒！生存華屋處，零落歸山丘；先民誰不死？知命亦何憂！」蓋由歌樂歡宴轉而驚覺光景飛逝，最後勸慰親友應勘破生死，知命無憂，何其洒脫豁達！然而本章由手足之暴死，轉顧自身亦非金石之軀，以故嗟歎光景難追、天命違我，則又何等鬱卒悲涼！

又〈本傳〉載子建「常自憤怨抱利器而無所施」，太和二年上疏明帝求自試，強調戮力上國、為國立功之素志，而不願成為「圈牢之養物」云云。內中尤感慨「臣竊感先帝（指文帝）早崩，威王（指任城威王曹彰）棄世，臣獨何人，以堪長久！常恐先朝露，填溝壑，墳土未乾，而身名並滅」！是則曹彰之暴死對子建之生命體會影響甚大，並從而可知子建實非真正看破生死而超然象外之人，不過亦從此處可以見到子建之生命觀以及真感情耳。

證詩第六章

詩云：

> 心悲動我神，棄置莫復陳；丈夫志四海，
> 萬里猶比鄰！恩愛苟不虧，在遠分日親；
> 何必同衾幬，然後展慇懃。憂思成疾疢，
> 無乃兒女仁；倉猝骨肉情，能不懷苦辛！

子建從「親愛在離居」而至「存者忽復過」，不由咄唶心悲。至於心悲而能動其神者，當為痛兄弟間生離死別之情緒。本章首四句從自我安慰寬勉開始，中六句則亦兼慰勉已遠分之骨肉曹彪，最後仍然回歸至訴怨因骨肉倉猝遠分而產生之辛苦感受。大凡人在嚴重挫折之下仍念念不忘之志願，即大多為其真正之志願，是則所謂「丈夫志四海」者，當為子建真正之壯志。案子建之壯志似因環境而數變，但若從其初衷與內心視之，則實無改變。此年入朝之前，子建之上志在欲「戮力上國，流惠下民；建永世之業，流金石之功」，中志則在修史以「成一家之言」。

《詮評》卷五十五〈遊詠〉子建曾自述其「九州不足步，願得凌雲翔，逍遙八紘外，遊目歷遐荒」之豪情，此情志即「丈夫志四海，萬里猶比鄰」之謂。《詮評》卷八〈與楊德祖書〉更曾自述其青年時之壯志，以為「辭賦小道，故未足以揄揚大義，彰示來世」，鄙稱「壯夫不為也」；進而復自述云：

吾雖德薄，位為藩侯。猶庶幾戮力上國，流惠下民；建永世之業，流金石之功！豈徒以翰墨為勳績，辭頌為君子哉！若吾志不果，吾道不行，亦將採史官之實錄，辨時俗之得失，定仁義之衷，成一家之言。

可證子建青年時期之上志為立德立功，中志為修史立言，至於翰墨辭頌則僅為不得已之小道，是壯夫不為之下志。又曹植位居藩侯下國，故自謂「戮力上國」以追求立德立功也者，無異自表未嘗有「奪宗」之心。蓋楊德祖即是楊修，為上述與子建親善人物之一，是則即使子建「黨羽有奪宗之議」，而楊修也非此黨羽之一。

及至此年徙封雍丘，生活困窘，始壯志消沉。

曹植自被文帝徙王鄄城、雍丘以後，生活貧窮艱苦，史傳記之，詩文亦有自詠，〈植傳〉綜謂其下半生身受法制峻逼，而寮屬庸劣不足，又「以前過，事事復減半。十一年中而三徙都，常汲汲無歡，遂發疾薨」云。〈本傳〉注引《魏略》載子建曾上〈諫取諸國士息表〉，申訴自封鄄城、雍丘以來之困窘，內云：

臣初受封，策書曰：『植受茲青社，封於東土，以屏翰皇家，為魏藩輔。』而所得兵百五十人，皆年在耳順，或不踰矩，虎賁官騎及親事凡二百餘人。正復不老，皆使年壯，備有不虞，檢校乘城，顧不足以自救，況皆復耄耋罷曳乎？而名為魏東藩，使屏翰王室，臣竊自羞矣！……又臣士息前後三送，兼人已竭，惟尚有小兒七八歲已上、十六七已還三十餘人。今部曲皆年耆，臥在牀席，非糜不食，眼不能視，氣息裁屬者，凡三十七人；疲瘵風靡，疣盲聾聵者，二十三人。惟正須此小兒，大者可備宿衛，雖不足以禦寇，粗可以警小盜；小者未堪大使，為可使耘鉏穢草，驅護鳥雀。休侯人則一事廢，一日獵則眾業散，不親自經營則功不攝；常自躬親，不委下吏而已。

《詮評》卷九〈藉田說〉更自謂「日殄沒而歸館，晨未昕而即野，此亦寡人之先下也；菽藿特疇，禾黍異田，此亦寡人之理政也」；而同書卷七載太和三年所上之〈轉封東阿王謝表〉，猶謂劬勞五年，仍然「桑田無業，左右貧窮，食裁餬口，行有脈露」，可見子建之困苦與辛勤，而始終不能免於生活之困窘，難怪其〈黃初六年令〉曾嚮往期盼「修吾往業，守吾初志」矣。所謂往業與初志，當指前面〈與楊德祖書〉中所言之志也，此時恐已成為不可能之幻想。

俟文帝去世，子建又興起「閒居非吾志，甘心赴國憂」之情志，故屢上表言事求用，甚至以周公自況。

引句見《詮評》卷四〈雜詩〉。最足見其此志向表示者，厥為太和二年所上之〈求自試表〉。〈植傳〉載此表，略云：

今臣居外非不厚也，而寢不安席，食不遑味者，伏以二方（吳、蜀）未克為念。……竊不自量，志在效命，庶立毛髮之功，以報所受之恩。若使陛下出不世之詔，效臣錐刀之用，……使名挂史筆，事列朝策，雖身分蜀境，首縣吳闕，猶生之年也。如微才弗試，沒世無聞，……此徒圈牢之養物，非臣之所志也！……臣敢陳聞於陛下者，誠與國分形同氣，憂患共之者也。

同傳又載去世前一年之〈陳審舉表〉云：

> 二南之輔，求不必遠。華宗貴族藩王之中，必有應斯舉者。故傳曰：「無周公之親，不得行周公之事。」唯陛下少留意焉！

曹植於明帝為叔父，故竟以周公自況矣。

明帝雖深受感動，然終不用之，子建遂鬱抑而終。

> 太和五年詔諸王入朝，主因即受子建之感動。然子建入朝，〈本傳〉謂其「每欲求別見獨談，論及時政，幸冀試用。終不能得。既還，悵然絕望。時，法制待藩國既自峻迫，……常汲汲無歡，遂發疾薨」。可謂死於其志。

中國傳統文人，大都把讀書與才幹混為一談，往往志大才疏而又不自雕勵。前引子建〈贈丁翼詩〉自詠「滔蕩固大節，時俗多所拘；君子通大道，無願為世儒」，或即透露了此氣質性格。曹丕評論此類人物，謂「觀古今文人，類不護細行，鮮能以名節自立」，[12]蓋不誣也。曹植雖死於其志之不申，殊為可惜；要之其忠於己志之熱忱，則又可佩也。本章寫於悲痛骨肉一死一離之時，因而所述丈夫之志無異僅為自我寬慰而兼慰弟彪，固非真與其弟盍各言其志也，以故最後仍回至訴怨倉猝骨肉情之辛苦感受，可謂真情洋溢，而不由自主。

> 李善注引鄧析子曰：「遠而親者，志相應也。分，猶志也。」案《說文》云：「分，別也。以八刀，刀以分物也。」是則「分日親」一句，應指若恩愛不損，則雖分隔在遠，而親情亦能日益增加之謂。案〈本傳〉載太和五年子建所上〈求存

[12] 語見《三國志》卷二十一〈王粲傳〉注引《魏略》所載〈與元城令吳質書〉。此語又為魏徵修《隋書・文學列傳》時所引用，有深意焉。

問親戚疏〉曰：

> 至於臣者，人道絕緒，禁錮明時，臣竊自傷也！……退唯諸王常有戚戚具爾之心，願陛下沛然垂詔，使諸國慶問，四節得展，以敘骨肉之歡恩，全怡怡之篤義。……今之否隔，友于同憂，而臣獨倡言者，竊不願於聖世，使有不蒙施之物。

以此疏表示之友于感情對照本章所詠寬慰之辭，則知子建此時內心必極為矛盾痛苦，其辭應是言不由衷之語，蓋為尋求精神心理上之平衡而已。

證詩第七章

詩云：

> 苦辛何慮思，天命信可疑；虛無求列仙，
> 松子久吾欺！變故在斯須，百年誰能持！
> 離別永無會，執手將何時？王其愛玉體，
> 俱享黃髮期！收淚即長路，援筆從此辭。

子建提及天命之詩文不少，大抵以為天命無常，固可知而又可疑，若廣積善德則可邀來天命。今因迭經壓逼挫辱、骨肉生離死別之餘，苦心思慮，因而懷疑天命之有常耳。

《詮評》卷一〈節遊賦〉云：「念人生之不永，若春日之微霜；諒遺名之可紀，信天命之無常！」同書卷五〈大魏篇〉則云：「積善有餘慶，寵祿固天常。」此是子建對天命有常與無常之看法。然而積善有餘慶寵祿苟若為天常，則其本人與兄弟之遭遇卻又如此，是以對天命仙道之說自此產生疑惑

也。及至徙封雍丘以後，生活困窘，態度益趨消極，如《詮評》卷五〈種葛篇〉云：「往古皆歡遇，我獨困於今！棄置委天命，悠悠安可任！」表示已將其苦難際遇委諸天命矣；只是文帝死後，子建有意實踐其初志，大有盡人事以克復天命罷了。其天命觀之變化大體如此。

從而亦對導引服藥成仙之說產生疑惑，故有「虛無求列仙，松子久吾欺！變故在斯須，百年誰能持」之嘆。

導引服藥以成仙之說淵源深遠，廣植人心，縱以秦皇漢武之雄才大略亦不免於此迷信。降至漢末，因政治不良，黃巾崛起，生靈塗炭，以故人生幾何之蒼茫感彌漫，遂致仙道之風益盛。曹操帳下因收編黃巾之兵，以故集團內亦多有信道者。儘管曹氏父子是否因而信道未可確知，但其父子頗多遊仙詩作則是事實。三祖陳王領袖詩壇，以致魏晉間導引服藥遊仙之詩作亦因而大興，蔚為遊仙詩派，而以子建為大宗。子建遊仙之作甚多，不勝枚舉，其中又以建安時期所作居多，可見其青年時代應甚嚮慕仙道。綜其詩文，大約知悉在子建心目中，靈異有一超世界之神仙國度，情況頗類人間帝廷，而深謂生人修道亦得成仙，此即《詮評》卷九〈辨道論〉所謂「仙人者，儻猱猿之屬，與世人得道，化為仙人」者是也，故對導引服藥之說深信而少疑。其詩文常提及之導引神仙，以「松喬」、「赤松」、「王子」、「王喬」等名稱最多。所謂松喬，應即是赤松子、王子喬或王喬之合稱，皆為漢世盛傳之神仙。本章所謂「松子」者，其詩文僅此一見，或謂指赤松子，或謂是赤松子與王子喬各取中間一字之合稱。竊意二說皆可。蓋赤松子與王子喬皆為漢世所傳之古仙，《列仙傳》已有詳說。然至東漢初，河東有仙人王喬，時人或以為是王子喬之化身，故東漢魏晉之人，言王喬者亦往往指王子喬，事詳《後漢書》卷一百十二上〈方術列傳上〉。要之赤松、王喬皆導引之仙，故經常合稱，如言「松喬」或「赤松王喬」是也。本章所謂之「松子」，鄙意當取本於《史記》卷五十五〈留侯世家〉所載留侯之傳說，即「留侯乃稱曰：『……願弃人間事，欲從赤松子游耳。』乃學辟穀，道引輕身」之記載，故應以指赤松子較是。蓋子建因其兄曹彰奄忽暴死而身衰，而自疑被赤松導引成仙之說欺騙已久也。

子建既因其兄曹彰貴為藩王，而人生竟然「變故在斯須」，以故遂有「百年誰能持」之惑。復因當時禁制諸王法峻，諸王間不可相通問，故對其弟曹彪頓生「離別永無會，執手將何時」之慼，是以產生此生離死別之情。

此數句黃節在《詩注》引述他人之解釋甚佳。其引吳淇之語曰：「王其云云，正見黃髮之難保也。」又引朱緒曾曰：「變故在斯須，此因任城暴薨而歎人生變故之速。更憂讒懼惑，期於別離之後，克己慎行而免於刑戮也。然語極渾融，既云：『天命與我違』，又云：『天命信可疑』，隱寓文帝恩威叵測，當畏之如天，獲罪而無所禱也。」殆深得子建之意。

至於所謂「王」者，當指曹彪而言。曹彪是時封吳王，其封邑有數說，或謂白馬縣，或謂合肥，或謂廣陵，竊意皆非是。

謂封邑在白馬縣者以朱緒曾及黃節為主，大約皆因「白馬王」一名附會而來，詳參《詩注》卷一。古直等駁此說甚力，謂其封邑應在合肥或廣陵，蓋西漢之吳國即都於此云，詳參《詩箋》卷二。案《詮評》卷八錄子建之〈遷都賦序〉謂「余初封平原，轉出臨淄，中命鄄城，遂徙雍丘，改邑浚儀，而末將適於東阿。號則六易，居實三遷」，〈植傳〉亦謂其「十一年中而三徙都」，蓋漢魏封建不必隨其國土而授名，〈彭城王據傳〉錄黃初五年詔謂「先王建國，隨時而制」，即此謂也。因此，若據其封號以推定其封邑，或據其封邑以推定其封號，皆往往有所失誤。

竊意曹彪至黃初七年徙王白馬以前，其封邑大都在淮河流域，故黃初三年徙曹彪為吳王，其封邑當在淮南之壽春。蓋以壽春地逼江東，可以在政治上向吳主孫權示威，宣示以彪之吳取代權之吳也。

據〈彪傳〉，曹彪在「建安二十一年，封壽春侯。黃初二年進爵，徙封汝陽公。三年，封弋陽王；其年徙封吳王。五年，改封壽春縣。七年徙封白馬。太和……六年，改封楚」，此後至自殺，「國除為淮南郡」，均未再改徙。案汝陽縣（今河南周口市附近）、弋陽縣（今河南潢川縣附近）於東漢均屬豫州汝南郡；入魏，前者屬豫州汝南郡，後者屬豫州弋陽郡，《晉書》卷十四〈地理志・豫州〉條謂「魏之分汝南立弋陽郡」是也，其地皆在淮水上游流域。壽春縣於東漢屬揚州九江郡，地在淮水中下游，入魏易郡名為淮南。至於白馬縣（今河南長垣縣北黃河南岸），漢魏皆屬兗州東郡，地在黃河下游而與淮域無涉。蓋曹操始封彪於揚州九江郡之壽春，然據〈邯鄲懷王邕傳〉，文帝曹丕於黃初二年封其子邕為淮南公，「以九江郡為國」，即是淮南國，以故「徙」封彪為汝陽公也。彪既徙封於豫州汝南郡之汝陽為公，翌年進封王爵，於同郡而改號弋陽王，若以子建「號則六易，居實三遷」之例，則其封邑恐仍在汝陽。及至封弋陽王之同年尋「徙」吳王，並於五年「改封壽春縣」，則應是回封至始封之邑，蓋曹邕已於四年改封陳也。由此觀之，曹彪一生先後遷徙過壽春、汝陽以及白馬三地，其實也是「號則六易，居實三遷」。曹彪既屢封淮邑，並以吳、楚為號，殆為敵對於孫權之政治宣示。據〈文帝紀〉，孫權於黃初三年十月復叛，文帝南征，孫權臨江拒守，至四年三月文帝始還洛陽宮。竊疑曹彪由弋陽王徙吳王必在三年十月以後，用以作政治宣示，表示取代江東孫權之吳。由於淮南自後成為兩國長期交戰之地，以故文帝於四年將曹邕「改封陳」，使之遠離此征戰之地；而將已封吳王之曹彪回「徙」壽春，俾以長王臨前線以懾敵。假如曹彪於三年底徙吳王，四年五月來朝，則其來朝時已徙回壽春之可能性甚大。因此，文帝於五年「改封諸王皆為縣王」（詳下）時，曹彪遂隨例由吳國改封壽春縣。至六年八月文帝又率舟師入淮親征孫權，十月還師，而於七年五月且病死洛陽宮，死後孫權尋即來攻。當此之時，曹彪「徙封」白馬，恐怕應與此變局有關，蓋亦是由前線撤至黃河後方安全之地，以免內外生變也。

今細考史傳，以為曹彪為吳王時，吳國就是原淮南國，而治於揚州都督區所治之壽春縣，此據黃初五年貶降諸王為縣王之政策即可以知之。甚至據明帝實施之封建改革政策，知曹彪改為楚王後，楚國亦寄治於壽春，只是仍居白馬，未隨「改」號而「徙」邑罷了。

案曹彰死後一年，曹丕下詔「改封諸王為縣王」，此事本紀不載，〈彭城王據傳〉則略錄此詔，誠為研究此問題之大線索。《三國志》卷二十〈彭城王據傳〉載曰：

彭城王據，建安十六年封范陽侯。二十二年，徙封宛侯。黃初二年，進爵為公。三年，為章陵王，其年徙封義陽。

> 文帝以南方下濕，又以環太妃彭城人，徙封彭城，又徙封濟陰。五年，詔曰：「先王建國，隨時而制。漢祖增秦所置郡，至光武以天下損耗，并省郡縣。以今比之，益不及焉。其改封諸王皆為縣王。」據改封定陶縣。太和六年，改封諸王，皆以郡為國，據復封彭城。

案《續漢書·郡國志》，定陶縣為濟陰郡之首縣，文帝既「改封諸王皆為縣王」，故曹據遂由濟陰郡降為定陶縣。濟陰郡本與彭城國無關，明帝殆仍本父意，因曹據之生母是彭城人，以故「改封諸王皆以郡為國」時，就地將曹據所居之定陶縣改為彭城國，復封為彭城王而已，是亦為號則改易，而邑實未改之例。文帝此就地「改封諸王皆為縣王」之措施，正與曹彪是年改封之事相吻合。〈彪傳〉謂黃初三年「徙封吳王。五年改封壽春縣」，可見「改封壽春縣」之前，曹彪之吳王國應即是原先之淮南國，而治壽春縣，可以無疑。據吾師嚴耕望先生《中國地方行政制度史》上編《魏晉地方行政制度》之研究，壽春於東漢為揚州刺史治，入魏則為揚州都督治。是則由黃初五年至太和六年二月明帝下詔恢復舊制，凡九年之間，諸王身份皆為縣王，且率多就地調降。今將〈王公列傳〉明確記載黃初五年諸王改為縣王之例，表列如下，俾作參考。

諸王名稱	改制前封號	改制後封號	備　　註
任城王曹楷	任城王	任城縣王	〈彰傳〉載彰死後，「子楷嗣，徙封中牟。五年，改封任城縣」。案前謂任城王彰因鄢陵地墒而治中牟，則中牟亦為任城國之屬縣，楷蓋回復其父之舊號，而就地降為縣王而已。案《續漢書・郡國志》(以下簡稱〈郡國志〉)載任城縣為任城國首縣；然彰父子二人雖以任城為號，但實未徙邑至此，是亦號改而邑未徙之例。
彭城王曹據	濟陰王	定陶縣王	〈郡國志〉載定陶縣為濟陰郡首縣。
燕王曹宇	下邳王	單父縣王	案〈郡國志〉及《晉書・地理志》，單父縣東漢屬兗州濟陰郡，不屬徐州下邳國(魏改下邳郡)，恐曹宇先前號雖三易，但實仍居單父，如曹彰父子之例。
沛穆王曹林	譙王	譙縣王	《晉書・地理志》謂曹操分沛立譙，譙縣即譙郡首縣。
陳留王曹峻	陳留王	襄邑縣王	〈郡國志〉謂襄邑縣為陳留郡屬縣。
趙王曹幹	河間王	樂城縣王	〈郡國志〉謂樂城縣為河間郡屬縣。
東平王曹徽	壽張王	壽張縣王	〈郡國志〉謂壽張縣為東平國縣屬，是則魏初東平國曾一度改稱壽張國。據〈徽傳〉，太和六年改封東平王，是則因此年二月明帝詔「改封諸侯王皆以郡為國」而回復東漢舊號，並以壽張為國治。
楚王曹彪	吳王	壽春縣王	〈郡國志〉謂壽春縣為九江郡首縣。曹彪始封壽春侯，中經二易其號而封吳。蓋文帝因孫權復叛而將郡改為吳國，用以封彪，宣示取代江東之吳也。

至於太和六年曹彪之所以「改封楚」王，則應與明帝改革封建制度有關。〈明帝紀〉載太和五年八月詔曰：

> 古者諸侯朝聘，所以敦睦親親、協和萬國也。先帝著令，不欲使諸王在京都者，謂幼主在位，母后攝政，防微以漸，

> 關諸盛衰也。朕惟不見諸王十有二載，悠悠之懷，能不興思！其令諸王及宗室公侯各將適子一人朝。後有少主、母后在宮者，自如先帝令，申明著于令。

此次詔諸王入朝，是黃初四年以來之第二次，目的為了王室宗族之親情抒慰。案自黃初四年至是年中隔九年，而明帝卻謂「朕惟不見諸王十有二載」，可見自文帝開國，令諸侯各就國以來，明帝即未曾見過諸叔父，諸侯禁防之嚴由此可證。同紀六年二月又詔曰：

> 古之帝王封建諸侯，所以藩屏王室也。詩不云乎，『懷德維寧，宗子維城』。秦、漢繼周，或彊或弱，俱失厥中。大魏創業，諸王開國，隨時之宜，未有定制，非所以永為後法也。其改封諸侯王，皆以郡為國。

表示明帝在抒慰悠悠親情之後半年，復著手改革其父皇之封建制度，以為適中之永制，而「改封諸侯王，皆以郡為國」即是此次改革之核心。

曹彪之改封楚，即與此政策之執行有關。然而曹彪之「改封」楚，卻不逕以白馬縣所屬之東郡為國，表示此次雖已「改封」其號，但其實並未遷「徙」其封邑，而仍居於白馬。蓋「楚」為大號，對孫權仍有針對性，因此竊疑楚國之所在地應即為曹彪先前吳國之地，亦即曹邕曾封之淮南國，東漢揚州之九江郡，而治在此時揚州都督所治之壽春縣。因此，《三國志》卷二十八〈王淩傳〉載太尉王淩與兗州刺史令狐愚舅甥並典兵，專淮南之重後，於嘉平元年密謀謂「楚王彪長而才，欲迎立彪都許昌。……愚遣將張式至白馬，與彪相問往來」，而非近就壽春之地與曹彪聯繫。並且，曹彪自殺之後「國除為淮南郡」，而非除為東郡。由此可證，曹彪自太和六年改封楚後，即在淮南「以郡為國」，只是其號由吳改為楚而已；至於曹彪本人，則的確仍居白馬，而未曾遷徙至壽春。陳壽於〈彪傳〉不載其事，蓋是史家略此詳彼之書法耳。

文帝從洛陽至淮域親征孫權謂之東巡或東征，是則不論黃初四年吳王彪之藩邸在汝陽抑或壽春，其地皆在洛陽之東南，故歸藩亦可稱之為東歸。是年子建所封之陳留郡雍丘在洛陽之正東，而汝陽即在雍丘正南，壽春則在雍丘東南，以故二王實可同路東歸。黃節、余冠英引曹彪〈贈東阿王詩〉以證二人同路東歸，是指皆歸兗州云云，據前考釋殆為大誤。該詩見於《初學記》卷十八〈人部中・離別七〉，而稱子建為東阿王，是則應為太和三年至六年間子建封東阿時之事。太和五年八月明帝詔諸王入朝以慰親情悠悠之懷，則此詩所詠即應是此次入朝後，楚王彪與東阿王植東歸藩國之事也，盧弼對二人之質疑甚是。

據〈植傳〉，子建於太和五年上疏求存問親戚，語甚辛酸，而答詔報曰：

> 蓋教化所由，各有隆弊，非皆善始而惡終也，事使之然。故夫忠厚仁極草木，則行葦之詩作；恩澤衰薄，不親九族，則角弓之章刺。今令諸國兄弟，情理簡怠；妃妾之家，膏沐疏略。朕縱不能敦而睦之，王援古喻義備悉矣，何言精誠不足以感通哉？夫明貴賤，崇親親，禮賢良，順少長，國之綱紀，本無禁固諸國通問之詔也；矯枉過正，下吏懼譴，以至於此耳！已敕有司，如王所訴。

是則明帝為子建之言所感通，以故詔令諸王於六年正月入朝，並稍弛當時之法禁，由是二王得同行東歸也。諸家釋該詩而失考其入朝時間，已是一誤；復又用以證明曹彪時封白馬，亦為一誤。竊意黃初四年入朝時子建王雍丘而居同地，曹彪為吳王而居壽春，因法禁嚴峻，而不能同道東歸。至太和五年奉詔入朝時，子建已為東阿王，居東阿；曹彪則為楚王，居白馬，法禁稍弛，以故二王可循洛陽東出沿黃河南岸之通衢大道以同路東歸也。

至於末二句結以「即長路」及「從此辭」，正表示子建作本詩於道途中而又採用倒敘法。全詩在道途中回想入朝諸事，以謁帝啟其始，以援筆作詩結其終，蓋從憶潮返回現實，揮淚歸藩，是則其孤獨淒楚，可以想知矣。

李善注謂「集曰於圈城作」，不悉所據；或「圈城」即「鄄城」之誤歟？案即使李善所據為《植集》，而又筆誤鄄城為圈城，然子建此時已封雍丘王，居於雍丘。雖在太和元年徙封浚儀，而二年復還封雍丘，故其實並未遷徙過，需至三年徙封東阿始遷居於此地。因此子建自謂「號則六易，居實三遷」也者，蓋指曾先後居住過鄄城、雍丘、東阿三地而言。既然子建自黃初四年來朝後即不復遷回鄄城，以故本詩作於鄄城即為不可能，除非另有一名為圈城之地。

又，末句既謂「收淚即長路，援筆從此辭」，是則本詩蓋作於太谷附近、興懷傷感以後也。

四、結語

《毛詩正義・序》謂：「若政遇醇和，則歡娛被於朝野。時當慘黷，亦怨刺形於詠歌。」本詩實為反映子建個人以及當時環境際遇之史詩，當時「時當慘黷」，以故本詩顯含怨刺。

本詩之序，絕非子建撰寫本詩時題寫，疑其後來整理文章時補題，或魏晉時人代題。至於曹彪當時實為吳王，封邑在汝陽或壽春，而以壽春之可能居多；其徙王白馬則誠在黃初七年至太和六年之間，陳壽並未誤記。本詩題目若確為「贈白馬王彪」，竊疑應即是子建在此段時間內之補題，尤以太和五六年正月諸王再度來朝時，子建補題作詩題與詩序，以贈白馬王彪之可能性較大。蓋此時法禁稍弛，親戚之間可以通問故也。

本詩共七章，內外結構皆有連鎖性，亦即章與章之間文字與意義皆有連鎖關係，其技巧當襲取〈大雅．文王之什〉而來。全詩共有三個感情高潮，第一高潮即首章之「怨彼東路長」之怨，其次在第三章之鬱紆以憤，至第五章則已由憤而痛。此後即急轉直下，收於無可奈何之處。本詩以謁帝歸藩開始，而以收淚即途結終，可知子建之思潮是從現實回溯，而又從回溯返回現實之循環。王壬秋評本詩謂：「開合動盪，乍陰乍陽，情深百年，調絕千古。蓋後人轉折者望洋而歎，自涯而反矣。」[13]誠哉斯言！余就本詩結構，先後申明當時之政策制度及其變化，從而論及子建之思想與生平，兼及其所遭遇之苦難命運以及環境情事。尤在意研究子建從未有奪嫡之意圖，謂子建奪嫡者一為世人以黨爭觀念視子建，一者蓋出於曹丕之自我假想，而辯明其間之幸與不幸也。竊意魏國封建制度之慘酷乃基因於曹丕之過補償心理，而此種心理即從假設子建與其競爭繼承權開始。而曹彰之死，應為直接或間接死於曹丕之手；而子建與曹彪之生離，亦為曹丕此種心

[13] 見駱鴻凱著，《文選學評騭》第八，頁 263。

理下之犧牲。其他尚有些小問題，均一一隨章申辯，不庸贅於此。

總之，本詩所詠述，實蘊涵了黃初四年以前子建之思想感情與夫政治經歷，並經由此詠述透露出當時之政治制度與逼害。因此，竊謂本詩之作，絕非普通詠懷酬贈之作，而是一篇有血有淚，有時代、有個人之史詩。讀者品味之後當可得知，無庸贅言。

五、參考書目

（一）曹詩主要根據版本

1. 丁晏，《曹集詮評》，收入楊家駱主編，《曹子建集注二種》，世界書局，民國五十一年四月。
2. 古直，《曹子建詩箋》，廣文書局，民國五十八年四月再版。
3. 余冠英編，《曹操曹丕曹植詩選》，大光出版社，一九六六年五月。
4. 昭明太子編、李善注，《文選》，清乾隆三十七年葉樹藩刻本。又商務印書館《四部叢刊》六臣注版。
5. 曹植，《曹子建集》，《四部叢刊》，上海涵芬樓借印雙鑑樓明活字本。
6. 黃節，《曹子建詩注合刊本》，收入楊家駱主編，《曹子建集注二種》，世界書局，民國五十一年四月。

（二）正史（均據臺灣商務印書館縮印百衲本）

1. 《史記》
2. 《漢書》
3. 《後漢書》
4. 《三國志》
5. 《晉書》

6.《隋書》
（三）其他史料
1. 丁仲祜編，《全漢三國晉南北陳詩》，藝文印書館，民國五十七年再版。
2.王亨撰、鄭玄箋、孔穎達疏，《毛詩正義》，廣文書局影印本，民國六十年。
3. 王昶，《金石萃編》，收入嚴耕望先生主編，《石刻史料叢編》甲編之六，藝文印書館。
4. 王嘉，《拾遺記》，收入蕭綺錄《古今逸史》第十四本。
5. 司馬光撰、胡三省注，《資治通鑑》，宏業書局新校本，民國六十二年。
6. 佚名，《河南志》，世界書局，民國五十二年十一月初版（此書與《三輔黃圖》、《唐兩京城坊考》合刊）。
7. 徐堅，《初學記》，新興書局，民國五十五年五月影印明刊本新一版。
8. 張溥編，《陳思王集》，收入其所編之《漢魏六朝百三家集》，四川官印局，民國七年重印本。
9. 畢沅，《山左金石志》，收入《石刻史料叢編》甲編之十七。
10. 程大昌，《雍錄》，上海涵芬樓影印明刻本之《古今逸史二十二本》。
11. 楊勇，《世說新語校箋》，明倫出版社，民國六十年二月。
12. 劉向撰、吳琯校，《列仙傳》，《古今逸史》第四十八本。
13. 劉珍，《東觀漢記》，中華書局，民國五十六年十一月臺二版。
14. 歐陽詢，《藝文類聚》，文光出版社，民國五十二年八月初版。
15. 盧弼，《三國志集解》，藝文書局。
16. 羅振玉影印，《文選集注》殘本，影印日本金澤文庫唐寫本，清宣統十年。
17. 嚴可均輯，《全上古三代秦漢三國六朝文》，廣雅書局，光緒癸巳刻本。

（四）其他徵引書目

1. 《二十五史補編》，臺灣開明書店，民國四十年六月臺一版。
2. 王夫之，《讀通鑑論》，世界書局，民國五十九年八月。
3. 白居易，《白氏文集》，《四部叢刊》據日本元和活字木景印版。
4. 伊藤正文注，《中國詩人選集 3・曹植》，岩波書店，昭和四十七年七月 13 刷。
5. 余嘉錫，《四庫題要辨證》，藝文印書館，民國六十三年十月四版。收入《四庫全書總目》第九、十兩冊。
6. 官蔚藍，〈三國時代之校事制度〉，《大陸雜誌》六卷七期，民國四十二年四月。
7. 馬端臨，《文獻通考》，新興書局，民國五十三年十一月新一版。
8. 梁章鉅，《文選旁證》，清光緒八年吳下重刊本。
9. 許慎注、段玉裁注，《說文解字》，藝文印書館，民國五十五年十月十一版。
10. 陳寅恪，《元白詩箋證稿》，古典文學出版社，民國四十七年增訂版。
11. 黃節箋，《漢魏樂府風箋》，商務印書館，民國五十年七月。
12. 董眾，〈曹子建責躬詩于彼冀方考〉，《東北叢刊》六期，民國四十二年四月。
13. 趙翼，《廿二史箚記》，世界書局，民國六十一年二月七版。
14. 駱鴻凱，《文選學》，中華書局，民國五十五年三月臺三版。
15. 嚴耕望先生，《魏晉南北朝地方行政制度》，《中央研究院歷史語言研究所專刊》之四十五《中國地方行政制度史》上編三卷，民國六十三年十二月史語所再版。

〈木蘭詩〉箋證

一、前言

筆者對中古（本文指魏晉至隋唐）詩素有興趣，年前吾兒中行、中和因其中學課文列有〈木蘭詩〉，先後與余論說，頗見疑議，即思有以證之，以釋吾兒之疑。去年（1997）下學期，筆者在歷史研究所開「中古史詩專題研究」一課，本詩即收入為其中一篇。與諸生論學之餘，有意詳加證釋，發表為文，求正於學界。月前已完成〈蔡琰《悲憤詩》證釋〉，賈其餘勇，進而論本詩。

大抵而言，自北宋以後，詩家對本詩已多有質疑，降至近世，論著論文乃至雜寫隨筆凡百數十篇，而聚訟更紛紜。或疑篇名作者，或疑性質淵證，或疑本事、本詩之時代，多莫衷一是。筆者對此，凡其涉及學術性之重要辯論焦點，皆盡量稱引指出，概稱之為論者而不贅注出處，以其文章繁多而論點又多重複故也。

本文分為四部分：

一是〈前言〉，自述動機與方法諸問題。

二是〈詩題與淵源性質證釋〉，論證本詩原名、淵源、性質諸內部與外部構造之問題。

三是〈本詩證釋〉，逐句證釋本詩，以見本詩所述人事名物制度（以下稱本事），究竟何所指，宜論為何時代？

四是〈結論〉。

本文之進行，證、釋兼為並重，故內、外考證之外，尤以文獻分析、歷史或文學之比較法為主；又由於涉及詩句之內涵，故不免運用了歷史想像。本詩不像〈悲憤詩〉，爭議雖多，而作者及作品大抵可定；反之本詩作者不知名，創作時代爭議尤紛，從三國曹植，以至北魏初、北魏中、魏齊間、梁詩、北周詩、隋詩或唐詩，論者皆各有說；既然所涉斷限冗長，遂令筆者亦不得不作冗證。證釋過程中，筆者將本詩分成兩個討論概念：詩文部份稱為「本詩」；史實部份稱為「本事」。庶幾可避免思考混淆、辯論糾纏之弊，有利於本文之進行與論斷。

本文討論事涉史學與文學，故運用第一手或接近第一手之史料：主要包括：正史、類書、詩文集、筆記小說，乃至金石如大鮮卑山拓跋氏石刻等。並且採用以史證詩，以詩證詩，以至以詩證史諸形式，互為辯證。

於此，宜先附帶一說，即論者因詩句有「可汗」之鮮卑名詞，又有「黃河」、「黑山」諸北方地名，而木蘭勇健又類北方風氣，因而多斷為北歌，尤謂是鮮卑歌或梁譯鮮卑歌；或謂本詩合樂，或謂不合樂等。諸說多未本於週詳之論證，然否或孰是，仍應仔細推證，未可遽定。本文有冗證之嫌，其實即因於此。

又筆者讀魏晉南北朝以至隋唐諸戰爭邊塞詩，見其時詩人常借兩漢戰役、邊塞的典故入詩，其詠戰役則常借衛霍出擊、竇班勒石，敵國則常借匈奴休屠、疏勒康居，名王則常見單于左賢、冒頓呼韓，邊地則常見雲中河朔、燕薊定襄，邊城則常見甘泉漁陽、龍庭武威，沙漠則常見瀚海、流沙，水則常見黃河遼水、隴川交河，山則常見陰山碣石、燕然飛狐。南、北朝皆如是，略無詠及燕山、黑山者。至於燕山，至梁陳之間始見用以喻指燕然山。至於詩句述兵役，乃以募兵為常，間借五陵少年之典。論勳賞，則多以賞薄厭戰為言。稱呼元首，則以天子為多，至尊、大君亦頗有之，皇帝、可汗則罕見，而唐詩中「可汗」亦極罕見。至於魏晉以降的名將名役，如周瑜謝安、赤壁肥水、柔然高車等，皆極少見詠為題裁。

上述用典於漢，隋唐詩人仍多沿襲此風。按唐曾封拜突厥君長以單于、賢王等號，故唐詩用匈奴名號入詩，似乎也非純為發古之幽情；是以唐朝《大角曲》中，亦有〈大單于〉、〈小單于〉等曲，[1]顯示決非偶然也。

筆者討論本詩，以郭茂倩《樂府詩集》本為主（下文引用諸樂府亦同），有異之句，僅旁及北宋以前之版本或殘句；明清已降本不論，蓋晚出諸本常傳抄錯誤故也。又下文引證漢至唐詩數十首，為免腳註煩瑣、妨礙閱讀，故非必要不一一贅註；讀者若疑所引，請各依詩人之朝代及姓名，據《全漢晉南北朝詩》、《全唐詩》覆檢之即可。

論者多謂杜甫詩中，〈草堂〉句法有襲用本詩者；其實杜甫襲用或衍用本詩之他例，如〈前出塞〉、〈後出塞〉、〈兵車行〉等，在所尚多見。約與此同時的韋元甫，則有〈木蘭詩〉之續作。表

---

[1] 詳郭茂倩，《樂府詩集・橫吹曲辭四・梅花落》（臺北：里仁書局，1981）郭氏說明，24：349。

示〈木蘭詩〉在安史之亂前後即已流行，故本事證釋不下及此後。然而，本詩證釋則不然，必須下及中晚唐，以檢論唐人有否修飾改定，本詩能否稱為唐詩之故也。

二、詩題與淵源性質證釋

據《百科全書》木蘭為木蘭科木蘭屬（Magnolia）植物，約有八十種，或為喬木或為灌木，或作觀賞或作材用，花大而芳香。漢以來即有詠之，至南朝梁、陳間詩句尤多；多見有「木蘭橈」、「木蘭櫂」、「木蘭船」諸名，其詩不贅舉。《太平御覽・木部七・木蘭》引任昉《述異記》，謂「木蘭川在尋陽，江中多木蘭船」；又謂「七里洲中有魯班刻木蘭為舟，至今在洲中，詩家所云木蘭舟出於此」。大抵南朝為水鄉，多以木蘭為材用之故。《御覽》同部門對木蘭尚有若干記載，顯示木蘭樹除了作舟橈之外，其葉可以飼牛，其露可以為飲，其木可以構宮室。南朝詩亦多以此為詠，如梁沈約〈奉和竟陵王藥名〉云：「木蘭露易飲，射干枝可結。」又如北周庾信〈詠畫屏風詩〉云：「千尋木蘭館，百尺芙蓉堂。」[2]

降至盛唐，杜甫始見襲用本詩句法，稍後韋元甫又續作本詩。至中唐，白居易頗引「不知木蘭是女郎」句為詠，如〈詠木蘭花〉云：「從此時時春夢裏，應添一樹女郎花。」又〈戲題木蘭花〉云：「怪得獨饒脂粉態，木蘭曾作女郎來。」而杜牧〈木蘭廟詩〉更云：「彎弓征戰作男兒，夢裏曾經與畫眉。幾度思歸

---

[2] 沈約詩見《全梁詩》，1：1233。庾信詩見《全北周詩》，2：1895。以下正文簡稱之《全某詩》，皆據丁仲祜《全漢三國晉南北朝詩》（臺北：藝文印書館，1983.6 四版），只引朝名人名詩名，不遍贅注卷頁。

還把酒，拂雲堆上祝明妃。」直以男女之思，遙繫黑山戰地。可證本詩至此時業已流行。然而，本詩所起與所由起，則待詳證。

筆者按，宋郭茂倩在其《樂府詩集》中，將本詩列屬《橫吹曲辭》中之《梁鼓角橫吹曲》，[3]其最早所本為《古今樂錄》。按《古今樂錄》為「陳沙門智匠撰」，最早見於現已併入《隋書》的《五代史志・經籍一・樂》類（以下直稱《五代史志》）。[4]南宋末王應麟《玉海》據此，並另引《中興書目》云：「《古今樂錄》十三卷，陳光大二年僧智匠撰，起漢迄陳。」[5]此皆為《古今樂錄》撰述時間最早、最明確的陳述。

智匠於正史及僧書皆無傳，生平無可稽考。陳廢帝光大二年（568），當後梁江陵朝廷明帝之天保七年，北齊後主之天統四年，與北周武帝之天和三年。此年後之十三年而隋文帝篡周；第十九年而後梁滅於隋；第二十一年（隋開皇九年）而隋平陳，天下復歸一統。若此錄收撰漢以來至於陳亡的樂府，則當錄及隋初之詩；若僅收撰至陳光大二年，則否。

筆者以為，今無確證可推翻《五代史志》及《玉海》之說，故論者論斷〈木蘭詩〉所述本事之發生時代，或謂在隋，或謂在唐，皆不可能成立，無庸再加贅證。然而，筆者又以為，本事雖無發生於隋、唐時期的可能，不過卻不能用同理證明本詩辭句，

---

[3] 見《樂府詩集》卷二五，此卷全收《梁鼓角橫吹曲》。

[4] 《五代史志・經籍一・樂》稱：「《古今樂錄》十二卷。」注云：「陳沙門智匠撰。」見《隋書》（以下引用正史皆為鼎文書局新校標點本），32：926。按《五代史志》撰於唐太宗末，高宗顯慶元年（656）成書，上距陳光大二年凡八十八年。

[5] 《玉海》（文淵閣四庫全書本第945冊，臺北：臺灣商務印書館，1983）作十三卷，（105：24-25）與《五代史志・經籍一・樂》作十二卷不同。

也無可能經隋、唐人之修飾改定。

因此，以下五個問題，遂成論斷本詩之關鍵：

一、《古今樂錄》是否的確曾收撰本詩，如何收「撰」法？

二、本詩是否在智匠之前已列屬《梁鼓角橫吹曲》；抑或智匠自列之，甚至郭茂倩後列之？

三、《梁鼓角橫吹曲》，尤其本詩，屬於甚麼性質之樂府，是否原為「北歌」；「北歌」之性質為何？

四、本詩若由「北歌」翻譯而成，則梁之翻譯原型是否即為今見《樂府詩集》之版本？

五、今見《樂府詩集》之版本，是否中經隋、唐人之修飾改定？可否稱得上是唐詩？

上述五個問題，關係後面的逐句證釋與結論甚大，故先於本章逐點證釋之；並從而解答一些有關本詩的內部與外部問題。俾便與詩句證釋參考，較易達至結論。

關於第一個問題，首先需問郭氏如何引述智匠之言？

按郭氏於其《樂府詩集》卷二五《橫吹曲辭五・梁鼓角橫吹曲・木蘭詩二首》下注云：「《古今樂錄》曰：『〈木蘭〉，不知名。』浙江西道觀察使兼御史中丞韋元甫續，附入。[6]」

韋元甫為盛唐人，代宗時官至右丞、淮南節度使，[7]智匠決不能識之，論者對此亦多質疑論定，甚是。故知《樂錄》之言僅止於「木蘭，不知名」一句。「浙江」一句，為郭氏所加之言。

木蘭為本詩主角，姓氏不詳，但決非不知名（詳「木蘭當戶

---

[6] 此引文之斷句及標點，導至誤解頗多，論者已多指出之，故筆者於此自為標點斷句。

[7] 詳《舊唐書》本傳，115：3376。

織」句)。因此，智匠之言極為可疑。筆者疑「木蘭」應作〈木蘭〉，蓋指〈木蘭〉詩而言也；亦即智匠意指〈木蘭〉詩的作者，或篇名，或樂系不知名也。郭氏知第二首（見本文附錄）為韋元甫之續作，所以將之附入本詩之後，而亦列屬卷二五之《梁鼓角橫吹曲》末而已。

據此可知，將韋元甫的續作列入《梁鼓角橫吹曲》之末、初唐人作品之後，是出於郭氏之意。

復次，由於智匠已見有〈木蘭〉一詩，但不知與本詩相關的其他情況資料。因此，智匠是否原即將之列入《梁鼓角橫吹曲》，抑或郭氏自為之，其事不明。按郭氏可以逕自將韋元甫續作附於《梁鼓角橫吹曲》之末，同理也就可以將不知作者、可能也不知分類的〈木蘭〉本詩，逕自附列為《梁鼓角橫吹曲》。

按郭氏另一段引文也有可疑待權的餘地，茲不用雙引號，節錄其文如下：「《古今樂錄》曰：梁鼓角橫吹曲有〈企喻〉、〈瑯琊王〉、〈鉅鹿公主〉、〈紫騮馬〉、〈黃淡思〉、〈地驅樂〉、〈雀勞利〉、〈慕容垂〉、〈隴頭流水〉等歌三十六曲。…是時樂府胡吹舊曲有〈大白淨皇太子〉、〈小白淨皇太子〉…十四曲。…又有〈隔谷〉…等歌二十七曲。…江淹〈橫吹賦〉云：…則〈白臺〉、〈關山〉又是三曲。按：歌辭有〈木蘭〉一曲，不知起於何代也。」[8]

筆者以為，《古今樂錄》若是論《梁鼓角橫吹曲》，則斷句應止於「三十六曲」一句。以下的「是時」、「又有」句，應指三十六鼓角橫吹曲之外，梁樂府另有此數十曲，原不屬於三十六《鼓角橫吹曲》，而是舊有的《胡吹曲》。因此，可以斷定智匠對其近代的音樂，有明白之概念。至於「按」語，依引文文氣及郭氏著

[8] 參《樂府詩集・橫吹曲辭五・梁鼓角橫吹曲》郭氏解題，25：362。

作之體例看，乃是郭氏自已所加，可以無疑。

筆者按，諸類曲可考者，智匠已注明於《梁鼓角橫吹曲》中，即〈企喻〉曲是苻融詩，也就是前秦氐樂。郭氏則自我說明〈琅琊王〉、〈鉅鹿公主〉是姚秦羌樂；〈慕容垂〉是前燕鮮卑樂。是則五胡樂是《梁鼓角橫吹曲》主要來源之一。至於「胡吹」十四舊曲中，〈白淨皇太子〉二人皆無說，然白淨皇太子為佛教故事人物，是以應為源自西域之佛曲。梁朝與北齊曾引入佛曲，《五代史志・音樂志》及《通典・樂典》言之甚審。「又有」之二十七曲中，〈魏高陽王樂人〉已自明是北魏時作品。

因此，疑郭氏對「胡吹」、「北歌」等當時樂系名詞，概念似未清楚，或許因而致誤。他或許將當時各胡夷諸曲，籠統視為一系；連帶將邊塞、戰爭諸曲詩，亦一併歸屬於《梁鼓角橫吹曲》系統內。

蓋時代愈後，樂府即愈多；領土愈廣、民族即愈複雜，而樂府則愈加繁富，此為文化之累積使然，歷史之大趨也。自漢武帝立樂府，樂府在西漢尚無分類，至東漢明帝，始將樂府分為三類，漢末魏晉乃有四類之分。唐以後，分類日繁，至宋則少者如郭氏分為十二類，多者如鄭樵，竟至分為五十三類之眾。[9]而且，在樂府分類學上，亦見有一分野特色，即魏晉南北朝大抵以音樂為分類指標，而唐宋則以辭義為參考；大概前一時期樂府之聲曲未亡，而後一時期聲曲已失，不可復考之故。鄭樵大力批評漢儒不曉《詩經》之本質，而錯以「義理相授」取代「聲歌之學」；[10]

[9] 分類之發展，詳羅根澤《樂府文學史》第一章第二節〈樂府之類別〉，臺北：文史哲出版社，1972・3 再版。

[10] 鄭樵主要論點為：「詩本以聲為用，…用以歌而非用以說義也」，因而反

自己卻亦不能免於以辭義作樂府之分類，可見時代發展之不得不使然也。郭茂倩亦有此特色，故將佛曲等四方夷樂，乃至邊塞、戰爭諸曲詩，一概列屬北狄樂，而又總歸於梁之《鼓角橫吹曲》類耶？是否如此，下面將再加以論證。

大約〈木蘭〉詠主角騎馬赴塞以征戰，有北狄馬上樂之風格，或許郭氏遂視同北狄馬上樂，而將之列入此類，並據智匠之言，指明「不知起於何代」云云；隨後，他也將唐韋元甫的續作，依同理而列於本詩之後，遂使之亦被誤為《梁鼓角橫吹曲》。

上述分析若是，則智匠所述《梁鼓角橫吹曲》三十六曲中，應未列入〈木蘭〉詩，所以才有「不知名」之說，以示附見之性質。要之，若郭氏傳抄未誤，則智匠僅注述了「〈木蘭〉，不知名」一句而已。至於「按：歌辭有〈木蘭〉一曲，不知起於何代也。」應是郭氏根據智匠之按附而引述者。

因此，上述第一個問題大體已有所解答，並連帶也解答了第二個問題的前部份，即《古今樂錄》的確有收入〈木蘭〉一篇，並注明其「不知名」，但未列入《梁鼓角橫吹曲》內。其理尚見下文之證釋。是以本詩出現的下限，不致晚於陳光大二年。

其次，第二個問題是討論智匠之前後是否確有將本詩列屬《梁鼓角橫吹曲》者，此又牽涉到本詩原名與性質的問題。

按唐崔令欽《教坊記・曲名》有〈木蘭花〉一曲，及〈唧唧子〉一曲，未知與本詩有關否？中唐杜佑之《通典・樂典》，所述樂府發展多為兩《唐書》、《通志》、《文獻通考》及《樂府詩集》諸樂志所本，其中未提及本詩。前引《古今樂錄》曰：「〈木蘭〉，

對「但能誦其文而說其義」的傳習方式。詳參《通志・樂略一・樂府總序》(《三通》皆據上海：浙江古籍出版社影印本，1988.11)，49：志 625。

不知名。」究竟不知何名？不知篇名，抑或作者之名，抑或樂系歸屬之名，抑或三者兼有之？若不知作者之名，則《梁鼓角橫吹曲》內諸曲，實皆不知作者之名，何需獨指本詩？（郭氏所附最後十曲知名，論詳下）因此，所謂不知名也者，殆以指不知本詩之篇名及屬類為是。

漢魏以來，民間樂府不知篇名者所在多有。即使文人之作，當時也常有不知篇名者，如因蔡琰悲憤述懷，後人遂名其詩為〈悲憤詩〉；時人傷蘭芝之死，遂名其詩為〈古詩為焦仲卿妻作〉（或〈孔雀東南飛〉）等，皆為其例。論者多謂本詩原為民歌，此說甚是。民歌先在民間詠唱，故作者尤多不知名。蓋智匠為了編列本詩，乃據詩中主角木蘭之名，而逕行名篇為〈木蘭〉，猶如〈焦仲卿妻〉、〈秋胡行〉諸例是也。

降至唐代，盛唐之杜甫作〈兵車行〉，襲用本詩句法，並自注云：「古樂府云：『不聞耶娘哭子聲，但聞黃河之水流濺濺。』」[11]杜甫不直稱本詩之名，而但稱古樂府，則其所讀樂書未必是《古今樂錄》。按《五代史志・經籍四》，載有佚名的「《古樂府》八卷」，可以為證。若杜甫所謂之古樂府，是指古樂府歌詩而言，則據沈約《宋書・樂志》云：「凡樂章古詞今之存者，並漢世街陌歌謳…是也。」即因其是漢代的民間歌謠，故稱為古。然而論者頗疑民歌多「不知名」，南朝人每將六朝之作亦誤為古辭，故

[11] 此條自注宋以後多被刪，致有疑論。蕭滌非據宋本《分門集注杜工部詩》及《杜工部集》證有此自注。然而前書自注於「耶娘妻子走相送」句下，後者則自注於〈兵車行〉詩題下，且作「但聞黃河流水一濺濺」，故仍有可疑。因其說頗有力，姑暫從之。詳蕭著《杜甫研究》（齊魯出版社，1980・12）之〈從杜甫、白居易、元稹詩看《木蘭詩》的時代〉，頁190~193。

認「古之云者，時世不定之辭也」。[12]若是，則杜甫因為亦不能確知其名，所以沒有直稱本詩為〈木蘭〉，但云古樂府而已。盛唐過後，戰亂頻繁，肅代之間歷任要職的韋元甫，乃因智匠〈木蘭〉古辭，續作一篇〈木蘭詩〉以頌揚木蘭之忠孝。元甫所為屬於文人之作，故稱為詩。晚於元甫而善樂律，撰有《樂府雜錄》的段成式，於其《酉陽雜俎・毛篇》中，稱本詩為〈木蘭篇〉；[13]宋初《文苑英華・歌行・征戍》門稱為〈木蘭歌〉；鄭樵《通志》則稱本詩為〈木蘭辭〉；其實皆本於智匠〈木蘭〉之名。漢魏以來樂府稱篇稱歌稱辭，例不少見，段、鄭等所稱，可能即因本詩原出於樂府之故也。

又按韋元甫之續作，是詩的性質，故至元和長慶間元稹在其《長慶集・樂府古題序》中，即批評濫收非音樂性質之詩編為樂錄、樂府的風氣，並懷疑本詩原不入樂，至說：「除《鐃歌》、《橫吹》、《郊祀》、《清商》等詞在《樂志》者，其餘〈木蘭〉、〈仲卿〉…之輩，亦未必盡播於管弦明矣。」是則本詩在中唐不合樂的新樂府流行以後，其音樂性質乃被質疑。降至鄭樵《通志》，遂對古今樂府重新辨章分類，將本詩列入其所分類的「遺聲」類「佳麗」門中；[14]而郭茂倩則將之歸入《梁鼓角橫吹曲》內，顯然仍承認本詩原為樂詩，與元稹之見大不相同。然而，本詩原本究竟是否可以奏唱，應歸於何類，至此遂成問題。

---

[12] 詳見羅根澤前引書所引馮舒《詩紀匡謬》之申論，頁 71~72。

[13] 段成式生於德宗貞元十九年，死於懿宗咸通四年，事見《新唐書》本傳。其《酉陽雜俎・毛篇》（臺北：漢京公司，1983・10 初版）引本詩，見 16：160。

[14] 《通志・樂略一・樂府總序》，49：志 632 上。

筆者以為，元稹既是新樂府巨擘，而新樂府為不合樂之樂府，故其懷疑可以理解，但不一定為真。鄭樵所長不以樂府為專，又自我作古，故其所分不一定為實；而且他倡言「聲歌之學」，「遺聲」亦屬之，故也無懷疑本詩不合樂之意。至於郭茂倩，論者或批評其《樂府詩集》內，每多誤收徒歌，而雜曲類之中尤多。[15]然而其人既以樂府為專長，又博覽舊本，是以其歸類說明，未必完全無據而可輕疑之。杜甫在盛唐時已稱本詩為「古樂府」，郭氏所據者又是智匠的《古今樂錄》，則本詩原應為樂府，不宜輕疑。

鄭樵將本詩劃入「佳麗」門，可能基於本詩主角為女性故然，此正犯了他自己批評他人以辭義取代聲歌為不當的學說，可以勿論。郭氏將韋元甫續作附列於本詩，可證以辭義代聲歌之風，郭氏亦不能免；然而他本於智匠，將本詩列屬《梁鼓角橫吹曲》之末，則恐無證可以推翻。

《鼓角橫吹曲》是軍樂，本詩所述正是從軍之人事，而未見列在北朝的軍樂系列中。假設北朝已列入軍樂，則梁朝遂不可能將對手之軍樂列為自己之軍樂，其理甚明。若本詩果出於北朝民歌，也有可能被梁朝樂署所採集，原詩或經修改後，譜編入梁之軍樂內。軍樂可以奏唱，故本詩若是梁軍樂，理應也可以演奏演唱。附帶一提，梁簡文帝命徐陵編撰《玉臺新詠》，所收詩如〈古詩為焦仲卿妻作〉等，皆以女性為主，但以綺麗為宗。本詩雖是描述女性之詩，然風格雄健，可能因此不合其編撰宗旨，故未被收入。要之，不能以未被收入，反證本詩未見於梁，此理亦甚明。

據上所論，本詩屬於樂府作品，在智匠以前即已見錄；但未

[15] 詳羅根澤前引書，頁 57。

將之列入《梁鼓角橫吹曲》及《胡吹舊曲》中，應可確定。將之附見於《梁鼓角橫吹曲》的人，若不是智匠則應是郭茂倩，至少郭氏將之歸類為梁朝軍樂或視之為接近梁朝軍樂，可以無疑。上述第二個問題或可得到解答。

關於第三個問題，梁朝的《鼓角橫吹歌》是否皆為「北歌」；本詩附見於《梁鼓角橫吹曲》，因此是否也屬「北歌」？

於此，首先須辨明「北歌」究竟是甚麼歌？

按，論者用「北歌」此一概念時，或多籠統，蓋泛指北朝歌或北方少數民族歌而言，而亦常視之為北狄馬上樂。筆者以為，南北朝至盛唐以前，「北歌」是專有所指的樂集，為專門的音樂概念。請容下論。

首先，先須辨明南、北朝時，南、北方位與北語的概念。

筆者按，南朝泛稱北朝人為北人，北朝相對的稱南朝人為南人，互稱來歸者為歸正或歸化人，史文斑斑可考。如《洛陽伽藍記．城東》詳載北魏洛陽有歸正里，專以居南人，此里之南人飲食衣服與北人大異。[16]此類南、北社會文化之差異，《顏氏家訓》頗多述及，不贅舉。

《魏書．太祖紀》載道武帝於天興元年（晉安帝隆安二年，398）六月丙子命群臣議國號，群臣皆曰「今國家萬世相承，啟基雲代。」《通鑑》同日條則將「雲代」改作「代北」。事實上，北方確常稱雲代為代北，以雲代之人為「北人」，如《魏書．燕鳳傳》載前秦苻堅向代使燕凰稱拓跋鮮卑為「卿輩北人，…安能并兼」？燕鳳則答以「北人壯悍，…率服北土」。同書〈晁崇傳〉謂崇於魏、燕參合陂之戰時被虜，為魏太史令，其弟懿，「以善

[16] 《洛陽伽藍記》（臺北：臺灣中華書局，民國58.4臺二版），2：10－11。

北人語內侍左右」。此則自「五胡之亂」時期，諸國皆已稱拓跋鮮卑為「北人」。

此「北人」所言之語即是「北語」，如慕容氏後人在後燕亡後，「歸魏，北人謂歸義為豆盧，因氏焉」。又如劉宋王室劉昶，文成帝時投魏，至孝文帝時，「呵詈童僕，音雜夷、夏」，當指口音混雜此二種語言。[17]此皆是指北人所說之北語而言，專指雲代拓跋鮮卑集團之語也。此種語言降至孝文帝時，遂成為北魏之「舊語」。如《魏書・呂洛拔傳》謂其為代人，獻文帝（孝文帝父）時，「以舊語譯注《皇誥》」。孝文帝漢化，遂針對此種語言而推行正音。《魏書・咸陽王禧傳》云：「高祖（孝文帝）曰：『…今欲斷諸北語，一從正音。年三十以上，習性已久，容或不可卒革；三十以下，見在朝廷之人，語音不聽仍舊。…若仍舊俗，恐數世之後，伊洛之下復成被髮之人。』」可證當時「北語」仍指雲代「舊語」而言，而「正音」即當時所謂的華夏正音也。《梁鼓角橫吹曲・折楊柳歌辭》云：「我是虜家兒，不解漢兒歌。」可證北魏前期，北語與漢語互不相通之情狀，故北魏政府之內及南、北通使之時，皆置有譯官。

遷都推行正音之後，南、北語言仍有差異，如顏之推入北齊，撰《顏氏家訓》述南、北差異，其中之〈音辭〉篇云：「南方水土和柔，其音清舉而切詣，失在浮淺，其辭多鄙俗；北方山川深厚，其音沈濁而鈋鈍，得其質直，其辭多古語。…而南染吳越，北雜夷虜，皆有深弊，不可具論。」此即降至北齊時，北方的漢語與虜語已漸融合，蓋為孝文推行正音的效果。

北人、北語概念既明，接著可論「北歌」。

---

[17] 分詳《隋書・豆盧勣傳》（39：1155）及《魏書・劉昶傳》（59：1308）。

梁朝未見有「北歌」之名，《五代史志・音樂上》謂陳後主「尤重聲樂，遣宮女習北方簫鼓，謂之《代北》，酒酣則奏之」。時當六世紀後期，即智匠成書之後；此或可證此前之南朝，迄未有系統的傳入雲代鮮卑歌樂。然而，《代北》何以是雲代鮮卑歌樂？

按《魏書・樂志》載孝文帝太和十六年詔云：「自魏室之興，太祖之世，尊崇古式，舊典無墜；但干戈仍用，文教未淳，故令司樂失治定之雅音，習不典之繁曲。」此即魏初無完整的雅樂，只有其民族淳樸的「繁曲」。樂官祖珽後來在北齊上書，論北朝音樂發展，說「魏氏來自雲朔，未移其俗」者是也。[18]故所謂《代北》，應即此雲代地區拓跋鮮卑集團之歌曲，也就是《北歌》。

《北歌》為何稱為《代北》？

按《魏書・樂志》又云：「太祖初，…正月上日，饗群臣，宣布政教，備列宮懸正樂；兼奏燕、趙、秦、吳之音，五方殊俗之曲。四時饗會亦用焉。凡樂者樂其所自生，禮不忘其本，掖庭中歌《真人代歌》，上敘祖宗開基所由，下及君臣廢興之跡，凡一百五十章，昏晨歌之，時與絲竹合奏；郊廟宴饗亦用之。」據此可知，道武帝稱帝後已漸有雅樂、北方漢人地區音樂及五方異國異族音樂；但是其民族音樂卻是《真人代歌》，不僅郊廟宴饗時用之，且掖庭中每日晨昏歌之。前謂雲代有代北之稱，故《代北》殆即是雲代《真人代歌》之簡稱或陳朝稱法。《通典・樂六・四方樂》云：「後魏樂府始有《北歌》，即魏《真人歌》是也，代都時命掖庭宮人晨夕歌之。」可以概見。

---

[18] 見《通典》142：739 上-中。

因此，可以確定《真人代歌》即是《代北》，也就是《北歌》；專指魏初之拓跋鮮卑民族歌曲而言，中唐以前此概念甚為清楚。

然則何以稱為「真人」？

按《魏書・官氏志》謂道武帝稱帝初，一方面詔鄧淵典漢式之官制，另一方面又「欲法古純真，每於制定官號，多不依周漢舊名，或取諸身，或取諸物，或以民事，皆擬遠古雲鳥之義，…自餘之官，義皆類此，咸有比況」，亦即實行一國而有漢、胡兩種制度也。其本民族之官，《魏書》不載，幸蕭子顯記之。《南齊書・魏虜傳》記魏初「國中呼內左右為『直真』，外左右為『烏矮真』，曹局文書吏為『比德真』，…三公貴人通謂之『羊真』」。是則拓跋氏本國（本部族），當時諸官名皆為鮮卑語之某真、某某真；故「真人」猶如官人，《真人代歌》無疑是其各種官人活動之歌。陳後主「遣宮女習北方簫鼓，謂之《代北》」，即學習此種樂府，疑陳後主之前尚未完整地傳入南朝。

《通典・樂六・四方樂》又云：「後魏樂府始有《北歌》，即魏《真人（代）歌》是也，代都時命掖庭宮人晨夕歌之；周、隋代與《西涼樂》雜奏。今存者五十三章，其名目可解者六章：〈慕容可汗〉、〈吐谷渾〉、〈部落稽〉、〈鉅鹿公主〉、〈白淨皇太子〉、〈企俞〉也；其餘不可解，咸多『可汗』之詞。按今〈大角〉即後魏〈代邏迴〉是也，其曲亦多可汗之詞。北虜之俗皆呼主為可汗，吐谷渾又慕容別種，如此歌是燕、魏之際鮮卑歌，其詞虜音不可曉。梁有〈鉅鹿公主〉歌詞，似是姚萇時歌，其詞華音，與《北歌》不同。梁樂府鼓吹又有〈大白淨皇太子〉、〈小白淨皇太子〉、〈企俞〉等曲；隋鼓吹有〈白淨皇太子曲〉，與《北歌》校之，其音皆異。大唐開元中歌工長孫元忠之祖受於侯將軍貴昌，并州人也，亦代習《北歌》；貞觀中有詔，令貴昌以其聲教樂府。元忠之家代相傳如此，雖譯者亦不能通知其詞，蓋年歲久遠，失其真矣。」

按，慕容氏、吐谷渾為遼東鮮卑，白淨皇太子為西域曲，〈鉅鹿公主〉為羌族曲，〈企俞〉為氐族曲，在梁或入《鼓角橫吹曲》，或為「胡吹」曲，前已論之；與同名的《北歌》相較，南、北之音已不同，可證唐時已疑《梁鼓角橫吹曲》與《北歌》有異。後世誤認《梁鼓角橫吹曲》皆為《北歌》，亦可由此推究。或許某些同名的四夷樂，一者傳入代北而被拓跋氏吸收為《北歌》；一者傳入南朝，為梁樂府取為《鼓角橫吹曲》，蓋未可考知也。當然，《北歌》之同名曲部份，為梁樂府所採集改編，自創為新聲新辭，蓋亦有可能。《北歌》在周、隋已與其他殊俗之異國異族音樂混合，降至盛唐以後漸失傳，故《北歌》之概念轉變成「北歌」之概念，成為廣泛的北方樂府名詞。

《北歌》界定已明，至此可以進一步討論《梁鼓角橫吹曲》是否皆為或採自《北歌》？

按，《梁鼓角橫吹曲》是軍樂，而屬於《橫吹曲辭》系；而《橫吹曲辭》也屬於《鼓吹》樂系，只是其性質則為騎馬之鼓吹，故又稱為《騎吹》。隋唐以後樂家皆認為，《騎吹》出於北狄馬上樂。如《通典・樂六・四方樂》云：「北狄樂皆為馬上樂也。《鼓吹》本軍旅之音，馬上奏之，故自漢以來，北狄樂總歸鼓吹署。」同卷〈前代雜樂〉又云：「列於殿庭者為《鼓吹》，今之從行鼓吹為《騎吹》，二曲異也。又孫權觀魏武軍作鼓吹而還，應是此《鼓吹》。魏晉代給《鼓吹》甚輕，牙門督將、五校悉有《鼓吹》。…齊梁至陳，則甚重矣，各製曲辭以頌功德焉，至隋亡。」是則《騎吹》用以行軍作戰，與列於殿庭奏唱之《鼓吹》不同。

根據上面引述，魏初《北歌》是掖庭每日晨昏奏唱者，也用於郊廟宴享；而陳後主傳入後，也是命宮女在酒酣時演奏的。是則，《北歌》在魏初與陳末，用於宮庭之宴樂，是《鼓吹》樂；而非用於行軍作戰之馬上軍樂，亦即殆非《騎吹》樂。杜佑認為《鼓吹》在漢原指《黃門鼓吹》，是享宴之樂，漢朝尚未以鼓吹名軍樂。降至魏晉，原《黃門鼓吹》仍屬《鼓吹》曲；而軍樂也開始稱為《鼓吹》，以馬上騎吹形式出現，故也稱為《騎吹》。[19] 二者雖易混淆，但是，《北歌》既用於享宴，故性質應接近漢朝的《黃門鼓吹》；不過，由於其原性質為以北方簫鼓演奏之拓跋鮮卑民族歌樂，其中有歌頌祖宗開國者，所以恐怕也屬雄健武壯的歌曲，梁朝若因此改編為其騎吹的《鼓角橫吹曲》，殆也可能。

杜佑接著又謂侯景之亂以後，「樂府不修，風雅咸盡」。至陳初，陳武帝詔求宋、齊故事，並用梁樂；宣帝時，「其《鼓吹》雜伎，取晉、宋之舊，微更附益」，顯示陳朝宮庭宴樂也頗廢缺。因此，陳後主令宮人傳習魏初之舊樂，亦用以作為享宴的《鼓吹》，一者蓋因其個人對胡聲之愛好，另者亦欲以補宴樂之廢缺也。

大抵梁有胡舞胡樂，而鼓吹曲中「北歌」尤多，《太平御覽．布帛四．絹》引《梁書》云：「費昶善為樂府，嘗作《鼓吹》曲，武帝重之。」可證武帝重視《鼓吹》，因而亦重視能作《鼓吹》之人。費旭所作《鼓吹》，未詳何曲，恐也採自北方諸族之作；上述與《北歌》同名諸曲，新聲新辭或許與其有關。要之，梁朝的確曾傳入了北樂，但其中恐怕有些曾經樂府翻譯改編或重新創作過的。

梁朝若曾用此方法將《北歌》變為其騎吹軍樂，此則與陳後

---

[19] 《通典・樂六・前代雜樂》，146：典 764 中-下。

主之仍用作殿庭宴樂不同。然而《梁鼓角橫吹曲》中，究竟有多少原為《北歌》，今已難確定。可以知道的是，雲代時北魏軍隊複雜，內有鮮卑、匈奴、丁零、氐、羌及漢諸族（詳「可汗大點兵」句），故上述同名曲中，有遼東、西域、氐、羌諸曲，實不為怪，然未必皆是純粹的拓跋《北歌》，梁樂府也可能直接採自四夷五胡流傳下來者。又《梁鼓角橫吹曲》中，亦有採自漢朝樂府流傳下來之例，如〈紫騮馬〉、〈隴頭水〉者（詳「木蘭無長兄」、「黃河流水鳴濺濺」句）是也。另外胡吹舊曲內，有〈魏高陽王樂人〉歌，是北魏遷都後之樂，原非雲代《北歌》；《魏書・咸陽王禧傳》載禧為宣武帝（孝文帝子）所殺，其宮人哀歌之，「其歌遂流於江表，北人在南者，雖富貴，弦管奏之，莫不灑泣」。是則此歌實為孝文推行正音以後，當梁武帝之時，傳至江東的北魏管弦哀歌。

又陳末雖傳入《代北》為宴樂，但也仍有其他「北歌」。如《陳書・章昭達傳》謂其為陳朝大將，「每飲會，必盛設女伎雜樂，備盡羌、胡之聲，並一時之妙；雖臨對寇敵，旗鼓相望，弗之廢也」。此為陳朝另有北方羌、胡之聲的明證。

由此以推，《梁鼓角橫吹曲》六十六曲中，即使有《北歌》，恐也是翻譯改寫過或重新創作過的，與原來的《北歌》不盡相同或不相同；為數多少則不確。

《梁鼓角橫吹曲》之性質淵源略明，然後可進論本詩是否為《北歌》。

按，論者多同意本詩為鮮卑歌，胡適《白話文學史》更明言是梁譯鮮卑北歌。他們的意見，大抵本於《樂府詩集》卷二五《梁鼓角橫吹曲・企喻歌辭四曲》郭氏對題目的解說。不過郭氏之說，實抄自上引《通典・樂六・四方樂》杜佑之言。杜佑雖言「其不可解者咸多『可汗』之辭」，故應是鮮卑歌。然而其一，本詩之「可汗」，未必指鮮卑君主（詳「可汗問所欲」句），即使是也未必可以此孤證謂本詩為鮮卑歌；其二，以木蘭的家庭生活看，未必可斷定其為鮮卑「真人」之類。所以，若據杜佑有「可汗」之辭而遂可推為《北歌》之說，而證本詩為《北歌》，其成立的理由顯然不足；何況智匠、杜佑、與郭茂倩，從未明示本詩為《北歌》耶？

本詩論風格似傾向北方歌，即後世廣義的「北歌」；若謂其為《北歌》之可能性，則不甚大，是則應如何進一步證釋？

按，孝文帝批評魏初有「不典之繁曲」，應指道武帝大朝會及四時饗會時，兼奏的「燕、趙、秦、吳之音、五方殊俗之曲」；這裏面有漢族的地方歌樂，也有其他少數民族歌樂，而且既用於朝會，即是政府認可的正式歌樂。這類音樂在北魏晚期以後日益繁多，因此，本詩是否《北歌》或「北歌」，就宜往此類北朝歌樂方向探究。

至此，第三個問題或可得到初步的解答，此即若《北歌》專指北魏初之《真人代歌》而言，則《梁鼓角橫吹曲》即或有些曲源於《北歌》，但不是或不盡是《北歌》；若《北歌》指廣泛的「北歌」而言，則《梁鼓角橫吹曲》多是北方少數民族及外國歌，而本詩有可能是其中之一，而且也有可能為北方漢族的地方民歌。

請試進一步證釋之。

按後世廣義的「北歌」—是指自道武帝以來流行，且日益繁多龐雜，包括《真人代歌》的拓跋鮮卑樂、五方殊俗之曲的四夷樂、燕趙秦吳之音的漢族地方樂之北朝歌總合—並非在陳末始南傳。若梁朝上述之同名曲非採自《北歌》，則必是在「五胡亂華」時期，已由北方直接南傳，是以梁樂府頗有燕、秦的作品，而且聲曲與《北歌》異。梁武整理樂府，或有較新近之「北歌」編入，如上述〈魏高陽王樂人〉歌即是梁武時的北魏作品。因此，梁朝見有胡舞胡樂。

由於本詩所述木蘭的家庭生活接近漢族形式，與胡夷生活類型相差較遠，是則尤宜往「燕、趙、秦、吳之音」的方向探究。

漢人事跡歌曲被北朝官方收為樂府，五胡以來即史有其例。如陳安對抗前趙劉曜，驍勇善戰，被滅後，民間歌之；曜聞此〈隴上歌〉，亦「命樂府歌之」。[20]又如孝文時相州刺史李安世平定轄內李氏強宗之亂，李波妹雍容騎射勇戰，民間遂有〈李波小妹之歌〉，亦收入樂府。此二歌分為秦、趙之音。至於孝文之倖臣王叡死，「京都士女諂稱叡美，造新聲而弦歌之，名曰〈中山王樂〉。詔班樂府，合樂奏之」，[21]也為民歌採入樂府之例。

軍中歌頌英雄而被採集者，如北齊蘭陵王長恭與北周戰於金墉，「武士共歌謠之，為〈蘭陵王入陣曲〉是也」。[22]又如北周于謹平梁元帝而凱旋，周太祖「令司樂作〈常山公平梁歌〉十首，使工人歌之」。[23]此皆為顯例。至於北周辛昂奉使梁、益而還，屬巴州民叛，乃募得三千人，「又令其眾皆作中國歌，直趣賊壘」而平之，[24]則更為北朝軍中直作《中國歌》之顯例。

由此推之，北朝政府採集民歌來源非一元，與戰爭有關之歌

[20] 事詳《晉書・劉曜載記》，103：2694。

[21] 李波小妹字雍容，其事其歌見《魏書・李安世附傳》。王叡因以身捍護孝文帝及文明太后而獲親重，官至尚書令，封中山王，詳見同書卷九三本傳。

[22] 見《北齊書・蘭陵武王長恭傳》，11：147。

[23] 見《周書・于謹傳》，15：248。

[24] 見《周書・辛慶之傳・族子昂附傳》，39：699。

樂或來自民間，或來自軍中；或為戰歌，或為凱歌；而且也有漢兒歌或中國歌。因此，即使本詩為北方歌，也何必一定斷為胡樂，更何必遽定為《北歌》？其理據請再析論如下：

按陳後主使宮人傳習《代北》，智匠或已知此為何物。然而他未指明本詩為《北歌》或《胡吹》，僅注「〈木蘭〉，不知名」，顯然懷疑似之意。蓋《梁鼓角橫吹曲》以採自北方歌之軍樂為主，北方軍樂雖多胡曲，但也有中國歌或地方民歌；〈木蘭〉為軍旅之作，故疑其亦是此類樂府也。當時北朝樂府已然混亂，智匠之疑可能與此有關，茲略述之，以示所推非出於妄。

蓋陳後主在位七年，時當隋文帝開皇三年至九年（583-589）。然自北魏孝文帝以來，音樂之風日熾；作品日多，習者日眾，而制度則日亂。據《魏書・韓麒麟傳・子顯宗附傳》載，謂顯宗上言孝文帝，聲稱道武帝時，「猶分別士庶，不令雜居，伎作屠沽，各有攸處」；遷都至今，開伎作宦途，使與士人連接，如果任由兒童學習，則「其走赴舞堂者萬數，往就學館者無一」。杜佑謂「自宣武（孝文子，500-515）已後，始愛胡聲，洎於遷都（指534 年遷離洛陽，北魏分裂）」，此期北朝音樂風尚「全似吟哭，聽之者無不悽愴」云；又謂琵琶等樂受西域及佛教音樂的影響，由「閑緩」轉變為「急躁」，「雖此胡聲，足敗華俗」云云。[25] 降至孝武帝永熙（532-534，死後分裂為東、西魏）後，太樂令崔九龍言於太常卿祖瑩曰：「『今古《雜曲》，隨調舉之，將五百曲。恐諸曲名後致亡失，今輒條記，存之於樂府。』瑩依而上之。九龍所錄，或雅或鄭，至於謠俗、四夷雜歌，但記其聲折而已，不能知其本意；又名多謬舛，莫識所由，隨其淫正而取之，樂署今

[25] 詳《通典・樂典》，142：典 738 下-739 上。

見傳習」。[26]所謂「樂署今見傳習」，即指魏收在北齊之時也。故杜佑又謂「北齊文宣（550-558）初尚未改舊」，其後聲樂更甚，「吹笙、彈琵琶、五絃及歌舞之伎，自文襄以來皆所愛好，至河清以後傳習尤盛。（齊）後主（565-575）唯賞胡戎樂，耽愛無已。於是繁習淫聲，爭新哀怨，故曹妙達、安未弱、安馬駒之徒，至有封王開府者」。[27]因此顏之推入北齊，深異當時士大夫「教其（子）鮮卑語及彈琵琶，稍欲通解，以此伏事公卿」為要事，自謂「若由此業自致卿相，亦不願汝曹（指其子）為之」云云，可見南方士大夫鄙夷之情。[28]

智匠約與祖瑩同時代，謂「〈木蘭〉，不知名」，正是疑祖瑩所恐「諸曲名後致亡失」之事：「聲折」經祖瑩整理後，曲辭仍「不能知其本意」；且又「名多謬舛，莫識所由」。是則本詩南傳之後，或許智匠以木蘭家庭生活類似漢人，而〈木蘭〉此歌已經「名多謬舛，莫識所由」，亦即是不知本詩原來的曲名與創作所由，故注謂「不知名」。郭茂倩生在數百年之後，更不知其名，遂據智匠當時之疑言，自為按語，曰「歌辭有〈木蘭〉一曲，不知起於何代也」。其事至此可明。

智匠既對〈木蘭〉有上述之疑，故殆未將本詩列於《梁鼓角橫吹曲》之內。或許因其述軍旅事，故附見於軍樂性質的《梁鼓角橫吹曲》之末；甚至可能本無其事，只是收在《古今樂錄》散

---

[26] 詳《魏書・樂志》，109：2843。按《通典・樂典》文字略同，但末句作「樂署悉令傳習」，見 142：典 738 下。

[27] 詳《通典・樂典》，142：典 739 中。

[28] 詳《顏氏家訓・教子》（臺北：世界書局《諸子集成》第二冊，1974・7，新二版），頁 2。

類或附錄之內而已。因此，郭茂倩於《梁鼓角橫吹曲》內，據智匠之錄，亦只收至〈高陽樂人歌〉而止。

此下郭氏又特加「梁鼓角橫吹曲」一項，收錄了梁武帝〈雍臺〉以至本詩凡十篇，包括唐朝溫庭筠、張祜（二篇）、李白（二篇）、韋元甫之作。此十篇僅本詩引智匠之言注明「不知名」，其他作者皆知名；且既包括唐人之作，則知此「梁鼓角橫吹曲」十篇，必是郭氏所附無疑。是則古辭之本詩，原來是否被智匠附於《梁鼓角橫吹曲》之末，遂成不可考知。無論如何，本詩不管原即為智匠所附，抑或郭氏從《古今樂錄》他卷他類將之移附，要之本詩之所以被誤會為《梁鼓角橫吹曲》，實因於此。

據此，筆者特別指出：智匠對〈木蘭〉有疑，莫知本詩所由，因而未將之列入《梁鼓角橫吹曲》內；而智匠所見《梁鼓角橫吹曲》，因此也未必原即採入本詩。將本詩列於《梁鼓角橫吹曲》之後，又特置於「梁鼓角橫吹曲」一項之內者，殆為郭茂倩。不管如何，後之論者對此失察，遂誤認智匠於《古今樂錄》已明示本詩為《梁鼓角橫吹曲》之一；而又因此類曲樂屬軍樂，多採自北方胡樂，遂眾口一詞說本詩是北方胡歌，甚至專指為《北歌》，因而是鮮卑之譯作。蓋是一大誤會。

若本詩原來不屬於軍樂性質之《梁鼓角橫吹曲》，則應如何歸屬？

按，據上所引，祖瑩原欲整理《雜曲》，結果「所錄或雅或鄭，至於謠俗、四夷雜歌」，可謂雜亂。現在要問，本詩究竟是雅是鄭，抑是謠俗或四夷雜歌？

筆者按，《鼓角橫吹曲》於南北朝屬雅樂，然而今見《梁鼓角橫吹曲》諸歌辭，除了〈鉅鹿公主歌辭〉、〈地驅樂歌〉為七言兩句，〈捉搦歌〉七言四句；〈雀勞利歌辭〉長短四句，〈隔谷歌〉

長短六句，〈東平劉生歌〉長短三句；〈地驅歌樂辭〉、〈慕容垂歌辭〉、〈隴頭流水歌辭〉、〈隴頭歌辭〉四言四句之外；其他歌辭皆為五言四句。本詩附見於上述曲辭之後，是以五言為主之長短句，卻有六十二句之多，為最長之辭。與上述諸類曲辭皆為兩至六句之短歌，大大不同；而且，上述諸類曲辭之內容，也常不詠軍旅之事。

這種比較顯示了某些特色意義，此即：第一，本詩除外，《梁鼓角橫吹曲》諸歌辭皆字句短少；第二，《梁鼓角橫吹曲》諸歌辭內容未必以述軍旅之事為主。

筆者認為，以本詩如此多句數看，疑其不適合入軍樂，恐怕也非軍樂。因為軍樂演奏演唱之所以會長，是由於歌辭雖短，卻可以依聲折回重唱；然而本詩一體構成，並無曲折，因疑其不適合入軍樂，而也非軍樂，只是與軍樂有關係耳。

本詩所以附列於《梁鼓角橫吹曲》也者，恐怕有兩個原因：

一是本詩首八句源自《梁鼓角橫吹曲》之〈折楊柳枝歌〉的第三與第四曲；末四句似源自同類曲之〈折楊柳歌辭〉也是第三、第四曲（詳證「問女何所憶」句及末句），本詩首尾歌辭既與此軍曲歌辭有關，故將之視作同類而列入罷了。二是當編撰者看到本詩時，因其早已「名多謬舛，莫識所由」，以其內容述軍旅之事，故姑列之耳。

前引鄭樵批評漢代經師以辭義之學來取代聲歌之學，使《詩經》大失旨趣。其實後世樂家也同有此失。故他又在《通志・樂略一・樂府總序》批評云：「今樂府之行於世者，章句雖存，聲樂無用，崔豹之徒以義說名，吳兢之徒以事解目，蓋聲失則義起，其與齊、魯、韓、毛之言詩無以異也。樂府之道，或幾失息矣！」從研治詩樂的方法論上看，南朝至盛唐樂家已用此法，且為一失，則智匠或郭茂倩也正同有此失，遂使本詩古辭與續作，失其正確之歸屬，而誤於《梁鼓角橫吹曲》。

鄭樵於同篇據其所論之理，因而自作分類，分為正聲、別聲、遺聲三大類。他將《短簫鐃歌》、《鼓角橫吹》列入「正聲，即風、雅之聲也」；然而本詩卻不列入此類，而列入遺聲類之「佳麗」門。他解釋「遺聲」類說：「不得其聲，則以義類相屬。....逸詩之流也。」此類再分為二十五正門、二十附門。其中「征戍」門十五曲內并無本詩，而將本詩分入「佳麗」門四十七曲之中，與〈昭君歎〉、〈焦仲卿妻〉等屬同一門。即是因本詩至宋已失聲—假若原來有聲，故僅能據義而分類，不認為本詩宜列入軍樂。按本詩在杜甫與韋元甫時，未悉是否已失聲；要之在元稹疑其不合樂時，其聲固已失也。因此鄭樵如此分法，確是無奈中之辦法，且疑本詩不屬於軍樂。

筆者又按，郭茂倩將樂府十二分類，是將謠俗與雜歌分開為二類的：謠俗是徒歌，屬於《雜歌謠辭》。[29]漢族地區性與四夷之合樂民歌，則屬於《雜曲歌辭》。《樂府詩集》卷六一郭氏對此解題說：「《雜曲》者，歷代有之，或心志之所存，或情思之所感，或宴游歡樂之所發，或憂愁憤怨之所興，或敘離別悲傷之情，或言征戰行役之苦，或緣於佛老，或出自夷虜。兼收備載，故總謂之《雜曲》。…干戈之後，喪亂之餘，亡失既多，聲辭不具，故有名存義亡，不見所起…。」因此，筆者懷疑《梁鼓角橫吹曲》多採自四夷雜曲，其中與《北歌》同名之諸曲可能有在魏末從《北歌》傳入者；可能也有在五胡時由北方直接傳入南朝者，故音聲乃與《北歌》同名曲有異，然二者於梁皆屬於四夷雜曲(又見「問

---

[29] 詳《樂府詩集》卷八三之郭氏解題，頁 1164。

女何所思」句)。本詩首八句取自〈折楊柳枝歌〉，是女兒嘆息不能出嫁之作，論內容性質應也是北方雜曲的一種，只是因其為胡夷馬上樂，故被梁朝改編為軍樂而已。所推若是，則本詩一部分採自北方雜曲，而全詩仍屬雜曲也。只是魏、齊之間，因干戈喪亂，祖瑩已整理不清，智匠遂因之懷疑，以致不明所屬耳。

本詩內容特色傾向四夷生活者少，傾向漢人生活者多，故筆者初步結論以為：本詩應為北方《雜歌曲辭》類，應屬於北朝「燕、趙、秦、吳之音」，殆也就是為「漢兒歌」的一種。然而需視下面證釋本詩諸句後，始能進一步確定。

據此，第四個問題可得部分答案，即本詩應非鮮卑歌，故無翻譯或翻譯原型諸問題；至於今見本詩是否為古辭的原型，則需結合第五個問題看。

第五個問題即本詩是否經隋、唐人修飾改定之問題。

按詩家已發現自盛唐以降，不同版本間本詩用字頗有差異，然不致影響句意與全詩，是則知本詩至唐，全詩已經定型。用字之差異，恐是唐、宋以降經人不斷潤飾或傳抄之異所造成；至於句法有差異處，則更應是中唐以降，經唐、宋人之修定。郭茂倩《樂府詩集》所錄本詩，於後世最為流行，本文據以為本，內有二、三句則據他本。郭本所據，殆兼採《古今樂錄》、《文苑英華》及《古文苑》等本。《古今樂錄》為梁陳間寫定，現已失傳；《文苑英華》為北宋初修撰；《古文苑》殆成於唐、宋之間，然宋以來即疑其為宋人偽冒唐世之書。[30]郭氏所錄本詩字句既與後二集

---

[30] 按鄭樵《通志・藝文八・總集》錄有「《古文苑》十卷」，然指明不著撰人，排於宋朝諸總集內，即是疑其為宋人之作。(70：志 825 上)馬端臨《文獻通考・經籍七五・集》亦收此書，且有考，疑其為宋世偽冒之作。

頗有差異，則當為兼採唐人修飾後之其他版本，應為合理的推論。

郭本與上述宋朝二書較重要之差異處，對下文逐句證譯有所影響，故先略校論之如下：

一、「不聞爺孃喚女聲，但聞黃河流水鳴濺濺」：按《古文苑》作「聲濺濺」；然上引杜甫〈兵車行〉自注，謂「不聞耶娘哭子聲，但聞黃河之水流濺濺」，或「不聞耶娘哭子聲，但聞黃河流水一濺濺」。筆者以為，木蘭雖為女兒，然已矯裝為男子，而女亦子也，且杜注時代較早，故本之。不過杜注二句亦有異，以「黃河流水一濺濺」句似有雕琢痕跡，而意較欠通，故取「不聞耶娘哭子聲，但聞黃河之水流濺濺」句。

二、「可汗問所欲，木蘭不用尚書郎」：按《文苑英華》作「可汗欲與木蘭官，木蘭不用尚書郎」。筆者以為，《文苑英華》較早，且接近口語，呈現民歌長短句之特色，今取之。

三、「願馳千里足，送兒還故鄉」：按郭氏自注，謂「段成式《酉陽雜俎》云：『願借明駝千里足。』」然而今見本《酉陽雜俎》，卻書作「願借明駝千里腳」，至於《文苑英華》則作「願得鳴駝千里足」。筆者以為，郭本應為唐人修飾過之五言詩句，不如《酉陽雜俎》與《文苑英華》般能保存民歌長短句之原貌，不取；不過郭氏為宋人，所注《酉陽雜俎》句作「千里足」，與《文苑英華》本正同，而孝文也以「千里足名駝」取水（詳證本句），故今見本《酉陽雜俎》作「千里腳」未必是，茲取「千里足」。至於「明駝」與「鳴駝」孰當？以段成式已對「明駝」一名作特釋（詳證本句），故知此前應作「鳴駝」，姑取之。

四、「火伴皆驚忙」：按郭氏自注「皆」字，謂「一作始」。《文

(248：考 1954 上)

苑英華》則作「火伴驚忙忙」。筆者以為，明清以降多據郭本改作「皆驚惶」，非是；《文苑英華》本較早，語句接近民歌口語，茲取之。

據上述四句的分析，知本詩早期版本應多有長短句，與民間雜歌接近。按本詩歌詠邊塞與戰事，其用字風格相近者至隋唐已見。本詩梁、陳間原本已不詳，要之今見本詩以五言詩為主，用韻講究，雜以對偶，顯經隋唐人之修改。大約宋人所見本，應是中唐以降至宋初之流行版本。

據此而論，《古文苑》、《文苑英華》皆指本詩為唐詩。筆者以為，若僅就修改寫定本之「詩」本身而言，說是唐詩，蓋非完全無理據也。

三、本詩證釋

唧唧復唧唧，木蘭當戶織。

按，前論本詩首六句起興，採自《梁鼓角橫吹曲．折楊柳枝歌》第三曲及第四曲。第三曲云：「敕敕何力力，女子臨窗織。不聞機杼聲，唯聞女歎息。」第四曲又云：「問女何所思，問女何所憶。阿婆許嫁女，今年無消息。」此曲既為梁軍樂，故為本詩被誤會屬《梁鼓角橫吹曲》原因之一。

首句《古文苑》本作「促織何唧唧」，《文苑英華》本作「唧唧何力力」。論者或謂唧唧為機杼聲，或謂為歎息聲。按漢魏以來，多以「札札」描述機織之聲，如枚乘《雜詩九首》之八云，「纖纖擢素手，札札弄機杼」是也。是則唧唧，應與敕敕、力力皆為歎息之聲，用以描述「唯聞女歎息」。如《洛陽伽藍記．城西》記魏末河間王琛以豪侈著稱，王死後其邸為河間寺，洛陽士女至此，「觀其殿廡綺麗，無不歎息，……咸皆唧唧」。又如劉肅《大唐新語・勸勵》篇，記則天時樊甚之子自刳於朝堂，秋官侍郎「劉如璿不覺言唧唧而淚下」，來俊臣欲罪之；如璿自言遇風而淚下，俊臣批之曰：「口中唧唧之聲，如何分雪（說）？」又梁施榮泰〈王昭君〉詩云：「唧唧撫心歎。」是皆「唧唧」為歎息聲之證。

又如《梁鼓角橫吹曲・地驅樂歌》云：「側側力力，念君無極。」是則「力力」也用以描述憶念之聲。〈地驅樂歌〉注引《古今樂錄》云：「側側力力……是今歌有此曲。」是則梁、陳間側側力力、敕敕力力或唧唧唧唧皆是用以描寫憶念歎息之聲，蓋唧音近於敕力切或側力切也。

唧唧復唧唧，是描述心煩意亂，一再憶念歎息之聲狀，故木蘭之父「不聞機杼聲，唯聞女歎息」也。

不聞機杼聲，唯聞女歎息。

周秦以來漢族婦女皆學織作，雖或貴婦亦然，《南史》謂梁武帝之丁貴嬪少時與鄰女月下紡織，為鄉人所重，梁武登樓望見而納之，時年十四歲，蓋與織作有關的姻緣也。又《隋書・鄭善果傳》謂善果母清河崔氏，「既寡之後，恒自紡績，每夜分寐」。其後善果封侯，自勤如故，善果勸之，母答曰：「…絲枲紡績，婦人之務，上自王后，下至大夫士妻，各有所製。若墮業者，是為驕逸。吾雖不知禮，其可自敗名乎？」可概見婦女以織作為工作之情況。

然南、北織藝有水準上之差異，顏之推在《顏氏家訓・治家》篇，比較南、北朝織作之優劣說：「河北婦人織紝組紃之事，黼黻錦繡羅綺之工，大優於江東也。」嚴歸田師曾論漢世紡織業以今山東省一帶為最盛，南北朝末則以河北為最發達，至盛唐以前大河南北仍能保持高水準，蓋其地為桑蠶之區，[31]婦女能長期累積技藝之故。是則，中古北方漢族婦女較南方婦女善織，是持久的事實。

不過北魏自平城初期，宮人已需執機，《南齊書・魏虜傳》謂太武帝時，「妃妾住皆土屋，婢使千餘人，織綾錦販賣，酤酒，養豬羊，牧牛馬，種菜逐利。…其袍衣，使宮內婢為之。」故孝文帝太和十一年十月，有「出宮人不執機杼者」之詔。[32]按北魏道武帝時，平城及附近居民已有漢人移入，而其部民則猶以遊牧為主；明元帝始定居，至太武帝又徙民於此，於是乃大築城郭。（詳「出郭相扶將」句）因此，這些織綾製衣之婢使，未必就是胡人，不宜用以遽證北魏非漢族的女性亦工於此道。

下詩述及木蘭家庭生產與生活事，與此處述木蘭從事織作之事合看，故筆者疑木蘭應是漢族人。

問女：「何所思？」問女：「何所憶？」

本詩取《梁鼓角橫吹曲・折楊柳枝歌》第三及第四曲，至「問女何所思，問女何所憶」而止，略去「阿婆許嫁女，今年無消息」二句，並不妨其以此曲起興，猶如〈古詩為焦仲卿妻作〉(〈孔雀東南飛〉) 起句之取漢魏〈白鵠豔歌〉，以為起興。不能據此，遂謂二詩是同時之作品；然而被採之詩應出現在前，大致無疑。

按，郭茂倩於《樂府詩集》卷二五《橫吹曲辭・梁鼓角橫吹

[31] 詳師著〈唐代坊織工業之地理分佈〉，收入其《唐史研究叢稿》(香港：新亞研究所，1969.10 初版)，頁 645~656。

[32] 見《魏書・高祖紀》是年月條，7 下：162。

曲》解題中，據《古今樂錄》先述《梁鼓角橫吹曲》三十六曲，次述《胡吹舊曲》十四曲，接著是「又有」〈折楊柳〉等二十七曲；是則〈折楊柳〉應非《梁鼓角橫吹曲》，而是《胡吹舊曲》外之另有諸曲之一。根據《太平御覽・樂部九・歌四》引《搜神記》云：「太康（西晉武帝，280-289）末，京洛始為〈折楊柳之歌〉，有兵車辛苦之辭。」按，今本《搜神記》卷七謂「有兵革辛苦之辭」，用以預言楊駿被誅之事，與《御覽》頗不同，而今見《樂府詩集》卷二五所收〈折楊柳歌辭〉五曲，為騎馬離情愁苦之辭，前引「我是虜家兒，不解漢兒歌」即其一，宜為北方少數民族之曲。同卷又收〈折楊柳枝歌〉四曲，即本詩首六句所取採者，雖亦有騎馬愁意，卻是愁織女出嫁生子之事，殆為北方漢人民歌。不知西晉的〈折楊柳之歌〉竟指何曲，而二曲之關係究為如何？

筆者以曲名及辭意推，〈折楊柳之歌〉應是指〈折楊柳歌辭〉。干寶蓋以京洛流行離苦之胡歌，引為「五胡亂華」之警兆也。若是，則梁朝軍樂中之胡吹曲，早在西晉首都已流行，中經東晉以至於梁朝；是則《梁鼓角橫吹曲》不必採自《北歌》，於此可得一證。前論杜佑疑《梁鼓角橫吹曲》有若干與《北歌》同名之曲，其音不同，斯則可得而解：大約西晉時五胡諸曲，一方面傳入雲代，為拓跋鮮卑吸收為「虜音」的《北歌》；一方面又傳入江東，後為梁朝編入為「華音」的軍樂。

至於〈折楊柳枝歌〉殆為北方漢人民歌，故易為同性質之本詩引用為起興；是則本詩原應為北方漢族《雜曲》之一，此或可為旁證。

「女亦無所思，女亦無所憶。

本詩取《梁鼓角橫吹曲・折楊柳枝歌》第三及第四曲，至「問女何所思，問女何所憶」而止，表示木蘭所思不是待嫁，而是下句其父被點兵之事。

昨夜見軍帖，可汗大點兵。

可汗以軍帖點兵，殆漢制中雜以胡號。

按，前面論《北歌》引杜佑之言，佑已指出「北虜之俗，呼主為可汗」，而斷之為鮮卑歌。筆者以為，「可汗」一號，漢晉間原為鮮卑族系大小部酋之稱謂，與中國式「天子」或「皇帝」之尊號無涉，《魏書》未見以可汗稱呼北魏天子者。且南北朝時，柔然、突厥，以至隋朝皇帝，皆有可汗之號，因此，在未詳證之前，於此未便遽指此「可汗」即為鮮卑君長，乃至謂北朝某朝之皇帝。

論者或疑本詩之「可汗」與「天子」應指同一人，或疑應為不同之二人。

筆者按，此可汗既用漢式軍帖或軍書實行點兵，且在「天子坐明堂」而「策勳十二轉」之時，又得問木蘭欲否尚書郎，是則此「可汗」正應指此行使漢式凱旋策勳告廟軍禮制度之「天子」；否則明堂策勳，何勞班列內另有一可汗，敢僭越以問木蘭官？據此，筆者謹將此可汗與天子視為同一職位，而於下文（天子、可汗詳證下面諸句）優先往皇帝可稱為可汗，或可得兼稱為天子、可汗之方向證釋，於本句暫不詳論此問題。

《說文・段注》署字云：「帛曰帖。」即差兵之帛書，下句之「軍書」是也。值得注意的是，鮮卑早期無文字，柔然、突厥無漢制，故不可能建立以布帛書寫的軍帖、軍書實行點兵之制。

又此可汗（天子）可以直接點兵，應是描述中央權力集中加強以後的情況，究竟是何時的制度？

按東漢至南朝主要行募兵制，東漢作為官軍的部曲，魏晉以降仍統稱為部曲，但其內涵則已變為兵戶士家制度；即以軍人戶籍為兵戶，軍人與其家屬隸屬於長吏軍將或強宗豪族，而為其部曲家兵，是類似奴隸世兵之制。南朝以降更是私兵化，魏末齊周之間亦然。[33]這種兵制之下，君主是間接統率指揮軍人的。中央能強力直接支配軍隊的中古時期，大約應有（曹）魏、晉（八王之亂以前）、北魏（六鎮叛亂以前）、隋唐（安史之亂以前）四個時期而已。漢晉文書用簡，以後漸用帛，故尤宜往後二時期考察。

或謂本詩既收入梁朝樂府，故所述軍制，尤其兵役制度是否與梁朝有關？

按梁朝沿前朝行募兵制，梁吳均〈邊城將四首〉之一云：「塞外何紛紛？胡騎欲成群。爾時始應募，來投霍將軍。」戴暠〈從軍行〉亦云：「詔書發隴右，召募取關西。」皆詠募兵從軍之事。至於《梁書》、《陳書》記載長吏軍將募兵為部曲之例更多，如《陳書・魯廣達傳》記廣達愛士，賓客或自遠而至，當「時江表將帥，各領部曲，動以千數，而魯氏尤多」；類此皆可以詩、文互證。部曲既為私兵，主帥又世代統領，故仍為奴隸私屬的性質。《梁書・武帝中》天監十七年（518）八月壬寅，「詔以兵騶奴婢，男年登六十，女年登五十，免為平民」，是為軍人身份等同奴婢之

[33] 討論魏晉南北朝部曲士家制度的論文論著甚多，此類軍人的性質，略參楊中一〈部曲沿革略攷〉（《食貨半月刊》1－3，1935）；而以谷霽光論之較為完整，詳其《府兵制度考釋》（臺北：弘文館出版社，1985.9）第三章，頁 79~86。

證。[34]觀察木蘭一家生活，社會地位似未至如此低賤，因此應與梁制不合，故宜往北方政權推敲。

首先論魏、齊兵制。

北方自五胡之亂以來，除本族兵外，另已施行對漢人徵募之制。漢趙以募兵為主，後趙、前燕與前秦則頗行三五徵兵制，皆有漢人參與其軍隊，數量且相當龐大。[35]

降至北魏，《魏書・燕鳳傳》說拓跋鮮卑興起時，控弦之士數十萬，馬百萬匹以上。他們由雲代地區的國人所組成，包括了《魏書・官氏志》所述的宗族十姓、內入諸姓與四方諸姓，而以前者為核心。[36]自道武帝以降，又經常大簡輿徙，徵發州軍，甚至有徵發「畿內男子十二以上」檢閱之例，[37]其中應有徵及漢人為兵者；故其將領中頗有漢人，而且也有吳兵、鄭兵、宋兵、陳兵諸軍號，表示漢人確有參與征、防的可能，而不僅以後勤補給的工作為主。[38]

---

[34] 至陳宣帝太建二年八月，詔「軍士年登六十，悉許放還」，可證梁、陳正常情況是六十歲退役。參《陳書・宣帝紀》是年月條，5：79。

[35] 分詳鄒達〈五胡的軍隊〉（《大陸雜誌》13－1，1956.7）；拙著〈前、後趙軍事制度研究〉（《國立中正大學學報》8－1，1997.12）、〈前後秦的文化、國體、政策與其興亡的關係〉（同上學報 7－1，1996.12）及〈慕容燕的漢化統治與適應〉（《東吳歷史學報》1，1995.4）三文。

[36] 詳李憑〈北魏離散諸部問題考實〉，《歷史研究》（1990.2），頁 42~52。

[37] 參《魏書・太宗紀》永興五年正月條，3：52。

[38] 王樹楸對漢人從軍參與戰鬥及防戍之事給予肯定，但其所舉例以孝文以後為多，遷都以前較少，詳其〈北魏漢兵考〉，《文史雜誌》5－5 及 6 期，頁 82~84。窪添慶文則論證自道武時已徵漢人為兵，參與征戍，尤以州軍多漢兵，詳其〈北魏の地方軍（特に州軍）について〉，《東アジア史における國家と農民》，頁 193~220，1984。

北魏以雲代國人為武力核心，臨戰押陣，而兵鋒則常驅逼其他部族兵及漢族兵為之。如太武帝太平真君十一年南伐圍盱眙，遣宋將臧質書云：「吾今所遣鬥兵，盡非我國人：城東、北是丁零與胡，南是氐、羌。設使丁零死，正可減常山、趙郡賊；胡死，減并州賊；氐、羌死，減關中賊。卿殺之，無所不利！」又如宋將柳元景俘獲「虜兵」，發現多為河內人，責以何以為虜盡力？皆曰：「虐虜見驅，後出赤族，以騎蹙步，未戰先死」云云，[39]可以為證。軍隊既然也嚴厲強逼其他族人組成，故前論《北歌》內亦有此諸族歌曲，可想而知。

道武以來實際徵發漢人從軍之例如何？據《北齊書．魏蘭根傳》所言，魏初置北鎮時，「或徵發中原強宗子弟，或國之肺腑，寄以爪牙。中年以來，…號曰府戶，役同廝養，官婚班齒，致失清流」，[40]導至北鎮大怨，以成魏末六鎮之禍。可證魏初即已徵發中原強宗子弟以從軍征防，而雲代的確也有漢人列入「兵戶」之制。如高聰在戰後被「徙入平城，與蔣少游為雲州兵戶」；而少游被俘入平城，初為平齊戶，「後配雲中為兵」，因善藝術，「遂留寄平城，以傭書為業，而名猶在鎮」。此皆是華人強宗在雲代為兵戶之例。[41]

按上述諸證所示北魏前期，漢人之被「徵發」，應是指徵選為兵，發配至軍鎮落籍為「兵戶」之制度。至於《魏書》常見差

---

[39] 分詳《宋書》臧質、柳元景二傳；《文獻通考・兵考三・兵制》亦錄引前一例，151：考 1317 下。

[40] 魏蘭根此言，說於孝明帝正光末；所謂「中年以來」的改變，應指遷都以來之事。詳《北齊書》本傳，23：329－330。

[41] 勃海高聰為高允族孫，遷都前亦因高允之助而脫離兵戶，拜為中書博士。詳《魏書・高聰傳》，68：1520。少遊見同書本傳，91：1970。

發某州鎮兵，則此「差發」應指軍隊之差遣調動，即差遣兵戶之軍人而調動之也。

魏初北鎮將士征役頻繁，驅戰嚴厲，然而待遇尚可，似未見有嚴重之逃兵現象。及至孝文帝即位前，北魏則已有「征戍之人，亡竄非一」的逃兵現象，而且由於嚴重危害征戍，乃至下詔限期自首。可能因此而兵源不足，故曾在南討時下「詔州郡之民，十丁取一以充行」；尋又「曲赦京師死罪，遣備蠕蠕」。[42]顯示孝文帝遷都前夕，軍人的待遇、地位、素質已開始下降。

孝文在遷都前已班行爵祿制及均田制，太和十九年（495）八月，「詔選天下武勇之士十五萬人為羽林、虎賁，以充宿衛」，此殆針對軍人素質之下降，所採取的精選中央禁軍措施。翌月，六宮及文武盡遷洛陽。二十年十月，孝文「以代遷之士皆為羽林、虎賁；司州之民，十二夫調一吏，…以供公私力役」。[43]其後任城王澄建議靈太后，謂「羽林、虎賁，邊方有事，暫可赴戰；常戍，宜遣蕃兵代之」。[44]是則孝文遷都以後，於洛陽集中以雲代之人組成禁軍，俾中央保持優勢之征戰武力，而以其他族兵與漢

[42] 參《魏書・顯祖紀》皇興五年三月乙亥詔（6：131），及〈高祖紀〉延興三年十月詔（7上：139），五年六月條（7上：141）。此皆為孝文之父顯祖獻文帝時發生。

[43] 分詳《魏書・高祖紀》該年月條，7下：178及180。

[44] 元澄建議十條，第七條論及邊兵逃走，此為第十條，基於以蕃兵分散戍邊、中央保有集中優勢武力的戰略構想，參《魏書》本傳，19中：475。又《魏書・高陽王雍傳》載雍上表向宣武帝（孝文子）論考陟云：「武人本挽上格者為羽林，次格者為虎賁，下格者為直從。」（21上：554）可證此三者是依勇力為精選的級別。

族兵鎮戍地方；[45]至於軍事徭役則任之於民。此為北魏軍事體制及國家戰略部署之重要改變。

這種改變與兵役制度關係似不大，北魏仍是施行徵兵制的，只是中央禁軍僅為徵兵中之精選，且仍以雲代武勇為核心。孝文帝曾以「北人每言北人何用知書，朕聞此，深用憮然」。[46]事實上，兵役以這些不知書的雲代武勇北人為主，應是北魏開國以來的長期政策；是故馬端臨謂遷都後之宿衛兵及六鎮兵，仍「往往皆代北部落之苗裔」，[47]此說大體不謬。

兵役制度之改變，在孝文死後漸形成。《北齊書・杜弼傳》謂至孝明帝孝昌（孝文孫，525-527）以後，天下戰亂，「徵召兵役，塗多亡叛。朝廷患之。乃令兵人所齎戎具，道別車載；又令縣令自送軍所」。[48]值得注意的是，此條史料顯示被徵召之兵，在此以前，須自齎戎具前赴指定之軍所；而此時為恐其攜械逃亡，故令縣令集中親自解送之。此制與本詩所述木蘭自購資裝的制度，頗有符合之處。

北魏自此以後漸入衰亂時期，中央禁軍已有漢人加入，而且派出征戍，如《洛陽伽藍記・城南》載孝昌初洛陽人駱子淵為虎賁，與同營人樊元寶戍在彭城。可證其時已有漢族人當虎賁。又同書〈城北〉記禪虛「寺前有閱武場，歲終農隙，甲士習戰，千乘萬騎，常在於此」；魏帝亦嘗在樓上，觀羽林馬僧相與虎賁張

[45] 前引王樹楲文解釋「蕃兵」為「番兵」，即有番代役期的戍兵，他們出於徵發，且大體為漢人，但筆者認為尚待斟酌。因為「番兵」的確大體多漢人，然而北魏鎮戍兵亦多有其他部族兵，此蓋即「蕃兵」也。

[46] 《魏書・廣陵王羽傳》，21 上：550。

[47] 《文獻通考・兵考三・兵制》，151：考 1318 上-下。

[48] 詳該傳，24：346。

車對為角戲。農隙習戰，表示此等羽林、虎賁之中，確已有務農之漢人加入。[49]

由於戰亂需兵，北魏兵役制度此時已實行募兵制，上述羽林、虎賁諸漢兵，可能是應募為兵者。《洛陽伽藍記・城南》又記孝昌初有一特別稱號的募兵隊伍云：「妖賊四侵，州郡失據，朝廷設募征格於（明）堂之北，從戎者拜曠掖將軍、偏將軍、裨將軍，當時甲冑之士號『明堂隊』。」或「明堂隊」之中，亦未必無漢族人應募也。

要之，北魏洛陽之明堂，一度與軍事有關，極值得注意。

及至六鎮大起，「是時六坊之眾，從武帝而西（534 年）者，不能萬人；餘皆北徙（鄴），并給常廩，春秋二時賜帛，以供衣服之費」。[50]是則東魏之禁軍，即六坊之眾，已因授予常廩而致常備職業軍人的性質更為明顯。其時高歡專政，所統北鎮舊部與六坊之眾，殆皆以鮮卑人為主，故軍中通用鮮卑語；因此，高歡號令軍人時，「其語鮮卑則曰漢民是汝奴，夫為汝耕，婦為汝織，…何為陵之？其語華人則曰鮮卑是汝客，…為汝擊賊，…何為疾之？」[51]鮮卑為常備職業軍人，漢人為社會生產者，顯是極清楚的分工制度；與先前軍人須務農納租、農隙習武情況大不相同。

及至北齊建祚（550）後，文宣帝高洋「多所創革，六坊之內徙者更加簡練，每一人必當百人，任其臨陣必死，然後取之，謂之『百保鮮卑』。又簡華人之勇力絕倫者，謂之『勇士』，以備

[49] 分見《洛陽伽藍記・城南》（3：2）及〈城北〉（5：1）。
[50] 詳《五代史志・食貨志》，24：675。
[51] 《文獻通考》151：考 1318 下。

邊要。始立九等之戶，富者稅其錢，貧者役其力」。[52]是則北齊此時兵役改革的重要措施：第一是精簡原洛陽禁軍為百保鮮卑，第二是重新簡選華人為勇士，二者皆是有常廩的職業軍人，共同組成北齊軍隊。

其後「撤軍人常廩」，至河清三年（564）定令云：「男子十八已上、六十五已下為丁，十六已上、十七已下為中，六十六已上為老，十五已下為小。率以十八受田，輸租調，二十充兵，六十免力役。」[53]也就是受田與義務役結合之制，男子二十歲充兵，應是向以漢族為主的農業人口實行義務兵役，故馬端臨論北齊此軍制時，稱之為「頗追古意」。[54]這時正是智匠撰《古今樂錄》前三、四年之事。論本事之發生，時間上似不至於如此接近。

至此要問，單就魏、齊兵制言，本詩所述本事，應與哪一時期較為符合？

筆者按，若與本事之若干特點配合考慮，可得初步結論兩點：

第一、木蘭之父被點，似非由平民被徵點為兵的情況，而是似身已在兵籍，被點發出征的情況。此點與孝明帝改行募兵制之前的北魏兵制；及北齊《河清令》復行徵兵制以後較合。但是，本詩若作於《河清令》行之後，則時代與智匠極接近，智匠不至於對本詩如此陌生。因此，宜優先往孝明帝改制前之北魏探究。又由於道武帝至太武帝時，他族兵被嚴厲驅逼，似與本詩的情景不太宜合，故較宜往文成帝至孝明帝時期推研。

第二、木蘭家土著而居，養豬羊，事織作，則其父殆恐於軍

[52] 《五代史志・食貨志》，24：675-676。

[53] 《五代史志・食貨志》，24：676-677。

[54] 《文獻通考》151：考 1318 下。

餘務農，生活似不錯。《河清令》固是均田與義務役結合之制，但其制源自北魏《太和令》，人民受田習戰自是可能之事。孝文漢化之前，並無均田之制，而仍須負擔沈重租賦，故《魏書》一再見對軍人復除之詔。由此而論，以孝文漢化、民生改善已後，孝明改制喪亂之前的時段為較宜。

但是，此兩點也與隋、唐府兵制類似，故亦須對之略作較論，未便遽斷。因為本文證釋本事之同時，也需證釋本詩寫成的時代故也。

隋、唐府兵制源自西魏、北周，治史者所熟知。

前論洛陽鮮卑六坊之眾，追隨孝武帝入關者既不及萬人，故孝武遂落入宇文泰兵團手中，同年乃為泰所弒。宇文泰於關中實施「廣募關隴豪右」的募兵制，至西魏文帝大統八年（542）初置六軍百府，此即府兵制的開始。據《五代史志‧食貨志》所載，西魏北周徵民租賦力役，而未以服兵役為主。不久且恢復了鮮卑初期的三十六國、九十九姓的舊制，令所統軍人改從其統帥之胡姓，至隋文帝始廢，故本詩的情況殆與此制不同（木蘭非胡姓，詳「木蘭無長兄」句）。雖然至周武帝建德二年（573），乃「改軍士為侍官，募百姓充之，除其縣籍，是後夏人半為兵矣」。[55]然此為有特別兵籍的募兵制，而且推行後不及十年北周即亡，因此本事殆不發生於西魏、北周之時。

論者認為府兵制初期仍有部族兵制的色彩，其特點之一是番役自攜資糧，而同時也具有世兵制的性質。[56]本詩述木蘭代父從軍，而又自備資糧，是否屬於仍有世兵制性質之初期府兵制，是

[55] 《五代史志‧食貨下》，見《隋書》24：679-680。
[56] 參谷霽光前引書，頁90~93。

值得深入討論的；然其前提是要較論後期的隋、唐府兵制。

魏周府兵制的後期改革由隋朝開始，約至唐貞觀時成定型，其重點為：一，實行軍隊國家化政策，確立衛府制度；二，取消軍士從統帥之姓，而恢復舊姓；三，實行軍人中央化政策，推動徵兵制；四，取消軍、民差異，軍人戶籍與民同，隸屬州縣管理；五，實行偃武修文政策，嚴厲管制民間武器。[57]

大概隋承齊兵役制，至隋文帝開皇三年（583）正月，「初令軍人以二十一成丁」；[58]開皇十年（590），即平陳統一的翌年五月乙未，文帝早已下詔云：「魏末喪亂，…兵士軍人，權置軍府，南征北伐，居處無定，家無完堵，地罕包桑，恒為流寓之人，竟無鄉里之號，朕甚愍之！凡是軍人，可悉屬州縣，墾田籍帳，一與民同。軍府統領，宜依舊式。」[59]是為軍人恢復定居及墾田務農之制度，而且其籍帳與平民一般隸屬州縣，只是統率系統則仍隸軍府而已。此為唐制所本。

至此，國家徵民為兵，徵兵出征，隋詩頗多見詠。如隋煬帝〈白馬篇〉述征遼云：「徵兵集薊北，輕騎出漁陽。」薛道衡〈出塞〉之二云：「邊庭烽火驚，插羽夜徵兵。」又如唐初楊師道〈隴頭水〉云：「天山傳羽檄，漢地急徵兵。」則正是敘述徵兵出征之狀。當然，隋朝徵兵出征之同時，也常募兵參戰，如煬帝大業九年征遼，正月丁丑「徵天下兵，募民為驍果」，[60]則是征、募

[57] 參谷霽光前引書第四、第五章，及拙著《隋唐中央權力結構及其演進》（臺北：東大圖書公司，1995）第五章。

[58] 《五代史志·食貨下》，見《隋書》，24：680-681，及686。

[59] 《隋書·高祖下》，2：34－35。

[60] 《隋書·煬帝下》4：83。

兼行之制。唐朝也史不絕書。

按唐初武德三年於關中建立十二軍，即由其主帥—軍將—「督以耕戰之事」，此為唐初臨時的野戰編制，暫與十二衛府常制並行。[61]唐初十二軍分由其軍將督以耕戰之事，《新唐書・兵志》則更明確說每「軍有坊，置主一人，以檢察戶口，勸課農桑」。既勸課農桑，即指兵戶必須耕作也。至貞觀十年十二軍歸建於十二衛府，並改天下六百餘軍府號折衝府，唐府兵制乃奠定。

兵戶集居軍坊的制度是沿襲周、隋而來，但墾田耕作，籍帳由州縣管理則始於開皇十年以後。木蘭家住於坊郭之內，日常從事紡織，家庭似也飼養豬羊家畜，殆是典型的農家寫照，故疑其父是此下身負耕戰任務的府兵衛士，此次是被點出征。

若以唐朝為例，點兵應有兩種含義：一是揀點入軍，即是徵兵入伍；一是揀點征防，此即調發軍人。

唐朝府兵總稱為衛士，其揀點之制，據《舊唐書・職官二・兵部尚書》項所載，「皆取六品已下子孫，及白丁無職役者點充。凡三年一簡點，成丁而入，六十而免」。至於派遣征防之制，同項則謂「凡差衛士征戍鎮防，亦有團伍。其善弓馬者為越騎團，餘為步兵團，…若父兄子弟，不併遣之；若祖父母老疾，家無兼丁，免征行及番上」。《新唐書・兵志》亦云：「凡民年二十為兵，六十而免。其能騎而射者為越騎，其餘為步兵、武騎、排穳手、

[61] 詳參《唐會要・京城諸軍》（臺北：世界書局，民國 57.11 三版）及〈府兵〉，72：1291 及 1298。二制並行請參拙著〈試論唐初十二軍之建軍及其與十二衛的關係〉一文，民國 93 年 7 月 26 日宣讀於中國唐史學會與昆明大學歷史文化學院合辦之「唐宋社會變遷國際學術研討會」，論文集出版中。

步射。…凡發府兵，…當給馬者，官予其直市之，每匹予錢二萬五千。」此為定型成熟時之制度。

可能唐初開國，需兵孔急，故行北齊二十歲為兵之制，甚至點及中男（詳下）；其後復行開皇制度，以二十一至六十入軍。[62]根據《唐律疏議・擅興》律第四條：「諸揀點衛士（注：征人亦同）取捨不平者，一人杖七十。」《疏議》曰：「揀點之法，財均者取強，力均者取富，財力又均，先取多丁。」可見點兵的原則—不論揀點（徵兵）入軍，抑或揀點（徵發）出征—皆需依強、富、多丁的優先原則規定，此為唐朝開國後正常的運作。此優先原則殆自北魏以來已漸形成，如《魏書・常景傳》載魏末杜洛周反於燕州，常景兼行臺尚書，奉命與幽州都督防禦之。景表請「山路通賊之處，權發兵、夫，隨宜置戍」；又謂「頃來差兵，不盡強壯，今之三長，皆是豪門多丁為之，今求權發為兵」。孝明帝從之。表示此前差發軍人，殆也依強壯、富豪、多丁之原則。

但是唐開國初期由於情勢不同，亦有揀點年齡體格不合格者從軍。《貞觀政要》可見其例。該書卷二〈直諫〉云：「簡點使右僕射封德彝等並欲中男十八已上簡點入軍，敕三四出，（魏）徵執奏，以為不可。德彝重奏：『今見簡點者云次男內大有壯者。』太宗怒，乃出敕：『中男已上，雖未十八，身形壯大，亦取。』徵又不從，不肯署敕。太宗召徵及王珪，作色而待之曰：『中男

---

[62] 至玄宗先天二年（即開元元年，713）詔：「往者依計戶充軍，使二十一入募，六十出軍，多憚劬勞，…應令天下衛士取年二十五已上者充，十五年即放出，頻經征鎮者十年放出。」是則此前以二十一歲為兵，參《唐會要・京城諸軍》（72：1292）。然而，《新唐書・兵志》亦載此詔，卻稱「往者…二十一入募，六十一出軍，……今宜取年二十五以上，五十而免」（50：1326），與《唐會要》不同。今從《唐會要》。

若實小，自不點入軍；若實大，亦可簡取。於君何嫌過作，如此固執？朕不解公意！』徵正色曰：『臣聞竭澤取魚，…若次男已上盡點入軍，租賦雜徭將何取給？且比年國家衛士不堪攻戰，豈為其少，但為禮遇失所，遂使人無鬥心。…若精簡壯健，遇之以禮，人百其勇，何必在多！…又共理所寄，在於刺史、縣令，常年貌稅，並悉委之；至於簡點，即疑其詐偽，望下誠信，不亦難乎？』太宗…乃停中男。」[63]

《通典・兵一・選擇附》引唐初名將李靖的《衛公兵法》亦云：「諸兵士將戰，身貌尪弱，不勝衣甲；又戎具所施，理須堅勁。須簡取強兵，并令試練器仗，兵須勝舉衣甲，器仗須徹札陷堅；須取甲試令斫射，然後取中。」[64]是則唐初確曾有過兵士年齡不當、體格不良而被揀點入軍的情況，似是因開國初期，戰爭頻繁，又有兵變，而徵兵孔急的緣故。及至貞觀中府兵制定型成熟後，揀點平民入軍始回歸律令施行。

降至高宗中期以後，對外戰爭日頻，故徵點入軍及差點征防之制又漸漸敗壞，論者已多，不贅。至盛唐府兵制敗壞以後，所謂徵兵，已與此前徵特定戶等之丁男入伍為兵的制度不同。如杜甫〈兵車行〉云：「耶孃妻子走相送，…行人但云點行頻。」又如白居易〈折臂翁〉云：「無何天寶大徵兵，戶有三丁點一丁。點得驅將何處去？五月萬里雲南行。…邸南邸北哭聲哀，兒別爺孃夫別妻。…是年翁年二十四，兵部牒中有名字。」所述的是由

[63] 《貞觀政要》（臺灣中華書局，民國 68.7 臺三版）此事不繫年月，見 2：37-38。按《資治通鑑》（臺北：宏業書局，62.4 再版）繫於武德九年十二月玄武門兵變之後，見 192：6026-6027。

[64] 《通典・兵一・選擇附》，148：典 775 下。

平民戶口，直接點丁男出征。

要之，木蘭的家庭生活與經濟及被點征防的方式，均接近隋唐之府兵制；而她能代父從軍，更與唐初需兵孔急，將就揀點的背景類似。本詩疑曾經唐人修飾，或許可由此制度與時代作參考。

至此，筆者應就兵制作一小結，就是較宜說明木蘭被點兵的制度，殆有兩個時間較適合：一是北魏建國至孝明帝改行募兵制之時，尤其是孝文帝漢化至孝明帝此一階段；另一是隋文帝改革府兵制至盛唐兵制敗壞之前，尤其是唐太宗初至高宗時段（高宗時兵制問題見「策勳十二轉」句）。

軍書十二卷，卷卷有爺名。

上句言可汗以軍帖點兵，帖是帛書，由於發兵須下敕書，即敕署之帛書，因而即是此句所謂之軍書。南朝宋何承天〈從軍行〉云：「馳檄發章表，軍書交塞邊。」《梁書・韋叡傳》說他攻合肥時，「每晝接客旅，夜算軍書，…撫循其眾，常如不及，故投募之士爭歸之」。是則此軍書，應即為發兵或募兵文書，以故要算也。

按《新唐書・兵志》云：「凡發府兵，皆下符契，州刺史與折衝勘契乃發。」也就是正常制度下，發兵須由三省作業後，將發兵符契頒下州縣，由州縣與轄區內折衝府官員勘合，然後乃差發。然而根據上面魏徵執論之事看，徵兵應經三省行下州縣的，但是當時卻特置簡點使直接作業之，可能與唐初臨時緊急有關。

唐代發兵未必點發全府軍人，可能只點若干人而已；但是只要點兵十人以上，即須經上述發兵的法定程序。《唐律疏義・擅興》律第一條《疏義》云：「依令，差兵十人以上，並須銅魚敕書，始合差發。」又云：「雖有發兵文書，執兵者不合即與，亦須先言上待報，然後給與。」第三條云：「諸應給發兵符而不給，應下發兵符而不下，…各徒三年。」該條《疏義》解釋說，發兵符即銅魚符及傳符，「依《公式令》，下魚符，畿內三左一右，畿外五左一右，…以發兵事重，故以發兵為文。」[65]或許木蘭所居坊郭內之軍府，只點發十二人，分十二份各書十二人姓名，每人給一份，點發以赴軍，所以乃謂「軍書十二卷，卷卷有爺名」耶？

又按同律第四條「諸揀點衛士」句注文云：「征人亦同。」亦即徵召丁男，揀點入軍以為衛士（府兵），其點發執勤之法同於徵發出征，皆適用於「揀點」之法。觀本詩之意，似乎木蘭之父早已被揀點為兵，此時則被揀點出征也。

北朝本有兵戶之制，兵籍在軍鎮，也適合用以解釋被點出征，只是何以「軍書十二卷，卷卷有爺名」則不能詳。至於北周常備建制則有左、右十二軍，或許點發某十二軍時，給發每軍的文書均全錄征人姓名及配屬情況，以故十二軍具有阿爺之名的軍書；而隋唐十二衛之左、右領軍府「各掌十二軍籍帳、差科、辭訟之事」，[66]所以據籍差點時仍保留此習慣耶？

阿爺無大兒，木蘭無長兄。

阿爺指父親。

南、北朝語音有差異，北魏孝文帝遷都，太和十九年六月，「詔不得以北俗之語言於朝廷，若有違者，免所居官」。[67]《梁書．盧廣傳》謂廣出范陽盧氏，天監中歸梁，後兼國子博士，「時

---

[65] 分詳《唐律疏義‧擅興》（臺北：臺灣商務印書館，民國 79.12，臺六版），3：205 及 207。

[66] 《五代史志‧百官下》，見《隋書》28：779。

[67] 參《魏書‧高祖紀》，7 下：177。

北來人儒學者有崔靈恩、孫詳、蔣顯，並聚眾講說，而音辭鄙拙；惟廣言論清雅，不類北人」。同卷〈沈峻傳〉更載孫、蔣二人因語音關係，而學徒不至。南、北朝語音之差異，前引《顏氏家訓》又作過比較；既有如此大的差異，則其對父親稱謂或許亦有不同。

蓋南朝民間似稱父為爹，如《梁書．始興忠武王憺傳》載荊州「民為之歌曰：『始興王，民之爹。赴人急，如水火。何時復來哺乳我！』」然而同書〈侯景傳〉載其篡位後，有司請立七廟，景曰：「前世吾不復憶，惟阿爺名標。」乃尊其父標為元皇帝。按侯景為雲朔降梁之人，當時被視為胡羯，而他稱其父為「阿爺」，恐是北方人的稱呼。又如《隋書・五行下》記「開皇末，渭南有人寄宿他舍，夜中聞二家對語。其一曰：『歲將盡，阿耶明日殺我供歲，何處避之？』一答曰：『可向水北姊家。』因相隨而去」。此與前引杜甫的「不聞耶娘哭子聲」，表示父女或父子的關係正同。

或許南爹北爺，正是南、北朝民間對父親稱謂上的差異。此差異如同「北虜」稱君長為可汗一般，可以提供論證本詩為北方民歌的線索。

阿爺無大兒而木蘭無長兄，殆即木蘭之父沒有達到當兵丁齡的長子。前引《舊唐書・職官二・兵部尚書》項所載，軍人「六十而免」；至於派遣征防，則謂「若父兄子弟，不併遣之；若祖父母老疾，家無兼丁，免征行及番上」。是則若依唐制而論，木蘭之父是現役軍人，年齡應未及可以免役的六十歲（齊隋也是六十免役），也無老疾的父母，故仍應點發服役。大概木蘭憐其父年衰老，而代之從軍而已。

按中古時期少年從軍，史不絕書，而詩樂也有詠及，如漢《古詩三首》之二云：「十五從軍征，八十始得歸。道逢鄉里人，家中有阿誰？」注云：「亦見《梁鼓角橫吹辭》。吳兢曰：「此詩晉宋入樂奏之，首增四句，名〈紫騮馬〉。」[68]智匠《古今樂錄》所列《梁鼓角橫吹辭》三十六曲，〈紫騮馬〉確是其中之一，是則為梁朝軍樂不全取《北歌》之另一證。又如梁王訓〈度關山〉云：「好勇自秦中，意氣本豪雄。少年便習戰，十四已從戎。」此詩是南朝人描述秦人尚武，少年從軍征戰雲中、遼水之作。又如劉孝威〈驄馬驅〉云：「十五官期門，二十屯邊徼。」；其另一首樂府〈結客少年場行〉云：「少年本六郡，遨遊遍五都……邊城多警急，節使滿郊衢……千金募惡少，一揮擒骨都。」皆可概見少年從軍之況。

木蘭既能代父從軍，若據上面引述之梁、陳、北齊、隋、唐兵役之正常情況推，則其年齡當已年逾二十歲以上；不過，木蘭之弟則應未滿二十歲。

本詩主角為「木蘭」，然則「木蘭」是姓抑或是名？

按後世謂木蘭姓氏有多說，皆為附會，論者多不取之。然而其中有較具爭議性之說，或謂主角之姓為「木」氏，或謂就是「木蘭」氏，或謂「木蘭」為「沐簡」複姓之誤筆；或又謂「沐簡」是北魏內入諸姓之「僕蘭」氏的異譯，因而證本詩出於《北歌》。多語出主觀，而又乏確證。

觀木蘭向其父自稱「木蘭」，則知木蘭是其名或字（中古女子也有字）。《顏氏家訓・風操》篇述當時的名字習慣，謂「江南輕重，各有謂號，具諸書儀；北人多稱名者，乃古之遺風。吾善其稱名焉」；又謂河北士人全不辯名字，「名亦呼為字，字固因呼為字」。本詩主角所顯示之呼名習慣，宜以北方人為是；故「木

[68] 《全漢詩》，3：115。

蘭」應是主角之名，但是也可能即是其字。

中古男子也有以「木蘭」為名字之例，如西魏、北周戰將韓雄，「字木蘭，河南東垣人」，後賜姓宇文氏。東魏、北齊韓賢為洛州刺史時，擊破逆民韓木蘭；盧勇為陽州刺史時，大破叛民韓木蘭，皆應指韓雄而言。[69]若是，則此人實為平陳名將韓擒虎之父，唐首席名將李靖之外祖父也。只是此木蘭，決非本詩主角女性之木蘭。

木蘭既是主角之名字，而其姓氏則以姓花氏最為傳世，確否？

答曰：「蓋不可考，姓花氏僅為後世相傳而已。」

按盛唐以前將領中確有姓花氏者，且可稽者有二人：一為花大智，高宗調露元年（679）單于都護府之突厥反，大智以左領軍衛將軍配合諸將討之，因雨雪天寒而被襲，大敗，大智等被免官。朝廷另派裴行儉往討，乃有黑山大捷。[70]另一為花驚定，安史之亂時玄宗自蜀還京後，四川尋亂，西川牙將花驚定大掠東蜀，故肅宗命高適出任西川節度使。[71]後者為西川牙將，事情與本詩不合；前者征戰地區與氣候皆與本詩接近，但是大敗免官，與本事不合，故二人皆無可能是木蘭之軍中姓名。

---

[69] 按孝武西遷，韓雄與其屬舉兵洛西，故韓賢與盧勇在洛西所破者即此人，只是直以「木蘭」之字行而已。分詳《周書‧韓雄列傳》（43：776-777），《北齊書‧韓賢列傳》（19：248）及同書〈盧文偉列傳（勇附）〉（22：323）。

[70] 詳兩《唐書‧裴行儉傳》及〈突厥傳〉。按《新唐書‧突厥上》作苑大智，（215 上：6042）今據《舊唐書‧高宗下》調露元年十月條，作「將軍花大智」。（5：105）

[71] 詳《舊唐書‧高適傳》，111：3331。

木蘭姓花無證可稽，或許因木蘭花而訛傳之，如白居易〈詠木蘭詩〉謂「應添一樹女郎花」是也。

願為市鞍馬，從此替爺征。」

按南朝崇文，北朝尚武，風俗不同。

《顏氏家訓・涉世》篇敘述梁朝士大夫文弱之風，「皆尚褒衣博帶，大冠高履，出則車輿，入則扶持，郊郭之內無乘馬者」；「及侯景之亂，膚脆骨柔，不堪行步，體羸氣弱，不耐寒暑，坐死倉猝者，往往而然」。又如梁初蔡撙為吳興太守，祆道聚眾攻宣城，因轉屠旁縣，進寇吳興，所過皆殘破。「東道不習兵革，吏民恇擾奔散，並請撙避之。」[72]皆可證江東官民缺乏尚武風氣。又梁何遜〈見征人分別〉云：「淒淒日暮時，親賓俱佇立。征人拔劍起，兒女牽衣泣。」可見梁人出征時的氣氛，與本詩頗異。

騎射為古代戰鬥的武藝，《顏氏家訓・雜藝》篇較論南、北此項射藝，說南方士大夫只曉行禮的博射，而「江南謂世之常射以為兵射，冠冕儒生多不習此。…河北文士，多曉兵射。」可證北方文士素習用於戰陣的兵射，有尚武之風。本詩是尚武之詩，就其風格言，應是描寫北方的情況，而不是描寫南朝之情態。

河北文士既多曉兵射，則兵家子女更可以知之；木蘭買馬從軍，應即屬騎射部隊。按女兒能征戰，尤以邊地為然，《後漢書・鄭太傳》載太向董卓分析關西、山東之風氣，說山東文弱，而關西壯勇，至謂「關西諸郡，頗習兵事，自頃以來，數與羌戰，婦女猶戴戟操矛，挾弓負矢」云。蓋漢代素有關西出將之說，而東漢長期與諸羌戰爭，關隴已成邊地，故尚武之風益盛，連婦女亦

[72] 蔡撙堅守不動，募勇敢固郡，後平賊黨。詳《梁書・蔡撙傳》，21：333。

能戰鬥也。

其後北方胡風加入，故北方婦女驍勇習戰，史常見其例。如《晉書・石季龍載記上》載鄴城東、西二宮內，女官皆習「馬步射」；石虎又「常以女騎一千為鹵簿」。《南齊書・魏虜傳》稱北魏平城時期，每「太后出，則婦女著鎧騎馬近輦左右」。此皆宮內習武，甚至組成女侍衛隊之證，難怪北魏實行漢化後，《魏書・崔光傳》載「靈太后臨朝，每於後園親執弓矢，光乃表上中古婦人文章，因以致諫曰：『…若射、御，唯主男子事，不及女』」也。[73]事實上，連南齊殆也薰染此風，故〈東昏侯紀〉謂蕭寶卷「素好鬥軍隊，初使宮人為軍」，至有千人云。

不過，中古漢族女子參與軍旅或尚武，確亦史不乏書，如劉先主孫后，晉之荀灌，北魏之李波小妹雍容、苟金龍妻劉氏，[74]梁、陳、隋之間統兵戰鬥，撫定嶺表的譙國夫人洗氏，[75]皆是其例。至於唐太宗姊平陽公主的「娘子軍」亦極著名，她在長安起兵嚮應李淵起事，兵至七萬，諸主中獨有軍功，死後破例以鼓吹軍樂送葬，享有殊榮。[76]

因此，木蘭從軍絕非僅見之例。甚至降至安史之亂時，亦有女子請纓參軍之事，《舊唐書・肅宗紀》乾元元年十月甲寅條云：

---

[73] 靈太后為安定臨涇人，（詳《魏書・宣武靈皇后胡氏傳》，13：337）即關西人，孝文帝媳婦。引文見〈崔光傳〉，67：1492。

[74] 李雍容為相州強族李波之妹，與魏軍戰鬥，其歌廣為傳播，事詳《魏書・李安世傳》。劉氏為梓潼太守苟金龍妻，值金龍重病，梁武帝遣兵來攻，劉氏指揮軍民守城，拒戰有餘日，為孝明帝嘉賞。事見《魏書・列女・本傳》，92：1983－1984。

[75] 洗氏高涼人，世居嶺表，軍功詳《隋書・譙國夫人傳》。

[76] 參《舊唐書》本傳，58：2315-2316。

「許叔冀奏：『衛州婦人侯四娘、滑州婦人唐四娘、某州婦人王二娘相與歃血，請赴行營討賊。』皆補果毅。」

按：許叔冀時為青州刺史兼滑州刺史，充青、滑六州節度使，為觀軍容使魚朝恩所監討伐安慶緒的九節度之一，故衛、滑二州是其屬州。又《新唐書・列女傳》亦記此事，說王二娘是青州人，故亦是叔冀的屬州，並且另記有他人妻參與戰守。[77]是則女子身手矯健、參軍戰鬥，也決非北朝或胡族女子之專利，漢族女子不論在魏晉、隋唐，亦有此類剛健勇敢的表現；不過，此風的確以北方婦女為常見。《顏氏家訓・治家》篇曾比較南、北婦女風尚之差異，說「江東婦女，略無交遊；…鄴下風俗，專以婦持門戶，爭訟曲直，造請逢迎，車乘填街衢，綺羅盈府寺，代子求官，為夫訴屈，此乃恒代之遺風乎？」可證婦女活躍任事，南、北果有甚大差異。宜乎論者多同意本詩為北朝詩。

於此要問的是，木蘭究竟是出征，抑或是赴防？為何能替代其父？

按《通志》謂「其父被調從征，木蘭代父往防邊」。[78]若以唐朝《宮衛軍防令》為例，征、防蓋不同，征指出征，防指防戍；征戰十年之久甚不可能，木蘭恐怕是先代父出征，然後戰後長期駐防也。

父兄死而子弟代領部曲，魏晉南北朝實為常見之事。不過，若父在役（尤其父非部曲主帥時），而子代征，是否有可能？

按世兵制是指父死子繼的兵制，故木蘭若生在實行此制時，則其事或許可能。據《魏書・臨淮王譚傳》，譚子提因罪「徙配

[77] 詳該傳，205：5825-5826。
[78] 《通志》注，見49：志632。

北鎮。久之，提子員外郎穎免冠請解所居官，代父邊戍，高祖不許。」按此事發生在孝文帝由平城遷都洛陽之前，可能因拓跋提涉及刑罰，故不許其子解官代父從軍，要之乃是當時不許代父從軍之例。又孝文即位初，軍中已有逃兵現象；而孝明以後，勳賞制度發生「偷階冒名」、「竊冒軍功」，以及將帥多遣親人妄稱入募，而其實「身不赴陳，惟遣奴客充數而已」諸流弊（詳「策勳十二轉」句），則木蘭代父從軍若是此時之事，也是有可能的。

不過至唐朝貞觀間府兵制成熟定型後，冒名代役即為不允許的犯罪行為。《唐律疏議・擅興》律第五條：「諸征人冒名相代者，徒二年；同居親屬代者，減二等。」《疏義》云：「介冑之士，有進無退，征名既定，不可假名，賞罰須有所歸。如有違者，首，徒二年；從，減一等；同居親屬代者，減二等。稱同居親屬者，謂同居共財者。」可以為證。

法律雖不允許，卻不是指社會及軍中即無此風；相反的，應是此風在社會及軍中頗為普遍，所以才定有此條法律。唐《永徽律》沿自隋《開皇律》，隋律沿自北齊《河清律》，北齊律沿自北魏《太和律》，治中古史者已是常識。諸律是否亦定有此條法律今已不詳，但如上所述，北魏中期以降，軍中的確有冒名相代之情事，且日益嚴重，故應有此類立法。

其實軍中冒代事件，恐怕中古史上始終未斷絕過，只是孝明帝以降的北魏，與玄宗之盛唐時期，情況最為嚴重，以致破壞了現行兵制而已。若然，則木蘭代父從軍，僅為此長時段中之一例罷了。

軍人冒代為犯法行為，然則木蘭如何始能順利為之？

按《唐律疏議・擅興》律第五條又規定，「部內有冒名相代者」，里、縣、州主管人員節級相坐；「其在軍冒名者」，隊正以上直屬折衝府長官亦節級相坐。[79]因為唐制發兵，是由地方行政長官會同軍府統率長官，勘契後始差發的，不知木蘭何以能躲過此兩系官員的耳目？

前面疑本事可能發生於北魏中期，此時軍鎮權力大，也未知是否已實行此兩系官員會同勘契之制。本事若發生於此時，軍中既已開始流行「偷階冒名」、「竊冒軍功」，甚至長官默許「身不赴陳，惟遣奴客充數」之弊，則木蘭之冒代，恐怕只要取得軍中長官默許即可。何況在不損失兵員戰力情況之下，又涉及成全部曲、同情忠孝之事耶？唐人韋元甫續作的〈木蘭詩〉，正是為了表彰木蘭忠孝兩全而作。

東市買駿馬，西市買鞍韉，
南市買轡頭，北市買長鞭。

按被點出征，是立即行動的軍令行為。《唐律疏議・擅興》律第八條云：「諸征人稽留者，一日杖一百，二日加一等，二十日絞。」《疏議》云：「謂若已從軍，兵馬并發，不即進路，而致稽留者。」此法令降至盛唐，府兵制已壞，但仍舊依然。如杜甫〈前出塞〉之一云：「戚戚去故里，悠悠赴交河。公家有程期，亡命嬰禍羅。」之四云：「送徒既有長，遠戍亦有身。生死向前去，不勞吏怒嗔。」其〈後出塞〉之一亦云：「召募赴薊門，軍動不可留。」皆指為此法令約束故也。據此推之，木蘭之父應是現役軍人，此次是被揀點出征，故木蘭須緊急自購裝備，從軍出發。

論者多同意部族兵制特點之一，是軍人出征時部份或全部資

[79] 條文詳見3：208。

裝自備；府兵制由部族兵制演變而成，直至隋唐仍保有部份資裝自給的特色。前論北魏後期恐軍人赴軍時持械逃亡，詔令縣令親自另行押送軍人資裝至軍所；《隋書・張定和傳》謂定和「初為侍官，會平陳之役，定和當從征，無以自給。其妻有嫁時衣服，定和將鬻之，妻靳固不與，定和於是遂行。以功拜儀同，賜帛千疋，遂棄其妻」；《通典・邊防七・車師》記載唐太宗貞觀十四年平高昌為西州，西突厥原屯兵於可汗浮圖城，為高昌的戰略支援基地，至是因懼來降，唐以其地為庭州，「每歲調內地更發千人鎮遏焉。黃門侍郎褚遂良上疏曰：『…去者資裝自須營辦，既賣菽粟，傾其機杼。』」[80]皆可為例證。《新唐書・兵志》更對軍士資裝自給自備，有較詳細的記載。因此，木蘭買馬從征，起碼應為北魏兵制或隋唐府兵制之寫照。

按，《史記・匈奴傳》謂匈奴以「馬上戰鬥為國」，「士力能彎弓，盡為甲騎」，蓋可用以描述北方草原遊牧民族的風尚。北魏太武帝與宋太祖書，稱芮芮（柔然）為「有足之寇」，宜優先致討；劉宋「無足」，故非戰略上之優先；[81]其形容詞用有足無足，可謂傳神之至。事實上，柔然最為北魏大敵，孝文帝以前皆為優先征討的目標；突厥之於隋唐亦如是。本詩地名提及黃河、黑山等，正是征戰之地（詳證下句）。征伐有足之國，本身亦必須有足，故木蘭為騎兵也。

又按，木蘭若為北魏主戰力之雲代北人，則此部族與此地區，應無買馬出征的必要。因為魏初號稱有控弦之士數十萬，馬百萬匹，雲中川自東山至西河二百里、北山至南山百餘里，每秋

[80] 詳《通典》，191：典 1031 上。《唐會要・高昌》所載略同，95：1702-1703。
[81] 《宋書・索虜傳》，95：2346。

集馬滿川。[82]及至太武帝征高車，《魏書・高車傳》謂「降者數十萬落，獲馬牛羊亦百餘萬，皆徙至漠南千里之地。…由是國家馬及牛羊遂至于賤」。此即《魏書・食貨志》所記，太武帝以河西為牧地，「畜產滋息，馬至二百餘萬匹，橐駝將半之，牛羊則無數」是也。同志又謂自孝文遷都後，「復以河陽為牧場，恒置戎馬十萬匹，…每歲自河西徙牧於并州，以漸南轉，…而河西之牧彌滋矣。正光以後，天下喪亂，遂為群寇所盜掠焉」。是則自雲代以至河西，皆為北魏牧場，馬匹由原有的百萬匹倍增，至孝文帝時仍然彌滋。木蘭若為此地牧族，則尚何需買馬？以是知木蘭應非胡人。

孝明帝正光以後，牧馬為群寇所盜掠，故政府馬匹即嚴重不足，以致有下令人民若干戶即須出戎馬，[83]與賞勵官民出馬[84]的措施。於此之時，木蘭尚能輕易買馬否？以是知本事不宜繫於此段時期。

本詩既疑中經隋、唐人之修飾，然則何時代較與買馬從征之本事相當？

按隋、唐大敵以突厥為甚，國家亦必須以「有足」征「有足」，

[82] 詳《魏書・燕鳳傳》，24：609－610。

[83] 如明元帝永興五年正月，「詔諸州六十戶出戎馬一匹」；泰常六年二月，「調民二十戶輸戎馬一匹，大牛一頭」，《魏書・太宗紀》，3：52及61。亦見〈食貨志〉。

[84] 如《魏書・孝莊紀》建義元年六月己酉，「詔諸有私馬仗從戎者，職人優兩大階，亦授實官；白民出身，外優兩階，亦授實官」。（10：259）二年五月「辛酉，詔私馬仗從戎優階授官。…甲子，又詔職人及民出馬，優階各有差」。（262）

故軍中重視騎兵之建編。隋朝鷹揚府每府置越騎校尉（團級）二人，掌騎士；步兵校尉二人，領步兵；[85]即是每軍府步、騎團編制各半。前引《舊唐書・職官二・兵部尚書》項，謂徵兵時「其善弓馬者為越騎團，餘為步兵團」，蓋沿襲隋制而稍變，而未硬性規定每府有兩個越騎團之編組而已。

隋朝馬匹牧養不及魏盛，又屢有征戰，至大業「六年，將征高麗，有司奏兵馬已多損耗。詔又課天下富人，量其貲產，每錢市武馬，填元數。限令取足。復點兵具器仗，皆令精新，濫惡則使人便斬。於是馬匹至十萬。…九年，…盜賊四起，…舉天下之人十分，九為盜賊，皆盜武馬，…益遣募人征遼，馬少不充八馱，而許為六馱。又不足，聽半以驢充」。[86]其情況顯然與本詩市鞍馬的情況不同；本詩若經隋人修飾，也應往大業六年以前推敲。

至於唐朝，《新唐書・兵志》說唐初馬匹甚少，隴右初置監牧時僅得三千匹，其後張萬歲領群牧，「自貞觀至麟德四十年間，馬七十六萬六千，…方其時，天下以一縑易一馬」。[87]又說官給馬直以買馬，「每匹予錢二萬五千」，不知是何時之價格？由於遠較隋末每匹十萬之價格為低，故恐是唐初馬匹漸增後某時期的價錢。

按，唐高宗時官馬之數量，約為北魏盛時三分之一，故其價格應為北魏之三倍。[88]今每匹予錢二萬五千，應確是當時的價

---

[85] 《五代史志・百官下》，見《隋書》，28：800。

[86] 《五代史志・食貨志》，見《隋書》24：687－688。

[87] 此說據開元十三年張說的〈隴右群牧使頌〉。安史之亂後唐向迴紇買馬，「馬一匹易絹四十匹」。見《唐會要・馬》72：1302-1303。

[88] 按《魏書・常景傳》謂景常任要職，但清儉自守，友人刁整等七人，「各出錢千文而為買馬焉」，（82：1806）即一匹馬在魏末約僅七千文也，是

錢，即由官方出資，由軍人選購以為越騎，以免像前述張定和般幾乎不能自資從征。

隋朝自文帝統一天下後，隨即實行禁武政策，除了關中緣邊之外，沒收天下兵器，存於府庫，用時始許持之。煬帝時更徹底施行，民間連鐵叉、搭鉤等也遭禁絕。[89]唐朝則民間容許有弓、箭、刀、楯、短矛；但不容許有「禁兵器」，包括重騎兵的具裝。[90]《新唐書·兵志》述唐府兵以「五十人為隊，隊有正；十人為火，火有長」，並述每火、每隊、每人自備的裝備云：「火備六馱馬。凡火：具烏布幕，鐵馬盂、布槽、鍤、钁、鑿、碓、筐、斧、鉗、鋸皆一，甲床二。隊：具火鑽一，胸馬繩一，首羈、足絆皆三。人：具弓一，矢三十，胡祿、橫刀、礪石、大觿、氈帽、氈裝、行縢皆一，麥飯九斗，米二斗。皆自備。并其介冑、戎具藏於庫。有所征行，則視其入而出給之。」亦即每一軍人及火隊，平常皆已自備規定的裝備，與介冑、戎具俱藏於庫，征行時始出給之。

馱馬是負載上述資裝之運輸工具，本句所買之駿馬及馬具，顯然是乘騎用之戰馬，否則下句之「關山度若飛」便失正解。因此，木蘭之父原本應是騎兵，資裝日常已存於庫，此時只需買或官方資助買戰馬及其裝備。唐制馬軍的戰馬裝備，據《通典》所載，需另備「轡、革帶、披氈、披馬氈皆二，絆插揵每馬一疋，

唐之三分之一。

[89] 詳拙著《隋唐中央權力結構及其演進》，頁 432~433。

[90] 《唐律疏議·擅興》律：「諸私有禁兵器者，徒一年。」注云：「謂非弓、箭、刀、楯、短矛者。」《疏議》曰：「私有禁兵器，謂甲、弩、矛、矟，具裝等，依令私家不合有。」（16：216）所謂具裝，應即是甲騎具裝，指的是人馬皆披甲的重騎兵裝備。

韋皮條各皆三」。[91]是則轡帶之類，正是木蘭加入騎兵所要買的，與本詩頗合。

南、北朝以來婦女風習不同，前已言之。木蘭如是北方軍人子女，或許受其父影響，從少即習騎射，否則焉敢以妙齡女郎，而配屬於騎兵序列？本詩若經唐人修飾，殆以太宗及高宗時較為可能，因為本事所述買馬諸情況，與當時越騎制度較合故也。上引杜甫〈後出塞〉之一云：「召募赴薊門，軍動不可留。千金買馬鞭，百金裝刀頭。閭里送我行，親戚擁道周。」殆是〈草堂〉之外，衍用本詩句法之另一篇。

又按，在一城市之內，有東、西、南、北四市者，史傳未見其證，或許詩人以對迭之法，增益句音之整齊諧美。

中古著名大都會，如東晉南朝，京都及附近有四市，即建康大市與東市、北市、秣陵鬥場市，皆由孫權以降陸續建立。[92]北魏洛陽東面之建春門附近，則有著名的馬市。[93]隋唐長安有東、西二市，洛陽則有東、北、南三市。未見有東、西、南、北四市俱備者。

旦辭爺孃去，暮宿黃河邊。

按「旦辭－暮宿」之句型，是示一日之行歷程，漢以來即有之。如漢《錄別詩八首》之一描寫鷹飛：「朝發天北隅，暮聞日南陵」；又漢《相和歌辭．瑟調曲》之〈孤兒行〉：「使我朝行汲，暮得水來歸」。

---

[91] 《通典・兵一・立軍・今制附》，148：典 776 下-777 上。

[92] 詳《太平御覽》(臺北：國泰文化公司影印版，1980)引山謙之《丹陽記》，827：3688 上。

[93] 《洛陽伽藍記・城東》，2：3。

魏晉則極為常見。如魏文帝〈黎陽作三首〉之一云：「朝發鄴城，夕宿韓陵」；王粲〈從軍詩〉五首之一：「晝日處大朝，日暮薄言歸」，之四云：「朝發鄴都橋，暮濟白馬津」；繆襲〈挽歌〉：「朝發高堂上，暮宿黃泉下」；應瑒〈別詩〉：「朝雲浮四海，日暮歸故山」；嵇康〈贈秀才入軍十九首〉之一云：「朝遊高原，夕宿蘭渚」，之二云：「朝遊高原，夕宿中洲」，之十六云：「朝發太華，夕宿神州」；阮德如〈答嵇康二首〉云：「早發溫泉廬，夕宿宣陽城」；阮籍〈詠懷〉：「朝登洪坡顛，日夕望西山」，另一首同名詩又云：「朝餐琅玕實，夕宿丹山際」，又另一首同名云：「朝生衢路旁，夕瘞橫術隅」；潘岳〈金谷集作詩〉：「朝發晉京陽，夕次金谷湄。」。

又南朝以降，如梁謝微〈濟黃河應教〉：「朝辭金谷戍，夕逗黃河渚」；甚至與本詩同被列為《梁鼓角橫吹曲》之〈隴頭歌辭〉亦云：「朝發欣城，暮宿隴頭」。至於唐詩，亦多此例，如杜甫〈後出塞〉之二：「朝進東門營，暮上河陽橋」。其例尚多，不贅舉。

要之，漢魏以來詩人常用此句型，表示非本詩所原創，反之表示本詩已經文人修飾過了。另外，值得注意的是，上述諸句，多用以指一日（一晝）之行歷程，例外者蓋鮮。

此句型常表示一日之行歷程，是否可據以推估木蘭之住地及戰地？

按論者確曾如此為之，謂木蘭家居塞上，在河套之西，自西而東駐黑山以防契丹，其後還朝天子於統萬城云，引起駁議；然而駁者謂一宿再宿僅指行之火速，不能據以實計路程云，二者皆殆涉武斷。[94]

---

[94] 詳姚大登〈木蘭從軍時地表微〉（《東方雜誌》22-2，1925.1），頁88~91。

筆者以為，在未證實二宿僅表示成數之前，以兩日行程為推估，也未嘗完全不合理。因為筆者所以贅舉上述用此句型諸詩，蓋用以印證時人的確常用此以表示一日之行歷程也。因此，筆者於此僅試為之。

首先，「關山度若飛」一句，應指木蘭急行軍。不過，急行軍在中古時日程應如何計算？茲以兩條史料為例：第一，《舊唐書・蘇定方傳》載高宗時，定方征西域，「馳掩襲之，一日一夜行三百里」。第二，《舊唐書・肅宗紀》謂馬嵬坡兵變後，肅宗由永壽至新平，「晝夜奔馳三百里」。一日二十四小時，扣除夜宿時間約三分之一，即日間急行速度約為二百里。

按，若木蘭兩日皆為旦行而暮宿，即是第一日急行了二百里，次日亦是，約共行了四百里。今以二百唐里換算公里作為半徑，以黑山（呼延谷附近，詳下句）為圓心，據譚其驤《中國歷史地圖集》唐〈關內道北部〉圖，劃第一個圓周，則此圓周與黃河有兩個交點：一在勝州榆林縣西北，為東交點；一抵豐州東北之黃河（今五加河為中古黃河正道）段，為西交點。其次，再以東交點為圓心，同半徑劃圓，則涵蓋了陰山以南之黑城、單于府、朔州西北今長城北邊等地，即唐朝勝州與單于府之地區；又以西交點為圓心，同法為之，則涵蓋了豐州與燕然府之地。此兩州兩府，是唐朝前期對突厥等北族之前線，駐有重兵。由於兩府皆在黃河之北，從燕然府向東至黑山，或從單于府向西至黑山，按中

徐中舒〈木蘭歌再考〉（《東方雜誌》22-14，1925.7）駁之。姚又撰〈木蘭從軍時地補述〉（《東方雜誌》22-23，1925.12）仍堅持所見，更謂木蘭先世移居夏州云云（頁 67~71）；徐氏復撰〈木蘭歌再考補篇〉（《東方雜誌》23-11，1926.6）駁之。二人論證皆有武斷，而姚氏較甚。

古道路殆皆不能至黃河邊，[95]故木蘭家應不在此地。因此，其家應在黃河南岸之豐州或勝州地區，再南不過至夏州北部。此地區在北魏分屬沃野鎮與統萬鎮(夏州)之轄地，亦有重兵駐守。

今據兩晝急行行程，先假定木蘭故鄉有此兩個可能地方，進一步探討請詳「送兒還故鄉」句。

爺、耶相通，北朝民間謂父之稱，前已論之。孃指母親，《說文．段注》所說甚是；然而段注謂孃、娘不同，娘指少女，唐人用此二字分明，斷無將孃作娘者。此則值得參考。按六朝娘的確指少女而言，然而暨季江稱梁元帝徐妃為「徐娘雖老，猶尚多情」，表示此時娘已可指老女；故至隋，韋世康稱其母為「娘春秋已高」，與盛唐杜甫之「不聞耶娘哭子聲」，則直以指母矣。[96]故唐人孃、娘用法，未必如此分明。要之爺孃指父母，應是北魏至唐的民間稱謂，應可無疑。

不聞爺孃喚女聲，但聞黃河流水鳴濺濺。
（不聞耶娘哭子聲，但聞黃河之水流濺濺）

括號內句已見前說。

按前引杜甫〈前出塞〉之一云：「戚戚去故里，悠悠赴交河。公家有程期，亡命嬰禍羅。…棄絕父母恩，吞聲行負戈。」之四又云：「送徒既有長，遠戍亦有身。生死向前去，不勞吏怒嗔。」蓋從軍出征是生離，也可能是死別，途中焉能無離情憶念？

至於黃河，漢趙壹〈疾邪詩〉云：「河清不可俟，人命不可

[95] 詳嚴歸田師《唐代交通圖考》(臺北：史語所專刊 83，1985.5)第一卷《京都關內區》有關靈、豐、勝三州諸文及附圖。

[96] 徐中舒曾專題論此數字之原義，但未強調娘至梁已可指老女，因而至隋遂借作指母。詳其〈木蘭歌再考〉，頁 85~86

延。」梁費昶〈行路難〉之二云：「黃河千年始一清。」北周《燕射歌辭・周五聲調曲》之〈徵調曲〉云：「聖人千年始一生，黃河千年始一清。」是知河水之大，挾黃土而流已久矣；然而其流水之聲，向用「湯湯」形容之。如魏繆襲《魏鼓吹曲十二首》之六為〈定武功〉云：「定武功，濟黃河。河水湯湯，旦暮有橫流。」梁范雲〈渡黃河〉云：「河流迅且濁，湯湯不可凌…寄言河上老，此水何當澄？」蓋湯湯乃大水之聲，故用以描述黃河之水。

今者用「濺濺」為形容，當作何解？

按濺同淺；淺，水少也。《洛陽伽藍記》記北魏末爾朱兆舉兵向洛陽，擒莊帝之役時，謂莊「帝初以黃河奔急，未謂兆得濟，不意…是日水淺，不沒馬腹，故及此難。」[97]是則黃河確有水少而淺之時。黃河何時會水少而淺？

按若非旱季，通常因天寒冰合而顯得淺。如北周王褒〈飲馬長城窟〉云：「北走長安道，征騎每經過。……屯兵戍隴北，飲馬傍城阿。雪深無復道，冰合不生波。」而庾信〈燕歌行〉述北邊征戰，提及「黃河春冰千片穿」，蓋河道結冰而水始顯得淺少也。

水淺少，故水聲如山間少水之聲。梁吳均〈登壽陽八公山〉云：「遠澗自傾曲，石潊復戔戔。」潊為水邊，戔戔乃小水之聲貌。又北周滕王逌〈至渭源〉云：「源渭奔禹穴，輕瀾起客亭。淺淺滿澗響，蕩蕩竟川鳴。」可證少水之聲，可以戔戔、淺淺、濺濺形容之。天寒冰合而水淺，此與下句之朔氣寒光的氣候描述相符合。

本句以濺濺水聲代替爺孃之喚，亦象徵了哭泣嗚咽之聲。中

---

[97] 《洛陽伽藍記》，1：6。

古樂府〈隴水〉、〈關山〉諸篇，足以印證。如漢〈隴頭歌〉:「隴頭流水，鳴聲幽咽。遙望秦川，肝腸斷絕。」(按此辭又收入為《梁鼓角横吹曲・隴頭歌辭》) 梁車丕〈隴頭水〉:「隴頭征人別，隴水流聲咽。」陳孔奐〈隴頭送征客〉:「朝霜侵漢草，流沙度隴飛。一聞流水曲，行住兩霑衣。」隋虞茂〈入關〉:「隴雲低不散，黃河咽復流。關山多道里，相接幾重愁。」

按《樂府詩集》所收〈隴頭水〉諸辭，皆是以流水形容嗚咽，而以嗚咽襯托悲離的。是則由隴頭流水嗚咽而連關山，復由關山流水轉變為關山黃河流水，故「黃河咽復流」也。因而黃河流水不論用鳴濺濺或流濺濺作形容，皆為「流聲咽」的表示，乃是傷離悲喚、憶念哭泣之象徵，蓋為從軍出征故也。唐盧照鄰〈隴頭水〉所謂「從來共嗚咽，皆是為勤王」；于濆同題之「深疑嗚咽聲，中有征人淚」是也。

旦辭黃河去，暮至黑山頭。

按黑山或作黑水，出明清詩家之誤抄，論者多已確定。然黑山據《中國地名大辭典》，有七處之多；但既與黃河、燕山並提，其地應以在今內蒙古者為最適當。若牽就今北京北部之燕山，以為與東胡有關，殆為不妥；[98]因本事較可能發生於北魏時，其時契丹初見，與奚皆非大患，而燕山也不靠近黃河故也。

前述唐高宗時，裴行儉統空前的三十萬唐軍征突厥，有黑山大捷。但是，自北魏道武帝以來，即常征伐柔然，主動出擊之國

---

[98] 如註94姚大榮第一文即曾主燕山契丹說，而舉證乏說服力。萬繩楠《魏晉南北朝文化史》(臺北：雲龍出版社，1995) 有專目談本詩，未對燕山舉證，但卻謂燕山胡騎指奚，頁200~203。按：契丹與奚皆屬東胡。

家戰略，至孝宣帝而止。事實上，北魏、隋唐與柔然、突厥相攻，東線以白道，西線以黑山，最為戰略交通重地。《魏書・蠕蠕傳》載太武帝神䴥二年親征蠕蠕（即柔然），由雲中「出東道，向黑山，…北渡燕然山，東西五千餘里，南北三千餘里」，可說犁庭掃穴，是中古大戰中，黑山一地之始見；其後至唐則頗多見，是則其地何在？

按，《舊唐書・郭知運傳》載玄宗開元四年，朔方總管薛訥奉詔追擊突厥叛民，「叛賊至綏州界，詔知運領朔方兵募橫擊之，大破賊眾於黑山呼延谷」。此為最明確的地點陳述。呼延谷若為黑山之山谷，則此谷在拂雲堆之稍北，今昆都侖河中游的西岸。唐中宗時築東、中、西三受降城，為北邊國防第一線，而呼延谷即在中受降城之東北。[99]《新唐書》卷四三下《地理志・羈縻州》述對外交通道路，謂「中受降城正北如東八十里有呼延谷」，由此北行五百一十里而入磧，再北即是回紇所修之參天可汗道，而至燕然山附近之牙庭。太武帝「向黑山，…北渡燕然山」，應即行走此路線。

拂雲堆相傳有王昭君的青塚，開元舉子尉遲匡作〈塞上曲〉，稱「夜夜月為青塚鏡，年年雪作黑山花」，[100]正指此鄰近之兩地而言。

---

[99] 嚴歸田師曾分析東、中、西三受降城為唐北邊國防之第一線，而中城當在今包頭以西、昆都倫河入黃河口之西，約 E109 度地區之黃河外；詳《唐交通圖考》第一卷附篇二〈唐代安北單于兩都護府考〉及附圖。譚其驤《中國歷史地圖集》標位亦同。

[100] 見范攄《雲溪友議》（文淵閣四庫本）卷中〈李右座〉，頁 17。

不聞爺孃喚女聲，但聞燕山胡騎鳴啾啾。

按《古文苑》本作聲啾啾。本詩兩次用「旦辭－暮至」、「不聞－但聞」，是迭句法；而「黃河流水鳴濺濺」與此句之「燕山胡騎聲啾啾」，更是明顯的對偶，中經詩人潤飾之跡可見。

或謂啾啾為馬鳴之聲。按《說文》云：「啾，小兒聲也。」段注引《倉頡篇》云：「啾，眾聲也。」即凡聲音皆可曰啾。通常馬聲以蕭蕭為形容，如梁范雲〈述行詩〉：「蕭蕭良馬鳴。」又如隋《凱樂歌辭・述諸軍用命》：「班馬蕭蕭。」虞世基〈出塞〉之二云：「蕭蕭征馬煩。」

至於啾啾，則最常用以形容鳥類之聲，如漢秦嘉〈贈婦詩〉：「啾啾雞雀，群飛赴楹。」漢《樂府古辭・相和曲》之〈雞鳴〉：「鴛鴦七十二，羅列自成行。鳴聲何啾啾，聞我殿東廂。」又漢《樂府歌辭・瑟調曲》之〈隴西行〉：「鳳皇鳴啾啾。」北魏高孝緯〈空城雀〉：「啾啾雀噪城。」其例尚多。

然而本句則應為形容胡人騎兵死後鬼哭之聲，唐沈彬〈入塞曲〉所謂「鳶覷敗兵眠白草，馬驚邊鬼哭陰雲」是也。其例如杜甫〈兵車行〉云：「新鬼煩寃舊鬼哭，天陰雨濕聲啾啾。」又如後蜀何光遠《鑒誡錄・攻雜詠》記秀才陳裕棄舉業遊蜀，作〈詠渾家樂〉云：「晨起梳頭午不休，一窠精魅鬧啾啾。」[101]皆指鬼魅之哭。蓋至戰場而聞戰死胡騎鬼哭之聲也。

然則，本句之「燕山」，所指何地？又戰死之「燕山胡騎」，所指何族？

按，論者對燕山頗有執論，或謂指今北京北部之燕山，或謂

[101] 《鑒誡錄・攻雜詠》（文淵閣四庫本），10：924。

指今外蒙杭愛山之燕然山；且由於地理位置持論不同，遂致對胡騎的解釋亦因之而異，持前論者謂指東胡（奚或契丹），持後論者則謂指北狄（柔然或突厥）。雙方皆舉證不充份，故紛紜無定論。

筆者以為，燕然勒石、燕山紀功，是中古邊塞戰爭詩中常見之句。所詠所借即指東漢班固攻匈奴，勒石燕然山以紀功之事功典故。詩例甚多，不贅舉。然至梁、陳之時，燕然山於詩中始見簡稱為燕山，如北周庾信〈出自薊北門行〉詠漢伐匈奴云：「燕山猶有石，須勒幾人名？」其〈楊柳歌〉詠西北征戰，亦提及「君言丈夫無意氣，試問燕山那得碑？」二詩皆樂府也，此為以燕山指燕然山之最早見。

唐詩中借此「燕山」典故者尤多，唐人劉肅且於其《大唐新語．懲戒》篇記有一則笑話，說「張由古有吏才而無學術，累歷臺省，嘗於眾中歎班固大才，文章不入《文選》。或謂之曰：『〈兩都賦〉、〈燕山銘〉、〈典引〉等并入《文選》，何為言無？』由古曰：『此并班孟堅文章，何關班固事！』聞者掩口而笑」。[102]可證燕然山可得簡稱為燕山，唐時閒談已然，甚為普遍。

燕然山在黑山西北，中隔大磧，為柔然、突厥與回紇等族的重要活動地區，甚至牙庭也曾設於此附近，唐高宗時曾將燕然都護府北移此地而易名為瀚海都護府；魏、隋、唐皆曾先後出擊至此，前述太武帝「向黑山，…北渡燕然山」，橫掃東西南北若干千里，僅是天子親征的顯例罷了。反觀今北京北部之燕山，比較上殆非彼族之重要活動地區，魏、周、隋、唐極少在此發動大戰。

---

[102] 《大唐新語．懲戒》（文淵閣四庫本），11：12。按：《文選》原題實為「班孟堅封燕然山銘一首」。

若以中古時期活動地區之重要性、戰爭之頻率與規模論，則本句之燕山，殆以燕然山為是。

又唐太宗先平突厥，後平薛延陀，漠北（約今外蒙）諸族頓失其主，咸奉太宗為天可汗，修參天可汗道以朝貢，世所週知。上引《新唐書‧地理志》同卷記貞觀二十二年，對漠北回紇部族，曾建置過羈縻州府，其中以多濫葛部地置為燕然都督府，後來又於靈州溫池縣僑置燕山州以治回紇，是則唐人固視燕然、燕山如一，先後用以羈處回紇族也。

由於「燕山胡騎」有借用漢典之意，也有北朝及唐人之概念，故可泛指柔然、突厥、回紇等北狄民族，不必一定指匈奴。又由於以燕山指燕然山始見於北周詩句，唐詩尤多，故也可作本詩中經唐人修飾的旁證。

萬里赴戎機，關山度若飛。

按，若前句證釋不誤，則木蘭兩日僅行了四、五百里，而實無萬里之長。《舊唐書‧地理志》謂唐極盛時，「凡東西九千五百一十里，南北萬六千九百一十八里」而已；北魏半壁江山，領土更少，故本句蓋指其長程急行軍而言。

郭茂倩於《樂府詩集》卷二三收錄南北朝中期至唐〈關山月〉諸曲，列為《横吹曲》，即軍樂，並在解題稱引本句；是則本詩被郭氏列為軍樂，有源可稽。

按曹魏以來，《相和曲》也有〈度關山〉之曲，最早被收錄者厥為曹操之辭。此題與〈關山月〉一般，歷代多用以詠路途急難、離情悲苦及邊塞征戰之情事；與本詩用法相近，而且句法頗多互襲。如梁簡文帝〈度關山〉詠征戰云：「關山遠可度，遠度復難思。…凱還歸舊里，非是衒功名。」唐長孫左輔〈關山月〉

云：「淒淒還切切，戍客多離別。何處最傷心，關山見秋月。」崔融〈關山月〉云：「月生西海上，氣逐邊風壯。萬里度關山，蒼茫非一狀。」張籍〈關山月〉云：「秋月朗朗關山上，山中行人馬蹄響。…可憐萬國關山道，年年戰骨多秋草。」蓋此二曲為中古名曲，影響詩風甚大，與本詩也互為影響，茲不贅論。

朔氣傳金柝，寒光照鐵衣，

朔氣寒光皆指北方冬天天氣，類似之詩句中古多見。如梁元帝〈驄馬驅〉:「朔方寒氣重，胡關饒苦霧。白雪晝凝山，黃雲宿埋樹。」北齊祖珽〈從北征〉:「關門朔氣寒。」北齊裴讓之〈從北征〉:「高臺朔風駛，絕野寒雲生。」北周王褒〈關山月〉:「天寒光轉白。」隋薛道衡〈重酬楊僕射山亭〉:「吹旌朔氣冷，照劍日光寒。」虞世基〈出塞〉:「鼓鼙嚴朔氣，原野曀寒暉。」皆述朔氣重而寒光照，而唐于鵠〈出塞曲〉更有「寒磧鐵衣聲」之句。

按鐵衣指鎧甲，中古詩常見黑光、明光之名。曹植〈上鎧表〉聲稱「先帝賜臣鎧，黑光、明光各一領，赤練鎧一領，馬鎧一領。今世已平，兵革無事，乞悉以付鎧曹自理。」[103]有人鎧，有馬鎧，此蓋重騎兵之裝具。凡鎧甲皆為重要的戰鬥裝備，由鎧曹保管，民間鮮有。又北周蔡祐與齊戰於邙山，「祐時著明光鐵鎧，所向無前，敵人咸曰『此是鐵猛獸也』，皆遽避之」。[104]是則明光鎧也是鐵甲。曹植身為公子，又常從征，因而有此賜；其失題詩云：「皇考建世業，余從征四方…劍戟不離手，鎧甲為衣裳。」

[103] 《全三國文》(本文稱《全某文》，皆據嚴可均《全上古三代秦漢六朝文》，京都：中文出版社，1972）15：1135上。

[104] 《周書》本傳，27：444。

即以鐵甲為衣也。唐制鎧甲屬禁兵器，平常藏於庫府，征防時始出之，前已論述。木蘭既征防於河朔，故穿有鎧甲鐵衣。

漢崔駰〈安封侯詩〉:「被光甲兮跨良馬。」魏文帝〈至廣陵於馬上作〉:「玄甲耀日光。」晉《凱歌二首》之〈勞還師歌〉:「囂聲動山谷，金光曜素暉。」潘岳〈關中詩〉:「素甲日耀，玄幕雲起。」皆指日光耀甲而言。

柝為木梆，至於金柝，多解為刁斗之類警夜工具，甚是。《周易・繫辭下》云:「重門擊柝，以待暴客，蓋取諸豫。」《正義》云:「豫者，取其豫有防備。」[105]可見擊柝示警，由來甚早，只是詩句多以刁斗為言而已，劉宋何承天〈從軍行〉云:「臥伺金柝響，起候亭燧煙。」則較為少見。唐制行軍作戰之軍紀規定:「更鋪失候，犯夜失號，止宿他火，違律。」[106]可見軍中傳柝警備制度之嚴。

將軍百戰死，壯士十年歸。

上句「萬里赴戎機」蓋指其長途，則此句之百戰十年，論者皆認為是成數，所說應是。「百戰」一詞詩中常見，如梁戴暠〈度關山〉:「將軍一百戰，都護五千兵。」陳張正見〈從軍行〉:「故人輕百戰，聊欲定三齊。」隋《雜歌謠辭・長白山歌》:「長白山頭百戰場。」可為其例；而「十年」征戍亦然，唐制已算是「長征」。

按《唐律疏議・擅興》律第十六條云:「諸鎮戍應遣番代，而違限不遣者，一日杖一百。」《疏議》曰:「依《軍防令》: 防

[105] 《周易》(《十三經注疏》一八一五年阮元刻本)，8：168 上。

[106] 《通典・兵二・雜教令附》，149：典 783 下。

人番代，皆十月一日交代。」此是防戍以一年為番之證，與每月一番的番衛京師不同。木蘭在外十年，早已超過鎮戍番期，故是長征。

《舊唐書·劉仁軌傳》載唐高宗問仁軌朝鮮半島軍情，仁軌答謂「臣聞往在海西，見百姓人人投募，爭欲征行，乃有不用官物，請自辦衣糧，投名義征，何因今日募兵如此儜弱？皆報臣云：『今日官府與往日不同，人心又別。貞觀、永徽中，東西征役，身死王事者，並蒙敕臣弔祭，追贈官職，…從顯慶五年以後，征役身死，更不借問。往前渡遼海者，…唯遣作一年裝束』」，今已離家二年，故衣物單露云云。仁軌之報告，表示兵制已開始變壞，勳賞制度已不如先前般重視，故踴躍從征者漸少；而且從征防戍已超過一年的法令規定，故軍人衣糧單弱。此情況愈後愈壞（又詳「策勳十二轉」句），征防逾時愈久，漸成長征性質。因此至玄宗先天二年（即開元元年，713），詔令：「往者依計戶充軍，使二十一入募，六十出軍，多憚劬勞，…應令天下衛士取年二十五已上者充，十五年即放出；頻經征、鎮者，十年放出。」[107]

筆者因是以為，本詩若經唐人修飾，其時應在盛唐以前、兵制欲壞未壞之間。不過，北魏六鎮在孝文以後，也有長征不調的情況，值得再予斟酌。

再者，木蘭征戰之對象為誰？

按，北魏自道武以至宣武常大舉出擊柔然，隋、唐皆常對突厥大加征伐，戰地亦常與黑山、燕山一帶有關，而且三朝征防北狄的時間皆甚長久，故宜以此為優先考慮。[108]前論本事疑發生

[107] 《唐會要·京城諸軍》，72：1292。

[108] 《通典·北狄四·突厥上》謂突厥至他缽可汗時，「控弦數十萬，中國憚

於北魏，故應以柔然為第一優先。

歸來見天子，

魏晉南北朝詩文歌謠中，常稱中國元首為天子，稱至尊或大君者少見，稱皇帝者則罕見。北朝民間歌謠詠天子以他稱者，今可見兩例：一為北齊《雜歌謠辭・東昏時百姓歌》:「閱武堂，種楊柳。至尊屠肉，潘妃沽酒。」一為《梁鼓角橫吹曲・鉅鹿公主歌辭》:「鉅鹿公主殷照女，皇帝陛下萬幾主。」後者自杜佑以來，已疑是後秦姚萇時歌，謂其詞華音，與《北歌》不同。由此可以推見，北朝人即或是胡族，對其元首也常稱天子。

論者或謂本詩的可汗與天子應為不同的二人；或謂應為同一人。筆者於「可汗大點兵」句已頗論之，然證釋至此，仍宜強調應為同一人。因為木蘭歸見元首之天子，既坐於明堂策勳，故可斷定其已行用漢化制度；又天子於明堂策勳論官賞，不可能堂殿之上，另有一可汗敢僭越而問木蘭欲當何官，是則此天子與此可汗應為同一人無異。此人且應即是上述以軍帖、軍書行使「大點兵」權之可汗，或其嗣位人（因中經十年之故）；否則此問官之可汗若僅是北朝諸部族中之某一小可汗，與天子為二人，則此部酋為何能有、並行使此類漢制權力，而且其權大到可問尚書郎官？

天子坐明堂。

王國維認為「古制之聚訟不決者，未有如明堂之甚者也」，

之，周、齊爭結婚姻，傾府藏事之。…突厥在京師者待以優禮，衣錦食肉者常以千數。他鉢益驕曰:『使我在南兩兒孝順，何患貧也！』」(197：典 1068）當此之時，中國對突厥決不敢進圖。

並謂「明堂為古宮室之通制，未必為聽朔布政而設」。[109]然而不管明堂之爭議如何，就漢魏以來，明堂祀典禮儀崇隆，向為國家的宗祀大禮。木蘭凱旋，何以見天子於明堂，明堂究與軍事有何關係？是否能由此推見木蘭的時代或本詩的創作年代？

按六朝《正史》及《三通》諸〈禮志〉，對明堂禮及其爭議多有贅載，不勝其煩。筆者歸納以為，漢魏晉南朝隋唐，實質上皆因久議不決，而從未建造過明堂，其祀典僅是各在首都南門築壇行禮如儀而已。

據《通典・大享明堂》所述，相傳自黃帝拜祀上帝於明堂以來，歷代有此大祀。至漢，宗祀太一五帝於明堂，而配以祖宗，筆者以為蓋受五行學說的影響。此後魏晉南北朝，各依五行學說以明正統，故尤重宗祀五帝之禮，以示依運奉天承命。然而歷朝集中過許多儒官，對明堂進行研究討論，卻仍久議不決，其原因端在爭議明堂依古制應是五室抑或九室之問題；而自唐以降，則又兼爭議應是宗祀之所抑或布政之宮，宗祀時應專配抑或兼配之問題。[110]

本詩附見於《梁鼓角橫吹曲》，故以《梁書・武帝紀中》所載為例：梁武帝從天監十年（511）至太清三年（549），凡三十九年間，曾親祠明堂八次，可見不是每年舉行的大禮。梁明堂是

[109] 詳其《觀堂集林》（北京：中華書局，1994）卷三〈明堂廟寢通考〉，頁123~144。

[110] 據《唐會要》卷十一〈明堂制度〉記載，貞觀初即因欲造明堂，而引起應有一層或兩層之辯。禮部尚書盧寬等認為應有兩層，「上層祭天，下堂布政，人神位別，事不相干」云，引起孔穎達之反對，請下群官詳議。此類議論，至高宗時猶未決。其後又產生應專以高祖配享，抑或高祖、太宗並配享之問題。

祠五帝之壇，只有梁元帝在平侯景時，曾「以賊平告明堂、太社」過。[111]按，軍旋告社見於《軍禮》；然而為何告於明堂？此殆與侯景摧毀京城，而梁元帝當時身在江陵，不入京，而又未即位有關。要之，魏晉南朝在明堂舉行軍禮，此為僅見之例。

至於北朝，北魏則的確曾建立實質之明堂制度，此下降至武則天，始再有第二次事例。事關本事發生與本詩形成的時代問題，請為較詳細之證釋。

先論北魏之史實與可能。

按《魏書・高祖紀》載孝文帝在平城時即已推行漢化政策，於太和十年（即宋武帝永明四年，486）九月辛卯，「詔起明堂、辟雍」，此為首次下詔的時間。十五年（491）四月己卯，「經始明堂，改營太廟」，至十月，而「明堂、太廟成」。可證明堂與太廟是兩回事，并確曾建成。[112]翌年十有六年（宋永明十一年，492）正月，「宗祀顯祖獻文皇帝（孝文父）於明堂，以配上帝。…降居青陽左个，布政事。每朔，依以為常」。[113]又按《南齊書・魏虜列傳》，更謂孝文「布政明堂，皆引（南）朝廷使人觀視」，可見此制亦為南齊所重視，並加以載述。[114]是則明堂宗祀以外，

---

[111] 見《梁書・元帝紀》，大寶二年三月，5：125。

[112] 分詳《魏書・高祖紀》此二年該月條，7 下：161 及 168。又〈穆崇傳〉說「太廟、明堂，一年便就」(27：669)；《太平御覽・禮儀部一二・明堂》引《唐書》曰：「開元中敕雲州置魏孝文帝祠堂…，是州有魏故明堂遺跡，乃置廟於其跡焉。」(533：2420) 按唐之雲州治魏之平城（今大同市），此可證明堂確已建成。

[113] 同上紀，7 下：169。

[114] 詳該傳，57：991。又《魏書・成淹傳》載太和十六年孝文有事明堂，引齊使觀禮，可以為證。79：1753。

尚用以布政，魏晉以來自孝文帝始。孝文甚至在明堂卜定南討遷都之大事，[115]可謂一再創下了明堂制度之政治新例，舉國矚目。

《通典》誤謂北魏孝文帝於太和十三年（489）四月，「經始明堂，改營太廟」。並約謂遷都洛陽以後，宣武帝欲建明堂，久議不定，至明帝時元叉執政，「遂營九室」，復值世亂，禮迄不設；降至北齊、北周，亦「並竟不立」云。[116]其實據《魏書．世宗紀》，宣武帝（孝文第二子）延昌三年（514）十二月庚寅，已「詔立明堂」。至孝明帝（宣武第二子）正光五年（524）九月，帝曾「幸明堂，餞（蕭）寶夤等」西征，[117]

按，宣武詔立明堂後翌年死，確曾久議不決；但在孝明嗣位、元叉執政之時，明堂即已建成。史載正光二年（521）元叉曾任「明堂大將」，而以崔勵為長史；又以盧同為「營明堂副將」。[118]是則洛陽明堂應興建於此時，在洛陽城南宣陽門外，[119]故五年乃能在此舉行西征軍禮。其後張普惠曾上疏批評孝明帝「告朔朝廟，不親於明堂」。[120]表示孝明帝後期告朔之禮已不在洛陽明堂舉行，軍禮則未必。

要之，孝文在平城、孝明在洛陽，皆建有明堂，宗祀之外，並為布政、用兵之堂室，史確有證可稽。遷都、征討，國之大事，北魏明堂有此制度，可證與魏晉南朝不同；難怪孝明帝在此有募

[115] 詳《魏書．任城王雲傳．子澄附傳》，19 中：464。

[116] 《通典》，44：典 252 中。

[117] 見《魏書．肅宗紀》該年月條，《魏書．蕭寶夤傳》所載同，59：1322。

[118] 事見《魏書．崔光傳．子勵附傳》，（67：1500）及〈盧同傳〉。（76：1684）。

[119] 見《洛陽伽藍記．城南》景明寺條，謂在宣陽門外一里御道東，正光中造，「上圓下方，八窗四闥」云，3：2。

[120] 參《魏書．張普惠傳》，78：1737。

兵之舉，而被人稱為「明堂隊」也。

又按，論者或謂明堂可概指太廟，斯則不然。明堂、太廟並建，表示二者不同。可能孝文時明堂兼為宗祀、告朔、用兵之所，至孝明晚期則告朔改在太廟進行而已。是則北魏中期確曾設有明堂，而且也與軍事有關，與中國傳統略不同；而《通典》所述，應是語焉不詳。

因此，本詩言天子坐明堂以策勳論賞，揆諸北魏歷史，決非子虛假借之事，可以無疑。

次論武周之情事。

按隋朝、唐初亦因久議，故明堂之禮，僅築壇丘以舉行。及至唐高宗不耐久議，立下決心，乃於乾封三年（668）三月詔造明堂；並為此改元「總章」（明堂一名總章），分首都萬年縣置明堂縣，但仍因詳議未決而不成。然而經高宗此舉，明堂建制已是唐人矚目之大事。

高宗不成之事，武后決定自我作古完成之。根據《唐會要．明堂制度》，蓋武后臨朝，不耐詳議，又因孔元義奏請「必以順古而行，實謂從周為美」，為她天授承周、篡唐革命提供了指導原則；遂於垂拱四年（688）二月，毀東都之乾元殿而造明堂，[121]下詔說：「時既沿革，莫或相遵，自我作古，用適於事。今以上堂為嚴配之所，下室為布政之居。來年正月一日，可於明堂宗祀三聖（高祖、太宗、高宗），以配上帝。」其月明堂成，號為「萬象神宮」。是則武后的明堂，是兼宗祀與布政的功能，而且並採兩層分用及兼配之議的，亦即兼採了歷來，尤其貞觀以來，主要

[121] 《唐會要》謂垂拱三年毀乾元殿造明堂，四年正月五日畢功。詳 11：277-278。

的意見而造成。

翌年（永昌元年，689）武后大享神宮，始用周正，以十一月為正月；又翌年（天授元年，690）遂改國號為「周」，自為皇帝。是則武后因建造明堂而實行「革命」，在唐朝乃至中國歷史上是特大之事。其後此明堂用以祀周文王、周武王及武氏考妣，不久毀於火。武氏下詔重建，於天冊萬歲二年（696）完成，改號「通天宮」，行親享之禮，並為之改元為萬歲通天。又據《唐會要．明堂制度》，通天宮之完成，則天並鑄銅為九州鼎，命群官分題山川物產之象及圖畫之，又命宰相、諸王率禁軍十萬曳引之，則天甚至自製〈曳鼎歌調〉，令曳者唱和，極一時之盛。

此後，武周天子遂有坐明堂以宗祀及布政之舉：即「每歲首元日，通天宮受朝賀，讀時令，布政事，京官九品已上、諸州朝集使等，咸列於庭」；並且每月於此堂行告朔之禮。[122]是則原為宗祀之儀禮，遂變成了舉國觸目的大政事與大制度。

然而武周之制行之不久。據《通典．禮典》及兩《唐書．禮志》所載，至唐中宗復辟後，乃於神龍元年（705）親享明堂，但卻「復就圜丘行事，迄於睿宗之代」。玄宗則更於開元五年（717）折毀通天宮，依舊造乾元殿，「大享依舊於圜丘行事」。此後在開元十年（722）復題乾元殿為明堂，而不行享禮；僅於二十年（732）季秋，一度大享於明堂，祀昊天上帝，以睿宗配。降至二十五年（737），更詔拆明堂上層，依舊改為乾元殿。是則中、睿、玄三宗，只有玄宗於開元二十年曾於東都明堂行宗祀享禮而已。

總括而言，唐、周皆一度有實際的明堂制度，而武周更兼為宗祀與布政之所；唐則僅為宗祀之地，且以築壇丘行禮為常。兩

---

[122] 詳《唐會要・饗明堂議》聖歷六年條，12：285-291。

朝明堂，殆皆與軍事無關，本事不可能發生於此時；但是明堂為唐、周之間朝野矚目的大事及大制，故本詩若經唐人修改，亦不妨由此時代思考。

至此，筆者擬對明堂、告廟諸枝節，略事補充，俾能更清晰。

按漢以來明堂是宗祀之所，則在此舉行的就是國家祭祀五帝兼配享祖宗，以發揚天命德教之大禮，故曹植〈精微篇〉云：「黃初發和氣，明堂德教施」是也。至於明堂與軍事有關，詩文不多見，隋辛德源〈星名〉詩云：「邊祲昏高柳，爟火照離宮。明堂發三令，勾陳集五戎。」蓋以明堂星入詠也，是明堂發令征戰首見之詩句。

征伐大事，出征與凱旋，中古皆有告廟之禮。就詩例而言，隋虞世基〈出塞〉云：「廟堂千里策，將軍百戰威。…勳庸震邊服，歌吹入京畿。待拜長平阪，鳴騶入禮闈。」應指戰前廟算、凱旋告廟論功之事；隋煬帝〈飲馬長城窟行示從征群臣〉所謂「飲至告言旋，功歸清廟前」是也。清廟即宗廟，北魏天子常親征，旋歸時亦常舉行「飲至策勳、告於宗廟」之禮，《魏書》諸本紀斑斑可考，隋沿其舊而已。

如此之軍禮，至唐仍然。唐文宗太和三年（829）八月太常禮院奏，聲稱「《凱樂》，《鼓吹》之歌曲也」，並詳記獻俘常儀。事實上唐開元以前，大捷擒獲敵國元首君長，則多舉行太廟獻俘之禮。高宗朝蘇定方平西突厥、李勣平高麗，且皆先獻於昭陵（太宗陵），然後再獻於太廟，皇帝臨軒，大會群臣而受禮。開元二十八年以後，「自後諸軍每有克捷，必先告廟」。[123]

[123] 分詳《唐會要・凱樂》（33：607-608）及《唐會要・獻俘》諸條並注（14：320-321）。

據《開元禮》及《通典・嘉禮》，魏晉至唐朝連天子巡狩、田獵也有告廟之禮。依禮，告廟之廟是指太廟、宗廟，也泛稱為清廟；然明堂自漢以來，亦有清廟之名。[124]如此而言，則「天子坐明堂」一句，似未可拘執於明堂建有及何時建置之問題。盛唐徐堅撰《初學記》，在〈禮部上・明堂第六・事對〉項，即舉「策勳、布政」二事為對；其注又謂有「策勳獻俘」之事，可見唐人對明堂功用的看法。徐堅所言代表唐人的看法，若非受傳統成說的影響，即為受其近、現代（指北魏、武周）實質聲教制度之影響。

明堂是否與太廟、清廟為一物，事固不必根究於詩；但是北魏、武周確曾有此實質制度，而尤以北魏與軍禮有關。因此，若論詩不根究真相則已，究之則應假定明堂策勳論賞之制，應有實錄之可能；故本詩與本事，尤宜優先向北魏推探。

策勳十二轉，賞賜百千強。

凱旋論功行賞，賜以錢、物百千乃至萬數，魏晉以降，詩、史不絕書。衰世末葉，勳賞更濫。如《梁書・鍾嶸傳》載齊、梁間，軍人濫官，至有「騎都塞市，郎將與街，服既纓組，尚為臧獲之事；職唯黃散，猶躬胥徒之役」是也，故梁武接納鍾嶸的建議而整頓之。又《陳書・徐陵傳》亦稱陵遷吏部尚書，疾梁末以來，「員外、常侍，路上比肩，諮議、參軍，市中無數」，故力陳

---

[124] 《唐會要・饗明堂議》中，群臣議應否每月於明堂行告朔之禮時，鳳閣侍郎王方慶即曾力言漢儒「以明堂、太廟為一」。並引蔡邕立義，以為「取其宗祀，則謂之清廟；…取其向陽，則謂之明堂；…異名而同事，古之制也」云云。見 12：288-289。

其非。[125]

至於北朝，相當於梁武帝中期的孝明帝時，北魏由於「自遷都以來，戎車屢捷，所以征勳轉多」。因此，當時不依「勳簿之法，征還之日即應申送。頃來行臺、督將，至京始造，或一年二歲方上勳書」；加上吏部勳書作業不慎密，致使發生「偷階冒名、改換勳簿」,「多竊冒軍功」諸問題。左丞盧同因而兩次上表痛論，請依舊「軍還之日便通勳簿，不聽隔月」。詔復依行。[126]亦即先前正常之勳敘程序是：大軍凱還，主將上勳簿，吏部敘階、注記，都省勾按。

觀本蘭本事，似不屬於衰亂時代，故由天子於明堂會同有司，策勳問官。然而自秦漢以來非軍功不封侯，漢武以降更立武功爵，因而軍功有爵；魏晉以下戰爭頻繁，於是有散號將軍，梁朝致有百數十號之多。這些武爵、散官，主要用以酬軍勳。如晉陸機〈飲馬長城窟行〉:「師克薄賞行，軍沒微軀捐。將遵甘陳迹，收功單于旃。振旅勞歸士，受爵藁街傳。」梁吳均〈邊城將四首〉之二云：「勳輕賞廢丘，名高拜橫野。」隋煬帝〈紀遼東〉之二云：「歸宴雒陽宮，策功行賞不淹留，全軍藉智謀。詎似南宮複道上，先封雍齒侯。」又隋《鼓吹曲辭・凱樂歌辭》之〈述諸軍用命〉有「雲臺表效，司勳纖續」之句。皆可概見凱旋策勳，封

---

[125] 分詳《梁書・鍾嶸傳》(49：694)，及《陳書・徐陵傳》(26：332-333)。

[126] 詳參《魏書・盧同傳》(76：1682－1684)。又按，據《魏書・高崇傳・子謙之附傳》更謂當時「諸守帥或非其才，多遣親者妄稱入募，別倩他人引弓格，虛受征官。身不赴陳，惟遣奴官充數而已，對寇臨敵，曾不彎弓」(77：1709)；而《北齊書・高隆之傳》載，隆之因孝明以來冒名竊官現象日甚，欲檢拾之，尋因群小諠囂，懼而止(18：236)。可證魏、齊間，問題更甚。

爵拜散將軍之情狀；故魏晉南朝無獨立的勳官制。

獨立的勳官制起源於北齊、北周之際，《舊唐書・職官志》云：「勳官者，出於周、齊交戰之際，本以酬戰士。…周置…十一號。隋文帝因周之舊，更增損之，有上柱國、柱國…（至都督）總十一等，用賞勳勞；煬帝又改為光祿大夫…十一等，以代都督已上。」值得注意的是，周、隋以十一號之官酬勳戰士，但其性質實為「散官」；故《隋書・百官下》謂隋文帝「採後周之制，置上柱國、柱國、…總十一等，以酬勤勞，…為散官。」上柱國、柱國地位甚高，有府屬。煬帝即位，罷此十一等散官，另置光祿大夫等散官以代之。可證周、隋此系統之官確為「散官」而非「勳官」，論者常對此相混亂。而且由於是散官之故，上柱國、柱國等地位仍甚高，《隋書》所載諸名將及後梁末主，所授散官常不過柱國而已；似非木蘭以一軍士，征戰十年，而可輕易獲得者。

真正之獨立勳官制始於唐。《舊唐書・職官志》又云：「勳官者，出於周、齊交戰之際，本以酬戰士。…周置…十一號。隋文帝因周之舊，…總十一等，用賞勳勞。…（唐）武德初，雜用隋制；至七年頒令，定用上柱國、柱國…凡十二等，…行之至今。」是則論勳官淵源，是源出於周、齊之際，而唐初一度沿用隋制，亦為「散官」；至於十二轉「勳官」之制度，則至高祖武德七年（624）始真正形成。《唐會要・勳》謂「舊制勳官上柱國已下，至武騎尉為十二等，有戰功者，各隨高下以授」是也。

論者或據此唐制判斷〈木蘭〉是唐詩；或據此制謂木蘭不可能策至十二轉而為上柱國之高官；或又謂十二轉為唐人竄改之成數；既紜紜又且有自我否定之事。[127]尋其主因，蓋因概念上未

[127]如羅根澤先於其《樂府文學史》，據唐十二轉勳之制，判定〈木蘭〉為唐

對〈木蘭〉作本事、本詩之二分；而且又對唐勳官制，及其變動情況不詳之故。

按王國維〈唐寫本殘職官書跋〉謂隋制上柱國、柱國均置府屬，上柱國且位在三師三公之上；而此殘書所見的上柱國、柱國，其帶職事者始得置府屬，上柱國則位在三師三公之下，故疑其為唐初之制，尤疑其為《武德令》之殘卷。[128]也就是唐初上柱國等猶是散官，故地位仍崇隆；而勳賞制度由散官轉變為勳官，至武德間始慢慢完成。當此之時，十二轉之上柱國，似仍非木蘭區區一軍人，所可輕易獲得者。

上引《唐會要・勳》尋又言：「舊制勳官…十二等，有戰功者，各隨高下以授。…貞觀十九年（645）四月九日，太宗欲重征遼之賞，因下制：『授以勳級，本據有功，若不優異，無由勸獎。今討高麗，其從駕爰及水陸諸軍，戰陣有功者，並時聽從高品上累加。』六軍大悅。」[129]是則自貞觀十九年以後，將士可以據每一戰功，在原勳等之上累加。因此，此下軍士獲十一轉柱國或十二轉上柱國，遂成可能之事，史亦常見，甚至至於濫濺（詳「木蘭不用尚書郎」句）。杜甫〈後出塞〉謂「古人重守邊，今人重高勳」；今見新疆出土唐戶籍帳，多有柱國、上柱國之人，或可概證其事。

詩。余冠英則於其《樂府詩選》質疑本詩屢稱十二之巧合，認為木蘭策勳未免太高，十二轉無非示其多罷了，認為此數經唐人竄改云云。羅氏因而再撰〈《木蘭詩》產生的時代和地點〉（收入《羅根澤古典文學論文集》，上海古籍出版社，1985，頁 382~395），推翻先說，謂本詩成於西魏、北周、隋或至唐初；尋又謂徐中舒等人錯了，應在西魏云。

[128] 詳《觀堂集林》21：1007-1009。

[129] 《唐會要・勳》，81：1491。

如此而言，筆者若非已先疑本事發生於北魏，則繫之於太宗末至盛唐間，殆無不可。不過，筆者既將本事與本詩分開，此則正可用以證明，本詩應經唐人據其當時制度修改過；蓋隋以前不知有勳官制，而又不會巧合為十二轉也。試想周、隋間人，用其當時制度入詩，本句遂應為「策勳十一轉」，又有何不可？

由於有勳等累加制，所以木蘭殆非大將，名不見史傳，而得以策勳十二轉。應是正二品上柱國之最高階勳官。但是，根據前引《唐律疏義．擅興》律第五條冒名相代的罰則，同居親屬代者雖減二等；然而「若征處得勳，彼此俱不合敘」。亦即縱立功勳，相代者與被代者俱不合敘，故木蘭之被策勳敘官，應是在冒名相代的事尚未被發現之前。要之，本詩若經唐人改定，則此改定之時間，應自貞觀十九年以下推。

可汗問所欲：

（可汗欲與木蘭官）

筆者讀《全漢三國晉南北朝詩》至終卷，皆稱中國元首為天子，謂為至尊或大君者概少，殆無以「可汗」稱元首之證，前已論之。

按屬於東胡的鮮卑族，於秦漢間為匈奴（胡）所破，遠遁至今大興安嶺、遼河上游之間，原無統一之國家，故亦無所謂國之元首；而大小部落長皆稱為「可汗」，與匈奴稱謂不同。東漢以後匈奴勢衰，原本與漢朝隔絕的鮮卑，始隨烏桓腳步之後與漢接觸。故自東漢開始，以迄魏晉，皆將其酋帥譯稱為「大人」，雖雄如檀石槐、軻比能之徒亦然。漢魏制度，對北狄系雄主，除了匈奴元首例策為「單于」之外，對其他名王豪酋，率皆羈以王公君侯之封號。至漢末世亂，欲借用烏桓之力，始分拜其豪酋為單于；魏晉漸亦推及於鮮卑各部酋帥，慕容氏、段氏、拓跋氏等，皆莫不受此封拜。這些鮮卑酋帥僭立自尊時，亦竟因此援例自稱為「大單于」，未聞逕以「可汗」或「大可汗」的固有稱號自稱。因此之故，漢魏晉中國人民多不知「可汗」為何物，東晉江東人民更無論矣。

江東知悉可汗相當於天子，需遲至晉末宋初。

按道武帝即魏皇帝位，遷都平城之後，乃於天興元年（晉安帝隆安二年，398）十二月「追尊成帝已下及后號諡」。這些先帝先后，當年皆稱為「可寒」（可汗）及「可敦」，甚至降至太武帝太平真君四年（宋文帝元嘉二十年，443），遣使回大鮮卑山祝祭祖先，雖自稱為「天子臣燾」，但仍稱其祖先為「皇祖先可寒」及「皇妣先可敦」，而未以某帝某后稱之。[130]表示北魏此前未以「可汗」之位號等同於「皇帝」。據此，《通鑑》書曹魏時期拓跋氏之祖先，稱成帝毛為可汗毛、宣帝推寅為可汗推寅、獻帝鄰為可汗鄰，蓋指其為部落酋帥，存當時之實錄也。[131]

然則，將「可汗」位號提昇至與「皇帝」相等者，始於何時？

按《魏書・蠕蠕傳》謂蠕蠕於道武帝登國九年（晉孝武帝太元十九年，394）被魏大敗，其主社崙遠遁漠北，稍後復盛，「於是自號丘豆伐可汗。『丘豆伐』猶魏言駕馭開張也，『可汗』猶魏言皇帝也」。前謂鮮卑族大小部落長既然早先自稱可汗，當知可汗是何所指，今《魏書》如此寫法，的確表示先前未以可汗對等

[130] 追尊事見《魏書・太祖紀二》該年月條。（2：34）至於拓跋氏早年在大鮮卑山，太武帝祝文刻於石室，1980 年被發現，詳米文平〈鮮卑石室的發現與初步研究〉，《文物》1981－2。

[131] 詳前揭拙文〈慕容燕的漢化統治與適應〉，頁 19~21。

於皇帝；將二者位號對等，應自此始。此在中國政制史上自是一變，故中唐政制史名家杜佑，在其《通典・邊防十二・蠕蠕》中，亦特別指出社崙自號邱豆伐可汗，「可汗猶言皇帝也」。

但是杜佑同時自注此句，卻云：「可汗之號始於此。」此言恐有語病。蓋可汗之號源出鮮卑，為酋長之稱，而不始於蠕蠕。俟拓跋氏成為北魏皇帝以後，即不再見可汗之稱；但國內或仍因舊俗，而時稱其部落酋長為汗。酋長乃汗之漢名，部民多者近萬家，封地不過二、三百里而已，[132]故汗或可汗在北魏決不比於天子。據此，杜佑之意恐是指「可汗猶言皇帝」；而可汗為皇帝之號始於此。因此，他又在《邊防十三・突厥上》記其雄主土門始「自號伊利可汗，猶古之單于也」時，復自注云：「後魏太武帝（應為道武帝）時，蠕蠕主社崙已自號可汗，突厥又因之。」按匈奴天子稱為單于，而杜佑此意正謂可汗猶如古之單于，社崙用此作為天子之位號，而突厥因襲之；在佑之前，如《周書・突厥傳》等已作如此說明，杜佑蓋據之而已。

明顯的，杜佑用此數句，陳述了一個政制變革的事實，此即確定「可汗」猶如中國的「皇帝」，是「天子」的位號；唐之對手突厥用此名號，是因襲蠕蠕而來，此制由社崙創始，時在初入南北朝之間。

南人知道可汗相當於皇帝，見之於《宋書・吐谷渾傳》，史官追述兩晉之間吐谷渾自慕容氏離析，率其部落西遷時，慕容部人稱其為「處可寒」；《宋書》接著說「處可寒，宋言爾官家也。」

---

[132] 詳周一良〈領民酋長與六州都督〉（《史語所集刊》20上，1948）頁76~77；及嚴歸田師《魏晉南北朝地方行政制度》（史語所，1990年三版）頁847~848。

[133]按《宋書》成於梁朝沈約之手，但約所據則以劉宋官修為本，故所謂「宋言」，亦即劉宋時漢人之言，蓋以此時之瞭解追述前朝之事。

按，相對於宋言，北朝漢人之言，當時稱為「魏言」。如《洛陽伽藍記・城西》記胡僧摩羅，「至中國即曉魏言」；又記天竺僧菩提流支「曉魏言」，[134]應皆指北魏漢人之言。何以見得？如《魏書・安定王休傳・子燮附傳》云：「竊見馮翊古城，羌、魏兩民之交。」又如同書〈王建傳〉說并州胡反，建子斤「綏靜胡、魏」。此二處之「魏」，實指漢人而言，故魏言即指北魏漢言也。

所謂「官家」也者，或謂「官」為貴人之稱，「家」猶人也，有尊敬之意，「官家」即官人，多指皇帝；漢魏稱天子為國家，五胡時後趙石邃始見稱其父石虎為官家，降至唐宋則幾專用以稱皇帝。[135]今魏言、宋言皆釋可汗為官家，皆表示對皇帝的私稱，而南、北二朝實皆同，史書亦有其例。如《魏書・賀訥傳》載道武帝復國之前，曾因內亂投奔元舅賀訥部落，訥驚喜拜曰：「官家復國之後，當念老臣。」同書〈孝文幽皇后傳〉記孝文遺詔賜后死，后不肯引決，說「官豈有此也，是諸王輩殺我耳！」〈咸陽王禧傳〉載禧稱孝明帝為「天家」；而〈北海王詳傳〉則載詳母稱孝明為「官家」，此與南朝稱呼正同。

《梁書・建平王大球傳》載大球聽其祖父梁武帝曾發願身代

---

[133] 見《宋書・吐谷渾傳》，96：2369－2370。按《魏書・吐谷渾傳》亦載此事，而可寒則作可汗。

[134] 分見《洛陽伽藍記・城西》，4：3及8。

[135] 參周一良《魏晉南北朝史札記》〈家〉條，頁14~16。北京：中華書局，1985年一刷。

眾生受苦，乃驚謂母曰：「官家尚爾，兒安敢辭！」又《梁書・河東王譽傳》說譽是昭明太子第二子，而稱其七叔湘東王繹（梁元帝）為「七官」。可見南朝王室子弟互以行輩排而稱某官，而亦稱皇帝為官家也。

因此，可汗猶南、北朝華言之官家，亦即皇帝之私稱。

然則蠕蠕何以稱元首為可汗，而不採單于之號？

蓋蠕蠕原本臣屬於拓跋鮮卑，本身不是一個部落，甚至不是一個完整的氏族，而是雜胡構成；因此即使壯大之後，自已并不構成一個民族，也不屬於其他任何民族。[136]在缺乏本身的民族文化下，他採用了故主的部落長稱號，並將之正式提昇為元首級的位號。事實上，與他同時的高車，其元首即另有自我稱號，《魏書・高車傳》謂孝文帝太和十一年阿伏至羅「自立為王，國人號之曰『候婁匐勒』，猶魏言大天子也」，可以為證。

至於稱中國皇帝為可汗，或天子與可汗並稱，則至隋始見，至唐又有「皇帝・天可汗」之號。此又是政制之一變。

按突厥為北亞強權，雖有第二可汗或其他小可汗之名，但其「大可汗」即猶如突厥皇帝，與隋對等；故《隋書・突厥傳》記載沙缽略致國書與隋文帝，起首即稱「從天生大突厥天下賢聖天子・伊利俱盧設莫何始波羅可汗致書大隋皇帝」云。是則突厥天子雖不自稱為皇帝，但以「天子・可汗」自稱。隋則僅以「大隋天子」名義，報書大突厥之可汗。其後突厥因衰亂而稱臣，始波羅（沙缽略）遂自稱「可汗臣攝圖」，而稱文帝為「大隋皇帝，真皇帝也」。中國統一後，其子啟民可汗更直稱文帝為「大隋聖人・莫緣可汗」或「聖人・可汗」，死後則稱為「聖人先帝・莫

[136]詳曾永年〈柔然源于雜胡考〉，《歷史研究》1981－2，頁106~112。

緣可汗」。至於西突厥，則稱煬帝為「聖人・可汗」。[137]此為北狄元首自稱為「天子・可汗」，而亦用以稱中國皇帝也。

及至隋末，中國分裂，同篇又謂「薛舉、竇建德、王世充、劉武周、梁師都、李軌、高開道之徒，雖僭尊號，皆北面（向突厥）稱臣，受其可汗之號」。今可考者，劉武周為「定楊可汗」，梁師都為「大度毗伽可汗・解事天子」，李子和原被授以「平楊天子」而不敢當，[138]可證中古北狄稱可汗即如同天子，相當於皇帝之位號，而隋時已用於中國元首，甚至「天子・可汗」並稱。

《通典・北狄七・鹽漠念》述貞觀中，「時諸蕃君長詣闕稽顙，請太宗為天可汗。制曰：『我為大唐天子，又下行可汗事乎？』群臣及諸蕃咸稱萬歲。是後以璽書賜西域、北荒之君長，皆稱『皇帝・天可汗』；諸蕃渠帥死亡者，必詔冊立其後嗣焉。臨統四夷，自此始也」。[139]此為貞觀四年（630）三月滅東突厥時之事，而「天可汗」亦有簡稱為可汗者，如《唐會要・鐵勒》謂貞觀二十年（646）大破磧北薛延陀，十一月太宗幸靈州，會鐵勒諸部，酋長「咸請列其地為州縣。又曰：『願得天至尊為奴等作可汗，子孫嘗為天至尊作奴，死無恨！』於是北荒悉平。」[140]是知唐

[137] 東突厥、西突厥俱詳《隋書》卷八四，(《北史》俱見卷九九，略同。)「莫緣可汗」或謂即聖人之意，或謂是富強之意。

[138] 詳拙著〈從戰略發展看唐代節度體制的創建〉，《張曉峰先生八秩榮慶論文集》(即《簡牘學報》第八期)，頁224~226。

[139] 詳《通典》，200：典1085。《唐會要・(四夷)雜錄》所記略同，繫之於貞觀四年（630）三月（100：1796），即滅東突厥之年也。

[140] 羅香林於其〈唐代天可汗制度考〉(收入其《唐代文化史》，臺北：商務印書館，1974・6 臺四版）質疑天可汗與可汗是否為一。按天可汗簡稱為可汗，史料可見，不贅辯。

朝「皇帝・天可汗」是「天子・可汗」位號之加重，是從後者之慣例上發展而成。

因此，中古北狄民族在南北朝時先提昇其元首位號為可汗，至與天子相當；隋時又變成「天子・可汗」並稱，并適用於稱中國元首；至唐遂加尊為「皇帝・天可汗」。此位號之內涵與稱號或許先後有所變動，但其實質則仍指天子而言，隋唐且可用以呼中國天子，不必一定謂指鮮卑皇帝。降至中唐，唐皇帝稱可汗或天可汗之名始失，杜佑固知之也。[141]

由此可知，可汗是天子的私稱，天子是皇帝的別號，皇帝是元首的正式官稱。然則本句之可汗，應指何者為是？

按，若依文獻證據，本詩既稱元首為可汗或天子，故應以隋、唐天子為是。是則本詩文本若經隋、唐人修改，便應從此時代中推研。

然而，鮮卑俗稱其部落長為可汗，北魏國內猶有諸汗之稱，是則北魏君主自稱皇帝以後，詩文雖未見以可汗稱之，但也不能便遽爾說北人私下亦不再稱之為可汗。因此，本事之發生，若將可汗、天子、明堂合察，仍以發生於北魏為宜。

天子坐堂論賞而問所欲，為可能之事。如《魏書・蠕蠕傳》載蠕蠕內亂，阿那瓌奔魏。孝明帝召宴，「宴將罷，阿那瓌執啟立於座後，詔遣舍人常景問所欲言，…再拜跽曰：『…求乞兵馬，還歸本國，誅翦叛逆。』」可以為天子問所欲之例。

朱子曾言，「《木蘭詩》只似唐人作。其間『可汗』、『可汗』，前此未有」。[142]筆者按，余讀《全唐詩》，詩句述北狄、邊塞、

[141] 天可汗之號至中唐始消失，此時正是杜佑的時代，請詳上引羅香林之文。
[142] 《朱子語類・論文下》，140：3328。

戰爭而言及可汗者，確如鳳毛麟角；但不知朱子為何疑「可汗」之名，而又稱「只似唐人作」？然則唐人為何不以當時突厥、回紇等北狄稱號入詩？

筆者以為原因蓋有二：一是沿襲漢晉以來詩風，借匈奴典故入詩，故唐詩多單于、賢王、谷蠡、日逐諸匈奴名號；而自稱亦為天子、至尊等；至於逕以「可汗」等號入詩者，雖偶有之而實極少。二是唐朝冊封北狄君長，也確有沿用匈奴官號之事，如唐太宗立李（阿史那）思摩為俟利苾可汗，以左屯衛將軍阿史那忠為左賢王、左武衛將軍阿史那泥熟為右賢王以貳之。又如武后冊立突厥默啜可汗為「特進·頡跌大單于·立功報國可汗」，其下亦有左賢王等官號。因此，唐詩多見匈奴名號，並不突然。

唐詩極少以「可汗」入詩，但本詩在杜甫、韋元甫時應已有此句，只是「可汗欲與木蘭官」與「可汗問所欲」之異而已。大抵唐人修飾時，亦好保存此異文化情調，僅將口語長短句，改為流行之五言詩句耶？

「木蘭不用尚書郎，

古來征戰者，皆欲立功得賞，乃至封侯拜相。北周王褒〈墻上難為趨〉云：「末代多僥倖，卿相盡經由。臺郎百金價，臺司千萬求。當朝少直筆，趨代皆曲鉤。廷尉十年不得調，將軍百戰未封侯。」唐杜甫〈前出塞〉之九云：「從軍十餘年，能無分寸功？眾人貴苟得，欲語羞雷同。」劉灣〈出塞〉亦有「一朝隨召募，百戰爭王公」之句，可以概見。今木蘭不願為「臺郎百金價」的尚書郎，此則少見。

論者轉引《通典》，謂隋文帝開皇三年置員外郎，以前皆謂之尚書郎；故因「尚書郎」一官，而疑本詩應為隋以前之作。[143]

筆者按，尚書郎即是「臺郎百金價」之臺郎，漢以來為尚書臺（省）侍郎、郎中、員外郎諸郎官之通稱；有時也是專稱。論者僅轉引《通典》，未知此說見於《通典・職官四・尚書上・歷代郎官》條；而同條則對漢以降尚書郎、郎中、侍郎、員外郎有綜論，並說「郎官謂之尚書郎」。又謂上述尚書省諸郎，「通謂之郎官」；另於〈職官五・尚書下・吏部郎中〉條下注云：「漢魏以來尚書屬，或有侍郎，或有郎中，或曰尚書郎，或曰某曹郎；或則兩置，或為互名。雖稱號不同，其職一也，皆今（唐）郎中之任。」大抵尚書郎可通稱尚書臺省諸郎官，漢代以年資而分別官稱；隋唐加置員外郎為郎中之副貳後，則以職級為分別而已，未可遽以隋置員外郎而推斷本詩成於隋以前。

尚書郎是何性質之官，北朝有否，可否以軍功而敘任之？

按尚書臺至魏晉已為最高行政機關，而南朝有「以軍功至員外郎」之例，如劉宋之高法昂是也。[144]不過其例少見，也與十二轉勳官制無關。

至於北魏方面，據《魏書・太祖紀二》道武帝於皇始元年（396）九月平并州時，已「初建臺省，置百官，…尚書郎已下悉用文人」。是則北魏建國初期，即已建尚書臺省，而尚書郎為文官。其後尚書臺省之發展，據嚴歸田師分為四階段，其中有中廢期（明元帝至太武帝），繼之有重建及發展期（太武帝至孝文改革前），此兩期（約由 414 至 492 年）皆無曹郎主曹務。[145]木蘭時既有尚書

[143] 羅根澤〈《木蘭詩》產生時代和地點的討論〉，前引書，頁 391。

[144] 法昂為高聰之父，見《魏書・高聰傳》，68：1520。

[145] 詳師著〈北魏尚書制度考〉（臺北：中研院《史語所集刊》18 本），及〈北

郎之官，即不宜由此兩期推論；而應往道武帝朝，或孝文帝改革以後推尋。

按，道武為初建臺省之期，既然「尚書郎已下悉用文人」，則木蘭本事殆不可能於此期發生。孝文以後重建臺省而置有臺郎，而尚書郎與郎中也可互稱，[146]是則本事發生之時代，理應由此時期思考。

又按《魏書‧孝莊紀》記魏末喪亂而大事募賞，建義元年（528）五月戊申，「以舊敘軍勳不過征虜，自今以後宜依前式以上，餘階積而為品」；六月，詔「募新免牧戶，有投名效力者授九品官。己酉，詔諸有私馬仗從戎者，職人優兩大階，亦授實官；白民出身，外優兩階，亦授實官」。其後竟發展至偽竊軍級顯位的現象，而詔令為之嚴加舉發禁錮。[147]是則北魏本無勳官十二轉之制，魏末勳賞制度敗壞之前，軍勳進階，皆授以武散官為原則。

但是，孝文時期也確有授以文官之事。如《魏書‧廣陵王羽傳》記孝文帝對尚書省眾官親加考核，批評公孫良「頃年用人，多乖觀才之授。實是武人，而授以文官」，因而黜之。又《魏書‧路恃慶傳》載其從叔路雄，「從軍功為給事中。高祖（孝文帝）曾對群臣云：『路仲略（雄字）好尚書郎才！』僕射李沖云：『其人宜為武職。』遂停」。是則可證孝文時期，武人仍以授武官是常制，授以文官為例外。

魏尚書制度〉（收入《嚴耕望史學論文選集》，臺北：聯經出版事業公司，1991‧5）

[146] 如《魏書‧崔亮傳》說亮在孝文時兼吏部郎，而尚書郭祚則每稱之為崔郎中，66：1476。

[147] 參《魏書‧後廢帝紀》中興元年十一月條，11：279。

揆諸北魏歷史，從軍風氣與勳賞制度之敗壞，殆以孝文帝朝為分水嶺，尤以六鎮為甚。誠如元深之上書云：「昔皇始（道武年號）以移防為重，盛簡親賢，擁麾作鎮，配以高門子弟，以死防遏，不但不廢仕宦，至乃偏得復除。當時人物，忻慕為之。及太和（孝文年號）在歷，…豐沛舊門，仍防邊戍。自非得罪當世，莫肯與之為伍。征鎮驅使，但為虞候白直，一生推遷，不過軍主。但其往世房分留居京者得上品通官，在鎮者便為清途所隔。…自定鼎伊洛，邊任益輕，唯底滯凡才，出為鎮將，…或有諸方姦吏，犯罪配邊。…」[148]可證孝文帝太和朝對北鎮將士已漸忽視，遷都已後更甚，北鎮將士一生效命軍中，遷官不過軍主武職，故將士素質日降。勳賞制度使軍人素質日降，而從軍意願及榮譽感也隨之降低，此時很難想像可從軍功敘遷為尚書郎。因此，由本詩所述從軍、勳賞及敘官之情況看，木事殆不發生於北魏晚期，而以孝文至孝明間為較合。

北周改制後，無尚書郎之官，故本句不宜強由此推求。北齊尚書省郎稱為郎中，隋承齊制但改為侍郎。開皇六年（586），尚書省各置員外郎一人，為侍郎副手。煬帝時廢員外郎，並將侍郎改為尚書郎。至於梁、陳尚書省，亦沿晉、宋而置諸曹郎。[149]

隋煬帝鑑於前朝以來唯尚武功，「班朝治人，乃由勳敘，莫非拔足行陣，出自勇夫」，乃於大業八年（612）九月下詔，令「自今已後，諸授勳官者，並不得回授文武職事」。[150]此為獨立勳官

[148] 詳《魏書・廣陽王建傳・深附傳》，18：429－430。

[149] 北周依《周官》改制，無此類職。齊、周、梁、陳尚書省建制參《隋書・百官志》上、中、下。

[150] 《隋書・煬帝下》是年月條，4：83。

制度建立之淵源，故木蘭以軍勳敘尚書郎之可能性，北魏亡後，也可能從此年以前之齊、隋制度中推尋。此為北朝勳敘之概況。

然則，本事或本詩是否在唐朝，也可有適合的解釋？

唐承隋制而稍釐整之，尚書省六部各置侍郎為副首長，諸司分置郎中、員外郎為正、副主管；而員外郎位階為郎官之最低者，據《武德令》為正六品下，貞觀二年改為從六品上。[151]尚書員外郎位階雖為郎官之最低者，但唐制列屬清官，任遇甚美。據劉肅說，「晉宋以還，尚書始置員外郎，分判曹事。國朝彌重其選。舊例：郎中不歷員外郎拜者，謂之土山頭果毅。言其不歷清資，便拜高品，有似長征兵士便得邊遠果毅也。」[152]

按隋末有「諸授勳官者，並不得回授文武職事」之法令，唐初已取消，故長征兵士可敘遷邊遠果毅，即遷武職事官。至於勳官敘遷文職事官，亦有制度可循。以十二轉勳為例，即得為上柱國，依制可得轉任文官。《唐會要・階》云：「舊制：敘階之法，有以封爵，有以勳庸…」注謂：「上柱國正六品上敘，柱國已下遞減一等。」《舊唐書・職官一》云：「勳官預文武選者，上柱國正六品上敘。」按上柱國勳官敘六品散官，若授以同品職事，則起碼可得授以從六品上的尚書員外郎。因此，木蘭策勳十二轉而不願尚書郎，於此實有制度上之根據。

但是，降至武周，則天在神功元年（697）下制：「勳官…出身，不得任清資要官。」尚書郎屬清官，亦即此後雖上柱國不得任尚書郎也。為何有此轉變？

按唐太宗朝釐整官員定額為六、七百員，據《舊唐書・職官

[151] 見《舊唐書・職官一》從六品上階類注，42：1797。
[152] 見《唐新語・諧謔》（文淵閣四庫本），13：3-4。

一》所述，自高宗乾封（666-667）以後開始有泛階的現象，至「則天朝，泛階漸多」。這段時期，也正是官員編制被突破，機關膨脹，政府出現濫官現象的時期，而且日益嚴重。例如則天「大周革命」之初，為了施恩收望，安撫唐朝臣民，乃派出十道存撫使，十使所舉百餘人皆授以官職，遂有「補闕連車載，拾遺平斗量，欋椎侍御史，腕脫校書郎」之譏；中宗、韋后、諸公主用事，更斜封授官數千人，乃至宰相、御史、員外郎有「三無坐處」之譏。這已是治唐朝政治史者所熟悉之事。諫官、御史、員外郎於唐制皆為清官，然而濫授如此，或可作本句背景之參考。

至於勳官的情況，似乎更成問題。根據高宗麟德元年（664）十月庚辰，劉仁軌上表論朝鮮半島軍情，說自顯慶五年（660）已後，從軍者立勳不賞，而又「頻年征役，唯取勳官，牽挽辛苦，與白丁無別。百姓不願征行，特由於此」。所以軍人被差點及在戰地時，已有「自害逃走」之現象。[153]此現象恐非特殊或局部事件，唐朝府兵在軍中被虐待，喪失榮譽感，及逃兵，而使兵制日漸敗壞，應由此時開始。因此，《通鑑》高宗顯慶四年（659）六月丁卯記載，當時編修《氏族志》，兵卒以軍功入五品也被收入，早已為士人所輕蔑，目之為《勳格》。勳官在軍中之情況既然如此，所以被士人輕蔑，實事出有因。

又據《舊唐書・職官一》說，自高宗咸亨五年（674）已後，「戰士授勳者，動盈萬計。每年納課，亦分番於兵部及本郡；當上省司，又分支諸曹，身應役使，有類僮僕。據《令》乃與公卿齊班，論實在於胥吏之下；蓋以其猥多，又出自兵卒，所以然也。」亦即兵卒出身低，授勳人數多，而勳官地位待遇日差，因此，上

[153] 該表詳見《舊唐書》卷八四〈劉仁軌傳〉，《通鑑》繫之於是年。

述武周之下制轉變，也就不足為奇了。

筆者又按，殆自太宗晚年開始，高宗、武后以降，君相日漸掠奪吏部的人事權。五品已下官原由吏部銓選，員外郎為六品官，然「自貞觀已後，員外郎盡制授」；中宗等因濫授至被譏為「三無坐處」，只是甚亟而已。至於玄宗開元四年制令「員外郎、御史、並餘供奉（指兩省諫官等），宜進名敕授」，乃是重申前制罷了。[154]

據上所論，「可汗問所欲（或可汗欲與木蘭官），木蘭不用尚書郎」，正可由天子有此員外郎選任權之唐太宗晚年以降推敲，尤宜從武則天神功元年，未停止勳官可得授任清資要官以前，而政府又已呈現泛階濫官現象之時期去尋究。

則天神功元年僅停止勳官可得授任清資要官，降至中唐以後，連其他文官也漸不得授任了。《唐會要・尚書省諸司下・兵部侍郎》載德宗建中元年（780）四月十七日敕云：「兵部闕送吏部武官，自今已後宜停。」〈兵部尚書〉門又載僖宗廣明元年（880）正月敕云：「入仕之門，兵部最濫，全無根本，頗壞紀綱，近者武官多轉入文官，依資除授，宜懲僭倖，以辨品流。今後武官不得輒入文官選，改內司不在此限。」按敦煌出土唐戶籍，戶人的確多注有上柱國、柱國諸高階勳官，可證其日益猥多，是以中、晚唐之間，甚至停止了武官轉入文官之制。

---

[154] 君相掠奪吏部人事權，請詳拙著《隋唐中央權力結構及其演進》之第四章第二節。至於君相奪員外郎之選授權，請詳嚴歸田師〈論唐代尚書省之職權與地位〉（收入其《唐史研究叢稿》，香港：新亞研究所，1969・10 初版）。按歸田師疑員外郎制授權不始於太宗，其實其頁 23~25 所引《唐會要》及《大唐新語》諸條（正文之引文即見此兩書），正足以證明自貞觀末，太宗君相已奪五品選及員外郎選授權。

論者或疑「策勳十二轉」是詩文之成數，與唐制僅是巧合。但是，這裏證實唐制十二轉勳可得敘任尚書郎，而天子也可得親自選任之，應不是另一次巧合。因此，除非可以證明本詩未經唐人潤飾修改則已；若本詩確經唐人之潤飾改定，則據此制度以推，其潤飾改定的時間應在唐太宗中晚期至武周中期之間，約為唐貞觀十九年以後至武周神功元年以前。

願馳千里足，

（願借鳴駝千里足）

按，括號內之句，說已見前。

千里足常指疾速最佳之駿馬。如《洛陽伽藍記・城西》記北魏末河間王琛與高陽王雍爭為豪侈，元琛「向西域求名馬，遠至波斯國，得千里馬，號曰追風赤驥；其次有七百里者十餘匹」。又如《朝野僉載》謂「隋文帝時大宛國獻千里馬，……號師子驄」，後「生五駒，皆千里足也」。《隋書・高熲傳》亦記文帝賜熲千里馬。

木蘭或許無此類佳馬，但既為騎兵，自備駿馬，故願馳千里足以還故鄉也。這裏的千里足，應指可疾走行遠之馬或駝，如陳張正見〈和諸葛覽從軍遊獵〉之「迅騎馳千里」是也。

不過，筆者意謂「願借鳴駝千里足」似較接近原句，說已見前。是則木蘭若棄其駿馬不乘，當因駿馬可以疾走而不耐遠，及不可以負重（木蘭之資裝及賞賜）之故，所以向天子表示「願借鳴駝千里足，送兒還故鄉」。

蓋北魏至唐皆有官駝，主要用作運載或乘騎之工具，如《魏書・蠕蠕傳》載孝明帝正光二年置阿那瓌於懷朔鎮之北，由朔州「官駝運送」糧食給之是也。又如《唐律疏議・廄庫》第六條云：

「諸應乘官馬牛駝騾驢，私馱物，不得過十斤。」《疏議》曰：「應乘官馬牛駝騾驢者，課因公得乘，傳遞或是行軍。」是則唐之官驛及行軍，的確有駱駝之設施，蓋用於負重或乘騎以行遠也。

按北魏原為遊牧民族，應牧有駱駝，且征戰間常掠奪其他部落的駝馬雜畜，其他部落國家也常獻駱駝等，故置有駝牛署，隸太僕寺。[155]上引《魏書・食貨志》，說太武帝以河西為牧地，駱駝將達百萬頭之多。《魏書・侯莫陳悅傳》謂其父在魏末為「駝牛都尉，故悅長於河西」。[156]是則河西始終有駝牛官牧也。至於雲代部落也有飼養駱駝之例，如《魏書・爾朱榮傳》謂其部落世居北秀容爾朱川，太和以來，「牛羊駝馬，色別為群，谷量而已」。此為北魏官、私飼養駱駝之概略。

其實不僅北魏有官駝之署局，齊、隋及唐亦有之，只是組織及規模則日益縮小。

北齊太僕寺下有諸署，其中左、右牝署各轄一局，掌駝馬；又有駝牛署掌飼駝騾驢牛，下轄典駝、特牛、牸牛三局。[157]隋制未見此三署及典駝局，但原州有駝牛牧。[158]唐初有群牧使，養馬至七十萬六千匹，其後馬政一度廢弛，至玄宗天寶十三載隴右群牧都使奏稱，飼養馬牛駝羊復至六十餘萬頭匹，內有駝五百

---

[155] 見《魏書・孝莊紀》建義三年四月條（10：264），及同書〈蕭寶夤傳〉（59：324）。遷都後署在洛陽，見《北齊書・薛脩義傳》（20：276）、同書〈高乾傳・弟昂附傳〉（21：294）。

[156] 參《魏書・侯莫陳悅傳》（80：1784），《北史》卷四九同傳及《周書》卷十四〈賀拔勝附傳〉皆同。

[157] 見《五代史志・百官中》，《隋書》27：756。

[158] 同上書〈百官下〉，28：784。

六十三頭。[159]唐官牧飼養駱駝規模大縮，但民間則未必，此時「王侯、將相、外戚牛駝羊馬之牧布諸道，百倍於縣官，…將校亦備私馬」。[160]可見盛唐時官、私駝馬之盛。至北宋時猶有駝坊之制。[161]

然則木蘭為何乘駝而民歌不以為異？

按《史記·匈奴傳》謂駱駝為胡人之奇畜，故漢人不習騎乘。駝作胡人乘畜，如《北齊書·文宣帝紀》末載，謂文宣帝高洋「時乘馲駝牛驢，不施鞍勒」云，略可概見其俗。

今木蘭欲乘駝而歸，似與漢人受北朝胡風之影響有關，如唐人張鷟的《朝野僉載》記有一則云：「後魏孝文帝定四姓，隴西李氏大姓，恐不入，星夜乘鳴駝，倍程至洛。時四姓已定訖，故至今謂之駝李焉。」[162]可為漢人乘騎駱駝之例；而《唐律》官駝有行軍、載重之規定，私駝應亦然，殆是唐人習見之生活，故唐人述者亦不以為異。

在上述北朝至唐，官、私駝馬既盛之時，木蘭始能輕易買得到馬，及隨意改乘駱駝，而不會感覺到不習慣與不尋常；因而始得以從民歌裏，反映出此生活的情俗。或許又可從唐三彩駝、馬之大量出土，可以印證筆者此言。

木蘭乘駝而歸，何以稱之為「鳴駝」？

筆者按，駱駝原是負重、行遠之獸，故史謂「高祖（孝文帝）

[159] 《唐會要·軍雜錄》72：1303。

[160] 《新唐書·兵志》50：1338。

[161] 至宋熙寧以前，太僕寺仍下轄有牛羊司及駝坊等，後分隸三司提舉司。見《宋史·兵三·廂兵》，189：4666。

[162] 《朝野僉載》（文淵閣四庫本），1：6。

不飲洛水，常以千里足名駝，更牙向恒州取水以供贍焉」。[163]按《太平御覽》謂此條記載採自《後魏書》，今魏收所撰不見此文，而魏澹、張大素亦分撰有《後魏書》，已佚，不知此文出於何本？要之，表示了孝文帝遷都後，改平城為恒州，而命人將「千里足名駝」，往返故都取水以供贍。是則其事必廣為人所知。以行遠之「千里足」形容「名駝」，蓋始見於此；本句亦應取典於此。

然則「鳴駝」為何作「名駝」或「明駝」？

按孝文時，龜茲有一再獻「名駝」的記錄。[164]「名駝」之名，或本於此。然而塞外、西域地多沙磧，駱駝遇風沙即鳴叫以示警，故有「鳴駝」之稱。前謂隴西李氏「星夜乘鳴駝，倍程至洛」；而唐張籍〈關山月〉亦說「野駝尋水磧中鳴」者是也。恐怕「名駝」原應作「鳴駝」，或因其為貢物，故可能指「鳴駝」中之能千里致遠的名種，是以官方假借為「名駝」。

前面引納段成式「願借明駝千里足」句，其《酉陽雜俎》復云：「多誤作鳴字，駝臥腹不貼地，屈足漏明，則行千里。」[165]表示在成式之前，其所看到的本句原亦多作「鳴駝」。成式將「鳴駝」改寫為「明駝」也者，蓋因於其書與志怪有關，以及中唐時人對駝之習稱，已有論者論及之。[166]

至此，或亦可證明中唐人也曾改寫過本詩。

送兒還故鄉。」

筆者按，前論智匠本已說「〈木蘭〉，不知名」，是指不知篇

[163] 見《太平御覽》引《後魏書》，901：4000上。

[164] 參《魏書・高祖紀》太和二年七月及九月條，7上：146。

[165] 《酉陽雜俎》（臺北：漢京文化公司，民國72.10），16：160。

[166] 詳劉真倫〈木蘭詩「鳴駝」解〉，《中國語文》456，頁57~60。

名、性質及由來，是則其姓氏、故鄉本不宜再考。然而前面已作了初步試探，於此則不妨再進一步推敲。

木蘭在冒名相代之事尚未暴露前，辭官盡速回家。梁簡文帝〈度關山〉述長途關山征戰而還云：「關山遠可度，遠度復難思。⋯⋯凱歌還舊里，非是衒功名。」[167]差可比擬木蘭此時之心情。然而，前論木蘭故鄉可能在唐豐州（魏沃野鎮），或勝州（魏統萬鎮，即夏州）一帶，究竟以何地為宜？

按，先要思考三個關鍵點：第一，木蘭是先旋歸見天子的，則此設有明堂之京城是何城？第二，其家似非可以駿馬疾馳旦夕或二、三日所可至者，而是以借用耐行千里遠之鳴駝為宜，則其故鄉與京城相距應甚遠。第三，既宜乘駝而歸，除了載重因素外，是否亦與其故鄉之地理環境，如需經沙漠地等，有相當的關係？

筆者以為，假定京城為平城，由平城經盛樂至勝州為較近的路程，殆需四、五日左右；又勝州西經中受降城而至豐州，又約需三日左右；其間可能不經沙漠或只經沙漠邊緣。若假定京城為洛陽，往勝州或豐州之路線複雜，日程約為上述日程之倍計，中經沙漠之可能性則甚大。由此約略推估，木蘭故鄉應以唐豐州之河南（中古黃河為今五加河道）地較為可能，一者其地較遠，一者由東還或南還殆皆需經沙漠（今毛烏素或庫布齊沙漠）故也。上句引隴西李氏「星夜乘鳴駝，倍程至洛」一事，或許可為隴西至洛陽可兼程行鳴駝之例。《新唐書・地理志・關內道・豐州》條，謂豐州土貢之一有駝毛褐氈，亦可概見此州地接沙磧，故與駱駝之牧運或手工業有關，或許木蘭因此亦習慣乘駱駝也。

[167] 全詩詳《樂府詩集》27：391－392，亦見《全梁詩》1：1111。

爺孃聞女來，出郭相扶將。

前論木蘭之父殆為兵戶，居於坊郭之內，為男耕女織之家。按北魏漢人之兵戶與隋唐之府兵，居處生活應皆大體如是。

蓋北魏建國初期，道武帝已在今大同盆地推動農牧並行的政策。從事農業的，厥以新定後燕而內徙的漢族新民為主，《魏書・食貨志》已述之；故其早期從雲代以至河套，即已有農業發展。[168]但是由於他前後三次離散部落，故也可能有部分他族部民參加；這些部民包括了《魏書・官氏志》所述早期歸附的內入諸姓與四方諸姓。至於沒有加入農業的其餘部民，則仍然從事畜牧。他們皆是北魏核心武力，所謂國人的來源。道武對擴大了的京畿，規劃四方四維之制以管治之，是否專置軍坊以安置這些國人則未詳。[169]

軍坊之置，平城時代太武帝已然，《南齊書・魏虜傳》稱「什翼珪（道武帝）始都平城，猶逐水草，無城郭。木末（明元帝）始土著居處。佛狸（太武帝）破梁州、黃龍，徙其居民，大築郭邑。…其郭城繞宮城南，悉築為坊，坊開巷。坊大者容四五百家，小者六七十家。每坊南搜檢，以備姦巧。」孝文帝以降，洛陽置有軍坊，大概沃野諸鎮亦然。

府兵制行，府兵皆置軍坊安置之，上引開皇十年五月乙未詔，明令軍人籍帳悉屬州縣，但「軍府統領，宜依舊式」，亦即軍坊仍由軍府統理也。《新唐書・兵志》謂唐初十二軍各有坊，「置主一人，以檢察戶口，勸課農桑」；復又云：「初，府兵之置，居

---

[168] 此措施參《魏書・太祖紀二》登國元年二月及天興元年二月條（2：20及32），及〈秦明王翰傳・子儀附傳〉（15：371）。

[169] 詳參李憑〈北魏離散諸部問題考實〉，《歷史研究》，1990・2。

無事時耕於野，…若四方有事，則命將以出，事解輒罷。兵散于府，將歸于朝；故士不失業，而將帥無握兵之重。」是則府兵制之下，軍人及其家屬集中於軍坊而居，從事農業；征防事畢即各散歸所屬軍坊，仍事農業，情況甚明。

坊皆有郭，木蘭家既居坊郭之內，故父母出郭迎其歸也。

阿姊聞妹來，當戶理紅妝。
小弟聞姊來，磨刀霍霍向豬羊。

阿姊或作阿妹，然《文苑英華》、《古文苑》、《樂府詩集》皆作阿姊，今從之。且兵家之女不一定皆尚武，木蘭可能較其姊雄健練武，故敢代父從軍而已。

又五胡亂華以來，北方戶口隱偽情況嚴重，孝文帝以均田制作配合，推行三長制，情況始見改善；但是魏、齊之間，因戰亂而又再現。《隋書·食貨志》謂隋初，「山東尚承齊俗，機巧姦偽，…或詐老詐小，規免租賦。高祖令州縣大索貌閱，戶口不實者，正長遠配，而又開相糾之科。大功已下，兼令析籍，各為戶頭，以防容隱。」是則沿襲北魏政策，實行整理戶籍也。

數世同居共財之大家庭形式，萌於漢而成於北魏。[170]然而木蘭一家僅有四、五口，顯然是一個核心家庭，軍人脫離家族而事征戰，通常亦只能組成核心家庭而已。因此，木蘭家應屬兵戶正常的戶籍情況。

由此以推，木蘭之家庭應為兵戶，戶頭顯然是其父，亦是其家唯一現役的男丁。由於其父未達老而免役之年，其弟則未達兵役之齡，至於其姊則可能不練武，故木蘭遂決定代父從軍也。韋

[170] 參李源澄〈論元魏之大家庭〉，《文史雜誌》1－11，1942.5。

元甫續作之〈木蘭詩〉，謂木蘭以其「老父隸兵籍，氣力日衰耗。豈足萬里行，有子復尚少。胡沙沒馬足，朔風裂人膚。老父舊羸病，何以強自扶」（見附錄），因而代父從軍，不知何據，但庶幾近之。

小弟宰豬羊以享其姊之解甲歸來，則其家平日殆有此畜養。漢人養豬羊為農織之副業，由來已久，故肉食也以此類畜產為主。漢《雜曲歌辭》之〈古歌〉云：「東廚具肴膳，椎牛烹豬羊。」約可概見情況。

北魏漢人仍以食豬牛羊為主，洛陽殖貨里即有屠豬專業的劉氏兄弟，似極為出名。[171]至於南朝漢人，則以食魚蟹類為主，《洛陽伽藍記・城東》記歸正里內之南人，飲食衣服不與北人同，他們「菰稗為飯，茗飲作漿，呷啜鱒羹，唼嗍蟹黃，手把豆蔻，口嚼檳榔」。同書〈城南〉則記南齊王肅北奔，助孝文帝改革，而說他「初入國，不食羊肉及酪漿等，常飯鯽魚羹，渴飲茗汁」，為京師士子所怪，孝文帝也曾問他羊肉與魚羹味道之優劣。洛陽魚貨集中於四通市，「京師語曰：『洛鯉伊魴，貴於牛羊。』」蓋豬牛羊為北朝一般常食，因而價格較魴鯉為便宜。

南、北漢人飲食之不同，而木蘭一家宰食豬羊以慶會，故本事應發生於北方。

不過，筆者無意謂遊牧民族即不養豬羊。大抵遊牧民族牧羊的方式為野放，與農業民族為家畜之方式不同而已。至於豬，異國民族也有飼養的記錄。如《通典・北狄七・驅度寐》謂其國在室韋之北，「居土窟中，唯有豬，更無諸畜」。同卷〈室韋〉亦謂

[171] 見《洛陽伽藍記・城東》，2：12。

室韋「無羊，少馬，多豬、牛」。[172]至於前引《南齊書・魏虜傳》更謂太武帝時，「妃妾住皆土屋，婢使千餘人，織綾錦販賣，酤酒，養豬羊，牧牛馬，種菜逐利」，顯示拓跋鮮卑因漢人來移而有漸趨漢化的情況。

總之，就木蘭一家五口，女兒紡織，家養豬羊，住有東閣及化妝情況的描述看，木蘭一家是北方漢人，且是兵戶無異。

開我東閣門，坐我西間床。

枚乘〈雜詩九首〉之一云：「交疏結綺窗，阿閣三重階。」又漢《古詩四首》之一云：「新人從門入，故人從閣去。」[173]按漢族居住樓閣形式，由來亦久，此與胡族居住穹廬不同，所以上句據此推論木蘭是漢族家庭。

至於中古之床可坐可臥，《北堂書鈔》等類書皆多已言之。《梁書・哀太子大器傳》謂侯景廢其父簡文帝，將害太子，「太子方講《老子》，將欲下床，而刑人掩至」。同書〈羊侃傳〉載侃為都官尚書，有宦者候之，侃曰：「我床非閹人所坐。」竟不前之。又唐張鷟《朝野僉載》云：「源乾曜為宰相，移政事床。時姚元崇（姚崇）歸休，及假滿，來見床移，忿之。」此皆是床可坐之例。

蓋木蘭歸家，開門坐床、脫袍換裳、理鬢化妝，恢復平常生活也。

---

[172] 分見《通典》，200：典 1083 下及 1084 上。

[173] 分見《全漢詩》，2：70 及 3：114。

脫我戰時袍，著我舊時裳。

前論鎧甲鐵衣，唐制是征行乃給，平時則藏於庫府，故木蘭解甲回鄉，所穿的殆是軍常服的戰袍，其質料或錦或布。《梁書・侯景傳》所謂「求錦萬匹為軍人袍」，而梁廷只給以青布是也。木蘭此時脫卻戰袍，則舊時所穿的是北裝抑或南裝？

假定木蘭是北方漢族女兒，當時流行何種服裝？

按拓跋氏在三國時代始由大鮮卑山（今大興安嶺北段）南遷而出，與魏晉交好，力微可汗（始祖神元皇帝）遣子沙漠汗（文帝）入侍於曹魏，稍漢化。其後被晉武帝多贈絲織品而遣歸國，諸部大人認為「太子風彩被服，同於南夏，…若繼國統，變易舊俗，吾等必不得志，不若在國諸子，習本淳樸」，於是聯合害死之。[174]此是拓跋鮮卑反漢化之第一件大事。後來孝文遷都，其太子不能適應漢化而被殺，乃是另一大事。六鎮之亂及北周恢復舊制，乃與鮮卑反漢化之行動有關，不贅。要之，草原牧族食肉衣皮，此即諸部大人所謂的淳樸舊俗。

北魏由君主推動漢化，始於道武帝。蕭子顯從南朝漢人角度觀察之，撰《南齊書・魏虜傳》，即特述道武以來，從遊牧而土著，從無城郭而築郭邑，以至太武帝用宮婢織作製袍竟至千餘人等諸種變化。孝文帝遷都前將不能執機杼之宮人放出，亦見其盛，前已論之。要之，北魏天子日重漢化，是孝文大舉漢化之淵源背景。

重視絲織，也就反映了重視漢式衣著；不過北朝衣著即使用絲質，似乎仍受胡風之影響，恐怕是胡、漢風格交融的女裝。《魏

[174]詳《魏書・序紀》，1：3－5。

書・任城王雲傳・子澄附傳》記孝文帝南遷後，一度幸鄴而還，問留守元澄禮教日新否？澄答以日新；然而孝文卻說：「朕昨入城，見車上婦人冠帽而著小襦襖者，尚書何為不察？」澄曰：「著猶少於不著者。」又同書〈咸陽王禧傳〉亦載孝文責留京之官曰：「昨望見婦女之服，仍為夾領小袖。」表示當時首都婦女，仍有帶帽，穿著夾領小袖的小襦襖之胡風，故孝文不認為禮教已經日新。

至其子宣武帝以降，受西域影響，「衣服亦隨之以變，長衫、戇帽、闊帶、小韡，自號驚緊，爭入時代，婦女衣髻亦尚危側，不重從容，俱笑寬緩。」及至北齊末，「婦人皆剪剔以著假髻，而危邪之狀如飛鳥，至於南面，則髻心正西。始自宮內為之，被於四遠」。[175]隋薛道衡〈和許給事善心戲場轉韻〉描述京城百戲，佳麗相攜入戲場之服飾云：「高高城裏髻，峨峨樓上妝。羅裙飛孔雀，綺帶垂鴛鴦。」是則魏末、齊、隋婦女服裝一再變，而漸漸由胡入華。

至於盛唐以前，流行女裝亦殆有三變。《舊唐書・輿服志》云：「武德、貞觀之時，宮人騎馬者依齊、隋舊制，多著冪䍦；…永徽之後，皆用帷帽；…開元初，從駕宮人騎馬者皆著胡帽，靚粧露面，無復障蔽；士庶之家，又相倣效，帷帽之制，絕不行用。俄又露髻馳騁，或有著丈夫衣服韡衫，而尊卑內外斯一貫矣。」按冪䍦障全身，帷帽拖至頸，胡帽無裙幅，皆出於戎夷；此是騎馬宮女流行之服裝，而廣為士庶所倣效者，最後竟以著男性服裝為時尚。

[175] 前段引文見《通典・樂二・歷代沿革下》(142：典 739 上)，後段引文見《北齊書・幼主紀》(8：114)。

除了著衣裳而非袍襖外，下句謂木蘭的化妝是雲鬢貼黃，接近南朝隋唐之婦女妝飾。南朝保留了較多的魏晉衣著化粧傳統，一些土俑、圖畫及詩句，如《女史箴圖》與〈古詩為焦仲卿妻作〉等，尚可徵見其概況；故木蘭若為北方漢族女子，其時代若在孝文、宣武之時，則其粧扮不難推見。

當窗理雲鬢，挂鏡帖花黃。

按木蘭理雲鬢，《文苑英華》本作髮，但注謂一作鬢，應指面頰之鬢髮而言。左思〈嬌女詩〉述其女紈素云：「鬢髮覆廣額」；又述其姊蕙芳云：「輕妝喜樓邊，臨鏡忘紡績。…玩弄眉頰間，劇兼機杼役。」可以概見女性處理鬢髮及塗帖額頰之狀。

雲鬢應即是鬢髮如雲，此為南朝及唐詩詩句所常見者。南朝之例如宋《清商曲辭・吳聲歌曲・讀曲歌》之一云：「花釵芙蓉髻，雙鬢如浮雲」；另一云：「花釵鬢邊低。」梁沈約〈少年新婚為之詠〉云：「雲鬢花釵舉。」梁范靜妻沈氏〈詠步搖〉云：「但令雲髻插，蛾眉本易成。」較明確言，鬢指面頰之髮，故有「雙鬢如浮雲」之句，南朝蓋為一般女性的髮型。

至於掛鏡，後出諸本頗作對鏡，不取。事實上，南朝詩句多作掛鏡，如梁武帝〈河中之水歌〉：「珊瑚掛鏡爛生光」；陳江總〈雜曲〉：「珊瑚挂鏡臨網戶」；北周庾信〈鏡〉：「玉匣聊開鏡….試挂淮南竹」，皆為其例。至隋、唐間亦頗見對鏡之辭，如〈歎疆場〉：「妝梳對鏡臺」；又如〈回紇曲〉：「誰能對鏡冶愁容」皆是。[176]

至於「帖花黃」作何解？論者頗有爭議，或謂是額上塗黃色，

[176] 見《全隋詩》，4：2034－2035；注謂唐人之詩。

面上貼花子；[177]或謂是北魏或北周之黃眉黑妝；或謂是梁以前的塗黃妝[178]。所說或非是，或未詳確，而以梁、陳間流行之約黃說為近是。請略釋之：

按，所謂約黃，不見於輿服等志，然而因昭明太子、簡文帝兄弟君臣喜愛宮體豔詩，故於梁、陳詩中頗多見，如梁江洪〈詠歌姬〉:「寶鑷建珠花，分明靚粧點。薄鬢約微黃，輕紅淡鉛臉。」梁費昶〈詠照鏡〉:「留心散廣黛，輕手約花黃…城中皆半額，非妾畫眉長」是也。約指約束，蓋指用手輕輕束住花黃也。「帖」之為義是安妥之意，與束住略同，如北周庾信〈舞媚娘〉謂「朝來戶前照鏡，含笑盈盈自看。眉心濃黛直點，額角輕黃細安」是也，故「帖花黃」亦即「約花黃」。然則「帖花黃」所指，究為何物？

筆者按，魏晉以降士人仕女好尚施朱敷粉，至梁、陳仕女復好於眉額及鬢角約點花黃，上引庾信「眉心濃黛直點，額角輕黃細安」，最足以為證。又如梁昭明太子〈倡婦怨情〉:「散誕披紅帔，生情新約黃。」簡文帝〈戲贈麗人〉:「同安髻裏撥，異作額間黃。」張率〈日出東南隅行〉:「雖資自然色，誰能棄薄妝？施著見朱粉，點畫示赬黃。」蕭子顯〈烏棲曲應令三首〉之三:「濃黛輕紅點花色，還欲令人不相識。」陳後主〈采蓮曲〉:「隨宜巧注口，薄落點花黃。」皆是點帖花黃之例。

---

[177] 朱建新編註《樂府詩選》(臺北：正中書局，1986‧8 八刷)，頁 16。

[178] 林庚等編《魏晉南北朝文學史參考資料》(出版不詳) 引《穀山筆麈》而主此說，謂北魏時妝，頁 381。按姚大榮前揭〈木蘭從軍時地表微〉亦引此書，卻謂是北周遺俗；徐中舒〈木蘭歌再考〉據《癸巳存稿》塗黃之說駁姚文，但自又舉二詩以證梁已前已有此妝，然所舉不確，非是。

此黃色點帖之面飾，常以金屬簿片裁成各種花卉星月之形狀，殆以花卉為常，故稱為「花黃」。如梁簡文帝〈美女篇〉:「約黃能效月，裁金巧作星。」陳張正見〈豔歌行〉:「裁金作小靨，散麝起微黃」是也。

既然為花狀簿片的首飾，故需細心輕手以安帖約點之，否則容易掉下來。如昭明太子〈率意成詠〉云:「約黃出意巧，纏弦用法新。」梁簡文帝〈詠內人晝眠〉云:「夢笑開嬌靨，眠鬟壓落花。」徐陵有〈奉和（梁簡文帝）詠舞〉云:「低鬟向綺席，舉袖拂花黃。」皆指此而言。

帖花黃之風不考何時始起，但以梁朝始多見於詩，蓋與簡文帝君臣愛好宮體豔詩有關。其實理雲鬢、貼花黃的化妝，直至隋唐仍盛，唐詩亦多見；而且應也傳入北朝，因為流行無國界，而孝文又易服漢化故也。要之，從理雲鬢而又貼花黃之事看，木蘭舊時應未戴帽穿襖，顯然是漢族婦女的一貫穿著裝扮。

出門看火伴，火伴皆驚惶；

（出門看火伴，火伴驚忙忙）

按《通典・兵一・立軍》引司馬穰苴說，謂「凡立軍，一人曰獨，二人曰比，三人曰參，比參曰伍，五人為列（注：列有頭）；二列為火（注：十人有長，立火子）；五火為隊（注：五十人有頭）；二隊為官（注：百人立長）；二官為曲（注：二百人立候）；二曲為部（四百人立司馬）；二部為校（八百人立尉）；二校為裨（注：千六百人立將軍）；二裨為軍（三千二百人有將軍、副將軍也）。」[179]此為「火」此一建制的始見。據其言，此說的建制

[179] 《通典》，148：典 776 中。

單位即有九級，軍隊建制繁複，不知是何時的制度？故不甚可信。

漢制為部曲制，即將軍統若干部，部統若干曲，曲統若干屯，屯以下不詳。曹操部曲之下見有什、伍的基層編制，什有什長，伍有伍長。[180]兩晉南北朝基層編制，史亦載不詳，要之皆未見火及火長之名稱。

唐承隋府兵制，《五代史志》、《唐會要》、兩《唐書》諸〈官志〉，皆謂隋、唐府兵建制單為五級，即衛（大將軍）—府（折衝都尉）—團（校尉）一旅（旅帥）—隊（隊正）—衛士。然而《新唐書・兵志》卻云：「府置折衝都尉一人，…士以三百人為團，團有校尉；五十人為隊，隊有正；十人為火，火有長。」[181]是則府兵建制有「十人為火，火有長」之編組，究竟如何解釋？

按上述《通典・兵一・立軍》末有〈今制附〉篇，謂每軍大將一人，子將八人，每隊五十人；每隊「火長五人」，即是每火十人，故有五火長。此指行軍作戰的制度而言。是則唐朝軍隊應有常制建制與戰時編制的分別。

又按，《通典》卷一四九〈雜教令附〉引《衛公兵法》，記載行軍隊伍之軍紀甚嚴明，應是唐初之軍令軍紀。其中有關「火」的規定說：「諸將士不得倚作主帥，及恃己力，強欺傲火人。」又說：「諸兵士隨軍被袋上具注衣服物數，并衣資、弓箭、鞍轡、器仗，并令具題本軍、營、州、縣、府、衛及己姓名。仍令營官視檢押署。……如有破用，隊頭、火長須知用處，即鈔為文記，

[180] 詳《全三國文》所錄曹操之〈軍令〉、〈船戰令〉及〈步戰令〉，3：1067下-1068上。

[181] 《唐會要・府兵》謂「三十人為火」，（72：1298）殆誤；正文後引《通典》，亦以十人為火。

五日一申報營司。」又說：「諸營除六馱外，火別遣買驢一頭，有病疹，擬用搬運。」杜佑復補充《衛公兵法》未盡述之處，說兵士「有死於行陣，同火收其屍」。又說：「守圍不固，一火及主吏並斬之。」又說：「止宿他火，違律。」而張籍〈出塞〉又記行軍宿營時，有分火放牧之事云：「秋塞雪初下，將軍遠出師。分營長記火，放馬不收旗。」

可見唐朝前期戰時編制，的確以「火」為最低戰術單位；猶如漢魏部、曲、屯常制之下，戰時有什、伍之編組也。至於南北朝有否此戰時編組，則未之知。

木蘭參加征防，即適於戰時編制，被編至某火，故有火伴。

同火戰友即「火伴」，共同作息、休戚相關、生死與共，關係極密切。然而，火伴竟然十二年間，不知同火的木蘭是女郎，可證木蘭掩飾之佳；亦或許木蘭平常言行本就男性化而不需掩飾，故其火伴乍見木蘭之女郎裝扮，確會震驚忙忙也。

筆者按，由於唐制有十二轉勳，十二轉勳之上柱國又可得敘為尚書郎，而唐人習慣也統稱尚書諸郎官為尚書郎，於此又知唐行軍作戰編制有火之編組，制度之一再符合即不能說是巧合。因此，本事縱或不發生於唐代，然本詩中經唐人修飾改定之說，殆應可成立。

同行十二年，不知木蘭是女郎！

按，鄭樵《通志》作十三年，[182]不知何據？

又按，前引《舊唐書．輿服志》載盛唐世有女性穿著男性衣服以馳騁之時尚，則很難說木蘭有裝扮異性症。不過，儘管有祝

[182] 參《通志》49：志 632 上注。

英臺先例及謝小娥後例，[183]然與木蘭十二年之軍中戰鬥生活畢竟不同。火伴不能察知其為女性，此事極為可奇。或許北方本有尚武之風，關隴河朔尤然，是以中古即有「關西出將」、「關中尚武功」之說。木蘭家若是河朔兵戶，則木蘭自少隨父習武益有可能；故木蘭應有雄健的性格與體魄，而亦易矯裝為男性。

若進一步加以想像，或許木蘭之父母從小將她當作男孩來養，讓她穿著男性服裝與練武，至其有男性的習慣與行為，也應有可能。武則天著男性皇帝服飾，亦有男寵，行事風格也像男姓，其人格心理似乎頗可分析。據劉肅《大唐新語・記異》記述，袁天綱為小時的武則天看相時，「則天時衣男子服，乳母抱出」。[184]可見武后小時著男裝，或可能與父母將她當作男生來養育有關，此或與她後來的倣同男性傾向或許也有關，似可作為討論木蘭之參考。

雄兔腳撲朔，雌兔眼迷離。
雙兔傍地走，安能辨我是雄雌。

按《古文苑》本作撲握、彌離，意皆不可解。蓋指雄兔之腳，與雌兔之眼，其實有所分異；然而當兩兔傍地走時，則很難分出孰是雄雌。借喻木蘭雖有女性生理之差異，但亦雄健武勇，當行軍戰鬥時，很難與男性軍人分出差異也。

此句頗與梁簡文帝〈雙燕離〉之「雙燕有雄雌，照日兩差池」接近。而論者頗指出此句可能更與《梁鼓角橫吹曲・折楊柳歌辭》

---

[183] 《新唐書・列女傳・段居貞妻謝小娥傳》記載其父為盜所殺，「小娥詭服為男子，與傭保雜，物色歲餘」而報仇之事。（205：5828－5829）至於英臺易服讀書，傳是晉朝時事。

[184] 《大唐新語・記異》，13：6－7。

第五曲：「健兒須快馬，快馬須健兒。跳跋黃塵下，然後別雄雌」有關。按，此曲原為《胡吹舊曲》，梁收入為《鼓角橫吹曲》。前論本詩起興首六句，取自《梁鼓角橫吹曲・折楊柳枝歌》之第三、第四曲；而於此末尾，似亦取自同類軍樂之〈折楊柳歌辭〉，可證本詩縱未收入於《梁鼓角橫吹曲》，亦當是聲調健快之辭曲或歌謠，應與北方歌樂有關。

四、結論

本詩外部構造問題，對內部構造之結論有極大影響，於此綜合作結論。

首先問，本事發生及本詩創作於何時？

按下限不至晚於陳廢帝光大二年（568），僧智匠撰《古今樂錄》之時。因此，本事發生、本詩初創於隋或唐之說，不能成立。

此時值北周中葉，其時兵制、外交（對突厥討好）與本事不符，又無明堂、十二轉勳、尚書郎等制度官稱，故不會發創於北周；至於北齊，兵制、外交、明堂、勳官等亦與本事不符，社會上戶口隱漏，鮮卑當兵、漢人耕織分化情況嚴重，故亦不會發創於北齊。發生創作於周、齊之說，因此也不成立。

梁朝可汗、外交（與北狄）、兵制、勳轉，乃至河朔戰地、馬戰、民間尤其婦女尚武風氣等名物制度習俗，皆多與本事不合，發創於梁或南朝之說，因而可排除。

排除上述眾說，本事本詩發創之最可能厥為北魏；復從上述種種條件因素看，北魏最符合本事發生的時段，應為孝文帝至孝明帝時期（471-528）；尤其是孝文重建臺郎制、首創明堂制以後，至孝明實行募兵制、北鎮將亂之前。

本詩起源如何？屬何性質之歌樂？

按，北魏自道武始建國以來，以平城為首都的雲代地區即有鮮卑、諸胡夷及漢人生活在此，軍隊也由此三系人民組成，故其樂府亦有此三種來源不同的歌樂：一為拓跋鮮卑民族歌樂《真人代歌》，又稱為《北歌》（陳朝稱《代北》）；二為五胡四夷所謂殊俗諸歌樂，應屬《胡吹曲》，殆多為馬上樂；三為地區性的漢族民歌，應屬《雜曲歌辭》類。

本詩應源起於北魏沃野鎮一個漢人兵戶女兒代父從軍的故事，故原創性質屬於地方《雜曲》，即應屬於第三類《雜曲歌辭》之歌樂。

本詩源出北鎮之一的沃野鎮，故聲辭頗採入了《胡吹曲》如〈折楊柳枝歌〉等，是以應具有或接近於胡吹風格，殆屬於健快豪邁的辭曲，甚至近於或同於當時馬上樂之軍樂。

魏、齊間歌樂龐多而混亂，經祖瑩整理後，仍僅多悉聲折、莫知所由，本詩可能即其中之一例。傳入南朝，智匠編撰《古今樂錄》時，遂直言「不知名」，乃因主角之名而逕命名為〈木蘭〉。

然則本詩為何列於《梁鼓角橫吹曲》？又被後世視為北歌、鮮卑歌或梁譯鮮卑歌等？

按，智匠《古今樂錄》今已佚，原撰架構不詳；郭茂倩《樂府詩集》是否全因其架構亦不詳。但是郭集自行分樂府為十二類，即應表示郭氏並非全因智匠之架構，甚明。今郭集於《鼓吹曲辭》及《雜曲歌辭》類中，未收入本詩。本詩見於其《橫吹曲辭》類，此類有《漢橫吹曲》及《梁鼓角橫吹曲》兩分類；復於《鼓吹曲辭一》解題中說明，《古今樂錄》有《梁鼓角橫吹曲》三十六曲，「樂府胡吹舊曲」又有三十曲，「總六十六曲，未詳時用何篇也」，表示編撰者對此六十六曲亦有不詳之處。

本文之二已論本詩不列入此六十六曲之內，而附於「梁鼓角橫吹曲」項十曲之末，為郭氏所自加，是則智匠以及郭氏皆未視本詩為《梁鼓角橫吹曲》。或許本詩應列入何類，正為編撰者疑惑不詳之時，因其聲辭與《梁鼓角橫吹曲》某些《胡吹》曲辭有關，故姑附見於《梁鼓角橫吹曲》之末而已，並未將之列入。論者或失察，致生誤會。

論者又因本事雄武，不類南朝氣格，故認為本詩為北歌。若北歌指「北歌」（北方歌），尚不致大誤。若謂本詩既見於《梁鼓角橫吹曲》，此類曲又採自《北歌》（《真人代歌》），因此說本詩是鮮卑歌；復因魏齊間鮮卑舊語（北語）已多不可解，認為梁朝應有翻譯，本詩始能如此明暢，遂又謂本詩是梁譯鮮卑歌，此則是另一失察，並推論過當。蓋《梁鼓角橫吹曲》採集來源頗多，《北歌》即使被採，亦僅為其中一部份而已，更無確證證明本詩原屬《北歌》。

然則木蘭是何許人氏，為何代父從軍？

按，木蘭姓氏不詳，「木蘭」是其名。諸解釋木蘭姓氏之說，既乏確證，推論亦不當，皆不可靠。〈木蘭〉源出北朝雜曲，故唐以來有木蘭廟，或以木蘭命名之山川諸地，多在江淮間，謂是木蘭之故鄉者，皆無確證，自是附會之談。

本文引中古「朝辭－暮宿」句型，確定當時用法多指一日（一晝）行歷程，以此推論木蘭應為魏沃野鎮人。復因木蘭騎射之外亦習乘鳴駝，故鄉距首都應遠，而又應與駝畜及沙漠有關，舉證推論確以沃野鎮為宜，地當唐之豐州黃河（今五加河段）南方。此鎮軍人被差發，越黃河而至黑山，急行赴援，以戰燕騎，不論地里日程對象，皆有可能。

孝文帝前後，有徵發漢人為兵，配至軍鎮為兵戶的制度；木蘭之父應是其中被配屬沃野鎮者，亦即木蘭之家是當時的兵戶。一家五口之核心家庭應是兵戶的普遍情況，故戶頭是其父，為年齡未至免役的現役軍人。北魏有世兵制性質，木蘭因小弟未至役齡，家無兼丁，故憐其父（老或病或他因）而自願冒代從軍也。孝文遷都後，冒代從軍之事即冒出檯面而常見；當時仍有資裝自備之制，也易買得戰馬；此地且與駝畜有關，故木蘭因而也習乘鳴駝，情況皆與本事背景相合。

木蘭為何是漢族人？

按，勇健之特色未必是胡族婦女之專利，關西尚武之風自漢已然，中古尤盛；且因戰亂之故，此風被及大河南北所謂山東之地區，至唐不衰。木蘭為北鎮兵家兒女，習武更不宜引以為怪。

觀其一家五口之核心家庭，殆為北方漢人兵戶，因為：生產方面，父被稱為爺而工作不明，疑務農（按北魏漢族軍人需耕作納租課），女兒則紡織，家庭似也養豬羊。居住方面，其家坊郭而居，住有樓閣，而非穹廬。飲食方面，食以豬羊，而非牛馬或魚蟹。衣著方面，衣有衣裳，而非袍皮。交通方面，乘騎馬、駝，而非輿、舟。婦女生活方面，婦女雄健活躍，而非居家不交通；裝扮則紅妝、雲鬢，而帖花黃。

證諸本文論述胡、漢暨南、北朝之生產與生活文化，木蘭一家當是北方漢族人，為現役兵戶，需事男耕女織，而尚保存漢族文化特色者。

詩中名物制度，與此時代符合否？

按，「策勳十二轉」是最可疑之句，此為唐制。北魏凱旋，常舉行「策勳飲至、告於宗廟」之禮，但無十二轉軍勳制。至於中古凱旋告於明堂，北魏之外，僅梁末湘東王（元帝）平侯景時一見，或許因宗廟被毀，或許也受到了北魏明堂制之影響。

北魏在明堂制度未創立之前，此宗廟應非明堂；創立之後，明堂確為宗祀之所，然而卻無凱告於明堂的記錄。不過，國之大事，在祀與戎，自孝文至孝明間，宗祀告朔、布政朝會、遷都卜告、征伐決策、出征軍禮、以及懸格募兵，皆曾在此堂舉行，為中古各朝之唯一創制。是則天子坐堂逐一策勳，恐是較小之事，史官未必書之，不可執此以論本詩。要之，明堂與軍國大事如此關係密切，捨此時期，更無他例。

其次，據本文論證，北魏此時期確有冒代從軍、功勳較易得、以軍功換敘文官、尚書復置臺郎，以至天子親問諸制度情事，揆諸中古各朝各時期，較與本事相合。

或疑此時北魏皇帝無稱可汗之記錄。然而可汗名號乃是拓跋氏之舊號，此時北魏國內—雲代及其他北鎮地區尤然—部酋仍有稱為汗者，國外則柔然已將可汗等同於天子，是則民間私下稱北魏皇帝或為天子或為可汗，非無可能。本詩為民歌，適足以證明此說；反之，亦適可據可汗之號行於民間，證明本詩為民歌。

本事既為北魏時事，尤以發生於孝文帝至孝明帝間為然，然則本詩有否經唐人修飾改定，能否稱為唐詩？

按，詩以南朝為盛，然而本詩氣勢雄健豪邁，格調質而不野、華而不麗，非南朝邊塞戰爭詩可比，南士入北朝者如王褒則頗有此類風格。自隋以後，此類風格漸多，楊素、虞世基詩尤近之；不過降至盛唐以前，明顯襲用本詩詩句者極少，可能與日漸流行絕、律有關。

至杜甫，〈草堂〉而外，尚有多篇襲用本詩詩句，應是安史之亂前後，因社會與戰爭變動之影響，令本詩受到大詩人重視之表示；稍後韋元甫表彰出之，且有續作，蓋是鑑於安史之亂以後，戰亂仍頻，而有政教意義之表現也。其時，他們讀到的版本不知為何？總之，若憑「不聞爺娘哭子聲，但聞黃河之水流濺濺」句，即知杜甫所見，與今本不同。

至中唐元稹，本詩已不合樂，純為「詩」。同時代而亦擅長樂府的段成式，是可確知修改過本詩的人，且其方式是遷就其說怪，擅將「鳴駝」改為「明駝」；以如此方式修改過多少句，則不可考知。然而，本詩經唐人動輒修改過，則可確定。

今本本詩詩句押韻不說，已由長短句趨近五言詩，句法整齊，也頗用對偶與迭句法，應非民歌原型。而且，詩句所述本事，接近唐朝府兵制，一些名物制度，更接近府兵制未壞之前的情況：如因戰功累進制使兵士有機會得到高勳，策勳十二轉即可得為上柱國，及上柱國依制可銓換尚書郎文官諸事，較北朝上述時期更宜於解釋本事的時代背景。因此，筆者懷疑唐太宗末至武后初期，本詩即已被高人，因其當時現行制度而修改，甚至添加新句；中唐以後，如段成式輩復又修改，遂成宋初定型之版本。

由此角度而言，《文苑英華》、《古文苑》謂本詩為唐詩，庶幾尚可。

附錄：〈木蘭詩〉　唐．韋元甫（續作）

木蘭抱杼嗟，借問：「復為誰？」

欲聞所感感，感激強其顏：

「老父隸兵籍，氣力日衰耗。

豈足萬里行，有子復尚少。

胡沙沒馬足，朔風裂人膚。

老父舊羸病，何以強自扶！」

木蘭代父去，秣馬備戎行。

易卻紈綺裳，洗卻鉛粉妝。

馳馬赴軍幕，慷慨攜干將。

朝屯雪山下，暮宿青海傍。

夜襲燕支虜，更攜于闐羌。

將軍得勝歸，士卒還故鄉。

父母見木蘭，喜極成悲傷。

木蘭能承父母顏，卻卸巾鞲理絲簧。

昔為烈士雄，今赴嬌子容。

親戚持酒賀，父母始知生女與男同。

門前舊軍都，十年共崎嶇。

本結兄弟交，死戰誓不渝。

今也見木蘭，言聲雖是顏貌殊。

驚愕不敢前，歎重徒嘻吁。

世有臣子心，能如木蘭節。

忠孝兩不渝，千古之名焉可滅！

國家圖書館出版品預行編目資料

史詩三首箋證／雷家驥著. -- 初版. --
臺北市：蘭臺出版：博客思文化發行, 2009.08
面； 公分. --
含參考書目

ISBN 978-986-7626-72-1

1.史詩 2.詩評

821.4 97020643

史詩三首箋證

作　　者：雷家驥
出　　版：蘭臺出版社
編　　輯：張加君
美　　編：Js
地　　址：台北市中正區開封街一段20號4樓
電　　話：(02)2331-1675　傳真：(02)2382-6225
劃撥帳號：蘭臺出版社 18995335
網路書店：http://www.5w.com.tw　E-Mail：lt5w.lu@msa.hinet.net
books5w@gmail.com
網路書店：博客來網路書店、華文網、三民書局
香港總代理：香港聯合零售有限公司
地　　址：香港新界大蒲汀麗路36號中華商務印刷大樓
C&C Building, 36, Ting Lai Road, Tai Po,New Territories
電　　話：(852)2150-2100　傳真：(852)2356-0735
出版日期：2009年8月初版
定　　價：新臺幣 320 元

ISBN 978-986-7626-72-1